纪念中国人民解放军建军九十周年
暨共和国女飞行员首飞六十五周年

女人的天空
一代女飞行员的激荡人生

苗晓红 何孝明 ★ 著

WOMEN OF THE SKY

人民日报出版社

图书在版编目（CIP）数据

女人的天空 / 苗晓红，何孝明著．— 北京：人民日报出版社，2017.2
ISBN 978-7-5115-4528-2

Ⅰ．①女… Ⅱ．①苗… ②何… Ⅲ．①长篇小说—中国—当代 Ⅳ．①I247.5

中国版本图书馆CIP数据核字（2017）第 035418 号

书　　名：	女人的天空
作　　者：	苗晓红　何孝明
出 版 人：	董　伟
责任编辑：	周海燕
封面设计：	墨航工作室
出版发行：	人民日报出版社
社　　址：	北京金台西路2号
邮政编码：	100733
发行热线：	（010）65369509　65369527　65369846　65363528
邮购热线：	（010）65369530　65363527
编辑热线：	（010）65369518
网　　址：	www.peopledailypress.com
经　　销：	新华书店
印　　刷：	北京朝阳印刷有限公司
开　　本：	710mm×1000mm　1/16
字　　数：	260千字
印　　张：	17
印　　次：	2017年3月第1版　2017年3月第1次印刷
书　　号：	ISBN 978-7-5115-4528-2
定　　价：	39.80元

目录 CONTENTS

前言 /001

引子 /001

第一章 惊艳 /002

第二章 劫难 /009

第三章 历险 /017

第四章 核爆 /025

第五章 定情 /033

第六章 交心 /043

第七章 考验 /052

第八章 奇缘 /061

第九章 侵袭 /069

第十章 婚礼 /078

第十一章 追降 /088

第十二章 伤翅 /099

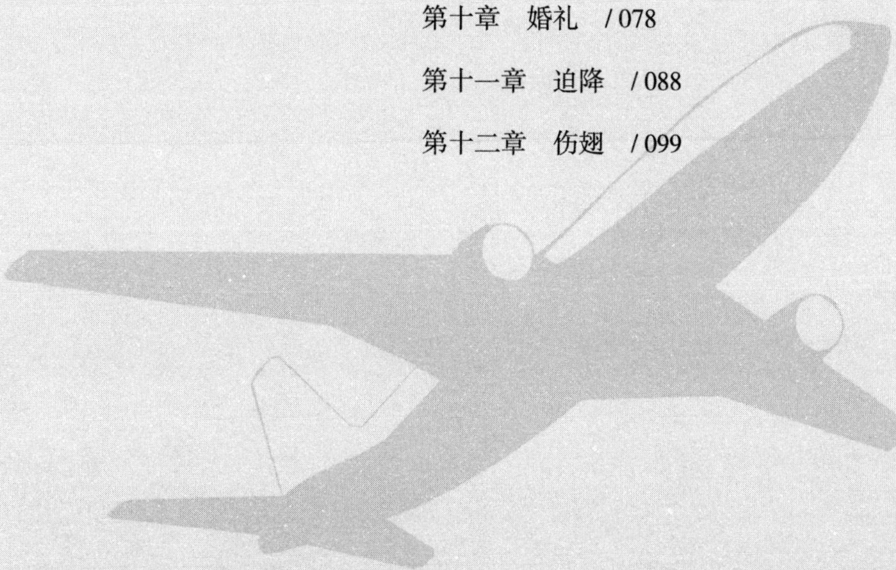

第十三章　噩耗　/108

第十四章　枪声　/119

第十五章　智斗　/129

第十六章　护林　/137

第十七章　立碑　/148

第十八章　情仇　/158

第十九章　舍身　/169

第二十章　救援　/176

第二十一章　拒婚　/181

第二十二章　传经　/187

第二十三章　泛舟　/195

第二十四章　泪驾　/202

第二十五章　初心　/209

第二十六章　双喜　/217

第二十七章　祭夫　/223

第二十八章　出征　/233

第二十九章　扬威　/242

第三十章　远航　/252

尾　声　/260

后　记　/261

前 言

共和国女飞行员亮翅长空已整整六十五年,在这一甲子多的岁月里,为了祖国的强盛,人民的幸福,她们在蓝天白云之间,用青春与生命,热血和汗水,谱写出了一曲曲英雄凯歌。她们是中华民族的优秀女儿,是人民军队中的坚强战士。

为反映共和国女飞行员的发展历程,宣扬她们的光辉业绩,我们老两口退休后,出版了几本著作,发表了一些文章。但总觉得,这些书和文章没有把共和国女飞行员最核心的问题写透。即她们的翅膀是由什么铸就的?她们的翅膀为何既轻快又沉重?她们为何那么深爱蓝天?为了追根溯源,少留遗憾,我俩决定写《女人的天空》一书。

再者,我国至今还没有一部全面反映女飞行员战斗生活的电视剧。为填补这一空白,我们用半个多世纪的生活积淀,花两年多的时间,完成了《女人的天空》的创作。其初衷,既是为广大读者献上一本励志图书,也是为影视公司拍摄电视剧提供珍贵素材。让女飞行员的形象闪亮荧屏,是我俩一生最大的夙愿。

本书集中讲述了空军运输机某部蓝天四姐妹的故事。她们是"空中魔女"洪志玲,"女飞大旗"俞素梅,"空中闯将"夏芝兰和川妹子曾小玉。她们驾驶有机翼的运输机和无机翼的直升机,在万里云天演绎出了一幕幕扣人心弦的传奇故事。

一号女主人公洪志玲，德艺色俱全，是人见人爱的机场之花。她多次创造航空史上的奇迹，如技惊外宾、无轮迫降、空中惊魂、无灯着陆、智破敌计、大海救人、舍身为民、冒险吊装、国外夺冠、巧对劫机等。但她命运坎坷，爱情婚姻一波三折，三角恋、姐弟恋长期纠结；家庭生活屡遭变故，丈夫牺牲，遗腹子遭人误解，政治上遭人诬陷，生活中遭人骚扰等。天上她是"空中魔女"，地上她是女中强人，面对诸多磨难，她一一坚强挺过，最终成为一颗闪耀天空的明星。

一号男主人公赵伟刚，技术出众，心地善良，他对洪志玲用情极深，但无结果。尽管如此，他始终如一地关爱她，是一位大度的精品男人。二号男主人公孙浩远，是位多才多艺、诙谐幽默的"公子哥"。但他为人正直，淡泊名利，关键时刻为保护国家军事机密，捍卫军人荣誉而英勇献身。

《女人的天空》，是一本尊重原型，尊重历史，用写实的手法，再现二十世纪中后期女飞行员真实生活的图书。同时其也是一部诠释"忠诚无畏、崇尚科学、敢为人先、追求卓越"女飞精神的读物。《女人的天空》，写满了女飞行员的爱情、亲情、友情，以及鱼水情和蓝天情，是一部弘扬社会主义主旋律，讴歌蓝天巾帼，具有独创性和现实性的文学作品。

要做人民战士，不做蓝天花瓶。

引子

　　三个女人一台戏，人群里有了女人就会热闹。天空有了女人，就有了七彩云霞与雷鸣电闪的故事。天上的女人越多，精彩的故事也就越多。空军某运输机部队从航校接来了一批女飞行员，她们长空亮翅，播种爱情，使天空变得更红，更火，更浪漫，更刺激，也才有了这部《女人的天空》。

第一章　惊艳

一九六一年初秋的某天，东北某航校白山机场。跑道一侧的草坪上，彩旗飘扬，横幅高挂，红布横幅上贴着"热烈欢迎E国军事代表团来校参观！"、"第三世界人民大团结万岁！"、"将反帝、反霸斗争进行到底"等白色大字。在塔台附近为代表团临时设了观礼台，台上铺着红桌布，桌上摆有茶杯、水果和望远镜。代表团的团长是该国的国防部长，成员中有陆海空三军司令和其他高级将领。他们在王校长、杨政委陪同下到观礼台前排就座，准备观看女飞行学员飞行。除代表团成员外，观礼台的第二排中间，还坐着两男一女三位嘉宾。他们是某运输机部队专门来航校选调女学员的。戴中校军衔的是刘建忠副团长，大尉女军官是大名鼎鼎的共和国首批女飞行员、副大队长俞素梅，年轻中尉是机长赵伟刚。

上午九时整，一颗绿色信号弹升空之后，女学员们驾驶高级教练机相继腾空而起，直插蓝天。那天秋高气爽，碧空万里，能见度极佳，不用望远镜也能看清飞机的起降。

当天的飞行课目是起落航线，女学员们刚飞一个起落，代表团中的空军司令走到国防部长身旁，两人小声嘀咕了几句。而后空军司令员走到了王校长身边，小声对校长道："尊敬的校长先生，我想坐一坐女飞行员驾驶的飞机，可以吗？"翻译马上跟过来翻译。其实不用翻译，王校长会英语。女飞行学员飞的高级教练机是双座舱，可以载一个人。

外国空军司令要坐女学员驾驶的飞机，这不是出难题吗？同意吧，让还没毕业的女学员飞外军空军司令员的"专机"，史无前例，风险太大；不同意吧，既驳了国际友人的面子，也丢了中国空军的面子。正在他两难之际，杨政委走了过来，王校长忙将外军友人的请求告诉了他。杨政委稍作思索后表态道："同意他的要求，让洪志玲飞。他都敢坐，咱们为啥不敢飞！"

"好，就让洪志玲带他飞，我指挥。"

洪志玲何许人也，自然是女学员中的佼佼者，否则校长和政委不会贸然让她飞外宾"专机"。

那位空军司令员，一听同意了他的请求，高兴得用右手打了一个响指，嘴里不停地"OK"。

校长亲自上了指挥台，他指挥洪志玲滑回二号滑行道，关车后到塔台领受任务。北方的初秋已有几分寒意，洪志玲这天上穿咖啡色单皮夹克，下穿蓝色军裤，脚蹬半高腰棕色飞行靴，戴雪白手套的右手拎着飞行帽和图囊。全副武装的她更显得挺拔、英武。走起路来步步生风，轻快矫健。好一个飒爽英姿的蓝天女将，令全场惊艳。尤其是坐在主席台的光棍赵伟刚眼睛都瞧直了，他将双眼瞪到极限，遗憾的是仍看不清她的长相。但尽管如此，她那高挑婀娜的身影已深深印在他的心上，挥之不去。

杨政委将洪志玲叫到一边，给她下达任务："洪志玲同志，外军空军司令员提出要坐你们女飞行学员驾驶的飞机，这是对你们的极大信任，我和校长商量后，决定让他坐你驾驶的飞机。咋样，有信心吗？"

"请政委放心，我一定圆满完成任务！"

很快，洪志玲拉着外国空军司令起飞了，她的起飞动作规范准确，司令在后座戴着飞行帽，通过机内通话器，喊了一声"OK"。飞机进入航线后，司令试着用英语问："漂亮的飞行员小姐，您会英语吗？"

"您有事请说，我能听懂。"洪志玲用英语答道。

"您飞过筋斗和螺旋吗？"

洪志玲一听，知道这位黑人司令一定是飞行员出身，他是在考我，考我们中国飞行员。"飞过，所有特技课目都飞过。"

"那能表演一下吗？"

这可不能随便答应，我得请示，于是她呼叫道："东江，客人要求做筋斗和螺旋。"

当洪志玲的声音从塔台扬声器里传出来时，指挥所顿时骚动起来，带着外国司令员做高难度的特技动作，这可不是闹着玩的，万一出事咋收场？外国友人的要求也太过分了。但王校长却不这么想，他认定那位司令员是个技术高超的老飞，否则

第一章 惊艳

他没有胆量提这样玩命的要求，不会拿自己的性命冒险。同时他也信得过洪志玲，她放单飞是他亲自考核的，无论技术水平和心理素质，都是一流的，她一定会令外军司令吃惊："16号，可以按客人要求在二号空域做练习28至32五个特技课目动作。"

"16号明白！"二号空域就在机场的右上方，在场的人不用望远镜，都能清晰地看到飞机的行踪。

洪志玲驾驶高级教练机，出现在二号空域。飞机在她操纵下，时而跃升，时而俯冲，时而盘旋，时而翻滚。跃升时如同长剑破空，俯冲时好似流星泻地；盘旋时宛如天马行空，翻滚时仿佛蛟龙闹海。她的一杆一舵如特技飞行员一般，险象环生，扣人心弦，让观众目瞪口呆，惊叹不已。每当洪志玲做完一个动作，观礼台上就爆发出一阵阵热烈掌声和赞叹声。

洪志玲做完一系列特技动作后，驾机返场降落。飞机在她驾驭下，就像一片鹅毛轻轻地飘落在跑道上，坐在后座的外军空军司令丝毫没有感到飞机已经接地。一下飞机，外军空军司令员便拉起洪志玲的纤手，在手背上热吻了一下。外国军事代表团观看完飞行训练后，在杨政委陪同下，带着惊叹离开了机场。

王校长则走到三位接学员的客人中间，与他们一道上了一辆伏尔加小轿车。小轿车径直开到航校军人招待所，四人进了会议室。王校长与其他三人都很熟，都是他带飞过的学员。

四人落座后，俞素梅便问王校长："校长，刚才带外宾飞特技的姑娘是不是洪志玲？"

"对，是她，看来你早就盯上她了！"王校长笑着答道。

"不是我，是刘副团长看过所有女学员的档案后，说她是棵好苗。"

刘副团长笑道："我这是为你选接班人。"接着他向校长详细汇报了接收学员的情况。最后他道："等下午面试后，选调名单就能定下来，报您审批。"

"小玲还用面试吗？"校长问刘副团长。

"要参加，我有几个问题得当面好好问问她。"

同日下午两点半，地点校部会议室。室内设了主席台与学员答辩席，在主席台上就座的有刘副团长、俞副大队长、赵伟刚三人，校方无一人参加。第一个面试的就是洪志玲。

"报告首长,学员洪志玲前来面试,请指示。"声音清脆悦耳。

"请坐。"

"是!"洪志玲身穿军装在答辩席上坐了下来,她挺胸抬头,双手放在双膝上,双眼直视三位考官。

自洪志玲进门后,赵伟刚的视线就没离开她。上午虽见过她,但因距离较远没看清她的面容,因此当洪志玲来到眼前时,便用余光扫视她的容貌。真是位倾城的绝色佳人,面庞在乌黑短发的衬托下,更显白净红润。柳眉微微扬起,双眼清澈明亮,鼻梁挺直,小嘴红艳,一对小酒窝分外诱人。如果能……正当他想入非非之际,刘副团长开问了。

"洪志玲同志,你的情况我们都掌握了,没有啥要了解的,我只想问你几个小问题。"

"首长请问。"

"你飞行成绩那么突出,有什么诀窍?简要谈谈你的体会。"

"报告首长,也没啥诀窍,就四个字,'胆大心细'。飞行员胆小,做动作时往往缩手缩脚,动作不到位,遇到险情就会心慌意乱,手足无措。但光胆大也不行,还得心细,粗心大意马大哈,容易发生'错、忘、漏'。我爸就有血的教训,他头上的伤疤就是因粗心开错了电门,造成发动机停车,飞机迫降时,头被撞破落下的。'胆大心细'这四个字就是我爸传给我的。"

"洪志玲同志,你想成为一个什么样的飞行员?"

"我就想做一个我爸那样的飞行员,不好意思,我从小就崇拜我爸。"

"不仅你崇拜你父亲,飞行员没有不知道你父亲洪茂盛的。赫赫有名的战斗英雄,抗美援朝时,击落过五架美军飞机。可你父亲是飞歼击机的,而我们是运输机部队,你愿意飞运输机吗?"

"愿意。我虽然也梦想像我爸那样,驾驶歼击机升空杀敌。但我爸说女孩子更适合飞运输机,他说飞运输机经常接送客人,起飞落地时操纵动作要柔和,另外飞运输机留空时间长,要有耐心与耐力,这是女孩子的优势。我爸还说了,飞运输机能更多地接近人民群众,能直接为人民服务。我寻思我爸说得有道理,我愿意飞运输机。另外……"此时她停了停,美目瞅了一眼正专注听她表白的俞素梅。她原想说俞副大队长是我崇拜的偶像,但当面说这话,有讨好考官之嫌。话到嘴边她将俞

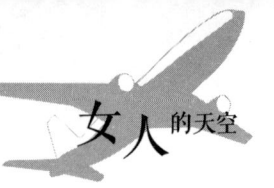

副大队长改成:"你们部队有新中国第一批女飞行员,她们也是我崇拜的偶像,能和大姐们一起飞,是我的梦想。"

洪志玲回答完后,刘副团长小声问两旁的俞素梅和赵伟刚:"你们还有问题要问吗?"赵伟刚摇了摇头,俞素梅问了两个与思想和女人有关的问题:

"洪志玲同志,听说你们到农村接受过贫下中农的再教育,你最大的收获是什么?"

俞素梅的话音刚落,洪志玲不假思索地脱口答道:"社员群众太苦了,一个社员一年辛辛苦苦挣的钱,还不够我们一个飞行日烧汽油的钱。我们的飞行技术,是用劳动人民的血汗换来的,我一定好好飞,多为他们服务,用优异的成绩回报他们。"

洪志玲质朴的回答,给了俞素梅意外的惊喜和强烈的震撼。她发现眼前的洪志玲,是个很知道感恩的女孩,她不会忘本,她更喜欢她了。

"洪志玲同志,空军规定你们和我们一样,五年内不许谈恋爱。已经过去了一年,还有四年。到部队后四年内不谈恋爱,你能做到吗?"

"向毛主席保证,我能做到。"

俞素梅之所以提这么一个有关爱情婚姻的问题,明着是问洪志玲,暗里却是警告在场的赵伟刚等光棍汉。她已看出,这几个王老五已开始打这批女学员的主意,他们瞅她们的目光中,带着色,带着钩。

"洪志玲同志,你的回答很精彩,尤其是'我们的飞行技术,是用劳动人民的血汗换来的'这句话,是一字千金。我作为一名老飞行员,听后很受教育,我们应该向你学习。祝贺你顺利通过所有的考核,你将成为我们的战友,回去准备飞新都机场吧。最后我有个小小的建议,以后别再像小孩子那样,总'我爸、我爸'的了。把你爸对你的教诲和影响珍藏在心里,少挂在嘴上。"

"是,以后我不再说'我爸、我爸'的了。谢谢首长!"洪志玲向三位考官敬过军礼后,高高兴兴地离开了会议室,临走时,特意向俞素梅送去一个倾慕的微笑。

选调女飞行学员的工作结束了,刘副团长将率十二名女学员飞回部队。起飞前,航校在机场举行了隆重的欢送仪式。王校长、杨政委等校领导和机关人员到机场为她们送行。

赵伟刚驾驶的飞机在锣鼓和口号声中，离开白山机场向南飞去。

洪志玲一上飞机就坐到了俞素梅身旁，其他姑娘也都围了过来。"俞副大队长，我做梦都想见到您，没想到美梦成真。您给我们讲讲当年毛主席接见你们的情况吧，我老想听啦！"

洪志玲话音刚落，其他姑娘也七嘴八舌说开了。"给我们讲讲吧，我们都想听。"

在姑娘们的催促下，俞素梅简要介绍了当时的盛况。

一九五二年"三八节"，我们驾驶六架飞机，从西郊机场起飞，飞越天安门广场，接受中央领导和首都人民的检阅（插播起飞典礼实况）。不久，也就是三月二十四日下午，刘司令员带领我们乘车前往中南海，汽车在颐年堂前停下。下车后我们进到院内，排成整齐的队伍，静静地等待毛主席和其他中央首长的到来。三时二十分，毛主席从东侧门健步向我们走来。一见毛主席高大的身影，我们先是给毛主席敬礼，而后激动地高声喊着"毛主席万岁！毛主席万岁！"毛主席则微笑着向我们频频招手。毛主席与空军刘亚楼司令员握手时问："她们都成器了吗？"

刘司令员回答道："都成器了，能单独执行任务了。"

毛主席听后很高兴，并语重心长地对刘司令员道："要训练成人民的飞行员，不要训练成表演员。"

这时刘少奇副主席、周恩来总理也进来了，摄影师架好了照相机，毛泽东主席、刘少奇副主席、周恩来总理要与全体女飞行员合影。这一刻对我们来说是终生最幸福的一刻，也是最难忘的一刻。至今我们都珍藏着这张合影。

"俞副大队长，你们见到了毛主席，多幸福，不知我们能不能像您一样见到毛主席。"洪志玲企慕道。

"只要你们按毛主席'做人民的飞行员，不做表演员'的教导做，你们一定能见到中央首长。"

洪志玲听后反复自语道："做人民的飞行员，不做表演员。"毛主席的话已深深烙在她的心上。

4016号飞机继续航行着，也许姑娘们听累了，她们都回到座椅上，靠着沙发背沉思，洪志玲仍紧紧地偎依在俞素梅身旁。

十二名女飞行学员来到部队后，分在四个飞行大队，洪志玲和曾小玉分在一大

队,另外十人分到其他三个大队。洪、曾二人在赵伟刚所在的一中队。她俩刚放下行李,赵伟刚领着一位五大三粗的上尉女军官进来了,一进门没等小赵介绍,她就拉着洪志玲的手,仔细端详起来:"你这么好的脸蛋、身材,干吗吃我们这碗饭,你去演电影多好,准比谢芳还红。"她的举动和这番话,弄得洪志玲不知所措,不知咋应对,没等她开口,女军官又道:

"老俞不够姐们,干吗把两个最漂亮学员分到我的中队,相比之下我不是显得更丑了吗!"

洪志玲反应快,她立马知道这位比她高半个头的上尉军官是中队长,是敢与空军司令员当面叫板的夏芝兰,也是她心仪已久的偶像,于是忙挣脱手敬礼道:"报告夏中队长,洪志玲、曾小玉向您报到,保证服从您的领导。谁说您丑,您是魁梧硕壮的女豪杰。"

经洪志玲这么一说,小玉也回过神来了,忙伸着大拇指附和道:"您是女强人,女飞行员的骄傲。"

夏芝兰拍了拍洪志玲和曾小玉的肩膀笑道:"你俩还不知道我的雅号吧,小赵,告诉她俩,你们背后是咋叫我的。"小赵光笑不说话。

"背后是乌鸦,当面变哑巴,不好意思说是吧!那好,我自个儿说。他们背后不叫我夏芝兰,而是叫我'吓死男',说我眼如铜铃,嘴如血盆,能把他们男人吓死。所以你俩别给我戴高帽子拍马屁,今后有错犯在我手里,我绝不会手下留情。"

第二章　劫难

飞行学员分到部队后都要进行改装训练，洪志玲和曾小玉在航校飞的是教练机，与部队装备的伊型运输机不同。苏式伊尔－十四型运输机是一种前三点上单翼飞机，装有两台活塞式螺旋桨发动机，属中小型客机。

经过一段时间的带飞，夏芝兰发现洪志玲比她想象的还灵光。她天生是个当飞行员的料，对飞行的悟性超出常人，只带飞十个起落，就放单飞了，创造了该团自组建以来，带飞次数最少的纪录。更令夏芝兰佩服的还是她飞行时的那种沉稳的心态。无论哪级飞行干部跟班考核，她都心静如水，一点也不紧张。她的突出表现传到了团长耳朵里，团长要亲自检查她的飞行技术。

初春的新都机场。上午八点十分，团长上了洪志玲驾驶的4209号飞机，飞机进入三边后，团长乘洪志玲不备，关掉了超短波电台的电门，飞机与地面的联络中断，当飞机准备转弯进入五边着陆时，洪志玲开始呼叫："长城，16号请求进入五边！"16号是洪志玲的飞行代号。

耳机里没有塔台的回答。洪志玲又呼叫了一次："长城，长城，我是16，我是16，听见请回答。"

指挥员仍然没有回音，而且也听不到其他飞机的呼叫声，连点杂音都没有。洪志玲立马判断出电台故障，她随即检查了飞行帽的插销，看是否脱落，然后下意识地向电台开关望去，并随手打开被团长关掉的电门，很快耳机里响起了指挥员急促的呼叫声："16，16，我是长城，听见请回答！听见请回答！"

"长城，我是16，请求着陆。"

恢复联络后，洪志玲还忙里偷闲冲坐在右座的团长笑着做了个鬼脸，那意思很明显："您的那点小动作难不倒我！"

上述事情的经过不到三分钟，就是这短短的三分钟，初步显示了洪志玲良好的飞行技能与沉稳的心理素质。

飞行后讲评时，团长在赞许她的同时，对她的调皮一笑进行了严肃的批评："飞行时，飞行员的思想要高度集中，尤其是着陆阶段不能有丝毫分心，不能因处理了某种情况而飘飘然，这是飞行员的大忌。"团长的批评让洪志玲铭记终生。

不到半年时间，洪志玲和曾小玉顺利地完成了改装任务，飞完了昼间简单气象、昼间复杂气象和夜间简单气象的训练课目。十二名女学员完成改装训练后，便在老机长带领下执行任务。

一九六二年初冬，夏芝兰带着洪志玲、曾小玉到哈尔滨第一航校，帮助飞行学员进行投弹训练。凡是没有接触过女飞行员的人，大都会犯轻视女人的通病，看不起她们，航校的教员和学员也不例外，一看一位女机长带着两个年轻的女飞行员，典型的"三八"机组。他们都对投弹训练信心不足，因为这是一项对飞行技术要求极高的训练课目，飞行员和投弹人之间的配合要非常默契，否则，炸弹不可能命中目标。

别看夏芝兰平时粗手粗脚，从她这个山东老姐身上很难找出女人的贤淑和温柔，然而一到飞机上，往驾驶员座椅上一坐，她就像变了个人似的，各种动作的力度把握得非常精准，该用力的动作，一点也不含糊，需要多大力她使多大力，恰到好处，决不逊于任何男飞行员。而该轻柔的动作，她一改地面的粗猛，用学员夸她的话说，"夏中队长飞行像绣花，动作精细柔和。"大伙儿戏称她为"蓝天绣女"。有一个学员还给她们写了一首诗：

献给蓝天绣女的歌
传说神女隐巫山，未曾下凡来人间。
今日得见三飞女，从此男儿不羡仙。
您摘彩云作丝线，绣出朵朵红牡丹。
牡丹开在青烟里，伴我长空把敌歼。

这首诗虽有点像顺口溜，但却真实地反映出了学员对夏芝兰机组的赞许、感激和爱慕之情。

夏芝兰、洪志玲和曾小玉连续飞行了一个多月，出色地完成了任务，受到航校领导、教员和学员的一致好评，她们还没回到部队，为她们请功的电话就打到了团长办公室。就在团领导准备给她们立功时，夏芝兰却在沈阳惹了祸，告状电话也打到了团长办公室。

夏芝兰从哈尔滨回部队不久，她又率洪志玲、曾小玉去大连周水子机场，帮助沈空训练领航学员。有一次飞夜航到沈阳东塔机场着陆加油后，准备返回大连，到调度室办手续时，沈空不放飞，要她们机组当晚和沈空歼击机部队进行一次夜间攻击练习，让她们当靶机。夏芝兰一听，牛脾气马上上来了，当即与他们吵了起来。她火气大，嗓门高："我不属沈空，你们没有权力命令我给你们当靶机。"

"你现在是在沈空执行任务，就得听我们指挥。"

"你别弄错了，我来沈空的任务是为你们训练领航员，不是给你们当靶机。"

"既然这样，我们直接与空军联系，让空军作战部给你下达命令。"

夏芝兰见他们要拿空军作战部压她，更火了，刘亚楼司令员她都敢顶，还在乎作战部。

记得一九五二年"三八节"，共和国首批女飞行要飞越天安门广场，为确保安全，刘亚楼司令员决定让教员上飞机给她们保驾。夏芝兰一听急了，当着刘司令员的面反对道："不行，不行，绝对不行。教员上飞机，外人以为是他们飞的，谁要上去，我就把他关进厕所里。"

夏芝兰的调门顿时提高了八度："老实告诉你，你们别拿空军机关压我，我相信空军机关不会同意你们的无理要求。白天我们没进行任何协同研究，根本不知道如何攻击法，怎么进行联合演习？仓促上阵，出了问题你们负得起责任吗？"

"这点你放心，出了问题我们负全责。"

"屁话，飞机都摔了，你负全责管屁用。"

她的脏话一出，争吵立刻升级。

"原来你是个胆小鬼呀！"

"我是胆小鬼，你去找胆大的去，干吗老缠住老娘不放。"夏芝兰飞行不输男儿，吵架也不让须眉，一群男子汉硬是拿她没办法，最后还是放她走了。

架是吵赢了，但到手的军功章却吵飞了。回到部队后，她受到了严厉的批评，主要是批评她不该和兄弟单位领导吵架，更不该爆粗口，有损女飞行员的形象，造成了很不好的影响，但对她坚持原则这一点还是给予了肯定。

011

洪志玲有个习惯，爱写飞行日记，她在日记中写道："跟随中队长飞了近两个月，这是千金难买的两个月。我不仅从夏中队手里学到了精湛的飞行技术，宝贵的航行经验，泼辣的工作作风，而且了解了她的内心世界，她是玻璃人，一眼便能看清她的五脏六腑。爱冲动，爱吵架是她的缺点，这个缺点在我眼里，却有几分可爱。我更崇拜夏大姐了。"

一九六三年元月九日，当天下起了罕见的大雪，纷纷扬扬的大雪，绵绵不断地向地面扑来，新都机场变成了银色的世界，跑道好似一条宽阔的银河，通向远方蒙蒙的天际；西山恰似一条银龙，盘卧在机场的西侧；长河宛如一条玉带镶嵌在机场的东边。瑞雪兆丰年，这场大雪必将给老百姓带来一个好的年景，但给新都机场带来的却是一场大空难。

为了提高飞行员在复杂气象条件下的飞行技术，团领导决定抓住这种难得的大雪天气，组织昼间和夜间复杂气象训练。上午是飞行准备，午饭过后开始飞行。下午两点多钟，洪志玲在俞素梅带飞下，驾驶飞机迎着风雪由南向北起飞，飞机刚一离地便被茫茫的飞雪裹住，平时清晰可见的地标地物，都从视野里消失了，飞机好像穿越在科幻小说所描绘的"时间隧道"之中。洪志玲只能在领航员的配合下，严格按仪表指示操纵飞机，用飞行人员的行话讲叫"盲降"。降落时，飞机过了跑道延长线上的近距导航台，信标机响过，高度下降到五十米时，才隐隐约约看到跑道中心延长线上的引道灯。洪志玲沿着引道灯往前飞，并继续下降高度，飞机飞进跑道了仍看不清地面，她只有凭感觉操纵飞机接地。落地后她在心里喊了一句："真过瘾！"

下午曾小玉、张云等女将也过了一把大雪天飞行的瘾，飞得都不错，全是满分。晚饭时，空勤灶的美食佳肴也堵不住她们的嘴，整个食堂都能听到她们的说笑声。

晚上是夜间复杂气象训练，这是难度最高的飞行训练课目，洪志玲、曾小玉她们这些羽毛未丰的小姐妹还没有资格飞。

晚饭后，飞夜复的老飞们都上了机场，曾小玉等女将回到宿舍后，还在兴致勃勃地大谈雪天飞行的体会，洪志玲却偷偷地溜到了停机坪，上了中队长要飞的4208号飞机。她要观摩中队长夜间复杂气象的飞行，这是她一贯的做法，今晚更不会放过千载难逢的机会。她刚进客舱就被夏芝兰发现了，和以往不同的是，她不仅没表示欢迎,反而大声责问道:"你来干什么,下去!"

"我来看你飞行,怎么不行?"

"这种鬼天气,你来凑什么热闹?找死呀,下去!下去!"洪志玲却磨蹭着不想走。

夏芝兰本就是火爆脾气,见洪志玲还赖着不动,火了:"赵伟刚,你把她给我撵走。"赵伟刚只好连哄带推将她送下飞机。洪志玲下飞机后并没离开停机坪,又悄悄地爬上另一架4213号飞机,肖副大队长飞这架飞机。她的行踪被夏芝兰从舷窗里看到了,顿时火冒三丈,迅即跑下飞机,冒着大雪一阵小跑,冲上了4213号飞机,可是在客舱和驾驶舱里都没有发现洪志玲。肖副大队长奇怪地问道:"都快开飞了,你不在飞机上准备跑来干啥?像掉了魂似的。"

"看到洪志玲了吗?"她急促地问道。

"她又不飞,她来干啥?没见!"

夏芝兰没见到洪志玲有些发毛,心想:"是不是雪大眼花没看清?"但她还是宁肯信其有不可信其无,她在客舱内仔细搜寻起来,终于在最后一排座椅后面发现了蹲在地板上的洪志玲。她二话没说,像老鹰抓小鸡一般,拽住洪志玲皮飞行服的毛领就将她往外拖。到了机舱门口,洪志玲还想赖着不下。"你下不下,你要不下我一脚把你踢下去,你别以为我不敢。"

在她的威逼下,洪志玲无奈地一步一步地顺着简易梯子下了飞机。下飞机后,夏芝兰还不放心,因为按计划她第一个起飞,肖副大队长第二个起飞,万一她起飞后,洪志玲再次爬上4213飞机咋办?她了解她,她是个爱飞行不顾小命的主儿。因而下飞机后夏芝兰也不放过她,硬将她拉到了地勤机械师老金面前:"老金,看住她,别让她再跑了。"说完,急匆匆上了飞机。望着中队长的背影,洪志玲气得牙关紧咬,鼻子直冒白气。夏芝兰之所以将洪志玲两次撵下飞机,因为这么大的雪,晚上飞行,空中万一出现情况很难处置。她心里总不踏实,直觉告诉她,今晚可能出事。

十九点整,一颗绿色信号弹在雪夜中升起,夏芝兰与赵伟刚驾驶4208号飞机缓缓地滑出停机坪,向着跑道南头驶去。不久,4208号飞机就咆哮着腾空而起,直刺雪海,很快便被夜空和大雪吞没了。4208号飞机刚滑出停机坪,洪志玲又往4213号飞机跑,但刚跑出两步便被老金一把搂住了。洪志玲急了:"金机械师,

你松手,你不松手我喊了。"她一面说着一面使劲,想挣脱他的大手,无奈他的劲太大,她使出吃奶的力气也无法摆脱他的控制。

三分钟后,肖副大队长驾驶的4213号飞机也准时起飞了,向山口爬升。突然,飞机的发动机发出了不寻常的吼叫声,指挥塔的扬声器里传出了肖副大队长急促的声音:"长城,4213右发故障!"

"加大左发油门,右发顺桨,保持高度!"今晚担任指挥员的是刘副团长,他的话音未落,就看到一股橘红色火柱伴着黑烟冲天而起,紧接着便听到了"轰隆"的一声巨响。正在往营区走的金机械师、洪志玲等人被眼前的一幕惊呆了,只听老金喊了一声:"不好,飞机摔了!"

正在房间里聊天的曾小玉、张云、俞素梅等人,并没听见响声,但楼道里杂乱急促的脚步声引起了她们的注意,她们急忙走出房门,只见没飞行的男飞们都往楼下跑,楼下的机务人员也在往外跑,她们一看这乱哄哄的场面,知道出了大事,赶紧折回宿舍披上棉衣,戴上毡绒帽,等她们跑出楼房时,被负责行政工作的孟副大队长拦住了,不仅她们,所有的空勤人员都被拦了回来:"大家都回宿舍休息,等事故情况弄清楚后,会马上告诉大家。"在他的劝说下,空勤人员拖着沉重的脚步,缓缓往楼里走。

"发生了什么事?"曾小玉轻声问身边的一位男飞行员。

"飞机起飞不久就摔了!"

"哪架飞机?人有没有事?"

"现在还不清楚。"

"天呀!志玲她……"曾小玉等人顿时傻眼了。在孟副大队长的催促下,她们跌跌撞撞地回到了房内,都盯着洪志玲的空床发呆。伤亡情况虽不清楚,但她们心中有数,飞机起飞阶段失事,人员生还的可能性几乎为零。不管哪架飞机出事,对她们来说都是从未有过的打击。一想到再也见不到他们了,曾小玉第一个失声痛哭起来,其他人也抱头抽泣不止。整座大楼除了她们的哭声外,一片死寂。

当夏芝兰、赵伟刚与同机的空勤人员回到大队的时候,一群家属与在家的所有空地勤人员都迎了出来,他们都急于知道到底是哪些人牺牲了。见到夏芝兰、赵伟刚等人平安回来,每个人的心情是不尽相同的,特别是家属。飞机失事的消息很快就传到了家属区,当晚参加飞行的空勤人员家属,都跑到了一大队,挤在大队部办公室里，等待确切的消息，怎么劝也劝不走。夏芝兰、赵伟刚机组成员的平安归来，等于给肖副大队长等人的家属报了丧，顿时揪心撕肺的哭声四起，有的当场休克，好在团里早有准备，医生、护士和救护车就在外面待命。曾小玉一见洪志玲没与夏芝兰一道回来，赶忙拉着她的手问道："中队长，志玲没和你在一起？"

"怎么，她没回来？"

"没有！"这一回夏芝兰真急了。她急忙跑到机务中队找那位机械师，边走边骂："老金，你个混蛋王八蛋！要是洪志玲有个三长两短，老娘要你的老命！"

夏芝兰如果这时碰到老金，真能跟他玩命。平时爱吵架的她，气急之下，暴粗口骂人一点也不奇怪。

当4213飞机滑出停机坪后老金才将洪志玲放开，和她一道冒着大雪往营区走，走到半路，便看到了那冲天的火柱，就听老金喊了声"飞机摔了！"一听摔飞机了，洪志玲脑子嗡地一下炸开了，身上的血液瞬间全被冻住，顿时失去了知觉，脑子一片空白。站在冰冷的雪地里，欲哭无泪，她完全麻木了。当夏芝兰驾驶的4208号飞机降落时，她才被飞机的轰鸣声惊醒过来。她使劲甩了甩头，抖落帽上的积雪，拖着不听使唤的双腿，艰难地在雪地上蹒跚着。这时机场已经死去，只有大片大片的雪花还在不停地下着。夜里的大雪，已失去了白昼的光亮，反而使夜色变得更加灰暗。地上没有了路，四周没有了物，夜幕与雪帘遮盖了一切，只剩"雪打墙"。洪志玲在空旷的雪夜里失去方向，她漫无目的地信步而行，不知过了多久，才摸到小白楼。回到宿舍时，俞素梅、曾小玉、张云三人还在哭，一见她进门，先是吃惊，继而三人几乎同时叫道："你还活着！你没在那架飞机上？"话声未落四人便拥在一起放声恸哭。正当四人大哭时，夏芝兰风风火火地进来了，一见洪志玲，忘了骂人，上去就是一拳。洪志玲一见中队长，立即挣脱其他人的拥抱，一头扎进夏芝兰怀里，放声嚎啕起来，很少流泪的女汉子夏芝兰脸上也挂满了泪珠。此时，姐妹们的情绪很复杂，她们既为战友遇难而悲痛，也为洪志玲躲过一劫而庆幸。

惊魂未定的洪志玲在姐妹们的安抚下，慢慢缓过神来，但她一句话也不想说，脱下毛皮飞行服躺在床上，两只充满血丝的大眼，死死地盯着天花板。这生死攸关的雪夜，使她尝到了人生百味，失去了那么多朝夕相处的领导、战友，使她悲伤痛苦，但夏中队长、赵伟刚和老金那执著的关爱，不仅让她幸免于难，还温暖了她那

颗被空难击碎和被冰雪冻僵了的心。今晚要是没有他们的阻拦,自己也和肖副大队长他们一道去了。这冰火两重天的情感,都突然降临到她的头上,使她茫然无措,正是这悲喜交集的心情,令她彻夜无眠。

室内已静了下来,室外的大雪还在下,北风还在刮,披着"白衫"的万物在为死难者戴孝,呼啸的寒风在为英灵演奏哀乐,寂静的宇宙都在为死者默哀。这是一个悲痛的夜,难忘的夜。

第三章 历险

春末的一天,夏芝兰带着志玲前往南方泉水机场,协助某航空兵师转场。她们在机场降落后,师长率各团团长和一群"男飞"已在机场等候,他们将乘飞机飞往福建前线的安宁机场。飞机停稳后没有关车,夏芝兰让洪志玲下去迎接客人上飞机。

洪志玲一出机舱们,下面"男飞"们的目光,刷地一下全在她身上凝聚了:"乖乖,比七仙女还漂亮。"洪志玲在二十多双目光的注视下,大大方方地向人群走去,离他们三米处停下,向他们敬过礼后道:"飞行员洪志玲,奉机长指示,请首长和同志们上飞机。"说完做了一个请的姿势。她的话悦耳,动作优雅,把男飞们看呆了。

良久过后师长问:"我是师长,请问你们机长是谁?"

"报告师长,我们机长是夏芝兰。"

"也是女的?"

"是!"

师长一听机长也是女飞行员,便皱起了眉头,迟迟不上飞机,在飞机下转悠。夏芝兰坐在驾驶舱里等了三分钟还不见客人上飞机,便关掉发动机也下了飞机。"小玲,怎么不请客人上飞机?"洪志玲望了师长一眼没吱声。

夏芝兰一看这场面,知道他们不信任自己,她的那股霸气唰地一下窜上了脑门,心里骂开了:"妈的,摆啥谱,有种你甭上飞机。"她也不和师长打招呼,将双手插在棉皮飞行服口袋里,与洪志玲聊起天来。洪志玲看中队长不理师长,也不着急,她却急了,低声道:"中队长,他们不上飞机咋整?"

夏芝兰冲她大声答道:"人家不急你急啥,贻误了战机,板子也打不到咱们屁股上。"

师长不聋也不笨，夏芝兰的话提醒了他，不走不行。他便走到夏芝兰身前，半开玩笑地道："你两个黄毛丫头行吗？可别把我们摔了。"

夏芝兰没好气地答道："放心吧，我们还年轻，可不想陪你们去见马克思。"

师长无奈只好带着一群男歼击机飞行员上了飞机。见他们上了飞机，洪志玲冲中队长竖起大拇指笑道："还是您有办法。"夏芝兰也乐了。

多次带洪志玲执行任务，两人之间的配合已非常默契。一路上她俩飞得很好，飞机很平稳，落地也很轻。当飞机滑到停机坪关车后，乘机的老飞们都夸她俩飞得好，那位师长更是佩服地冲她俩竖起了大拇指，夸赞道："真不简单，还是女同志飞得好，动作柔和，飞行平稳。开始我有不正确的想法，请你们千万别介意。你们真棒，谢谢你们！"

"男飞"们下飞机后，迟迟不愿离去，都频频回望在机翼下欢送他们的、色技俱佳的蓝天姐妹。

当晚，洪志玲在飞行日记上写道："要想赢得客人的信任，必须有中队长一样过硬的飞行技术。"

夏芝兰机组准备返队时，又接到了新的任务。上级命令她们执行送八位将军由西安去南京开会的专机任务。早上八点钟，她俩驾驶伊尔－十四型客机从西安起飞。起飞不久便进入云中。她们操纵飞机爬升到三千米后，改平飞。云中飞行对运输机飞行员来说是常有的事，虽然看不到地标地物，但完全可以按无线电罗盘和磁罗盘指示的度数飞行，尤其是无线电罗盘它直接接收目标机场导航台的信号，按无线电罗盘指示器指示的零度飞就行。她们在云中飞了近三个小时，根据计算，再过二十分钟就要到达南京大校场机场了，这时夏芝兰打开了供飞行员使用的3M超短波电台，与地面塔台取得联系，"金陵，06号呼叫，听见请回答。"

"06号，金陵回答，你现在的位置。"

"06号航向一百一十六度，高度三千。预计十分钟后到达。"

"06号，机场云量十个，云高一百五十米。"

"06请求以九百米高度通过导航台，按复杂气象穿云着陆。"

"06号，现在有三架飞机要落地，你们不用通过导航台按仪表大航线穿云降落，直接下降至五边落地。"

夏芝兰一听急了："我们一直在云中按仪表飞行，根本看不到地面，不知道自己的确切位置。再者云高只有一百五十米,而靠近机场东北方向有紫金山,山高四百四十七米,又不知道其他两架飞机的位置,怎么能盲目下降高度?我们再次要求以九百米高度通过导航台,按复杂气象穿云降落。"

指挥员听后非常生气地高声说:"听从指挥,直接穿到云下。"

夏芝兰火了,心里骂道:"放屁,我长时间在云中飞行,不按穿云图穿云下降,你想叫我撞山吗?我后舱有八位将军,我要保证绝对安全。"于是,她再一次要求按机场穿云图穿云下降,但是,无论她怎么呼叫,指挥员再也不理她了。夏芝兰一看时钟,预达时间已超过八分钟了,无线电罗盘仍指示零。难道机场还在前面,不可能呀!她感觉不对头。她瞧了瞧无线电罗盘控制盒上的刻度指示表,发现领航员将频率调到了上海虹桥机场导航台,这两个导航台的周率很接近,只差 9KC(千周,一小格)。她迅急摇动调谐手柄,调到南京机场导航台的频率上。并立即调转机头,罗盘指示上的指针转了一百八十度后又指到了零的位置。飞了几分钟后,她开始下降高度,突然无线电罗盘的指针飞转起来,同时通讯中断。怎么回事?夏芝兰来不及思考,立即又把飞机拉起,脑子里想的是四百四十七米的紫金山。此时,仪表板上左面汽油箱的油量表指示红灯亮了,油箱快没油了,只能飞十多分钟了。原来夏芝兰在西安起飞时,是按四个小时航程和规定的备份油量加的油。夏芝兰机组已飞了近五个小时。

夏芝兰心里有数,她已面临弹尽粮绝的处境。十多条生命和一架飞机的安全全掌握在她的手里,一着不慎,后果不堪设想。她果断地把发动机的油门往后收,以最小的速度保持平飞,尽量节省油料,争取较长的留空时间。同时尽快穿出云层,在能见地面的情况下顶多是场外迫降。但一定要避开紫金山。于是她根据磁罗盘的指示度数,往西南方向飞,并开始下降高度。她两手紧握驾驶盘,两眼死死地盯着前方,万一遇到山赶快拉起来。五百米,四百五十米,三百五十米……飞机慢慢往下降,她的心也跟着往下沉,头皮开始发麻,因为随时都有撞山的危险。

飞机下降到一百五十米时,视野猛然豁亮了,农田村庄出现在飞机的前下方,她们终于飞出了云层。洪志玲和机组成员都长长地舒了口气,可是这口气还没吐完,右油箱油量表的红灯也亮了,这意味着两个油箱的油都快烧光了,双发即将停车。在这万分危急的关键时刻,夏芝兰临危不乱,通过观看地貌地标,很快判明了飞机的具体位置,万幸,机场就在不远的前方,她不再呼叫,也不管机场刮的东风

还是西风,即以最小的速度飞进机场,也顾不上轻落地了,一进跑道便将飞机落了下去。滑行一段距离后,发动机开始放炮。没滑到跑道头,两台发动机都停车了,两个螺旋桨也停止了转动,好悬!如果在空中多呆一分钟,他们很可能回不来了。

她们在空中紧张时,地面指挥员和塔台上的所有工作人员比她们还紧张。自与夏芝兰机组失去联系后,机场所有雷达都打开了,但均没发现飞机,当时估计飞机失事了,并通知附近人民公社帮助寻找飞机残骸。那个指挥员知道闯了滔天大祸,吓得话都不会说了。万万没想到,在地面一片恐慌中,飞机飞回来了。当时南空副司令员正在机场检查工作,他当面表扬了夏芝兰:"这么复杂的情况,你能安全地飞回来,真是奇迹。你的处理是正确的,机场指挥员是瞎指挥。"事后查明,造成无线电罗盘故障和联络中断的原因,是南京机场东北方向有个强磁场,飞机飞行高度低时,会严重干扰飞机上的无线电设备。

回队部后,洪志玲写了一篇两千多字的日记,其中有这样一段:"南京历险,我见到了死神,万幸的是有夏大姐这样优秀的机长,是她将我们带出了鬼门关。同时创造了三项之最,即创造了伊尔-十四型飞机平飞速度最小、留空时间最长、剩余油量为零的历史纪录。这次飞越生死线,使我懂得了很多很多,学到许多书本上、课堂里学不到的东西。遗憾的是因她骂人'不听指挥',军功章又丢了。现在我明白了,大伙儿为啥叫她女闯将,她的确有股男子汉大丈夫的闯劲,没有任何困难能挡住她前进的脚步,没有任何艰险能让她惧怕。她的闯劲来自精湛的飞行技术,丰富的航行经验,超强的心理素质和不怕死神的勇气。通过这次飞行我更钦佩夏中队长了,能成为她的兵,是我一生最大的荣幸。"

经过一段的带飞之后,夏芝兰认为洪志玲的翅膀已基本硬了,可以独当一面了。年初,洪志玲被任命为三种气象条件的机长。

洪志玲被任命为机长不久,部队由团扩编为师,赵伟刚和洪志玲所在大队编入新成立的二〇五团一大队,进驻汤山机场。该机场位于汤山西南方,四周全是农村,从新都机场乍到这里有一种被流放的感觉,谈恋爱都没地方好去。汤山机场是解放初期在苏联专家指导下建造的,营区不大,但营房布局整齐,除一座三层办公楼外,全是坐北朝南的二层青砖楼。东区是营区,中区是办公楼和招待所,西区是家属区。

二〇五团辖三个大队。一、二大队装备的都是固定机翼的苏式运输机,三大队装备的是直升机。这个大队有一名与赵伟刚同年入伍，一起进航校学飞行，毕业后又一道分到该部队工作的孙浩远。自洪志玲来到机场后，他也盯上了她，只苦于她还是"禁品"，动不得，因此对她的那份爱恋和赵伟刚一样，深藏在心里，耐心等待她"解禁"的那一天。

部队由团扩编为师，领导干部变动较大，刘副团长任二〇五团团长，俞素梅当上了二〇五团副参谋长，陈副大队长提升为一大队大队长，夏芝兰提为一大队副大队长，赵伟刚当上了中队长。不仅人事有较大变动，装备变化也不小，从国外引进了六架飞牛型直升机，这种直升机的最大特点是机动性能好，悬停高度高，载重量大，特别是外挂重量重，安全系数大。孙浩远不但改飞这种新型直升机，还当上了新成立的"飞牛型"直升机中队的中队长。

这年八月上旬，河北南部和中部普降暴雨，持续十多天，造成特大洪涝灾害。特别是海河水系除北运河外均泛滥成灾。北京以南，西至保定、石家庄，南到衡水、德州一带，全是一片汪洋。成千上万的群众被洪水围困在山头、高地场院和屋顶上，有的甚至爬到树上栖身，还有的已被洪峰冲走。在这危急关头，党中央、国务院立即调集空军运输机部队到灾区空投食品和药物。部队接到任务后迅速组织人员，拆掉了客舱里的全部座椅，将客舱改成大货舱，并抽调部分地勤机务人员组成空投小组，执行空投任务；将所有的飞行、领航、通信员和空勤机械师（员）编成若干机组，采取歇人不歇马的办法，轮流到灾区空投救灾物资。每个机组每天都要飞两至三次，六至八个小时。

俞素梅、夏芝兰、洪志玲、曾小玉均作为机长率机组参与救灾。这时俞素梅已有三个月身孕，肚子已经显形，这么高密度、高强度的飞行，对身体正常的飞行员来说都是一次考验，因此刘团长没有安排俞素梅。团长本是一番好意，没想到遭到了俞素梅的强烈反对："团长，我没那么娇气，你要是不让我执行救灾任务，我直接找师长。"这是俞素梅第一次与团长唱反调。

"不行，我不仅要对你负责，我还要对你肚里的孩子负责。"团长坚持己见不松口。

"我又不是泥捏的，纸糊的，黄淑敏怀孕七个月还在飞，我怀孕才三个来月就不能飞啦！你也太小看我俞素梅了。"

刘团长没想到，一贯温文尔雅的俞素梅较起真来，也和夏芝兰一样，有一股辣

劲儿。没办法，经航医同意后将她编进了机组。

翌日七点，飞往灾区的飞机相继起飞。夏芝兰驾驶4016号飞机，紧跟在俞素梅后面起飞，当她爬升到五百多米时，就时而进云时而能见，不能完全目视地标，这时她与领航员研究，决定用机场和走廊口导航台的背航指示保持和检查航迹。依靠这种方法，她顺利地飞到了空投点上空。但她将高度降低到一百米准备空投时，总有些碎云遮住空投点，面对这种情况，是按照空中计算的时间将物品投下去，还是等完全看清空投点后再下命令空投？夏芝兰矛盾起来。按照前者，没有百分之百的把握使空投物资都能落到没水的场院里，但这样没有任何风险；按后者，想绝对准确地把物品全部投到社员手中，就必须再降低高度，完全目视飞行。

为了将满货舱的食品和药物都投到灾民手中，她毅然一推机头，朝着滔天洪波飞去。她是铁了心，不看清目标决不按空投铃。她把高度降低到八十米时，完全摆脱了云层的遮掩，终于看清了空投点，场院、人群，甚至连土墙上的"总路线、大跃进、人民公社三面红旗万岁"的标语都依稀可见。当飞机超低空飞过场院上空时，夏芝兰用力地按响了空投铃，将救灾物资准确地投向场院内。由于飞机装载的物资很多，必须分批空投，她便一次又一次地飞过场院，直到飞机空舱后，才将飞机拉至九百米高度返航。

返航途中，后舱的空投员兴致勃勃地走进驾驶舱，给机组成员描述空投时的所见。他说："当飞机每一次通过场院上空时，都会看到灾民们那欢呼雀跃的场面，有的社员挥动着衣服，向飞机振臂高呼，虽然听不见他们的呐喊声，但可想而知，他们一定是在高呼：'毛主席万岁！''共产党万岁！''解放军万岁！'遗憾的是你们无法看到那激动人心的一幕。"

空投时，夏芝兰一点都不敢分心，离地面只有八十来米的高度，稍有差池，后果可想而知。虽然自己没能亲眼目睹那感人的情景，但听完空投员的介绍，她心中油然产生了一种自豪感，作为一名女飞行员的价值，今天得到了十足的体现，劳动人民的血汗钱没有白花。正当她沉醉于胜利喜悦之中时，耳机里传来了塔台指挥员的声音：

"06号，我是长城，西山有大片浓积云向机场压来，你们必须赶在雷雨到来之前降落！"

"06号明白！"空投时，夏芝兰是尽量减慢速度，现在她是加大油门往回飞，当她刚刚落地,还没滑回停机坪,大雨就倾盆而下。望着舷窗上那刷刷的水流,她长长地地吐了口气:我安全回来了。

由于受灾面积太大,空投点太多,尽管所有飞机连续飞了三天,还是有不少受灾群众没能收到空投物资。一想到那些仍在忍饥挨饿等救济物资的灾民,空勤人员都希望二十四小时不间断飞行。可是一天飞下来,所有机组成员特别是飞行员都很疲惫。身怀六甲的俞素梅更是累得连饭都懒得吃,只想睡觉。鉴于她的身体和精神状况,团长再次冒着挨骂的风险,撤销了她第四天的飞行计划。

得知这一消息后,俞素梅直接跑到师部找师长请战:"师长,灾区人民需要我,让我继续执行空投任务吧!"

"你们团长撤销你的飞行计划是对的,是对你负责,也是对孩子负责。"

"师长,您别像团长那样总拿孩子说事。您算没算过一笔账,少一架飞机执行空投任务,就会有上千社员没有食品充饥,没有药品治病,他们就会有生命危险。您说,是上千老百姓的生命安全重要,还是一个未出生的孩子重要!再说了,我自己的身体情况我自个儿最清楚,再飞三天两天不会有问题,万一真的为了救灾而小产,那也值,我还可以再要,而老百姓如果得不到及时援助,饿死了,病死了,他们可不能再生啊!您就让我飞吧!"俞素梅的这番慷慨激昂的陈述,深深感动了师长,他给作训科打了电话,批准俞素梅机组继续执行空投任务。

金秋十月,河北省准备在保定召开抗洪抢险先进单位和先进个人表彰大会,空军推荐俞素梅代表飞行员参加。开始她死活不同意:"干吗非让我参加,我又没什么特殊贡献,不就是肚子里比其他飞行员多个孩子嘛,这有啥可张扬的。挺个大肚子参加大会,多不雅,我不去,让老夏去吧!她飞得最多,准确率最高,贡献最大,应该让她去。"她这不是什么假谦虚,别看她平时有股不甘人后的劲头,但她身上还真没有爱虚荣,好出风头的毛病,她的座右铭是:高调做事,低调做人。她不愿抛头露面。但夏芝兰的一番话帮助领导说服了她。

俞素梅与夏芝兰,是女飞行员中的顶尖人物,有"蓝天双娇"之称。就飞行技术而论,夏芝兰还略胜一筹。但因她脾气暴躁,嘴无遮拦,容易伤人,好惹事,所以每次评功评奖都没她的份。她"过五关斩六将"的那些事儿,很少见诸报端,职务晋升自然也慢。因此外界只知俞素梅,不识夏芝兰。一般女人好忌妒,夏芝兰却是个例外,她不但不妒忌俞素梅,相反,一有机会就为俞素梅摇旗呐喊,极力维护

她"女飞大旗"的声誉。因此当得知俞素梅不愿出席抗洪救灾英模大会时,才耐心地做她的思想工作。

"老俞。我身强力壮,没病没灾,多飞点很正常,是应该的。可你就不同了,你是挺着大肚子,带着孩子连轴转。你这种不怕苦和累,不计较个人得失的精神,真值得我们学习。你是'女飞'的大旗。你这面旗帜无人能替。我可以当代表,但我有你那样的感召力,影响力吗?老俞,这不是你个人的事,你代表的是全体参加空投的飞行人员,更是代表我们女飞行员。派你参加大会有特殊意义,你的形象就是一种大爱的展示,让灾区人民知道,在他们处在水深火热之中的危难时刻,我们人民空军,我们女飞行员是在何种艰难的情况下为他们送吃送药的。你去参加大会,是让全中国,乃至全世界人民都知道,新中国的女飞行员没有忘记劳动人民的养育之恩,没有忘本。我们不是蓝天花瓶,我们是有着钢铁般意志和巨大战斗力的战士。"别看夏芝兰这个蓝天闯将,平时凶巴巴的满嘴粗话,说起大道理来,也是一套套的,一点也不低俗浅薄,颇有点儒将风采。

俞素梅正是怀着这样一种心情走进大会会场的。她的到场,正像夏芝兰所预料的那样,轰动效应不亚于苏联发射人造地球卫星。

第四章 核爆

一九六四年九月上旬的一天,李副师长和作战科崔参谋来到汤山机场二〇五团会议室,给夏芝兰机组下达飞行任务,刘团长和俞素梅副参谋长也在场。机组成员有飞行员陈子平,领航员宋斌,通信员周富,机械师邢凯,机械员罗鸣。

"同志们,这次任务很特殊,一是时间长,确切地说没有期限;二是环境异常艰苦,到底有多苦,我现在也说不好;三是保密性强,上级要求你们把看到的、听到的、接触到的以及你们所做的一切,都烂在你们肚子里,不得对任何人透露一个字,不得与任何人通信、通电话;四是此次任务有一定的危险性,究竟有什么危险,我也不知道。你们是经过各级保卫部门政审后确定的,是军委、空军党委绝对信任的机组,相信你们一定会胜利完成任务,凯旋归来。

"夏芝兰,你是惟一的女同志,困难会更多,派你一个女同志去,师、团领导是经过反复研究,慎重考虑后决定的。你去在生活上肯定会有不方便的地方,但你的飞行技术、航行经验、心理素质、政治思想、工作作风、身体条件都无人能比。执行这次艰难的神秘任务,你这位女闯将是最合适的人选。你有什么想法和困难可以提出来。"夏芝兰想都没想,立即表态道:"没有困难,请师、团首长放心,保证完成任务。"

李副师长下达完任务后,崔参谋布置了具体航线和注意事项。他特别强调那里风沙大,要带齐机头和发动机蒙布,要带新的,飞机轮挡要加固,固定飞机的钢绳要加粗,等等。李副师长和崔参谋下达完任务后,刘团长、俞素梅做了补充动员。俞素梅特别提醒夏芝兰:"老夏,派你去,其他的我都不担心,就担心你那张嘴,你得把严点。老宋,你是党小组长,多敲打敲打她,别像以往那样,人还没回来,告状电话先来了。"

"老俞,这回你放心,不会有告状电话,刚才李副师长不是说了吗,那里不让

往外打电话。"大伙儿都乐了。

得知夏中队长要去艰苦的大西北执行任务,洪志玲直接找刘团长请缨:"团长,让我和夏中队长一起去吧,就她一个女同志不方便,我去给她做伴,相互有个照应。我和中队长一个机组飞了老长时间,彼此非常了解,配合很默契,这对完成任务有利。团长,让我去吧!"

刘团长给她倒了一杯水后笑道:"我就知道你会来找我,不找我,你就不是洪志玲。你要去的理由还有吗?"

洪志玲想了想道:"每次跟中队长执行任务,都能学到老多东西,这次跟她去大西北,肯定能学到更多营房里学不到的东西,对我也是一次锻炼。"

"她吵架的本事你也学会了,没把你带坏?"

一听这话,压在心中的、为中队长鸣不平的怨气冒了出来:"团长,中队长是爱吵架,但她每回都能吵赢,为啥?因为她不是无理取闹,她有理。中队长是爱骂人,也骂过我。我仔细观察过,中队长骂人有两种情况,一种情况是被骂的人该骂,南京机场的那个混球指挥员难道不该骂。不好意思,我真被中队长'带坏'了。"团长和洪志玲都笑了。

"中队长有时骂人是为了爱,打是亲骂是爱嘛,没有她的臭骂,我也和肖副大队长一样,早进八宝山了。"

"小玲,你找我是请缨来了,还是表扬你们中队长来了?这两个问题我都可以回答你。你去西北是不可能的,机组名单是由师常委定的,空军领导审批的,谁也改不了。你也不用替你们中队长抱不平,上至空军司令,下至你们陈大队长,对她都非常了解,非常信任,这次派她去大西北就是最好的证明。"

"那为啥立功受奖没有她,媒体报道也没有她?"

"那是因为她的毛病太冒尖,影响太大。打个比方吧,有张很美的人物画,可是画中人的脸上有个明显的污点,这张画就不好往墙上挂了,你们中队长就是一幅上不了墙的好画。"

"团长,你这个比喻不恰当,夏中队长可不是一幅挂不上墙的画,她是一匹爱尥蹶子的千里马。"

"我还没说完呢,我说的不是水墨画,而是油画。画上的污点抹掉之后,涂上新的颜色,这画不就可以挂了吗!小玲,夏中队长的缺点你千万别当优点学。你这么秀气的姑娘如果满嘴脏话，成何体统。"洪志玲没再多说，悻悻不快地离开了团长办公室。

翌日，一架机尾号为4016的伊尔－十四型飞机，由汤山机场起飞，向着大西北飞去，客舱里坐满了专家学者。驾驶这架专机的就是夏芝兰机组，他们的目的地是西北戈壁深处的08号基地。飞机中途在兰州机场降落，客人用餐，飞机加油。下午一点飞机从兰州起飞直飞08号基地。夏芝兰曾多次执行过去新疆的任务，对大西北的地形和气象情况比较熟悉，但没有到过08号。

飞越茫茫戈壁之后，4016号飞机飞临08号机场上空。"天山，天山，我是06号，听见请回答！"

"06号，我是天山，由南向北落地。"地面指挥员通报了场压、风速等数据。下午五点左右，4016号飞机安全降落。夏芝兰将飞机在指定位置停稳，等乘客相继从简易梯子走下飞机之后，她和机组成员也下了飞机，前来接机组的是基地的谢主任。他向机组作了自我介绍，"同志们辛苦了，欢迎你们来基地执行任务，这里条件极差，生活很艰苦，只有委屈大家了，请多包涵。以后你们有事直接找我联系。"说完他又给机组介绍了身旁的一位战士，"他叫高山，汽车司机，是专为机组服务的，除开车外，其他的事也可让他办。"

由于机组要做飞行后检查，谢主任先走了，走时郑重交待："这里天气多变，风沙说来就来，你们一定要固定好飞机，盖好蒙布。"

高山开的是一辆苏式嘎斯牌卡车，他将机组拉到了基地招待所。

夏芝兰机组到基地不久，基地指挥部召开了动员大会。告诉了大家执行任务的性质与研制原子弹有关。当得知我国正在研制原子弹，机组是直接为研制工作服务的信息后，夏芝兰这位空中闯将激动地流下了热泪。回到招待所后，便向基地领导写了决心书："我在航校学过有关原子弹的知识，清楚此次任务的危险性，但研制原子弹是具有战略意义的大事，关系着军队的强大，国家的命运，人民的安宁。我能参与这一开创中国历史的科研项目，为中国研制第一颗原子弹做贡献，是党对我的信任，是我一生的荣耀。我是人民用汗水培养出的飞行员，别说是核辐射，就是去牺牲也在所不惜，无论有多大的危险，坚决完成任务。"

基地开过动员大会之后，并不是所有人都像夏芝兰那样，不怕核辐射，有人向领导请假，要回家结婚生孩子，说是遭受核污染的人不生孩子。上述情况传到了国

务院领导人那里，他指示基地开展学习夏芝兰活动。基地领导为了激励参战人员，消除畏"核"情绪，遵照国务院领导的指示，在基地掀起了向夏芝兰学习的热潮。一时间，基地各处贴着向夏芝兰学习的标语，壁报上贴着夏芝兰的决心书，大喇叭里广播着夏芝兰的事迹。一向低调的夏芝兰一夜成名。不少慕名者想一睹夏芝兰的风采、芳容。可都失望了，夏芝兰已离开基地。

动员大会之后，基地领导给夏芝兰机组下达了具体任务，让她们到离起爆点最近的04号机场进行勘察、试飞，然后将有关参加爆炸试验的人员、设备和物资空运到04号机场。

机组到达04号机场后发现，这里的艰苦程度超出他们的想象，机场没有房子住，所有人都住帐篷。机组就夏芝兰一个女同志，单独住不安全，她就和机组的男同志住一个帐篷，中间挂一床棉被。厕所都是用席子围起来的，夏芝兰的女厕所是她来后临时搭建的，不牢固。当地气候异常恶劣，风沙不断，经常听到机组的男同志喊："夏中队长，你的厕所又被刮跑了。"当地没有淡水，更没有空勤灶和洗澡间，喝的水又苦又涩，米饭和馒头因碱多都是黄色的，吃起来都有咸味。后来指挥部对机组给予特殊照顾，送来了一批罐头和西瓜，夏芝兰就用西瓜皮洗脸。

在04号机场工作的人都说这里风沙吓人，三天过去了，虽经常刮大风，但还没到可怕的程度，机组成员就认为情况不过如此，也就不太在意。有天下半夜，沙尘暴突袭机场，狂风卷着沙尘，首先卷走了由席子围成的、专供夏芝兰方便的厕所，紧接着又抛翻了好几座帐篷。正在人们与狂风争夺帐篷之际，就听高音喇叭中传来了："勤务连与机组的同志快去机场抢救飞机，飞机被刮跑了。"

夏芝兰他们一听吓出了一身冷汗，也顾不上帐篷了，赶紧戴上防沙镜和大口罩往机场跑，但使出吃奶的劲，也挪不了几步，赶到机场一看，他们的飞机还在原地未动，特制的轮挡和加粗的钢索起了作用，兄弟部队的一架里－二型飞机被刮动了。夏芝兰并没因飞机安好而安心，她让机组分头检查飞机的所有部位。这一查还真发现了问题，左发动机的蒙布带子被刮断了一根，蒙布有随时被刮走的危险。飞行员小陈一见二话没说，在周富帮助下，顶着风沙奋力爬上了左机翼。他刚系好绳带，一股更为猛烈的暴风向他袭来，将他掀下机翼。"咚"的一声重重地摔在地上。正当夏芝兰等人赶来扶他时，他自己先爬了起来。还好，由于他平时爱运动，反应快，接地的瞬间他下意识地用双手护住了头，伤得不重，只是右手的肘部被擦破了，血流不止。夏芝兰让小汪从飞机上拿来急救箱，背对着风沙，亲自为小陈包扎。

自到04号机场后，夏芝兰机组完成了从北京、兰州、武威等地往04号运送科研人员、精密仪器、重要文件以及猴子、狗、白鼠、飞机坦克模型等任务。在运送动物试验品过程中还闹出了一个笑话。那天飞机机舱里装了一批猴子，当夏芝兰上飞机时，有只老公猴一见她，便高兴地在笼子里冲她又蹦又跳，嘴里发出嗞嗞的怪叫声，见此情景，调皮鬼小周便打趣道："中队长，老猴子看上你了。"他的话引来一阵笑声，夏芝兰冲老猴子骂道："你他妈不照照镜子，就你那猴样儿，也想吃老娘的豆腐。"她的笑骂，引出更大的笑声，笑翻了天。

国庆节，正是举国欢庆的日子，这天，夏芝兰机组不但没有休息，反而更忙。清晨三点他们就从基地起飞，向东北沈阳飞去。中午一点十分他们降落在沈阳东塔机场。飞机刚一停稳，一辆吉普车就开到了机舱门口。从车上下来三个人，有一人双手抱着一只小金属箱子。当夏芝兰走下飞机后，来人中的一位负责人指着那只小箱子对她道："这是运往基地的特殊物品，它易爆易燃，本不该用飞机运送，但基地急需这种物资，因此只有麻烦你们了，你们务必小心，千万不能有太大的震动。"

"这不就是颗炸弹吗？"老宋担心地问道。

"它比炸弹还危险！因此你们要格外小心。不过也别太紧张，没有强烈震动，它是安全的。"

夏芝兰毫不迟疑地接过了神秘的小箱子："请你们放心，我们保证将它安全送到基地。"

夏芝兰抱着小箱子，在小陈的搀扶下一步一步地上了飞机，上飞机后机组人员都为安放小箱子犯难，将它放在何处最安全？老宋先出主意："将它放到前排座椅上，那里震动小。"

"不妥，沙发座椅虽有一定的弹性，但防震性差，飞机落地时的震动它防止不了。"

几个人七嘴八舌，面对贴有骷髅标志的小箱子发呆，谁也拿不出最保险的办法。

最后机械员小罗自告奋勇道："我有个笨办法，由我抱着，飞行中的机务工

第四章 核爆

作，机械师一人能顶下来，我离得开。"

"不错，不错，这办法好，人体是最好的减震器。小罗，你可要受累了。"老宋率先表态。夏芝兰望着机械师老邢，等他表态，机械员抱小箱子，他要增加一倍工作量。老邢没半点迟疑，当即点头赞同，因为这是唯一可行的办法。

一看机械师赞成，小罗便从机长手里小心翼翼地接过小箱子，慢慢地坐到了头排座椅上，坐稳后，让小周给系上安全带。

飞行两个多小时后，夏芝兰拿着水瓶水杯来到客舱。"小罗，渴不渴？喝点水吧！"

"渴是渴，但我不敢喝水，怕上'一号'。"

"那就少喝两口。"说完她给他喂了半小杯凉白开。

从沈阳飞04机场，要飞十多个小时，一路上除在西安加油吃饭外，小箱子这颗"炸弹"，就没有离开过小罗的怀抱。

深夜，飞机在机场安全降落。下飞机时，小罗的双腿不会走路了，麻木了，他是让小周背下飞机的。

原子弹爆炸的当天，即一九六四年十月十六日，除指挥部和地面保障人员外，04号机场只留夏芝兰一个机组，其他兄弟部队的机组撤回08号基地。留在现场的人员都穿着防化衣，戴着护目镜，用棉花堵住双耳，趴在临时挖的露天掩体里，又激动又紧张地等待火球从一百零二米高的爆炸架上升起。

十五点整，一颗硕大的、圆圆的红色火球与蘑菇云翻滚着蹿上天空，大地也开始微微颤抖。人们欢呼雀跃，不停地蹦呀，喊呀（插播我国第一颗原子弹爆炸画面）。夏芝兰和机组成员抑制着激动和喜悦的心情，她们将完成一项史无前例的极为危险的神圣任务。

原子弹爆炸前，前线指挥员给夏芝兰机组下达任务："夏中队长，原子弹爆炸半小时以后，你们起飞去穿越并追逐尚未消失的蘑菇云，采集各高度层的放射性微粒。这是一项危险性极大的任务，虽然半个多小时后的蘑菇云已变成了一团黑色残云，但残云中仍有放射性物质和未知的高温等，飞机进云后到底是啥情况，没有先例无法预测。可是在眼下的技术条件下，用飞机收集核辐射样品是唯一的办法。希望你们发扬'一不怕苦，二不怕死'的革命精神，完成这一光荣任务。"

夏芝兰他们也清楚执行此次任务的后果，轻则受污染，重则被焚毁。但他们早就下定了誓死完成任务的决心，早把生死置之度外，因此明知山有虎，偏向虎山行，火球升空三十多分钟后。夏芝兰毫不迟疑地拎着航行包，率领机组登上了飞机，载着防化兵和测量仪器起飞了。夏芝兰镇静地驾驶飞机，勇敢地闯进了那团黑云。当飞机进入黑色云团时，顿时失去光明，机内外一团漆黑，飞机仿佛航行在十二级风浪之中，上下颠簸，左右摇晃，似乎立马解体。机内气温骤增，瞬间成了蒸笼，汗水好似喷泉，从全身的毛细孔里往外冒。夏芝兰强忍着因窒息产生的晕眩，咬紧牙关，双手紧紧地握着驾驶盘，控制着脱缰似的飞机。好在时间很短，不到半分钟飞机便穿出云团，而后围绕着那团蘑菇残云一圈一圈地盘旋上升，直到飞机上升到极限高度六千多米时，夏芝兰才驾驶飞机脱离残云，此刻的蘑菇残云已变成白色的小豆角，向深邃的天空飘升。望着远去的豆角云，夏芝兰长长地舒了口气，这时她才发现，自己全身上下都被汗水湿透，跟大雨浇过一般。

完成采样任务后，夏芝兰机组按计划到哈密机场降落。飞机停稳后，防化兵的战士立即检测飞机和机组成员受沾染的情况，检测结果夏芝兰受沾染最重。检测后，防化兵为飞机和机组进行了去污染消辐射清洗，由于夏芝兰是唯一的女性，防化兵中没有女兵，无奈只好让她单独在一个帐篷里自己清洗，由于缺乏经验，清洗时她没清洗头发，留下了致命的隐患。

哈密机场所有的人都知道夏芝兰机组穿越蘑菇残云的事迹，都以崇敬的目光欢迎从爆炸现场归来的英雄，可是有不少人担心他们身上残留的辐射物波及自己，离他们远远的，连空勤灶也不让他们进去用餐。第二天夏芝兰他们又回到04号机场，将试验场的各种试验物和沾染物，运到北京进行研究。

几天后，夏芝兰又回到08号基地，这时洪志玲也来基地执行任务，她俩住同一房间。一见面洪志玲就拥住了夏芝兰："中队长，我老想您了，您瘦了。听说您穿越了蘑菇云，您太伟大了。"

"别听他们瞎吹，蘑菇云能穿越吗？那还不把飞机烤化了。我们穿越的是蘑菇残云，是原子弹爆炸半个多小时后才进去的。"

"那也很危险，也不简单。这回该给你记功了吧，再不给你记功我让我爸，让他找空军张副司令员，他们是战友。"

一听这话夏芝兰骤然严肃起来："小玲，你爸和张副司令是老战友的事，你千万千万别声张，以免引起误会。你更不能去找张副司令员，你明白我的意思

第四章　核爆

吗？"

洪志玲的父亲洪茂盛，抗美援朝期间和张副司令在一个中队，副司令曾给他当过僚机，共同击落过三架敌机。因在一次空战中腿部负伤，洪茂盛停飞转业，现为沈阳一兵工厂的党委书记。

"这事我对谁也没说，我明白您的意思。"

这时有人敲门，夏芝兰给洪志玲做了一个"我睡了"的手势，洪志玲点头示意"我明白"。洪志玲拉开房门，三名扛着"长枪短炮"的记者站在门口："夏中队长在吗？我们是记者。"

"不好意思，夏中队长有点不适，早睡了，诸位请回吧！"

三名记者见洪志玲穿着飞行皮夹克，而且相貌出众，举止优雅，准备掏相机给她拍照，他们的相机还没举起，洪志玲"叭"的一声关上了房门，三名记者吃了"闭门羹"。

晚上，师徒俩谈了很久，要不是第二天还要飞行，她俩会谈通宵。

早上夏芝兰从洗手间出来，发现洪志玲偷偷掉泪，便问道："出啥事了？"

洪志玲指着她的枕巾说："您看看，自己看看！"原来粉红色的枕巾上铺满了一层黑发，她已经开始大量脱发。

夏芝兰面对自己的落发不但没表示出伤感，反而笑着安慰洪志玲："没事，我的头发多，掉点没关系。小玲，我掉头发的事，你一定要保密，否则我会骂你一辈子。"夏芝兰心里明白，这是核辐射造成的，因为她的例假也停了。没想到核辐射的影响这么大，这么快。然而她无怨无悔，坦然面对，做好了与辐射病长期斗争和牺牲的准备。

经过近两个月的紧张飞行，夏芝兰和她所在的机组，出色地完成了我国第一颗原子弹爆炸的采样和空运任务，上级为她记了二等功。当洪志玲向她表示祝贺时，她自嘲道："因为这次我除骂过猴子外，没和人干仗。"

第五章　定情

一九六五年底,洪志玲等女飞行员不准谈恋爱的禁令已经到期,空军首长到机场当着师、团领导与全体女飞行员的面,宣布解除"禁爱令":"姑娘们,五年前,为了让你们集中精力学飞行,空军党委要求你们五年内不许谈恋爱。现在五年期限已满,翅膀都硬了,我代表空军党委宣布,从今天起,你们可以谈恋爱结婚了。据我所知,不少男飞小伙子早就盯着你们了,我相信你们一定能选到如意郎君,组成幸福美满的家庭。"。

"禁爱令"被解除,最高兴的是赵伟刚与孙浩远两个飞行中队长,他俩盼的就是这一天,于是同时向洪志玲发起了进攻,但进攻的方式与策略却大不相同。赵伟刚是利用"近水楼台"的有利条件,一味地讨好洪志玲,对她呵护有加,百依百顺,他是想用温情去感动她,从而达到得到她的目的。孙浩远则不同,他虽然与洪志玲不在一个大队,没有赵伟刚那种常亲芳泽的机会,但他有吸引洪志玲注意他的办法,他是想用才艺去吸引她,以达到征服她的目的。郎才女貌,自古佳人爱才子,他坚信这是颠扑不破的古训。

洪志玲已是二十出头的大姑娘,情窦已开,到了觅佳婿的年龄。然而她不同于一般的大姑娘,虽然已经解禁,但谈情说爱还没列入她的时间表,她一门心思全在飞行事业上。她不急于恋爱的另一个原因是她很自信,知道自己的优势,从不担心自己成为剩女。机场里优秀的单身男人有的是,何愁嫁不出去。当然不谈爱情并不等于她不懂爱情,其实她对来自赵伟刚的爱恋信息,心知肚明,但她不为所动,用俞素梅《手册》中装糊涂的策略应付了事。

她到部队后,俞素梅曾送给她一本《正确处理两性关系》的手册。俞素梅也是美女,从入伍那天开始,就经常遭到异性的骚扰,各类人都有,方式五花八门。她将受骚扰的经历和应对经验,总结成了一本小册子,作为秘籍送给洪志玲,她预料

洪志玲这样的美女飞行员，在男多女少的军营里，肯定成为异性追逐的重点目标，来自他们的骚扰和侵犯少不了。为了让小玲很好地保护自己，不受伤害，她将《手册》送给了她，还真派上了用场。

洪志玲装糊涂也并非全是因为事业，还有另一层原因，那就是她对中队长还处在考察期、比较期，因为她感受到了另一位优秀男人的示爱信息，他就是孙浩远。

赵伟刚为人谨慎，自尊心强，没有洪志玲的明确信号，他的一个爱字只会深深地藏在心里，决不会向她表白，表面看来，他的所作所为仅限于领导关心爱护下属的范畴，因此两人的关系始终处在一种不冷不热、不亲不疏的状态。

孙浩远多才多艺，才华横溢，是全团有名的才子，当时的特殊社会环境为他提供了施展才华的舞台。

一九六六年元旦，团里按惯例要举办联欢晚会，这时期部队正处在突出政治的大背景下，文艺节目从内容到形式都要"革命"化。孙浩远所擅长的滑稽搞笑节目被革掉了。但他还有拿手好戏，他的革命样板戏也唱得呱呱叫，同样叫座。那天晚会上，他一人演出了一场《沙家浜》片断：智斗。阿庆嫂、刁德一、胡传奎全由他一人演唱，他是唱得有板有眼，演得惟妙惟肖，赢得了满堂彩。但他的演出却受到了团政治处"胡克思"主任的严厉批评，说他是丑化革命样板戏，太不严肃。"胡克思"的真名叫胡达，因为他"精通"马列主义，据说他能背诵《资本论》，所以同志们尊称他为"胡克思"。孙浩远的演出虽然受到了胡主任的批评，却获得了洪志玲的好评，在台下使劲为他鼓掌，他在她心中的砝码加重了不少。

开春不久，部队开展"红化"活动，要将营区变成红海洋，所有房屋的外墙上都要用红色涂料写上毛主席语录。这一光荣的任务自然落到了能写一手美术字的孙浩远头上。那段日子他整天在梯子上爬上爬下，身上沾满了红色油漆与涂料，飞行中队长变成了油漆匠。

一天下午三点多钟，孙浩远在几名副手的簇拥下，来到了洪志玲所住的宿舍楼下，准备在墙上写毛主席语录。

多数中国人有个毛病，喜欢追星，喜欢凑热闹。部队的官兵也不例外，一听说孙大才子要在自个儿住的楼房墙上写红彤彤的毛主席语录，一大队的空地勤人员几乎都从楼里走了出来，紧紧围在孙浩远登高写字的梯子旁，看他写毛主席语录，这大概也算政治学习吧！因为这天是政治学习时间，没人管他们。

孙浩远用的不是一般的木梯或竹梯,而是专供检查飞机用的金属梯,四条腿,两条前腿上安有小轮子,便于移动。顶层有五十公分见方的小平台,平台四周有护栏,平台能用液压棒升降,既好使又安全。飞行部队搞"红化"有得天独厚的条件——机械化。

一大队的宿舍楼是一栋坐北朝南的二层楼房,毛主席语录就写在第二层楼朝南的外墙上。孙浩远先在地面观察了一下墙的高度和宽度,设计好了每个字的位置,准备由左至右开始书写。政治处给此楼选定的语录是:"不是东风压倒西风,就是西风压倒东风,在路线问题上没有调和的余地。"几名助手将梯子推到西头,梯子放稳后孙浩远登上平台,助手摇动液压棒,平台缓缓上升。说来也巧,楼西头朝南的第一个房间正是洪志玲的闺房。她没下楼凑热闹,而是坐在房间里看书,一见孙浩远乘梯子出现在窗户前,忙来到窗口。孙浩远一看洪志玲在室内,喜上心头,调皮话张口就来:"洪大机长,看啥书?这么入神。该不是才子佳人,鸳鸯蝴蝶一类的大毒草吧!"两人虽不在一个大队,但同在一个机场飞行,一个食堂吃饭,又都是团男女篮球代表队的主力,再加上孙浩远经常是有事没事往洪志玲身边凑,因此两人见面的机会很多,混得很熟。

"那些资产阶级的黑货,我现在是想看也找不到了。我看的是《伊型飞机无线电设备常见故障分析》,不属于封、资、修吧!"

"你不学无产阶级政治,而学无线电设备,你这是单纯军事观念,走白专道路,同样危险。对不起,打扰了,不好意思。"

洪志玲一听便知他在打趣自己,谁都知道"不好意思"是他的口头禅。她也不是省油的灯,立马反击道:

"孙大才子咋变成叫花子了?"

"变成叫花子好呀,变成叫花子好辨认,免得小姐抛绣球时找错人。"这句话回答得很巧妙,很艺术,明显是调情却又不直白,他把自己比喻成京剧《三击掌》中的薛平贵,那楼内的洪志玲自然就是王宝钏了。

"讨厌,狗嘴里吐不出象牙。"洪志玲说完将窗户"呼"的一下关上了,不再搭理还在嬉笑的孙浩远。

孙浩远干活效率高,不到两个小时便把那段毛主席语录写完了,当他写完最后一个字时,人群中响起了掌声。孙浩远站在梯子上,左手拿着大排笔,右手高高举

起,面向下面的围观者,频频挥手,俨然一个受崇拜的元帅在检阅自己的军队。这时他居高临下,一眼便瞅见了站在远处观看墙上语录的洪志玲和曾小玉,他没顾得让助手放平台,刷地一下从两米多高的梯子顶上蹦了下来,而后笑着走到洪、曾二位女将身旁。曾小玉见他过来便夸道:"孙中队长,你真行,这些字跟印上去的一样,真漂亮。"

"漂亮吗?我看没你漂亮,你那脸蛋红艳艳的多美。"

"贫嘴,没正经,该打。"

孙浩远没再理会小玉,而是转向洪志玲问道:"洪大机长,请教一个问题,伟大领袖毛主席教导我们说,不是东风压倒西风,就是西风压倒东风,你看我这个人是属于东风呢还是属于西风?"

洪志玲瞪了他一眼后喷道:"你既不是东风,也不是西风,你是歪风。"说完拉着小玉进楼去了,进门时回头冲孙浩远笑道:"扫了你的兴,不好意思。"

望着二位佳丽的背影,孙浩远呆了一会,嘴里反复念叨着"不好意思,不好意思"离开了。

孙浩远在墙上写毛主席语录时,赵伟刚一直站在人群中,孙浩远的一举一动他看得一清二楚,他也听到了有关"东风西风"的对话,孙浩远是借题发挥,趁机放出试探气球。孙浩远比自己勇敢,今天他等于是向洪志玲公开示爱,尽管是旁敲侧击,但那话里的含义恐怕连小玉都能领悟。不行,自己不能再犹豫了,否则凤凰有落到他人梧桐树上去的危险。赵伟刚有了危机感。

洪志玲与小玉回到房间后,小玉笑着问她:"刚才孙中队长问你他属于东风还是西风,这是啥意思?"小玉是明知故问,其实她早就看出来了,赵、孙二位中队长在为洪志玲相互较劲,东风西风就是暗喻他们俩。

洪志玲瞪了她一眼没回答,她知道她是揣着明白装糊涂,不想搭理她。小玉一看她不吱声,便进一步调侃道:"不是东风压倒西风,就是西风压倒东风,在路线问题上没有调和的余地。我看不是孙中队长压倒赵中队长,就是赵中队长压倒孙中队长,在爱情问题上也没有调和的余地。"

"你严肃点好不好,怎么能拿最高指示开玩笑,不讲政治。"

"别假装正经,该有个选择了。你可千万别成为法国哲学家布利丹笔下的那头蠢毛驴,守着两捆草料因为不知该吃哪捆好,结果活活饿死了。"

"那你看我该吃哪捆草？"

"我看赵中队长不错，他又帅气又善良，对你也好，这种男人可靠。孙中队长虽然有才，对你也不错，但他花花肠子太多，油腔滑调没正经，这种喜欢耍嘴皮的男人十有八九靠不住。"

"你的看法我不敢苟同，孙中队长可不可靠暂且不说，我总觉得赵中队长身上缺点什么！"

"我看他够完美了，你说缺啥？"

"缺少点男人的阳刚之气！"

"拉倒吧，赵中队长那么大的块头，多威猛，还不阳刚呀！你啥子标准！"

"阳刚是一种气势，不在身高。赵中队长是柔顺有余，刚烈不足。"

"我看男人还是柔顺的好，会体贴人，心疼人。"

"你这么欣赏赵中队长，你嫁给他好了。"

"少来这一套，你明知他心里没有我，才装大方。我可提醒你，王荣荣可是你的劲敌啊！她在猛追我们中队长。"

"王荣荣长得咋样？漂亮吗？"

"我也没见过，不过错不了，在飞机上服务的空姐，那也是千挑万挑挑出来的，肯定都是明眸皓齿的大美人，你可不要掉以轻心哦！"两位姑娘就找对象问题展开了深入的讨论，该吃晚饭了，还兴致未尽。

由于突出政治，飞行团的军事训练和政治学习时间进行了调整，由原来的六四开改成了三七开，军事训练时间减为三成，飞行任务也明显减少。因此师里安排大批空勤人员疗养，地点是大连疗养院。疗养人员名单中有洪志玲、曾小玉，孙浩远也在其中。

大连疗养院依山临海，环境优美，是个度假休养的胜地。孙浩远在沅江边长大，从小便在江水中嬉戏，练就了一身过硬的水中功夫，特别是潜水的本领惊人，能在水中潜伏十来分钟。来到疗养院后，体练时间他都泡在海水里。洪志玲是沈阳人，是只旱鸭子，她非常羡慕孙中队长的泳技，决定拜他为师，小玉也要跟着学，这正中孙浩远的下怀，自然乐意收两位美女为徒。

穿着泳装的男女，近似半裸，很多敏感部位暴露在外，特别是像洪志玲这样的靓女，那凹凸分明的丰满身段，极具诱惑力，稍有邪念很可能干傻事。孙浩远虽然

对洪志玲早就垂涎三尺,但在教她游泳时却极力抑制自己的情欲,一言一行都循规蹈矩,没半点轻佻之举,俨然一位圣僧。

教游泳除了给学员讲理论和做示范动作外,很重要的一个环节就是手把手的教,在这个环节中,教员与学员的肌肤接触是难以避免的。孙浩远尽管极力控制自己装正经,但他毕竟不是柳下惠,没有坐怀不乱的定力,当他托着洪志玲的小腹或下腭让她做动作时,他的大手,乃至全身仍要激动得微微发抖,好在有海水波浪作掩护,没让洪志玲明显感觉到,没出现尴尬局面。

在他的耐心教导下,再加上洪志玲的聪颖、大胆与刻苦,她这只旱鸭子很快就蜕变成为一条美人鱼,蛙泳她能运用自如,自由泳、仰泳、蝶泳也能扑腾几下。曾小玉可就差远了,除了蛙游外,其他都没学会,她胆小,怕喝水。洪志玲在学习游泳的过程中,渐渐领略到了大海的美妙,感受了劈波斩浪的乐趣,也增进了对浩远的了解与感情。她没想到平时油嘴滑舌,看似轻狂的他,教她游泳时却是一本正经,与平时判若两人。从此,洪志玲的感情天秤,开始由赵伟刚一侧向孙浩远一头倾斜。

疗养院的海滨浴场很大,海面约两平方公里,海中安有防鲨鱼入侵的绿色防护网。从岸边到最远的防护网处,有五百多米。在那里安有几处木质平台,供远游者休憩。一天下午午休后,孙浩远、洪志玲等下海游泳。随着游泳技术的进步,洪志玲的游泳耐力也大有长进,游泳的距离是越来越远,这天她在浩远的陪同下,向游泳场的最远处游去,她成功了,她与浩远爬上了那里的休息平台。爬上平台后她站了起来,面向大海,异常兴奋地冲着万顷波涛高声呼喊道:"啊!啊!大海,我成功了!"

正当她忘形呼号时,忽听浩远叫了一声:"不好,有人溺水!"

当洪志玲转过身来,孙浩远已跃入水中。此时她才发现前方一百多米处有人在水中挣扎,时沉时浮,岌岌可危。就在此人即将被海水吞没的瞬间,孙浩远赶到了,他将溺水者仰抱着向平台游来,在洪志玲的帮助下,将他拖上平台,这时洪志玲才看清此人是一个三十多岁的男子,有些面熟。孙浩远忙着给他控水和做人工呼吸,并让洪志玲给他的右腿做按摩,他的右腿还在抽筋。一根烟的工夫,经孙浩远的抢救与洪志玲的按摩,他醒了,腿也不再抽搐。当他睁开红红的双眼瞧了瞧两个年轻人后,又将双眼闭上了,他吓晕了,一时半时不可能完全清醒。经过仔细端详，孙浩远与洪志玲都认出来了，此人是空军的一名部长，姓吴，前天晚上，他还邀请洪志玲跳过舞。怎么将吴部长弄上岸？叫人？离岸太远，没人能听见，此时深水区又无旁人。无奈，孙浩远与洪志玲只好等吴部长再次清醒过来，并希望他经过一段时间的休息后还能游。大约十分钟后，吴部长再次睁开了双眼，这次睁开后没再闭上，他再次专注地打量着眼前的救命恩人："啊！是你们救了我！我认识你俩，你们是二〇五团的飞行员。"吴部长轻轻说道，声音中包含着惊喜与感激。

"吴部长，是孙中队长救的您，没我啥事。"洪志玲忙解释。

吴部长伸出手去，紧紧地握住孙浩远的手："小伙子，救命恩人就是再生的父母，我一定要好好报答你。"

"部长，您可千万不要这么说，我们做下级的消受不起。"

"你这种见义勇为的精神，应该大力宣扬，我会让你们王政委给你记功。"

"别，别，别，您千万别这么做。您不是要报答我吗，最好的报答就是沉默，沉默是金，啥都不说，就当没发生这事一样。"

"那怎么成，你捡回了我的命，我怎么也得感谢你。"

"部长，这事您可千万别张扬，不张扬就是最好的感谢，就算我求您啦！"

吴部长望着一脸真诚的孙浩远不解地问道："为啥？"

"您要是把这事捅出去，我肯定要受表扬、奖励，甚至立功，接踵而来的就是没完没了的讲用报告，介绍所谓的英雄事迹。救了您这位大部长，我的事迹还不得上《空军报》或《解放军报》，说不定还得上广播电台、电视台。我举手之劳的那点事，就会越炒越大，我孙浩远三个字就会越吹越响，我会被树为活雷锋或活着的罗盛教！您这不是把我放到炉子上烤，让我受煎熬吗！部长，人怕出名猪怕壮，这其中的奥妙，我相信您比我领会得透。更何况我出的还是虚名，我救您一不流汗，二不流血，举手之劳，小菜一碟，真要给我那么多荣誉，我配吗？心里能踏实吗？"

他的这番肺腑之言不仅感动了吴部长，说服了吴部长，而且还深深地打动了洪志玲的心，此时此刻她才真正认识了真实的孙浩远，平时看似吊儿郎当，玩世不恭的他，却有着一颗金子般的心。有的人嘴上高喊不为名不为利，但一旦有扬名立功的机会，他们就会削尖脑壳往里钻，在记者的摄像机、照相机前抢镜头；在报纸杂志上争版面，有的还请人著书立说吹捧自己；每当评功评奖时，这些人总是要抬高自己，贬低别人，甚至弄虚作假。而浩远平时不但不会唱高调，有时还显得近乎平

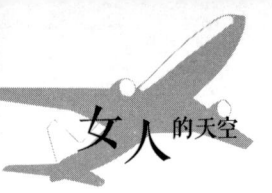

庸,但在唾手可得的荣誉面前,他却是那样的谦恭,那样的淡漠,如若没有淡泊名利的高尚品格,是断然做不到的。物以类聚,人以群分,洪志玲受父亲、俞素梅,特别是中队长夏芝兰的熏陶,自己是这种人,自然也欣赏孙浩远这样的人。洪志玲的芳心完全被他俘虏了,她决定将自己的终身托付给他。这小小的救人平台,决定了她今后的命运。

从此之后,吴部长与孙浩远、洪志玲成了忘年交,三人经常在一起游泳,跳舞,散步聊天。这天下午从游泳场回疗养院的路上,部长邀请两位共进晚餐。"小孙,小玲,明天你们就要回部队了,今晚我做东,请你们吃海鲜,为你俩钱行。你俩不要有顾虑,我可不是多吃多占搞特殊,是我自己掏腰包。"

"让您破费,不好意思。"

"甭客气啦,一顿海鲜我还是请得起的。不过你俩得去空勤灶停伙退粮票,粮票我请不起(当时在饭馆用餐除交饭钱外还得交粮票)。记住五点你俩准时到门口上车,我等你们。"

下午五点整,他们三人坐小轿车离开疗养院,孙浩远坐在前排右座上,吴部长与洪志玲坐在后排。路上吴部长轻声问洪志玲:"小玲,谈对象了吗?"

"还没有。"

"他呢?"部长指着浩远的背影问。

"不太清楚,大概也还没有吧!"

"啊!那你觉得他怎么样?"

洪志玲迟疑了一会儿后,靠近部长的耳朵小声答道:"很不错,是个很有才气、心地纯正的好同志。"

"他对你咋样?"

"很好呀!"

"既然如此,我给你们牵牵线,搭搭桥好吗?"

"谢谢您的美意,不用您费心。"

"咋的?你不中意。"

"不是,是还没到瓜熟蒂落的份儿上。"

部长与洪志玲窃窃私语的画面,孙浩远从反光镜中全看到了,虽然听不清他俩说什么,但肯定与自己有关,八成是谈那件事,瞧二人的表情是利好。一路上后排的部长与洪志玲谈得很开心,前排的孙浩远看得很舒心。

部长请客的地点是一处招待所,招待所濒临海滨,坐在餐厅里,能看见海浪的翻滚,船只的航行;能听见海水的咆哮,海鸥的鸣叫。面对如此美景就餐,能增进人的食欲。晚宴非常丰盛,孙浩远与洪志玲也算是见过大世面的角儿,吃过不少美食佳肴,但面对满桌海螃蟹、大对虾、各种贝类等等,也有一种刘姥姥初进大观园的感觉。三人入座后,部长打开了"四特酒"酒瓶,部长是江西人,喜欢喝家乡产的"四特酒"。

"吃海鲜应喝点白酒,以防中毒。"说完准备给二位客人斟酒,洪志玲一见忙夺过酒瓶:

"部长,让您斟酒,不好意思,还是我来吧!"

"好,今晚就让你当酒司令,美酒佳人,喝个痛快。"酒过三巡,三人的话也多了起来。

"小孙,我听你们团王政委说,一些飞直升机的飞行员不太安心,说他们是二等公民,想改飞有翼飞机,你呢,想不想跳槽?"

"您跟王政委很熟?"

"他曾经在我手下当过干事,你如果想改飞有翼飞机我可以跟他说说,让他照顾照顾你。"

"谢谢首长的关心,我与其他人不同,我认为飞直升机正对我放荡不羁的脾气,我这个人自由散漫惯了,地面空中都不愿受更多的约束。直升机不需要机场跑道,戈壁沙漠,大海草原,山川河流,荒郊野岭,它都能去都能落。天高任鸟飞,海阔凭鱼跃,多逍遥!多潇洒!"

"你这话有片面性,飞直升机也得遵守飞行条令条例,听从调度指挥,接受空中管制,也不能是你想咋飞就咋飞,那还不乱套了,还不得出飞行事故呀!"洪志玲反驳道。

"你甭和我抬杠,抬杠你抬不过我。我的意思是'从心所欲,不逾矩'。自由飞翔,不是不要约束,世界上哪有不受约束的事,没有规矩不成方圆,这个道理谁不懂。"

"小孙,我听说飞直升机很苦,很累,危险性也大,是这样吗?"部长见两个人争论开了,忙转移话题。

"部长，我这个人不怕苦，不怕累，也不怕死，就怕成为造粪机器，活得没意思。人民花那么多金子培养我们，如果我们不干些实事回报他们，岂不是白白浪费劳动人民的血汗钱！每当我用直升机救起一个伤员，一个病号；每当我将救灾物资送到灾民手中的时候，我心里那份喜悦与成就感真是难以言表，其乐无穷。这种畅快的心情，旁人很难体会得到，这就是我迷恋直升机的根本原因。部长，志玲，我没喝醉，我说的不是醉话，是心里话。"

酒后吐真言，孙浩远人是醉了，但话是真的，部长相信他说的是真话，洪志玲更相信他说的是心里话。她现在真正看透了他的内心世界，他看似与世无争，胸无大志，其实他是个很有主见，很有抱负，很知道感恩的男人。世上什么男人最可靠，最值得爱？有恩必报的男人最可靠，最值得爱。

"四特酒"没醉倒洪志玲，孙浩远这番带有酒气的醉话，却把她醉倒了，而且陶醉了她一生。

第六章 交心

从疗养院回到部队不久,洪志玲同赵中队长一个机组,执行送中央领导人去重庆的专机任务。真是无巧不成书,执行这次任务的空中服务员竟是王荣荣。这个部队的空中服务员平时由师服务队集中管理,有任务时临时指派。王荣荣也是个大美人,她与洪志玲相比,是各有千秋,王荣荣是江南妹子,小巧玲珑,秀丽妖娆,面色细嫩红润,双眼大而水灵,颇似电影《柳堡的故事》里的二妹子;洪志玲是北方姑娘,高挑丰腴,亭亭玉立,脸庞酷似《红灯记》中铁梅的扮演者刘长瑜,圆圆的脸蛋,大大的眼睛,还有两个迷人的小酒窝。俗话说男女搭配,干活不累。在寂寞的长途飞行中,有两大美女同飞,"男飞"们的眼睛比平时更亮,脸色更红,话也更多,时间过得更快。

这天当王荣荣推着服务用品登上飞机的时候,受到了机组成员的热烈欢迎。赵伟刚碍于洪志玲在场,没其他人那么热情。王荣荣与洪志玲是初次见面,见面时都多瞧了对方几眼,目光中都带着问号。机组成员共七人,除赵、洪、王外,还有领航员老宋,通信员小周,机械师老邢,机械员小罗,他们都是男性,而且是清一色的光棍。老宋、老邢其实并不老,都不到三十岁,之所以叫他们老宋、老邢,是因为他俩的年龄比其他人大,军龄比其他人长。

4016号飞机起飞后向着西南方向飞去,航线是北京-西安-重庆。进入陕西上空时遇到了暴风雨,飞机上下颠簸,左右摇晃,好似一叶小舟航行在大海的滔天巨浪之中。突然无线电罗盘指示器上的指针剧烈摆动,乱指一起。这真是屋漏偏遭连阴雨,船迟又遇顶头浪。当时空中和地面都没有卫星、自动导航仪等高科技的导航设施,主要是靠磁罗盘和无线电罗盘指引飞机的航向,它们是飞机的眼睛。在这种复杂气象条件下飞行,无线电罗盘是主要的导航仪器,它一失灵,就如同盲人骑瞎马,夜过独木桥,极其危险。这时坐在正驾驶位置上的赵伟刚异常着急,想着紧

急处置的对策。他回头对身后的通信员小周道:"小周,你问一下重庆机场的天气情况。"

很快重庆机场调度室发来了气象报告:大雨,能见度一点五公里,云底高两百公尺。

看完气象报告,赵伟刚又问领航员老宋,他是大队的领航主任。"宋主任,无线电罗盘故障,这鬼天气还能继续飞吗?前方不远就是秦岭啊!"

宋主任皱着眉头答道:"没有把握。"

就在大伙儿犯难时,洪志玲从副驾驶座位上站起来,走到行李舱,打开地板盖:"邢机械师,不好意思,麻烦你找个手电给我。"

邢机械师很快从工具箱里给她找来了手电。除赵中队长外,其他人都望着她的脊背,不知她在捣鼓什么。很快她抬起头来再次对机械师道:"不好意思,还得麻烦你给找点胶布来。"

邢机械师不敢怠慢,又赶忙从药箱里找来白胶布递给她。不一会儿她又抬起头来冲中队长喊道:"中队长,罗盘指示正常了吗?"

随着她的喊声人们一齐向罗盘指示器望去,只见指示器上的指针稳稳地指在十五度的位置上,故障排除了。大伙儿为故障排除而兴奋,却忽略了指针所指示的度数。十五度是个死亡的度数,飞机正冲秦岭的最高峰太白山飞去,该峰高三千七百六十七公尺,飞机当时的高度是三千六百米。云中飞行看不见前方航道上的高山。4016号飞机离高峰是越来越近,机组成员却浑然不知,他们还沉浸在排除故障后的喜悦之中。

"女同志开飞机有男同志没法比的优势,心细。"宋主任赞叹道。

"洪机长,你容貌姣美,心灵手巧,和《天仙配》的七仙女一样,不知谁能成为董永。"小周调笑道。

在一片夸赞声中,洪志玲盖好地板,拍了拍蓝色军裤后又回到座位上。

"怎么回事?"赵伟刚问。

"无线电罗盘的垂直天线被下面的金属壁板磨破了,刚才飞机的剧烈颠簸,使天线与壁板挨上了,形成信号接地短路,造成指针乱指。"洪志玲回答道。

"你又不是无线电师,怎么这么专业?"

"你不是常说艺不压身,飞行员对飞机上的设备都要了如指掌吗?平时学的那点无线电常识，没想到今天派上了用场。"

洪志玲的这几句话如同她刚才排除故障的举动一样，令机组其他成员吃惊汗颜。

驾驶舱刚刚安静下来，洪志玲又突然高声道："不好，我们已经偏航了，而且是偏向太白山方向。"

原来她坐稳后才仔细看了看罗盘指示度数，正确的度数应该是零度。经她一提醒，赵中队长赶忙蹬舵压杆修正航向，避开高峰。飞机这时飞出云层，凭窗望出，飞机右侧正是高高的太白山。要不是洪志玲及时提醒，飞机很快就要撞上了。好险！好悬！再晚几分钟，飞机就报销了。后怕，机组六人都吓出了一身冷汗。

4016号飞机准时在重庆机场安全降落，首长指示机组在机场待命，何时返京听候通知。当晚赵伟刚机组住在机场军人招待所。军人招待所在重庆郊外的灵山腰上，是座二层小楼，四周全是柏树，环境幽静，空气湿润，久居大城市的人，乍到这里有一种身心被清水洗涤过的感觉，清新爽朗。这里视野也很好，透过树隙，能遥望到流向天际的长江。初秋的火炉山城虽然很热，但这里山风习习，树荫浓浓，份外凉爽，是一处桃源洞天。空中历险后的机组成员除中队长之外，此时的心情正和这里的环境一样，安逸舒坦，不曾想一次讲评会，又使大伙的心情变得沉重起来。

这个部队有规定，飞行完后必须进行讲评，外出执行任务也不例外。在军人招待所的会议室里，赵伟刚组织机组开讲评会，虽然气温还在三十度左右，他们都穿着布飞行服，没穿衬衣，表示会议的严肃性。赵伟刚平时就很少言笑，今天更是满脸寒霜。"同志们，今天的讲评会时间会长一些，有可能耽误吃晚饭，大家要有思想准备。首先我做自我批评，飞行中我没尽到机长的责任，麻痹大意，导致飞机偏航，险些撞山，这是一起极其严重的事故征候，我负主要责任。我们要认真总结今天的偏航事件，从中吸取教训，我们要虚心向洪志玲同志学习，是她排除了故障，纠正了航向，不仅保证了任务的顺利完成，还避免了飞行事故，保住了飞机和在座各位的性命。回部队后，我建议以机组名义为她请功。"

"中队长，为小玲请功我同意，但不能把偏航算作事故征候，偏航是罗盘故障引起的，不是我们操作失误造成的，与机组人员没有直接关系。没有必要把问题搞得那么严重，那样看问题我们是要受处分的。"

宋主任的发言引起了激烈的争论。老邢同意宋主任的观点，小罗是个跟屁虫自然与机械师站在一边。王荣荣与洪志玲都没表态，王荣荣不表态是她不了解情况，她当时在客舱里忙于照顾呕吐的客人，给他们送水送药。客舱里一共有二十二位客人，其中十六人经不住颠簸吐了。驾驶舱里所发生的一切，她毫不知晓。洪志玲对中队长的发言之所以没表态，是她"不好意思"表态，她压根儿不想让今天在空中发生的事张扬出去，可是不好开口，不同意报吧，那是隐瞒事故征候，是欺骗行为。同意报吧，自己的那点事肯定会被放大，招来不少的麻烦。她一时拿不定主意，没发言。老宋以为大伙都同意他的意见，事情就这么过去了，没料到半路里杀出个程咬金，他的观点遭到了通信员小周的批驳。

"中队长说得对，今天的偏航的确是一起极为严重的飞行事故征候，但偏航的主要责任人不是中队长，而是你宋主任。"

"开什么国际玩笑，为什么我负主要责任？又不是我计算出错，而是罗盘故障。"

"你是干什么吃的，领航领航，就是领导飞机按正确航线航行，偏航就是你失职。你不要有私心杂念，甭想推脱责任，今天的偏航事故你难辞其咎。幸亏洪志玲同志细心，及时发现，否则我们早见马克思去了，哪能还坐在这里开讲评会，而是等着别人给我们开追悼会。当年王若飞的专机就是在这一带失事的。"

"你别危言耸听，上纲上线，乱扣帽子。请问你小子，如果电台发生故障你联络不上，你该不该承担责任？"

"短波电台坏了，我会尽力排除故障，万一排除不了我会用超短波电台联络。宋主任，你别不服气，我说你难辞其咎根据有三。其一，你一个堂堂的领航主任，常用的机器出了一个简单故障你都不会排除，还不如一个飞行员，说明你学艺不精，不称职。其二，无线电罗盘坏了还有磁罗盘，可是当无线电罗盘出毛病后，你却心慌意乱，很不冷静，忽略磁罗盘的作用，说明你紧急处置能力低，心理素质差。其三，当无线电罗盘工作正常后，你不迅速观察指示刻度，没能及时发现偏航问题，说明你粗枝大叶，工作作风不细。宋主任，这三条错误，你能否认吗？今天的偏航你没有责任吗？"

小周的一顿炮轰轰得宋主任哑口无言，涨红着脸，张着大嘴，半天没吐出一个字来。洪志玲一看这火药味十足的场面，忙站起来发言：

"我说两句,首先不能把功劳归到我头上,我只是动了动嘴,动手的是中队长。中队长的敏捷反应、果断操纵是避免事故的关键。如果他稍有迟疑,或者某个动作不到位,我们不可能幸免。"

"你不要谦虚了,也别往我脸上贴金。小周,你的批评虽然有些道理,但太过了。老宋,我说我负主要责任,不是说你没有责任,今天的事你的确有失职之处,你我都要认真吸取教训。不过你不要害怕受处分,我是机长,我会承担全部责任。"

小周和洪志玲还想发言,被赵伟刚止住了,他指着手表道:"都六点半了,食堂的饭菜快凉了,先吃饭吧!散会。"

晚餐很简单,与正常的空勤灶比,差距很大,不仅没有高档食品,连牛奶水果都没有。炊事员解释说,最近市面很乱,鸡鸭鱼肉很难买到。洪志玲他们理解当地空勤灶人员的难处,粗茶淡饭照样吃得香。

机组成员都住在楼上,赵伟刚与宋主任住一个房间,洪志玲与王荣荣同住。晚饭后洪志玲对王荣荣建议道:"小王,这里环境这么好,你还不和中队长到山间小道上散散步,多好的飞双机编队的机会呀!"

王荣荣想不到洪志玲会有意撮合她与赵中队长约会,她不相信洪志玲是真心的,说不定是耍花招。"既然这里环境好,机会好,你干吗不去找他?"

荣荣平时虽与赵伟刚不在一个单位,但有关他钟情志玲的传闻,还是传到了她的耳朵里,因此她视洪志玲为情敌,今天上飞机后就没给过她好脸,对她十分冷淡。洪志玲理解荣荣的心情,不但不生她的气,反而进一步表白道:"小王,你可能听别人说过,中队长对我很好。我不否认他的确对我不错,给了我许多关爱,我很感激他。但是请你相信我,我与他之间的感情完全是一种师生情,战友情,绝不是男女之间的爱情。"说完她拉起荣荣的手鼓励道:"去找他吧,他是位出类拔萃的精品男人,你千万别错过。有些事错过了,将后悔一辈子。"

"他这么好,你自个儿为啥不爱他?"荣荣将信将疑地问道。

"因为我俩无缘,小王,今晚我给你交底,我心里有了另一个男人,如果没有另一个男人,我会和你争中队长。"

"他是谁?"

"暂时保密!快去吧!现在他心情不好,最需要你的温情和宽慰,这时候的男

人感情上比较脆弱,最容易接受女人的爱。抓住机会,勇敢地上。"说完笑着将荣荣推出门去。

洪志玲倚门而立,望着王荣荣渐行渐远的背影,自忖道:"经过专门训练的空姐就是与一般姑娘不同,走起路来真似春风抚柳,摇曳多姿,别有一番风韵。只不知今晚的约会能不能约成,自己的意图能不能实现。"原来她怂恿王荣荣与中队长约会,是有私心的,一方面她真心希望他俩能成双成对,比翼双飞。另一方面她是巧妙地利用王荣荣给她传递信息。她清楚,今晚王荣荣一定会将她俩刚才的谈话内容告诉赵伟刚,让他明白自己的心意,这比当面拒绝他的感情要自然得多,不会伤及伟刚的自尊心,不会影响今后的相处。她回到房内,躺在床上静候王荣荣回房,她急切地想知道她今晚约会的情况。等待过程中她想着心事,也是一件难事。她与孙浩远相处的镜头一一闪过,最后定格在大连海滨游泳场她与浩远救吴部长的平台了,响起了浩远的声音。

自亲眼目睹了浩远救吴部长那一幕后,洪志玲决心像浩远那样,低调做人,埋头干事,不为名不为利,但要为人民干实事。作为一名用人民血汗钱培养出来的飞行员,就是要无私奉献,默默奉献。讲评会上,赵中队长和其他机组成员,都提到回部队后为她请功,她本想表态,恳求他们不要声张空中历险的事,但因为要就餐,没捞着机会。她苦思着对策,她的对策还没想出来荣荣回来了。

"怎么这么快就回来了,没编上队?"

"他说要找你研究明天飞行的事,让我回来叫你去,他在二楼会议室等你。"

飞行的事不能怠慢,洪志玲忙穿上布飞行服朝会议室急步走去,没顾得问王荣荣与中队长"编队"的情况。

洪志玲走进会议室时,只见中队长一人,便问:"他们还没来,是不是明天回北京?"

"你先坐下,今晚我找你来,不是研究飞行的事,明天首长不走,安排我们参观渣滓洞和白公馆。小玲,刚才荣荣把你俩的谈话给我全说了,既然你把话挑明了,我的心里话也就用不着藏着掖着了,今晚我是竹筒倒豆子全给你倒出来。

"小玲,我知道你心中的男人是浩远,你没看错,也没有选择错,浩远我了解,是个好同志,好男人,别看他平时大大咧咧,油嘴滑舌,其实他是个很有责任心的男人,他能给你一生的幸福,我衷心祝你们幸福。我不否认,自航校见到你,就开始关注你。我欣赏你的美丽与气质,喜欢你的聪颖与善良,尤其是你对飞行事业的那份执着劲头令我钦佩,因而千方百计地想获得你的爱,与你长相厮守。既生瑜何生亮,命运不济,我遇到了一个我无法战胜的竞争者——浩远。我输给这样的对手不丢人,输得心服口服。不过你以后要多劝劝他,他有时一根筋,认死理,认死理有时会吃亏的。

"小玲,你不要有任何顾虑,我不是个小肚鸡肠的男人,我们虽然成不了情侣,但正与你所说的我们还是好战友,好朋友。有人说爱情都是自私的,我不这么认为,因为我不是个自私的男人,在感情上也是如此。在我看来真正的爱情是高尚的,纯真的。男女之间的爱情关系,不是一种功利地占有,而是无私地给予和奉献,以所爱之人的幸福为幸福,才叫真正的爱,大爱,大爱无疆,所以我心中无界。我再一次为你与浩远的爱情祝福,祝你们永生相爱,恩爱白头。

小玲,你与浩远的关系挑明了吗?"

洪志玲摇了摇头。

"小玲,请你记住托尔斯泰的名言:'选择你所喜欢的,爱你所选择的。'既然你选择了浩远,就要大胆地去爱他。你不要放不下我,我不会因为失恋而失志。其实还算不上失恋,我们根本就没恋过。至于我与王荣荣的事,还定不下来,我不可能一下子从你的感情圈子里走出来,今后怎么发展,顺其自然吧!"

赵伟刚掏心窝子的话,深深打动了姑娘的心,多么宽阔的胸襟,多么坦荡的情怀,多么赤诚的心啊!洪志玲控制不住胸中的激情,情不自禁地冒出了一句:"如果没有浩远,我会选择你!"甩下这句话后,她急匆匆地离开了会议室,她怕自己失态。和中队长朝夕相处这么多年来,相互有了很深的感情,拒绝他的爱,对她来说也不是一件容易的事,她有一种愧疚感。她本想利用王荣荣,逃过今晚的谈话,但终究还是没逃过。

赵伟刚愣愣地站了许久,长叹了一口气后回到了自己的房间。人生有"七苦","求不得"是七苦之一,此时此刻赵伟刚的内心里也很苦啊!他刚才对洪志玲说的那番话,虽不是虚伪的表态,的确是心里话,他的的确确是以她的幸福为自己的幸福,也真心为他俩祝福。但是眼见自己苦恋多年的姑娘投入他人的怀抱,而且自己还要成天与她面对,这种葡萄就挂在嘴边,而吃不着,不能吃的滋味,不仅是苦,而且是痛,是一种难以忍受的锥心地痛。

　　洪志玲没回房就寝,而是在楼前的庭院里踱步,在缓慢的踱步中,慢慢平息心中澎湃着的激情。雨过天晴的山区夜晚,分外迷人。深邃的天空瓦蓝如洗,一弯新月挂在东方的天际,播撒着清凉的光芒;晶亮的繁星布满苍穹,闪烁着小小的眼睛,窥视着雾都的沧桑。不时有轮船的汽笛声从江面传来,划破山野的寂静,惊飞枝头的宿鸟。洪志玲走到花岗石的护栏前,遥望着远去的长江,思绪随着山风,飞向遥远的北方,飞到浩远的身旁。从大连回到机场后,两人只在饭堂里碰过几次面,没有单独接触过。虽然双方都知道彼此的爱,但终究还隔着一层薄薄的窗户纸。这张薄纸何时才能捅破?用什么方式在什么地方捅破?她期盼着。

　　翌日,接待单位安排机组参观白公馆、渣滓洞。机组成员都参观过,但为了缅怀先烈,接受革命教育,他们都乐于再次前往。等车时,小周当起了解说员:"你们都看过小说《红岩》吧!为什么叫红岩呢?因为歌乐山的石头是红颜色的。白公馆、渣滓洞就在歌乐山麓。不到这两个地方,你很难感受到革命的残酷,那阴森潮湿的牢房,那生诱恐怖的刑具,看得你毛骨悚然。和先烈相比,我们现在是生活在天堂之中。"

　　正当小周侃得来劲,洪志玲等人听得入迷之际,所长跑了过来,用十分急促的口吻对机组人员道:"上面来电话,让你们赶紧上机场,首长已经出发。"

　　听完所长的报告,不用机长招呼,大伙儿一溜烟似的飘进了小楼。紧急起飞是飞行人员的常练课目,紧急出动是飞行人员的基本功。训练有素,动作麻利,转眼之间机组七人都拎着航行用具与随身用品上了接机组的大轿车。

　　汽车风驰电掣般向机场开去,当他们赶到机场时,首长的车也到了。首长与随从人员下车后径直上了飞机,秘书还一个劲儿地催促机组赶快起飞。飞机起飞后,机组人员从首长随员口里得知,中央有急事叫首长尽快回京。

　　通信员周富是白话篓子,嘴闲不住。飞机平飞后,他的话匣子就打开了:"中队长,听说城里到处武斗,首长紧急回京是不是与此事有关?"中队长不但没回答他的问题,相反对他进行了警告:"小周,回部队后,你想好好飞的话,就把你这张破嘴把严点,不要胡说八道瞎咧咧,没人把你当哑巴卖。"告诫过周富后,他仍铁青着脸,冲机组成员大声道:"其他人也一样,这是纪律。不该说的千万别说,要跟上形势,不要在政治上犯错误。"中队长平时是一团和气,是出了名的"好好先生",今天火气干吗这么冲?中队长的反常举动把机组其他成员镇住了,没人再吱声。他反常的原因只有洪志玲清楚,她想安慰他,但在机组面前,在飞行途中,她是一句劝解的话都不能说,只能暗自内疚,深感有负他的一片真情,可这是没办法的事,同情代替不了爱情,她的心已被孙浩远填满了,没有多余的空间容纳别的男人。

机组成员回部队后没人犯错误,倒是在家的孙浩远中队长犯了错误,而且是极其严重的政治错误,被停职停飞反省。

第七章 考验

洪志玲去重庆执行任务的当天早上,孙浩远同房的小贾,搞卫生时不小心将一座毛主席瓷雕像摔碎了,孙浩远当即用报纸将碎片包好,吃早饭前将纸包扔到了垃圾箱里。这一扔扔出了大祸。上班后,场务连的两个战士在清理垃圾箱时发现了那个纸包,他们一看是伟大领袖毛主席瓷像碎片,而且是用印有毛主席画像的报纸包的。这两个战士路线斗争觉悟高,对毛主席感情深,他俩认为这是一起严重的反对伟大领袖毛主席的反革命事件,便立马将纸包交到了政治处。政治处胡达主任认为问题严重,又亲自将纸包交给了王政委,王政委命令参谋长,全团到大操场集合,他要当场查出扔纸包的人。部队集合好之后,王政委举着纸包高声道:"我手中的纸包里包的是毛主席塑像的碎片,是在垃圾箱里发现的。希望扔纸包的同志自己站出来,争取主动。"

王政委的话音刚落,孙浩远就从队列里走了出来:"报告政委,这纸包是我扔的。"政委见孙中队长走出来承认,目的已经达到,便命令部队解散,将孙浩远留下。

二〇五团会议室,团常委讨论孙浩远事件。到会的有王怀仁政委、刘建忠团长、郑文明副团长、彭友强副政委、政治处胡达主任、机务处梁明主任、俞素梅副参谋长。王政委主持会议:"今天的会议专门研究孙浩远同志的错误,如何处理,请大家发表意见。"

当孙浩远主动承认扔包事件后,王政委压根儿不相信他会反对毛主席,但在当时的环境下,如果不处理孙浩远,团党委一班人通不过,群众也通不过,于是他采取了"两害相权取其轻"的策略。他不将纸包事件当反革命事件处理,而只说是错误,这就给问题定了性,不是敌我矛盾,而是人民内部矛盾,不是犯罪而是犯错。

刘团长第一个发言:"孙浩远平时吊儿郎当,不爱读毛主席的书,他犯错误不是偶然的。我建议给他停飞处分，何时复飞看他认识错误的态度。"

团长的发言多数人表示赞同，却遭到两个人的反对。第一个表示反对的是胡主任："我认为孙浩远是蓄意反对伟大领袖毛主席，应开除党籍、军籍、逮捕审判。"

俞素梅则正好相反："孙浩远是不小心摔碎了毛主席像，没必要小题大做，无限上纲。停飞检查的处分太重了。"

少数服从多数，最后团党委做出决定：孙浩远停职停飞检查，能否复职复飞，何时复职复飞，根据他对问题的认识程度而定。在当时，团党委能做出这样的决定实属不易。

孙浩远平时大大咧咧，嘻嘻哈哈，没想到他的脾气却很犟。他承认没有保护好毛主席塑像是他的错，用印有毛主席画像的报纸包碎片是他的错，将报纸与碎片扔到垃圾箱里更是他的错，这些错误都是他干事毛糙，处理问题不细心造成的。他拒不承认自己对毛主席的态度有问题。团和大队的两级领导都和他谈过话，特别是俞素梅反复开导他，但他对他们的苦口婆心，谆谆教诲置若罔闻，死不承认是政治错误。"我一个放牛出生的穷娃儿，是毛主席、共产党给我插上钢铁翅膀，我对毛主席只有感恩之情，没有不敬之意。再说啦，毛主席是我们湖南人的骄傲，我作为湖南人，毛主席的老乡，骄傲都骄傲不过来，怎么会不敬爱他老人家呢！我向毛主席发誓，我对伟大领袖毛主席的感情是真挚的，是深厚的，是经得起检验的，没任何问题。"

洪志玲回到机场后，刚进宿舍曾小玉就告诉了她浩远犯错误的事，她以为志玲听到这个消息后会急得上火，因为志玲与浩远之间的关系她最清楚。她起先虽然不赞成志玲选择浩远，但经过疗养院一个来月近距离的频繁接触，她也改变了对浩远的看法，也站到了他这一边，投了赞成票。出乎意料的是，听完她的消息后，志玲并没有她想象的那样着急。"志玲，你怎么一点也不替他着急啊？"

洪志玲放好航行用具与行李后，脱了布飞行服，坐到自己的床上："这事有啥着急的，他是不小心并不是成心，算啥政治错误。如果说浩远对毛主席态度有问题，那全世界再也找不出一个对毛主席态度没有问题的人了！"

"可政治处胡主任不这么看，说他顽固不化，不愿从灵魂深处闹革命，对抗团党委的决定。志玲，这样顶下去，浩远恐怕飞不了啦，你们的关系也悬。"

第七章 考验

"我不管别人怎么看,我洪志玲决不说违心话、做违心事,我非常了解他,他在政治思想方面不但没问题,而且非常过硬,超过常人。"

"我也知道,浩远没政治问题,但这样僵下去总不是办法。他现在只是停职停飞检查,不是隔离审查,他是自由的,我建议你去看看他,安慰安慰他,开导开导他,做个像样的检讨也就过去了,为了他自己的前途,为了你们的爱情,这样做也值。"

"你还不了解浩远,他认死理,要让他做违心的检讨我看难。"

"那也未必,为了你这位心上人,为了爱,他也许会让步。"

"不会,他凡事替他人着想,他现在考虑的不是检讨问题,他一定是在想如何与我撇清关系。不行,顾不了女人的面子了,我得厚着脸皮找他好好谈谈,利用这个机会把我们之间的关系干脆挑明了,免得他产生其他想法。"

"对,患难见真情,这的确是捅破窗户纸的最佳时机,他这时最需要你的爱,也会更珍惜这份爱。"

"吃完晚饭后,你先找他,就说我找他说点事,看他啥态度。"

"好,今晚我就当回红娘,让你们飞一次夜航编队。"

女同志饭量小,加上重任在身,曾小玉三下五除二就吃完了晚饭,在浩远必经的路旁树下等他。孙浩远自出事后,饭量见小,不久他也从空勤灶走了出来。见他出来,曾小玉迎了上去:"孙中队长,今晚你有时间吗?有个人想你了,要见见你。"

"要是你想我了,我们可以好好谈谈情,说说爱。"

"都啥时候了,还有心思说笑。"

"不说不笑,死了阎王也不要,愁死前也要说说笑笑,要不怎么见阎王。"

"别耍贫嘴了。你说个地方吧,让她去找你。"

"我还没把话说完,你找我,可以谈,其他人找我,'不好意思',免谈!"

"为啥子?"

"这个时候,她来找我,容易引起别人的误会,以为我们有那种关系。实话跟你说吧!我现在是死猪不怕开水烫,啥也不怕,就怕她招惹我。"

"为啥子,我不明白。"

"傻丫头,你不明白有人明白。"说完孙浩远扔下发愣的小玉扬长而去,临走时将空勤灶发的两个大苹果塞给了她。

不一会儿，洪志玲也从食堂走了出来，老远便望见了在路边等她的小玉，一见小玉的表情，她知道没戏："怎么样，碰钉子了吧！"她边说边拉着小玉朝宿舍楼走。路上小玉将刚才与孙浩远见面的情况详述了一遍。听完小玉的介绍，洪志玲并没表现出失望，似乎他早料到会是这种结果。

"志玲，孙中队长现在心情不好，你不要在意他说的那些云山雾罩的混话。"小玉怕志玲想不开，忙安慰她。

志玲拍了拍小玉的肩膀，正要跟她解释时，赵伟刚从后面跟了过来："浩远的事，你知道了？"志玲点了点头。

"小玲，这个时候他最需要亲人的关心和温暖，最需要你的爱。你应该冲破世俗的观念，放下女人的矜持，主动去找他。"

"没用，刚才我去找他了，他不愿见志玲。"小玉把她与浩远见面的情况又对中队长复述了一遍。

"至死改不了的臭毛病。这样吧，我去会会他，骂他一顿他就老实了。"说完把手里的苹果给了志玲，而后朝三大队宿舍楼走去。望着他那高大的背影，两位姑娘拿着苹果发了一阵子呆。

赵伟刚与孙浩远两个优秀的年轻人，往日的情敌，今晚上演了一幕十分精彩的对手戏。

"我知道你今晚来绝不是来看我的笑话，你是正人君子，不是那种幸灾乐祸、落井下石的小人。"

"那你说说，今晚我为何而来？你不是智多星吗，不会不知道我的来意吧？"

"虽然我俩爱着同一个姑娘，是竞争对手，但我俩毕竟是多年的老战友，老朋友，老同学，你是为安慰我来的，对吧，谢谢！"

"别臭美，我是专门骂你来的！"

"不会吧，你'好好先生'也会像夏副大队长骂人？除非太阳从西边出来。"

"你别嘻皮笑脸，没正形。我问你，小玲要找你谈谈，你干吗拒人于千里之外，不见她，你知道她为你的事有多着急。"

孙浩远没马上接话茬，他收起戏谑的笑容，一脸严肃地注视着伟刚。显然伟刚的话触动了他的灵魂，使他认真起来。"伟刚，我今天也正经一回，说说心里话。

我不见她自然有不见的理由。你知道,这两天我在反省什么吗?不是反省我为何不小心打碎了毛主席塑像,为什么没仔细瞧瞧报纸上有没有毛主席头像,就草草用它包了碎片。我反省的不是这些问题,这些问题不用反省。为什么会发生这些事,我清楚得很,我是在琢磨一个更重要、更现实的问题,那就是这件事对我的影响。领导上没有将我打成现行反革命,我很感激,我替他们烧高香。但是一顶对伟大领袖毛主席感情不深,没有无限忠于毛主席的大帽子是少不了的。老兄,如今这个突出政治的年月,头上戴着这么一顶后进分子的大帽子,我还会有前途吗,我还配爱'机场之花'志玲吗?我不配,因此我决定退出竞争。但现在不便跟她当面谈,一谈准吵,她较起真来比我还倔,因此我只能退避三舍先躲着她,等我的事冷下来后再说。这就是我不见她的理由,听明白了吧!这理由充分吧!"

"浩远呀浩远,你让我说你啥好呢?你不是博览群书,满腹经纶吗?怎么就读不懂小玲的心呢?你知道,我苦苦追求了那么长时间,都没能赢得她的心,为什么?你我都清楚,那是因为她心里只有你。你出事后,她是那么关心你,挂念你,急于见到你,就是想用她的爱安慰你,温暖你,而你却面都不愿见,你这么冷酷无情多伤她的心。你现在并不是三反分子,只是认识上的错误,为了这点小小的挫折,就牺牲她的爱情,把她当牺牲品,你这是真为她好吗。你这样做,不是不连累她,而是要连累她一辈子,让她痛苦一辈子。你满肚子的墨水,写一个让领导满意的检讨就那么难,我看你是放不下你那狂傲,清高的臭架子,死要面子活受罪,还连累志玲受折磨。"

"你别站着说话不腰痛,如果给你加上对毛主席不忠,感情不深的莫须有罪名,你能接受吗?这样的检讨你能写吗?我成你之美,志玲与你在一起一定会幸福。"

"孙浩远,你真是个不折不扣的混蛋!爱情是礼物吗?可以送来送去的吗?志玲真是瞎了眼,放弃我而选择你这个没有责任心的男人,要是她选择的是我,我决不会让她遭受这么大的伤害和委屈,为了爱她,我会不惜牺牲自己的一切,包括生命。"

"伟刚,你说我狂傲,清高我认,但你指责我对志玲不负责任我不能接受。我是真心实意为她好,怕坑了她,误她的终生。趁现在我俩的关系还没正式定下来,我们分手还为时不晚。确切地说,谈不上分手,因为我们还没有牵手。"

"孙浩远,你知道我现在想干什么吗?就想抽你几个大嘴巴。我不想再和你废话了,你明确告诉我,你到底爱不爱志玲?你要敢说一个不字,我就会向她发起第二轮攻击,到时候你可别后悔。我最后问你一次,你到底爱不爱洪志玲?看着我的眼睛,回答我。"

孙浩远直视着赵伟刚,他被他的气势镇住了。平时肉里肉头的软面瓜,今晚为啥变得这么强势。他俩相处这么多年,他还是第一次见他的态度这么冲,这么凶;言语这么雄辩,这么犀利。

"别装愣,回答我的问题。爱?还是不爱?"

孙浩远是条硬汉子,从不服软,在以往与伟刚的交往中,都是他占上风,从没像今天这么怂过。伟刚咄咄逼人的气势与追问,激起了他的牛脾气,他忘了伟刚找他谈话的良苦用心,变得不冷静起来:"赵伟刚,你是哪根葱,有什么资格审问我,我爱与不爱关你屁事。有本事你去追呀!没人拦着你,我还求之不得呢!"

接着两个老朋友你一句我一句地吵了起来,结果是不欢而散。

赵伟刚气呼呼地走进洪志玲与曾小玉的宿舍,不用他开口,两位姑娘就知道他是铩羽而归。

"中队长,不好意思,让你为我们的事受气。你也甭急,急也没用,我会另想办法治他的轴病。"洪志玲不仅在空中遇事冷静沉着,在地面也是如此,赵伟刚、曾小玉都火烧房子似的替她急得冒烟,"皇后不急宫女急",她自个儿倒沉得住气。

"中队长出马都不顶用,你有啥办法,难道你自己硬闯?"

"天机不可泄露,你们就静观其变吧!"

赵伟刚见志玲如此平静,心放下了不少,安慰了她几句后走了,他与浩远争吵的事一句也没提,怕再给志玲添堵,幸好她也没问。

星期六的下午,王怀仁来到孙浩远的宿舍,见政委进来,与浩远同室的小贾等三人给政委敬了一个礼后都知趣地离开了。

"孙中队长,你的检讨写得咋样?思想是不是还有死疙瘩。列宁说过,聪明人并不是不犯错误的人,不犯错误的人是没有而且是不可能有的,聪明人是能迅速纠正错误的人。你是个聪明人,你应该迅速认识错误,纠正错误。"

"政委,我不是个聪明人,认识总上不去。"

第七章 考验

"别急,有人能帮助你提高认识,找你谈话,你有药可救了。"

"您都帮不了我,救不了我,还有谁能帮我?救我?"

"吴部长!"

"啊!我的事报到部长那里去了?有那么严重吗?"

"别紧张,你的事哪能捅到空军去。"

"那部长是咋知道的?"

"是小玲找的部长。"

"是她?狗咬耗子多管闲事。"

王政委今天的态度比前两次谈话的态度和蔼多了。他是过来人,明白此时此刻孙浩远的心境,他是嘴上打铁,心中开花,嘴硬心里美。

"明天上午十点,准时在办公大楼前上车,部长派车接你,还有小玲,你叫上她。"

"她也去?"

"部长是请你们二位。"

"您不是说部长找我谈话吗,干吗请她?"

"部长在电话里是这么说的,我只是负责传达,叫不叫小玲由你定。"王政委瞅了一眼孙浩远后,嘴角挂着诡谲的笑容离开了。

王政委一出门,孙浩远一个欢快地跳跃,将自己直挺挺地扔到了床上。政委带给他的消息与政委的表情告诉他,他的事要峰回路转。部长出面,他的事一定不会上升到政治路线和阶级立场上去,他相信部长,他最了解他。想到这里,他心中的阴霾顿时散尽,脸上涌出了烂漫的笑云。他一个鲤鱼打挺地坐了起来,向洪志玲的住地跑去。他急不可耐地要把部长请他俩的事告诉她,他早把拒不见她和与伟刚争吵的事抛到九霄云外去了。当他气喘吁吁地来到志玲宿舍门口时,他先做了几次深呼吸,当心情稍微平静后才轻轻敲门。志玲开门一瞧满脸汗粒的浩远,她的第六感觉告诉她,暴风雨已经过去,天要晴了。似乎是月下老人的有意安排,小玉今天飞行去了,不在宿舍,给有情人唱楼台会提供了一个极佳的机会。

"你不是不让我招惹你吗,你怎么跑到这里招惹我来了?"

浩远傻傻一笑道:"前些天小生多有得罪,今天特地给小姐赔礼来了!"说完双手合十,对着志玲深深一拜,志玲赶忙转过身去,让过了他的大礼,等他直起身后才回过身来微微笑道：

"真是江山易改，本性难移，这几天的反省也没反掉你身上的痞气。说吧，你是无事不登三宝殿，这么急着找我有啥事？"

"我今天找你有四大正经事，第一是真心向你赔不是，给你道歉；第二是来感谢你，感谢你给吴部长打的小报告；第三是告诉你一个好消息，明天吴部长请我俩去做客；这第四嘛……"

孙浩远打住了话头，带火的目光在志玲的脸上定住了，盯得她满脸飞霞，芳心开始颤抖，她预感到，一场久盼的暴风骤雨即将来临。不出所料，他第四件事不是用语言，而是用行动表达的。他猛然脱掉他俩的军上衣，将她搂进怀里，结实地胸脯紧紧地压在她那丰满的双乳上，使她差点背过气去。同时他那厚实的双唇使劲地吮吸着她微香的小嘴，吻得她全身发抖。志玲在浩远的拥抱和热吻下，全身已经酥软，意志已经模糊，就像腾云驾雾一般，在欢愉的天空里飘荡。良久过后，一对忘情的男女，才缓缓地松开拥抱。志玲用手理了理有些凌乱的秀发，扣上撕开了的胸扣，穿上单军装。但脸上的红潮还未退去，两只高耸的乳峰还在抖动，她还没有从爱的醉梦中完全清醒过来。洪志玲设想过许多种她与浩远初拥初吻的场面，万万没有想到，他俩会在这样的场合，这样的时间，用这样的方式，在浩远停职停飞的背景下，完成了身心的交融，开始了双飞的航行。窗户纸捅破了，洪志玲与孙浩远成了真正的恋人，走上了铺满鲜花的恋爱之旅。真是祸福相依，坏事变好事，浩远的所谓错误成了爱情的催化剂。

吴部长没将孙浩远与洪志玲接到家里，也没接到他的办公室，而是将二人接到了招待所，在一间小会客室里等他们，茶几上摆有水果。二人进门后部长请他俩坐在沙发上，女服务员给客人泡好茶后出去了，随手关上了门。

"小孙，你怎么那样粗心，粗心可是飞行员的大敌啊！不少空难都是因飞行员粗心大意造成的。"

"部长，您还不了解孙中队长，他是出了名的双面人，地面是虫，空中是龙；大事精明，小事糊涂。空中他精着呢，从来没出过'错忘漏'。"

"你别把我捧到天上去了，吹得高摔得重。部长，王政委说您要帮助我提高认识，今天我一定认真聆听您的教诲，回去后争取做一个高水平的检查。"

"教诲谈不上，不过可以就你的问题一起切磋切磋。我们一定要认清形势，所

谓识时务者为俊杰,时务就是当前的大形势。当前是什么形势?林副主席说毛主席是当代最伟大的天才,全世界几百年、中国几千年才出现一个;毛泽东思想是当代马克思列宁主义的顶峰,毛主席的话是最高指示,一句顶一万句,要活学活用。全国人民都要无限热爱毛主席,无限忠于毛主席,对毛主席的感情要铭刻在脑海里,溶化在血液中,落实在行动上。这就是大形势,如果你没有站在这样的高度认识问题,仅凭原始的、朴素的阶级感情,你的检讨是通不过的,不仅领导不满意,群众也不会满意。现在的群众,包括你我是真心实意热爱毛主席,崇拜毛主席的。这是大趋势,谁也阻挡不了。小孙,小玲,你们说我说的是不是有点道理。"

"部长,您说的现象没有错,当前的确是这么一种形势,但是……"浩远的话没说完,志玲在桌下用脚使劲踢了他一下,担心他又犯浑。浩远的话虽还没说完,但他的意思部长已经明白,他微微一笑道:

"年轻人,你不必往下说,时下不是流行这么一句话吗,理解的要执行,不理解的也要执行。现在不理解,以后慢慢去理解吧!回去后就照我说的去检讨,就说你没有做到无限热爱毛主席,无限忠于毛主席,没有把毛主席塑像当成自己的眼睛和生命一样去爱护,今后一定加强思想改造,斗私批修,灵魂深处闹革命,读毛主席的书,听毛主席的话,做毛主席的好战士。你这样检讨既跟上了当前的形势,又不违心。什么是'无限'?没有标准;谁能做到'无限',没人敢拍胸脯,所以你说你没做到'无限'并非假话,不违心,也没冤屈你,我们都要继续加深对毛主席的感情。策略是党的生命,你明白吗?小伙子。好啦,该给肚子加油了,走,吃饭去。"

就餐时,部长小声问洪志玲:"小玲,你俩的事挑明了没有?"洪志玲红着脸点了点头。

"遗憾,我这个媒人当不上了,不过你俩办喜事时,别忘了请我老头子喝喜酒,酒我自己带,还是'四特'。"说完他让服务员给三人斟酒,而后举起酒杯高声道:"祝你们比翼蓝天,长相厮守,生死不离。"说完一仰脖子,干完了杯中酒。不知为什么,洪志玲听了部长的祝福后,有一种不祥的预感,是不是因为自己所从事的是飞行事业,对"生死"二字过度敏感?

孙浩远回到机场后,根据部长的启示,做了一个令领导和群众满意的检讨,很快恢复了中队长的职务,又可以笑傲蓝天了。

第八章 奇缘

孙浩远停职停飞阶段，夏芝兰正在山东泰安婆家休假，她爱人是泰安空军机场的一名飞行大队长，名叫张志敏，本地人。他俩有个儿子，九岁，在上小学。夏副大队长一回到大队，洪志玲第一个去看她，经过几年的相处，两人亲如姐妹。洪志玲刚一敲门，夏芝兰便拉开房门迎了出来，两人同时说道："老想你啦！"而后拥着进到房内，坐到了床沿上，拉着手端详着对方。

"这一个月我不在家你飞得多吗？"

"政治学习多，飞行训练基本停了，任务也很少，只和中队长飞了一趟重庆。"

"你和浩远的事有没有进展？"

"你在就好了，差点黄了。"

"咋回事？"

洪志玲便把孙浩远打碎毛主席瓷像到吴部长的谈话做了详细汇报。夏芝兰是边听边笑，洪志玲说完后她笑骂道："一群傻瓜蛋，这么简单的事，让你们弄得鸡飞狗跳，满城风雨，还搬出了吴部长这尊神呀。"

洪志玲傻愣愣地望着她，半天没接话茬，因为不知道'一群傻瓜蛋'傻在哪里？

洪志玲没吱声，夏芝兰又笑道："说你们傻，你是不是不服气？"她点了点头。

"浩远干吗充英雄好汉，自己承认？不小心打碎毛主席瓷像，又不是真反对毛主席，算啥错，你一承认就成大错了。"

"领导要查出来岂不是更被动，错上加错。"

"我说你傻你还不服气。你太不了解王政委、刘团长他们了。他们谁不明白事

情的真相，会把失手打碎毛主席瓷像当反革命事件查，也就是走走过场，敷衍一下，最后是查无结果不了了之。"

"要是有人揭发他咋整？"

"我说你傻你还真傻，说明你对浩远的了解还不如我。我问你浩远房里住几个人？他们是谁？"洪志玲摇头。

"浩远房间住四人，其他三人都是浩远的兵。浩远失手打碎毛主席瓷像后，说不定是其他人替他找的报纸，替他扔的纸包，是集体'作案'。还有一种可能毛主席瓷像根本不是浩远打的，他是替人顶包。总之，他不说，绝对不会有人揭发他。浩远自己站出来，事情就复杂了，等于给团首长出了一道难题。处理浩远觉得亏，不处理在当前形势下，没法向上级和群众交待。最后只好挥泪斩马谡，让浩远停职停飞反省，没将他打成现行反革命就阿弥陀佛了。我的话你要不信，你去问浩远，看你姐分析得对不对？"

当天晚上，志玲将夏副大队长的话对浩远重复了一遍，把浩远听傻了："人们都说我是才子，是'赛诸葛'，没想到'女闯将'竟是个才女。真是人不可貌相，海水不可斗量，夏大姐令我刮目相看，知我者夏大姐也。"

"这么说你们真是'集体作案'，你是主犯？"

"主犯还真不是我，打碎毛主席瓷像的是小贾。当时他吓哭了，我便安慰他说，一切责任由我承担，他几次要站出来说明真相被我劝住了。"

"你这么做有没有考虑后果，有没有考虑过我。"

"当时只想到为小贾两肋插刀，一时冲动，没想那么多。我既然当着全团人的面承认了，就不能'翻供'了，只有硬着头皮顶下去，但我有底线，打死我也不承认对毛主席态度有问题。"

"那你为啥不见我，还和赵中队长干架？"

浩远扑哧一声笑了："夏大姐说你傻，一点不冤，那是对你的考验，你要是为这点事跟我拜拜，说明你……"

没等浩远说完，洪志玲狠狠地擂了他一拳，假嗔道："为了考验我，让我遭那么多罪，你自不自私，要真给你扣上一顶对毛主席不忠的帽子，我咋整？"

浩远忙陪笑道："小生多有冒犯，望小姐恕罪海涵。"

"你能不能玩点新花样，老一套，俗。"

浩远没再耍贫，一本正经道："我相信刘团长、王政委的为人，相信他们对我的了解。他们绝不会一棍子将我打死，我绝对相信他们。我这条咸鱼定有翻身之日。没想到吴部长支招，这么快我就由地狱升到了天堂。"说完天堂二字，便向仙女扑去。

洪志玲与夏芝兰相处多年，两人比亲姐妹还亲，但有件事洪志玲多次想问夏大姐，她为何与爱人张志敏长期两地分居。有人传言说二人感情不和，甚至说她性冷淡，只是因为有个儿子，才勉强维持夫妻关系。真相如何，洪志玲十分关心。这天既然谈到她与浩远的事，自然也引到了夏芝兰与张志敏的婚姻关系。

"副大队长，您干吗不找个本部队的飞行员？。"

"你是不是听到什么狗屁叨叨的闲话？姐本不想扯些无聊的事。但我知道你和其他人不同，你是真心关心老姐的家庭，正如我关心你与浩远的恋爱婚姻一样。姐今天就把我的爱情、婚姻、家庭的事，全给你晾晾，省得你为姐操心。"

一九五四年秋，夏芝兰驾驶里－二型飞机飞泰安，落地后，指挥员指挥她滑行。泰安机场驻的是歼击机部队，指挥员指挥的都是小飞机，对里—二型飞机的机身高度不了解。结果夏芝兰在滑行中，飞机头部顶上的天线被电话线刮断了，飞机在停机坪停稳关车后，她气鼓鼓地跑到调度室找指挥员算账。当天的指挥员是一位年轻的飞行中队长，叫张志敏。夏芝兰一进调度室就瞪着一对核桃般地大眼，气势汹汹地问："你们谁是指挥员？"

"我是指挥员，你有什么事？"张志敏当时还不知道飞机天线被电话线刮断的事。

"你会不会指挥？你知不知道滑行道上空有电话线，你知不知道里－二型飞机的最高高度？"

她的一顿炮轰把调度室里的人全轰蒙了。调度室有个年纪稍大的干部，大概是调度长，忙劝她："女飞行员同志，你别急，有话好好说，到底发生了什么事？"

"什么事，天大的事！你们的电话线把我飞机上的天线刮断了，你们得赔。"

一听说是这回事，张志敏也火了。他比夏芝兰还小一岁，正是血气方刚的年龄，也是个不好惹的角色，他不仅没回答她的问题，还反问道："你长那么大一对眼睛干吗吃的，那么长的电话线你看不见呀！"

夏芝兰见他不但不认错，反而推卸责任，火气更大了，话也更难听了："放你

第八章 奇缘

娘的臭屁，你明知滑行道上有电话线，干吗让我从那里滑？我看你是成心影响我的任务。"

谁也没想到一个姑娘家，会这么泼，说话这么脏，也许是事出意外，也许是被她的气势所慑服，没人再吱声。

一看其他人不吱声了，夏芝兰以一个胜利者的口吻命令道："别装傻，赶紧赔我的天线，要是耽误了我的任务，你们吃不了兜着走。"

这事惊动了该师师长，他来到调度室，一进门除夏芝兰外，其他人都忙给他敬礼。当时还没有军衔，但夏芝兰知道，来者一定是个大官，她也略略收敛了一点，眼没瞪得那么大了。有人忙给她介绍，这是他们师长。夏芝兰连毛主席都见过，刘司令员都顶过，自然不怵一个师长了。她仍理直气壮地对师长道："师长同志，你来得正好，你的部下瞎指挥，让电话线刮断了我飞机上的天线，你们得赔我天线。"

师长自然知道，飞行员与指挥员各应负的责任，但眼下不是追究责任的时候，他当即表态道："女飞行员同志，你别急，我已经叫人去给你们修天线去了，保证不影响你们的任务，我们的指挥员的确有问题，我们会批评他，教育他。"

夏芝兰吃软不吃硬，而且听师长说已派人修天线去了，她的目的达到了，她给师长敬了礼后离开了调度室，临走时，狠狠地瞪了张志敏一眼。天线很快修好了，没有影响飞行任务。回到部队后，她如实向大队长做了汇报。大队长是明白人，把她批评了一顿，指出了她在事件中应承担的责任，对她滑行时观察不细和大闹调度室的行为给予了通报批评。

一九五五年底，夏芝兰再次到泰安出差，住在招待所，晚饭后她在营区遛弯，看到一处窗台上摆着几架小飞机模型，很漂亮，便想要一架，于是就冲屋内扯着大嗓门喊道："这小飞机是谁的？给我一架行吗？"

这时屋里有一人打开窗户往外一看，屋里屋外两个人的目光相遇时都愣住了，几乎同时说了一句："怎么是你？！"原来此人不是别人，正是与夏芝兰吵架的张志敏，这真叫不是冤家不聚头，有缘千里来相会。夏芝兰一见是他，特别高兴，不仅不把他当"仇人"，反而把他当成了久别重逢的朋友。两人竟一个屋里一个屋外地聊了起来。真是无巧不成书，两人竟是山东老乡，张志敏本地泰安人，夏芝兰济南人，老乡相见格外亲。这年军队刚实行军衔制，两人都是中尉。级别相同的两个老乡，越聊越投机。夏芝兰临走时，自然没忘要飞机模型，张志敏也自然乐意奉送。后来两人书信不断，很快就成了好朋友。

夏芝兰就是夏芝兰，她这女闯将谈恋爱也与众不同，她没有一般姑娘的羞涩和矜持，更没有扭扭捏捏、拖泥带水。她下定决心嫁给他之后，也不要介绍人，也不玩什么浪漫那一套，一年后，夏芝兰来到泰安，她径直来到张志敏的宿舍，当时宿舍里还有张志敏的一位室友，夏芝兰进房后，那位室友并不知趣，仍呆在室内不走，夏芝兰反客为主，下了逐"主"令："小同志，你先出去一会儿好吗，我和他有点私事要谈。"

那位室友这时明白了她的来意，冲张志敏做了个鬼脸后离开了，顺手关上了房门。

夏芝兰没扯闲篇，开门见山道："志敏，你说咱俩是不是特有缘？"

张志敏给她倒了一杯开水，请她坐下。他小学毕业后上的师范，语文成绩不错，表达能力很强。"我们不是一般的有缘，是奇缘。天下这么大，不是奇缘我俩哪能这么巧碰到一起，这就叫有缘千里来相会。"

"相会能不能相爱？"

一闯进门她便支走了同室战友，张志敏就知道她为何而来，也知道不用他开口，她会主动表白。他早有心理准备。姑娘大方主动，他一个大小伙子当然不能羞羞答答，他也很干脆："有缘有情就有爱，这是月下老人牵的红线，我们岂能辜负他老人家的一番美意。"

"这么说，我俩的婚事就这么定了？"张志敏笑着点了点头。

"你别光笑着点头，你得有所表示。"

张志敏不是书呆子，他明白她所说的表示的含意，于是两个山东直统子恋人拥在了一起，留下了一段吵架吵来如意郎的佳话。

女闯将夏芝兰谈恋爱急，结婚也急。一九五六年三月，夏芝兰与张志敏才正式确定恋爱关系，六月二十日，就领了结婚证。二十三日星期六，夏芝兰还飞行，下飞机后，穿着飞行服，拎着飞行帽和航行包，直接进了飞行教室做了新娘。桌子上摆着水果、喜糖、喜烟。领导讲了一番祝福的话。夏芝兰与张志敏就这样结婚了。婚礼诸事，都是俞素梅替她张罗的。

夏芝兰谈恋爱速成，结婚速成，怀孩子也速成。同年八月她怀上了头胎。

一九五七年五月生下一个男孩,当时特兴奋,全身充满了当母亲的幸福感,她在回忆录里有这样一段描写:"护士把孩子抱给我看,我觉得很新奇,把包孩子的小被子打开,小衣服弄开,看看孩子身上少不少零件,是个啥样子?护士笑话我,看你,傻乎乎的,孩子还会错吗?孩子睁眼啦!双眼皮,大眼睛,像我,是我儿子。"两年过后,夏芝兰又怀孕了。这是计划外的,她不想要,到空军医院做人工流产,医生不同意,她软磨硬泡了三个多小时,也没说服医生。医院不给她做人流,她自己设法让他流。站在近两米高的跳伞练习台上往下蹦,再就是猛跳绳,一次跳两百多下,终于把孩子折腾掉了。

夏芝兰的介绍,听得洪志玲直咋舌。她早就知道在航空领域里,夏副大队长是女飞行员中创造"中国第一"最多的人,没想到在生活领域里,也有这么多"第一速度"。洪志玲听说她还创造过"世界之最"。

"夏副大队长,您真是个勇于争先的奇女子。难怪同志们称你为女汉子。听俞副参谋长说,您还创造过三项'世界之最'。"

"听老俞瞎吹,什么'世界之最',咱又不了解外国女飞行员的情况,不能做井底之蛙,自封什么'世界之最',让外国人笑话。"

"那您说说到底是咋回事。"

一九五八年十一月,北国冬天的大兴安岭,是一片冰雪的世界,寒风呼啸,大雪纷飞。一支由一百多名工人与几百匹骡马组成的铁路筑路队,被大雪困在林海雪原之中,与外界失去了联系。有关部门万分焦急,请求空军支援。部队领导将这一艰巨任务交给了夏芝兰所在的飞行大队。大队长领受任务后,心中有所踌躇,因为他清楚,这次任务时间长,难度大,不是所有机长都能胜任的,他首先想到女闯将夏芝兰,但他下不了决心,他并不担心她的飞行技术,而是考虑到这次任务多在野外活动,脱离部队时间太长,她一个女同志多有不便。他与政委反复排队筛选,最后还是将这一重担压在了夏芝兰的肩上。夏芝兰和机组成员,经过认真的航线、飞机、物资的准备之后,便驾驶里-二型飞机向着齐齐哈尔市三家子机场飞去,她们要以该机场为基地,长时间地实施林海救援作业。

东北的凌晨,更是寒气逼人,最低气温零下三十多度。夏芝兰驾驶的苏式里-二运输机的左右机翼上,各装有一台活塞式发动机,这种发动机低温情况下起动,必须用加温炉加温。因此,夏芝兰带领机组成员,每天三四点钟起床,顶着凛冽的北风，忍着刺骨的寒气，赶到机场给露天停放的飞机发动机加温，做起飞前的各种准备工作。在风刀霜剑的野外作业，她的脸冻紫了，眼睫毛上结满冰花，露在皮帽外的缕缕青丝变成了条条银色的"树挂"。但她全然不顾，她那颗火热的心，已飞到林海雪原之中，飞到受难亲人的身旁。

一轮红日冉冉升起，给银色大地披上了一层薄薄的霞光。夏芝兰驾驶铁鹰，满载着粮食、衣物和饲料，迎着朝阳起飞了。头上是蓝湛湛的苍穹，脚下是白茫茫的原野，夏芝兰就在这蓝白之间的空域里疾驰着。她这位在济南长大的姑娘，无心欣赏这难得一见的北国风光，一心只想将救援物资尽快送到工人手中。

按预定的航线与飞行时间计算，飞机应到达目标上空了。但翼下是无边无际的雪原，看不到任何地标地物，更没有发现被困的工人与骡马。为了找到人马，她便一边盘旋一边搜寻，一圈、两圈、六圈过去了，仍没发现半个人影与蛛丝马迹（后来查明是地图有误差）。

"怎么办？返航，还是继续搜寻下去？"夏芝兰作为机长，必须在二者之间迅速做出选择。返航显然不行，她不能置一百多名工人兄弟的生命于不顾，那就等于打了败仗当逃兵。可是总这么在空中转圈，油耗光了也发现不了目标。夏芝兰干事从不优柔寡断，她决定扩大搜寻范围，降低飞行高度。她毅然一推机头，飞机从两千多米的中空下降到一百多米的低空，并勇敢地闯进狭窄的山谷。她向后打好调整片，用力顶着杆飞行，万一发现障碍物，稍一松杆，就能将飞机迅速拉起来。在林海雪原中超低空飞行，极易产生错觉，稍有不慎就会坠机。然而，夏芝兰一方面是艺高人胆大，另一方面是救人心切，因此才冒险将飞行高度降至最低。

飞机的轰鸣声打破了雪野的寂静，被围困的铁路工人，闻声后跑出山谷，在一块宽敞的雪地上，用红被面铺成一个大写的"T"字，为机组标明空投场。看到这红色的"T"字和振臂欢呼的人群，夏芝兰比看到救星的工人们还高兴，很少流泪的女汉子，眼里滚动着泪花。她驾驶着飞机，一次次从"T"字布上空飞过，一次次按响空投的信号铃，一包包装满党和人民深情厚谊的救援物资，准确地落在"T"字布周围，落到饥寒交迫，濒临绝境的工人手中。

由于被困的人马太多，飞机载重量有限，为了维持工人和骡马的生存，夏芝兰和战友们一道，在异常寒冷的条件下，每天起早贪黑，连续工作十五个小时左右。就这样，她日复一日地飞行了五十多天。一百多名筑路工人和几百匹牲畜得救了。

夏芝兰机组创造了救援环境最艰苦、单机救援时间最长、单机空投救援物资最多的三项世界纪录。

"这么大的贡献，干吗不给您立功？是不是您又和人干架，骂人了？"

"你就知道我干架骂人，这次是因为我把手枪丢了，虽然枪找回来了，但军功章却没能找回来。"

"就我掌握的各国女飞行员的资料，你这三项'世界之最'没错。我还给你加一项，你驾机穿越蘑菇残云，也是'世界之最'，而且是前无古人后无来者的'世界之最'，人类历史上的独一份。大姐，您真伟大，我为您骄傲，也为您不平……"

"算啦，别为我评功摆好叫屈了，咱们说点别的。"夏芝兰打断了洪志玲的话。

"副大队长，你为啥不把爱人调到我们部队来？"

"我曾经劝过他，想让他来，他拒绝了。他不愿飞运输机，说运输机跟老牛车似的，太慢，飞这种飞机不过瘾。"

"两地生活多不方便。"

"也没啥不方便的，两地分居也有两地分居的好处。就我这脾气，两人成天在一起，还不得老干仗，说不定早吵散了。两地分居，我没任何拖累，可以专心一意地飞，多潇洒。这样我每年比家在本地的飞行员多三十多个工作日。"

"为啥？"洪志玲不解。

"一年有五十二个星期天，加上十多个节日，共有六十多个节假日。减去我三十天的休假，我岂不比家在本地的人多三十多个工作日。节假日有家的人不上班，我可以上班，可以飞行。几乎所有的'长差'任务都是我去，每年我都要比别人多飞一百多小时，十多年来我比同期飞行员多飞了一千多小时。这是两地分居的最大好处。"

洪志玲本想问她："两地长期分居，你不想男人？"但一个姑娘家，这话羞于出口，话到嘴边又咽回去了。夏芝兰早看出这一点，便贴着她的耳朵道："两地分居还有一个好处，久别胜新婚，年年度'蜜月'，保鲜。"她笑了，洪志玲脸红了。

第九章 侵袭

自己的终身大事定下来之后,洪志玲开始关注曾小玉的个人问题。有的女人长得并不漂亮,某个部位甚至不很完美,如高颧骨,小眼睛,翘鼻了,厚嘴唇,小虎牙,大嘴巴等。但正是这些缺陷,成就了她另类的美,给人过目不忘的印象。曾小玉就是这样的女人。她是川妹子,四川乐山人。中等身材,瓜子脸,皮肤细嫩,双眼黑白分明,一对小小的虎牙,不仅无损整体形象,反而使她有了一种特殊风韵,使她的微笑更加甜美,更有魅力。她只比洪志玲小一岁,也该找对象了。围在她身边转的小伙子不少,但她还没锁定目标。她没确定对象,洪志玲却给她相中了一个人,他就是同一个机组的通信员小周,周富。小伙子细高条,圆圆的脸,两只眼睛虽不大,但有神,目光中饱含着睿智与诙谐,两片薄薄的嘴唇总是不停地翕动着,仿佛有说不完的话。他的心肠全是直的,藏不住话,心口如一是他最大的特点。他与曾小玉同岁,在机组里他有时亲热的喊洪志玲为玲姐,两人很谈得来。为此赵伟刚曾吃过小周的醋,将他视为另一个挑战者。

洪志玲准备给小周和小玉牵线的打算还未实施,自己却险些陷入了"绯闻门"。

深秋的一天下午,空勤人员体育锻炼的时间,洪志玲正在篮球场上打球,大队文书跑来叫她,让她们机组马上回大队,有紧急任务。当机组成员赶到大队飞行教室时,陈子平大队长已等在那里了。他简单地下达了飞行任务:"延安一老红军得了急病,需要特种药,这种药只有特种药品商店才有。我们的任务是急送药品去延安。送药的工作人员已在路上,我们马上去机场,因延安机场净空条件很差,俞副参谋长曾在那里遇险,这趟任务本想让她去,但她正参加空军积极分子代表大会。"接着,陈大队长简要介绍了俞素梅当年延安历险的情况。

延安机场是个老机场,跑道在延河边上,偏东西方向,长一千来米。跑道西头

有两百多米长的保险道，延长线的不远处便是宝塔山，远处的山更高，进场高度稍低时不能复飞。

那天，俞素梅驾驶里-二型专机，载着十四位省委书记从西安西关机场起飞，向着延安飞去。一个小时后，专机飞临延安上空，延河、宝塔山历历在目，一览无余。俞素梅操纵飞机在两山之间的延河谷中缓缓下降高度。放起落架，放襟翼，一切按着陆程序进行着。正当飞机快要着陆时，一系列意想不到的险情发生了。跑道西头二百米的保险道上有鸡蛋大小的鹅卵石，俞素梅顾不得多想，赶忙将飞机拉起来，让飞机与地面保持一米多高的距离。因为里—二飞机安装的是两台活塞式螺旋桨发动机，跑道上有碎石，就会被高速旋转的桨叶产生的吸力吸起，打坏桨叶，砸坏机身，击伤机组成员。

飞机飘过两百多米的碎石区后，俞素梅正准备收油门落地，突然发现跑道两侧的人群中有几个不知死活的愣头青，往跑道上跑，急得领航员抓着俞素梅的肩头大声嚷道："跑道上有人！"俞素梅明知剩下的跑道长度有限，也深知延安机场低空无法复飞的净空环境，但人命关天，她还是毫不犹豫地将飞机再度拉起，飞机呼啸着从这几个亡命徒头顶飞过，飞机又飘去一百多米后才接地，这时余下的跑道不足七百米了。而正常情况下滑行距离最少还要有八百来米，显然要想在这么短的距离内让飞机停下来几乎是不可能的，除非让飞机打地转或收起落架，让飞机机腹擦地皮。可是这两种办法都不能用，打地转飞机要偏出跑道，冲向人群，造成大量人员伤亡。擦肚皮也不行，不仅飞机要报废，螺旋桨叶断裂后也要伤人，同时飞机会因高速摩擦而起火，十四位书记不死也得伤。怎么办？胆大心细的俞素梅一面踩着刹车，一面机警地观察，她陡然发现，在跑道中心线 40 度左右的前方，有一道高约一米的土坡，土坡后面是一片平坦宽阔的沙土地。她急中生智，稍稍蹬舵，改变飞机的滑行方向，操纵飞机向土坡冲去。飞机冲上土坡后，她紧紧地把着驾驶盘，略略带了一下机头，不致使飞机冲过土坡时来个"嘴啃泥"。飞机在俞素梅的驾驭下，越过土坡后，重重地蹾在土坡后的沙地上。耗尽速度的飞机被她停住了，可这一蹾真不轻，前舱除俞素梅与副驾驶员之外，领航员和机械师摔了个人仰马翻，通信员头碰到顶篷，痛得嗷嗷叫。俞素梅顾不得察看机组人员的伤情，赶紧跑到客舱看望十四位省委书记。他们一个个都系着安全带，安安稳稳地坐在沙发座椅上，全都安然无恙。俞素梅一颗悬着的心总算放下了，她深深地舒了口气，然后以歉疚的口吻解释道:"没想到落地时出现那么多意外情况,让各位首长受惊了,真是对不起。"十四位省委书记及其他客人,没有一人脸上有不快之色,他们都面带笑容地感谢和宽慰眼前这位帮他们飞越鬼门关的俞素梅。

介绍完情况,陈大队长继续道:"正因为延安机场地形复杂,又是夜航,团里决定配双机长,小陈就不去了,我去,我飞左座,洪志玲飞右座。飞机是4016号,邢机械师和小罗已经去机场准备飞机了。"

机组刚做完起飞前的准备,送药的小车到了。下午五点十分,4016号飞机从汤山机场紧急起飞,向着革命圣地延安飞去。飞机进入山西省境内的时候,延安机场报来了当地的天气:能见度十公里,无云,有西北风,最大风速十二米/秒。大队长看过气象报告后,眉头锁了起来,今晚恐怕无法在延安机场降落,因为延安机场是偏东西向跑道,长度只有一千多米,南、北、西三面都是山,飞机只能由东向西落地,不能复飞。西北风正好是九十度的大侧风。飞机抗侧风的最大极限是十米/秒。怎么办?返航还是继续飞往延安?他与机组成员商量,宋主任不表态,一向话多的小周也是徐庶进曹营一言不发,老邢与小罗也不吱声。洪志玲接过气象报告看了看后说道:"我们不能返航,老红军等着急救药哩!"

"冒险飞延安?"宋主任有些着急。

"不算冒险,我有把握。"洪志玲很自信地答道。

"小玲,机场的大侧风超过了飞机的极限性能,我们都没飞过,强行落地安全有保障吗?"大队长很慎重。

"我研究过制服大侧风的方法,起名为'借助风力法'。训练时我试过,老好使啦,管用。"

大队长听后,琢磨开了。这时小周终于憋不住了:"我看中,不返航,飞延安,为救老红军,玲姐的方法值得一试。"大队长沉思片刻后,终于下定了继续飞延安的决心。他从左座站了起来,他要让贤:"小玲,你来飞,我在右座精神更放松,可以起到更好的保险作用。"洪志玲也当仁不让,毫不客气地坐到了正驾驶位置上。

十九点三十五分,洪志玲驾驶4016号飞机飞临延安上空,这时的延安已华灯初上,机场里的各种灯光都已打开。两条笔直平行的跑道灯历历在目,跑道在灯光的照耀下,从空中望去,宛如一条闪光的银河。洪志玲驾机由南向北,通过机场上

方,做了一个狭长的起落航线,在两山之间的延河谷中,由东向西缓缓下降高度,她不是对正跑道下降,而是偏向跑道的北侧,借助风力慢慢将飞机向跑道中心线的延长线靠拢,飞机快进跑道了她开始压杆蹬舵,将飞机牢牢地控制在跑道中心线上。在大队长的配合下,飞机准确地落在跑道中心线上。她成功了,轻松自如地降伏了大侧风。小周在后面冲着她高声喊道:"玲姐,你太棒了,太牛了。"洪志玲此刻心无旁骛,无心他顾,正集中精力操纵飞机,稍有不慎,飞机还有被大侧风吹离跑道的危险。

飞机在候机楼前停稳后,大队长让洪志玲先下去应付接机人员,自己坐在右座上没动。洪志玲的落地动作太漂亮了,他飞了这么多年,算是老油条了,别说没见过正侧风超极限条件下安全着陆的先例,连听都没听说过,洪志玲真是神了。以前只知道她漂亮,飞得好,惹人爱恋和佩服,今天他才知道她有比外貌更可爱的地方。陈子平大队长被洪志玲高超的驾驶技术,过人的胆略气质,对飞行事业的执着追求所折服,她成了他心中的偶像,产生了一缕理不清道不明的情愫。

"大队长,大队长,市里的领导在下面等您呢!"洪志玲银铃般的呼唤打断了他的沉思,他急匆匆下了飞机。接药品的车开走了,市里的几位领导要见机组的负责人,当面致谢。

由于市领导的盛情挽留,加上天气的原因,洪志玲他们当晚没有返京,住进了市委招待所。晚上延安市有关单位设宴招待机组,吃的是本地的特色菜,喝的是用延河水酿成的本地白干。延安人好客,加上机组冒着大风送来的特效药挽救了老红军的生命,主人们万分高兴,又有洪志玲这样难得一见的美女飞行员在座,他们一个个酒兴大增,左一杯右一杯地给机组的最高领导陈大队长敬酒,虽然洪志玲替他喝了不少,但他还是被灌醉了。散席后,小周和小罗将大队长扶到他住的单间,洪志玲在一旁跟着。他们将大队长放到床上躺下后,洪志玲让其他人回房休息:"飞了几个小时,大家都累了,都回房休息吧,我是机长,我留下照顾大队长,等他睡着了,我再走。"

"玲姐,我留下吧,你一个女同志这么晚了留在这里不方便。"小周要留下替她。

"你年纪轻轻的,怎么还这么老封建,走吧,好好休息,明天还要飞行呢。"

这时的洪志玲忘了俞素梅送给她的《手册》,那上面写得清清楚楚,明明白白:"外出执行任务期间,没有特殊情况,不要单独与男同志相处,尤其是晚上和酒后,以避免受到侵害。切记!切记!"洪志玲不仅忘了大姐的警言,也忽视了周富的提醒,结果遭到侵犯,闹出了绯闻。

其他人走后,洪志玲随手关上房门,但没有锁。她替大队长脱掉了鞋和咖啡色的单皮夹克,给他盖好被子。她刚要离开,大队长翻肠倒肚地吐开了,床上地下一大滩,房间里顿时充满了难闻的酒糟气,熏得洪志玲也想吐,她紧忙打开房门透气,并从卫生间找来毛巾替他擦脸上和被子上的污秽物,又找来拖把清理地板,拖地板时,嫌热,她也脱掉了单皮飞行服。等她忙完后,大队长也醒过来了。见他醒来,洪志玲替他倒了一杯清水,拿来一个脸盆,让大队长漱口。陈子平大队长虽然吐了,但酒精的刺激作用并没有完全消失,他还处在似醉非醉、似醒非醒的状态之中。他睁着朦胧的双眼,直直地盯着洪志玲,往日对她的好感,今天对她的钦佩,眼前对她的感激,几种因素搅和在一起,在酒精的作用下,形成了一股巨浪,在他胸中翻腾,他驾驭不了这股爱的浪潮,情不自禁地起身抱住了洪志玲,嘴里不停地念叨着:"小玲,你太可爱了,我喜欢你。"

面对突如其来的侵犯,洪志玲并未惊慌失措,她一面抗拒一面劝告:"大队长,您醒醒,别这样,别这样……"

就在二人纠缠时,老宋、老邢、小周、小罗进来了,他们原本是来探望大队长的,不曾想却探望到了这异常尴尬的一幕。他们木然地站在门口,不知是该进还是该退。大队长一见他们,赶忙放开了洪志玲,刹那间汗水从每个毛孔里往外冒。洪志玲仍很冷静,她稍稍整了整上衣后,对站在门口的众人道:"没啥事,大队长喝多了,酒后失态,耍酒疯。咱们走吧,让大队长好好休息。"说完像没事人似的,穿上皮夹克,拽着老宋、小周他们往外走,离开时关上了房门。

老宋与小周住一个房间,回房后两人展开了争论。

"老宋,今晚的事我们得保密,大队长是酒精中毒,导致神经错乱失去理智,并非耍流氓。洪机长更是受害者,我们必须保护他俩的声誉。"

"我是党小组长,应对党组织负责,机组党员发生这样严重的作风问题,我们如果放任不管就是失去党性原则,我这个党小组长就是失职。"

"你不要无限上纲好不好,你得实事求是,大队长不是有意的,是酒精作用的结果,甭往生活作风上扯。"

"这叫酒后吐真言,是平时思想腐化的大暴露。我看洪志玲也有问题,没有她的暗示和默许,大队长哪来那么大的色胆。十美九风骚,一点也不错。"

一听老宋往洪志玲身上泼粪,小周顿时火冒三丈:"瞎了你的狗眼,你没看见房门是开着的吗?大队长要强行抱她,她不是正在奋力抗拒吗?你怎么说玲姐也有问题?"

"你小子的嘴放干净点好不好,俗话说一个巴掌拍不响,苍蝇不叮无缝的鸡蛋,洪志玲不在大队长面前献殷勤,大队长会动淫心吗?她没问题,干吗把单皮飞行服也脱了?你小子这么袒护她,莫非你俩也有一腿?"

"你再胡说八道,我撕烂你的臭嘴。"

两人越吵调门越高,火气越大,只差动手了。

陈子平是一个有担当的男人,回到部队后,没等老宋汇报,他主动写了检查,将它交给了王怀仁政委,王政委对此事高度重视,逐一找机组成员谈话,核实情况。在掌握了真实情况后,他亲自主持召开机组会。会上对陈子平提出了严厉批评,批评他带头酗酒,行为不检,思想不纯,要他接受教训,加强世界观的改造。会上他大大地把洪志玲表扬了一番,团党委还准备给她立三等功,号召全体人员向她学习。最后他着重强调:"这事到此为止,要绝对保密,这事关系到两个飞行干部的政治和飞行生命。对大队长的错误既不能扩大,更不能扩散。谁要把这事捅出去,一切后果由他负责。"陈子平的"性侵犯"没有变成性丑闻,洪志玲暂时躲过了"绯闻门"一劫。

延安历险后,洪志玲成了"双尖"人物,在长相上,她最美,她拔尖;在飞行技术上,她最棒,她拔尖。总之她成了腕。俗话说树大招风,花香引蝶,洪志玲成为"双尖"人物后,名声远扬,全师上上下下的男性干部、战士,乃至职工,都梦想一睹芳容,一亲芳泽。为此,五花八门的骚扰纷至沓来,搅得她不得安宁,好在她是个机敏、沉稳的姑娘,她又重温了俞大姐《手册》中的"锦囊妙计",接受了延安受骚扰的教训。面对来自异性的各种"好感",她能应付自如。求爱的信不看,电话不接,调笑的荤话一笑置之,轻佻的举动横眉冷对,领导的"关心"虚与委蛇。其中最难对付的是首长的个别谈话。

一天下午,于副师长给洪志玲打电话,叫她今晚八点到他设在军人招待所的办公室谈话。师里的一些领导在汤山机场军人招待所都有自己的办公室,供他们到汤山机场指导检查工作时使用,这种办公室也是他们的宿舍,外间办公,里间睡觉。

一个副师长找一个普通飞行员谈话,而且他分管的工作与飞行不沾边,有啥好谈的?开始洪志玲还觉得奇怪,但她很快就明白了,此人口碑不好,是个登徒子,他找她谈话是醉翁之意不在酒,动机不良。但他毕竟是师首长,硬顶着不去,肯定不行,他们这种人手里的小鞋多的是,得罪了他们,说不定哪一天冷不丁扔给你一双小鞋穿。去吧,凶多吉少,她倒不怕他对她怎么样,她怕的是他动手动脚时与他撕破脸皮都不好看。她翻遍了那本护身符《手册》,找不到对付的妙方,只有自寻对策,想来想去想到了一招,她将于副师长找她谈话的事告诉了中队长,请他配合。赵中队长二话没说便应承了,洪志玲虽没选择他做爱人,但仍将他当蓝颜知己,有什么为难事都找他。赵中队长自与她表明心迹后,没有食言,一直把她当红颜知己,在她的撮合下,他与王荣荣相爱了,洪志玲与王荣荣也成了好姐妹。

晚八点整,洪志玲准时来到军人招待所二楼,她刚上楼梯就见于副师长站在房门口等她。一见洪志玲他便笑嘻嘻地上前迎接,一双肥硕的大手紧紧握住了洪志玲白嫩柔软的纤手,他牵着她的手走进办公室,将她拉到双人皮沙发上坐下,并十分殷勤地给她沏了一杯清茶,放到她前面的茶几上,然后紧挨着她也坐进了沙发里。他一边替她剥桔子一边笑道:"小玲,今晚请你来,是想了解一下你们飞行员对空勤灶伙食的意见,以便改进。"说完将剥好的桔子递给洪志玲,她接过桔子没吃,将它放回茶几上。

"于副师长,谢谢您对飞行人员的关心。"

"谢啥子嘛,这是我份内的事。"

"于副师长,我还真有点意见。"

"好,你尽管提,我一定让他们改进。"

"空勤灶食品外流的情况相当严重,凡有应酬招待的食品都从空勤灶拿,客人都到空勤灶用餐,飞行人员的供应标准,并未完全吃到我们肚子里去。"她是边说边瞅茶几上的点心和水果,心里想:茶几上的这些东西你也是从空勤灶要的吧,我看你咋解释。

于副师长干笑了两声后表态道:"你的意见很好嘛,我要好好查一查,杜绝类似事情的发生。小玲,你也老大不小了,还不结婚呢?如果住房有困难,你找我嘛!"说完轻轻拍了拍洪志玲的秀肩,同时一双充满淫欲的贼眼盯住了她胸前那对

欲破衣而出的双乳。虽然洪志玲穿着毛衣和军装，但它们掩盖不住那对坚挺丰满的乳房。

"小玲，你的延安之行，令我钦佩，在师常委会上是我提出给你立功的。"

洪志玲本想说声谢谢，可一见那双色迷迷的眼睛，她想吐，把谢谢二字咽了下去。她看时候差不多了，便站起身来："于副师长，不好意思，我想借您的电话用一下，可以吗？"

"可以，当然可以，你尽管用，我这部电话可以接外线，打长途，你有啥子事要打长途可以来找我。"

洪志玲拿起电话："请接一大队。肖机长，请你找一下赵中队长，好，我等着。中队长，我是洪志玲，我在……"她的话被对方打断。

"你跑到哪里去了？我们四处找你。"她将电话听筒有意偏向于副师长，耳机里传来了赵伟刚非常气愤的声音。洪志玲冲于副师长做了个调皮的鬼脸。

"不好意思，我忘给你请假了，我现在在招待所于副师长办公室，他征求飞行人员对空勤灶伙食的意见。你找我有啥事？"

"你写的征服大侧风的经验材料，团里退回来了，要你连夜修改好，明天上班时要报师里。你给于副师长解释解释，请他支持一下，赶紧放你回来。"

洪志玲放下电话："于副师长，不好意思，我有点急事，我得走了，对不起。"

"好！好！有急事你去办，我们有机会再聊。"

洪志玲给于副师长敬过礼后急忙离开了他的办公室，她都要下楼了，于副师长还站在门口出神。

这一幕是洪志玲导演的，团里的确是让她修改经验材料，也确实明天就要上报师里，只不过她下午就修改好了。

星期六晚上，洪志玲与孙浩远约会时，她将智斗于副师长的得意之举告诉了他，她以为会得到他的夸奖，谁知却遭到了他的嘲笑。

"也只有你们这样的低能儿，才想得出这种低级的臭狗屁办法。"

"是不是没找你，你吃醋，你说说我们这办法怎么低级啦？怎么臭狗屁啦？你难道有什么高级的香办法？"

"我不是山西人，不喝醋。我说你们的办法低级狗屁，是因为你们的办法斩草没除根。斩草不除根,春风吹又生,你躲得了初一躲不过十五,他贼心不死,有机会还会纠缠你。不过有伟刚替我做护花使者,替我护花,我十二万个放心。"

"你不怕我红杏出墙,护花人变摘花人?"

"你要红杏出墙早出了,还哪会轮到我摘花。没有这点相互信任,你也不是洪志玲,我也不是孙浩远。"

"别贫了,还是说说你斩草除根的高招吧!"

"我这高招不能白给你,得用东西交换。"

"你出个价吧,要什么?"

"一个拥抱三个热吻!"

"行,你先说,看你的高招值不值这个价。"

"我的高招是到俱乐部广播室,广播寻人启事,通过大喇叭让满机场的人都知道你洪志玲失踪了,发动大伙儿找你,我看还有谁敢找你个别谈话。"

"你这是啥高招,地地道道的恶作剧,我不交换。"她不同意,但他同意,经过一番讨价还价,最终他是胜利者。

这个时期的遭遇,洪志玲在日记中写道:"做女人难,做美女更难,做有点名气的美女更是难上加难。幸亏有《手册》这位保护神,使我度过了重重难关,感谢《手册》,感谢俞大姐。"

第十章 婚礼

军营星期六的晚上,是干部战士最期盼的一个晚上,是一个充满幸福快乐的晚上,是一个有着许多"可以"的晚上。结了婚的可以回家过夫妻生活,有了对象的可以与情人约会,没结婚没对象的可以不上班,自由活动。洪志玲自与孙浩远恋爱后,只要不出差、不值班,星期六的晚上两人都要飞双机编队。双机编队是飞行部队的专用名词,把恋人约会谈恋爱叫双机编队,把做爱叫飞起落。每当洪志玲外出飞编队的时候,宿舍里就剩下曾小玉,为打发孤寂的时光,她总是到图书室看杂志,她最爱看的杂志就是《大众电影》,它图文并茂,上面有不少电影明星的图片。她的这一活动规律,被一些追逐者掌握了,因此星期六晚上到机场图书室看书的人越来越多,去晚了连座位都没有,只好站着。

图书室约八十多平方米,陈列着各种报刊和各类图书。图书室是晚七点开门,九点关门,往往六点半就有人在门口等候。因为有了曾小玉,星期六晚上的图书室成了机场人口密度最高的地方,也成了机场一景,如果洪志玲等蓝天女儿们都来,图书室的门肯定被挤破。

有一个星期六的晚上,图书室来了一位新读者,他就是周富。他来晚了,只好站着,抢手的《人民画报》《解放军画报》《民族画报》《电影画报》等均有人在看,他在书架上挑了一本样板戏《红灯记》的剧本。他来图书室不是看书,也不是来看曾小玉,而是来等她。他不时看看墙上的挂钟,希望它的时针赶快指到晚九点的位置上。周富原本打算吃完晚饭就去找小玉,因为是头一次约她,缺少勇气,犹豫开了,他这一犹豫,曾小玉进了图书室,无奈他只好到图书室等她。

今晚小周约小玉是洪志玲的旨意。自那天摸过小玉的底以后,洪志玲就想摸小周的底,可是一直没有适当的机会。今天吃过午饭后,她把小周叫到飞行教室:"小周,我看你总对小玉挤眉弄眼的,是不是对她有那个意思?"

"玲姐，小玉是不是名花有主了？"周富虽没直接回答，但那意思很明确。

"你别打哈哈，你有还是没有，男子汉大丈夫，爽快点。"

"光我有管啥用，她是个'把杆'的，能不能瞧得上我这个'敲朗头'的？"周富有顾虑，担心人家是飞行员看不上他这个通信员。他的这种顾虑不无道理，因为在运输机部队，机长是老大，副驾驶是老二，领航员是老三，通信员排老末，女孩子找对象自然是先挑飞行员，飞行员吃香，专机师的师、团、大队和中队军事一把手全是飞行员出身。

"你先甭管她咋样，你说心里话，喜欢不喜欢她？"

周富右手摸着脑袋瓜低着头轻轻答道："喜欢，用你们东北话说，老喜欢啦！"

"喜欢就得行动。"

"咋行动？"

"加大油门，追！"

"志玲姐，孙中队长是咋追你的，介绍介绍经验，咱借鉴借鉴。"

"他没追我。"

"那是你追的他？"

"我也没追他！"

"那就怪了，你没追他，他也没追你，那你们是咋走到一块儿的？"

"我们俩是心心相印，心有灵犀，自然而然地就走到一起了。"

"那总有一个人先开口说'我爱你'吧！"

"说来你也许不相信，至今我们谁也没说过这三个字。"

"不说这三个字，咋表示爱情？"

"傻小子，'我爱你'这三个字要用心去说，要用心去听，明白吗？行了，不和你啰嗦了，你这个机灵鬼，追姑娘还用教。今晚就看你的了。"

洪志玲的谈话，让周富喜出望外，心花怒放，他寻思："志玲姐虽没说小玉对我的态度，但话语之间还是透露出了小玉对自己有好感，否则志玲姐也不会贸然地让我追。"在洪志玲地暗示下，周富下定了今晚出击的决心。

什么情况下时间过得慢？等人的时候时间过得慢，等心上人的时候时间过得最慢。周富的两眼一会儿盯挂钟，一会儿盯小玉，希望时针走快点，也希望小玉提前离开，这两点希望都让他失望，时钟似乎停滞，小玉真成了一个玉雕的美人，坐着

一动不动,埋头阅读手中的杂志。二十点五十分的时候,图书室管理员揿响了电铃,提醒阅读者,准备收摊走人。响铃之后有少数人开始离开,但大部分人瞧小玉没挪窝的意思,也岿然不动。直到二十一点整,曾小玉才在管理员的催促下依依不舍地离开图书室,刚一出门便看到了周富:"今晚的月亮怎么从西边出来了?"边说边往外走。

小周紧靠在她的左侧:"曾机长,你是不是回宿舍?"

"对呀,你有事?"小玉不迟钝,她已预感到今晚有戏,心脏跳动已开始提速。

"啊,也没啥事,就是……就是……"

"周富,我听志玲说,你很能侃的,没听说你有口吃的毛病。"

"你要是不介意的话,我想……我想……"

一看他这怂样儿,小玉噗嗤一声笑了:"想啥子?想东想西,还是想南想北?"

周富话虽然说得结结巴巴不利落,但从他那双小眼里放出的目光却极具穿透力,犀利无比,他看到了姑娘的内心深处。她不仅没回避他,反而流露出一种急切的期盼与等待。小玉的暗示,如同一杯醉人的酒,酒能壮胆,周富鼓足了勇气,大胆地冒出一句:"我想……我想吃天鹅肉。"说完不敢看小玉的表情,转身跑了。望着他急速离开的背影,曾小玉开心地笑了。笑后又骤然产生一种失落感,难道这就是恋爱的开始?这也太乏味了吧!她想。

当小玉回到宿舍的时候,洪志玲已经回来了。"你怎么这么早就回来了?孙中队长有事?"小玉好奇地问道。

"他没事,是我有事。"

"大星期六的,你有啥子事?"

"等你回来给我汇报呀。"

"汇报!汇啥子报?"小玉一头雾水。

洪志玲冲她诡秘一笑道:"今晚没啥特殊情况?"

小玉还是丈二和尚摸不着头脑,不明白她搞啥明堂:"你不会是飞编队飞晕了脑壳吧,神经兮兮的。"

"小周今晚没去找你飞编队?"

经志玲提醒,小玉才恍然大悟。"我说周富今晚怎么会突然出现在图书室,原来是你策划唆使的。"

"这么说今晚你们也编上队了？"

"还编队呢，刚说一句话就溜了，真是又好气又好笑。"

"一句话？一句啥话？"

"他说他想吃天鹅肉！"说完，两个人都哈哈大笑起来。

一九六七年十月中旬，洪志玲机组执行送外国驻华武官去外地参观的任务，七点十五分，他们从汤山机场调机到新都机场。机组成员是原班人马，飞行员还是小陈。由于是专机任务，新增加了两名空姐小邹、小田。

八点三十分，满载各国武官的4016号飞机由南向北起飞，当飞机爬升到三百米左右时，突然一群大鸟向飞机迎头撞来，还没等机组反应过来，飞机就发生强烈抖动，右发停车，更可怕的是一只大鸟如同炮弹一般击破了右风挡玻璃，正好击中了副驾驶小陈的脸，小陈下意识地发出了"啊"的一声惨叫。同时一股强烈的气流如巨浪般向驾驶舱涌来，飞机在急剧下降。这时洪志玲无暇顾及小陈的伤势，顶着刀子一般的强气流，奋力操纵飞机，先是加大左发油门，使单发的飞机不再掉高度。紧接着将右发顺桨，减小飞机阻力。她想再爬升，但由于载重量接近饱和，飞机升高很困难，她只有返回西郊机场。

"长城，16号撞上鸟群，右发停车，有人负伤，请求紧急着陆。"

"16号，保持高度，作小航线落地。"

"16号明白。"洪志玲将脸紧贴左侧风挡玻璃，尽量减小气流的冲击，凭着平时练就的过硬驾驶技术，冷静沉着地操纵着受重伤的飞机返航。右座的小陈自发出那声惨叫后，再也没哼一声，双手仍紧紧地握着驾驶盘，忍着剧烈的疼痛，帮助机长操纵极难驾驭的飞机。

"小陈，你怎么样？"洪志玲大声问道。

"请大伙儿放心，我能挺住！"

他的回答虽然声音不大，但穿透力很强，震撼着全机组成员的心。

机械师老邢左手紧紧抱住旁边的扶手，以防被气流吹跑，右手在机长的指挥下异常艰难地做着降落的动作。通信员小周用双手使劲支撑着上身，不使头撞在B-70电台上。

右风挡玻璃的裂缝愈来愈大，气流愈来愈猛，很快前舱与客舱的门被吹开，乘客都被突然袭来的气流死死地压在座椅的靠背上，呼吸都很困难，尽管他们都是久

经沙场的老兵,面对这突发的险情,一张张不同肤色的脸上都布满了惊恐之色。两名服务员被吹倒在过道里,她俩想爬起来,但气流实在是太猛了,她们根本动弹不得。机身四壁发出"吱吱嘎嘎"的响声,飞机似乎立刻就要解体。

事故发生八分钟后,洪志玲驾驶摇摇欲坠的飞机安全降落。

"16号,在跑道头停车,等待抢救。"

洪志玲遵照指挥员的指令,将飞机停在跑道头上,关掉了发动机,切断了所有电路与油路。这时救护车、消防车、梯子车、电瓶车、拖车等已停在飞机周围。

梯子车刚靠近机舱门,四名医务人员便拿着担架抢先登机,他们兵分两路,一路在客舱一一察看和询问客人,看他们是否有人受伤;另一路直奔前舱,抢救受伤的机组成员。这时洪志玲等人才发现小陈脸上血糊糊的,五官都很难分清,也不知是他的血还是鸟的血。当医生要抬他下飞机时,他轻声道:"先请客人下,他们一定受惊了。"在他的坚持下,只好等所有乘客离机后,他才摸索着站起来,他拒绝坐担架,他要自己走下飞机。当他在洪志玲和一名医生搀扶下走出机舱门时,机下突然响起了热烈的掌声。原来武官们被请下飞机后都没走,他们一定要见见将他们从鬼门关救回来的飞行员。当他们看到洪志玲和关公似的小陈出现在机舱门口的瞬间,先是惊诧,继而是钦佩,他们不得不由衷地佩服中国飞行员,机组高超的飞行技术和英勇顽强的精神征服了他们。他们用掌声表达他们的敬佩和感谢之情。洪志玲和小陈走下舷梯后,有两名武官走到他俩面前,将自己佩戴的军功章给他俩戴上。随机采访的记者还想采访小陈,被医生挡了驾,在掌声中小陈走进了救护车,洪志玲坚持要随车护送。

八分钟的空中惊魂,使洪志玲头上的光环更多更亮,不仅机组荣立集体二等功,被授予英雄机组的称号,她与小陈也立了二等功,她还被评为活学活用毛主席著作标兵,被地方和部队一些单位请去作讲用报告。洪志玲很反感这些社会活动,对自己头上的种种光环也很冷漠,特别不愿做什么讲用报告,宣传干事给她写的稿子她不愿念,要讲就讲那点事,她的报告只有闪光的事迹,没有闪光的语言,因此讲了几次以后,也就打住了。然而那些从天而降的"荣誉",却总像影子一样附在她的身上,她想甩也甩不掉。不仅如此,她还成了重点培养对象,师里决定送她去武汉航院进修三个月,学习航空理论与空中指挥,师里的意图很明显,就是准备重用她,提拔她。

一九六八年一月三十日，农历正月初一上午，二〇五团办公楼的大会议室里，正举行革命化的集体婚礼，三对新人是：洪志玲与孙浩远，王荣荣与赵伟刚，曾小玉与周富。在近似封闭的军用机场里，参加婚礼也是一次改善精神生活的机会，尤其是三大美女的婚礼，其吸引力大大超过了电影。一百五十多平方米的会议室被来宾挤得满满当当的，很难找到落脚之地。会议室的东墙上贴着伟大领袖毛主席的彩色画像，这张画像不仅是毛主席的标准照，主席像的下端还印有林彪四个伟大的题字。毛主席像的两侧是两条红色的标语，左侧是：誓死捍卫毛主席的革命路线，右侧是：永远沿着毛主席指引的航向飞行。南北墙是窗户，窗户之间的墙壁上挂着毛主席语录牌。墙的西侧正中间是大门，大门两侧的墙上贴着各级领导与好友的新婚贺词，师长与师政委的贺词是：一世情缘，革命战友同携手；百年好合，恩爱夫妻共白头。团长与团政委的贺词是：大海戏水碧波中，长空比翼白云间。会议室的中间是一行长条办公桌，桌上摆满了喜糖、喜烟，还有苹果、香蕉、红枣以及瓜子、花生等。那个时候这些东西凭票供应，但飞行部队有特供点，有办法弄到。办公桌的两侧是软椅，靠南北墙根也是椅子。

今天参加结婚庆典的有李副师长、刘团长、王政委、胡主任、俞副参谋长、陈大队长、夏副大队长等各级领导，来宾中有三个飞行大队的空地勤人员和服务队的几名空姐等，大约有一百多人。(那时军人结婚，都不请父母亲戚。)领导均坐在靠东头的前面的软椅上，其他人有的坐着，大部分都站着。九点整，三对新人入场，他们在掌声和欢闹声中，缓缓挤到东墙下专为他们准备的沙发椅上坐下。六位新人全着崭新的棉军装，红领章鲜艳夺目。胸前佩戴着该师自己制作的"四个伟大"的毛主席像章，左手都握着红宝书——毛主席语录。新人坐好后，会议室渐渐安静下来。婚礼主持人是政治处的孟副主任。婚礼的第一项议程是全体高唱《东方红》，第二项是向毛主席像敬礼。第三项由李副师长致贺词。他首先代表师长、政委祝三对新人革命到底，共同进步。而后代表司、政、后、工四大机关给三对新人赠送礼物，每人一套精装本《毛泽东选集》。第四项是新娘新郎向来宾敬礼并相互致敬。前四项议程庄重严肃，会场很安静，也没人动桌子上的各种吃食。孟副主任宣布第五项议程：由新娘新郎介绍恋爱经过。他话音刚落，掌声哄闹之声四起，会议室顿时热闹起来，这是仪式的高潮，观众等待着精彩的演出。三对新人此时谦虚开了，你推我我推你都不愿打头炮。

孟副主任一看这种局面便来了个群众路线:"同志们,你们说谁先介绍?"

"洪机长,洪机长!"来宾的意见高度一致。

"洪机长,今天你可不要'不好意思',要如实交待你这位大美人为啥相中孙中队长的?"

"讲讲鸳鸯戏水的故事。"

"不是戏水,是弄潮。"

洪志玲无论在何种紧急危难的情况下,都能沉住气,空中如此,地面也是如此。面对来宾的哄闹,她不羞怯,不忸怩,而是镇定自若,大大方方,满脸是笑。大喜之日的她,秀丽的面庞上多了几分喜气,比平日更加妩媚动人,两个酒窝宛如两口泉眼,往外淌着蜜,流着酒,未曾开言,就让来宾有了醉意。

"首先欢迎首长和战友们参加我们的婚礼。在我大喜的日子里,我要特别感谢曾经给过我关爱的人们,感谢你们对我的那份真情,感谢你们对我的理解和支持。"

洪志玲"三个感谢"的内涵非常丰富,在场的来宾可以作不同的解读,关心帮助过她的领导和战友,认为她这是表示诚挚的谢意;一般的同志与熟人,认为她这是一种外交辞令,应景的客套话。而另一层含义,恐怕只有真正爱过她的像赵伟刚、陈子平这样的人才能听懂。

赵伟刚今天虽是新郎,但他身边的新娘却不是他苦恋多年的洪志玲,而是曾被他放弃过的王荣荣。他虽然死守着对洪志玲的承诺,两人保持着一份真诚纯洁的战友之情,朋友之情,兄妹之情,但昔日刻骨铭心的爱恋,正如潜艇一样,在长久的潜伏之后,有时还会浮出水面。在这新婚之际,面对王荣荣和洪志玲两位新娘,他是感慨万千。他虽是坦荡的君子,真心希望洪志玲幸福,但他毕竟是一个血性男儿,看着自己心爱的姑娘成了别人的新娘,那份说不清道不明的矛盾心情又冒了出来,冲淡了新婚的喜悦,他自己也分不清今天所饮的是喜酒还是苦酒,他是甜在脸上,苦在心里。

陈子平大队长,今年三十六岁,爱人在机场军人服务社当售货员,两人是中学的同学,八年前结婚,她比他大三岁,女大三抱金砖,她的确给他抱来了两千金,生了两个女儿,大女儿上小学,小女儿在幼儿园。两人本来过着不咸不淡的平静生活,可是自洪志玲来到大队后,平静的家庭生活被打破了,他的感情世界慢慢起了变化，开始是被洪志玲的美貌迷住了，后来是她的飞行技能征服了他，他对她的爱恋与日俱增，延安之夜是多日相思的总爆发。王政委为维护他的威信与声誉，没有给他处分，也没有张扬此事，为此他非常感激王政委，也感谢洪志玲。自此以后，自己也下过决心，要彻底摆脱对她的非分之想，他甚至想过调离一大队，但总有一股无形的力量拽着他，使他难以割舍。今天他坐在贵宾席上，眼睁睁地看着洪志玲嫁给孙浩远，他心中的酸水直往外冒。洪志玲的"三个感谢"让他逐渐冷静下来，他听懂了她的心声。

在场的来宾中除赵伟刚和陈子平之外，还有不少洪志玲的仰慕者，暗恋者，追求者，此时此刻他们心中的滋味，是酸甜苦辣各不一样。有祝福的喜悦，有无望的酸楚，有失落的伤感，有失败的怨尤，也还有痴心的垂涎。洪志玲在新婚的庆典上当众表明心迹，其用意就是要安抚这些曾追求过她而被她婉言拒绝过的失败者，她是要用一笑泯"恩仇"，消除他们心中的芥蒂，为婚后的生活营造和谐安宁的环境，这就是她"三个感谢"的高明之处，也只有像她这样的"双尖"新娘，才会有这样的表白。

"大伙儿想知道我为啥选择浩远，我也说不清楚为啥选择他，我记不清是哪位文人说过一句话，'爱一个人是不需要理由的'，我选择浩远也没有什么特别的理由，全凭一个缘字。"

"不行，不行，你想用一个缘字糊弄我们，想滑过去那可不中。"

"对，要交待实质性内容。"来宾七嘴八舌地嚷嚷开了。从没为难过的洪志玲正不知如何应付的时候，孙浩远挺身而出，替她解围："同志们，战友们，朋友们，先生们，女士们，兄弟姐妹们！"

"孙中队长，你甭数门了，还是快点公布你自家门内的内幕吧！"

"听说你是因祸得福，介绍介绍你是咋样因祸得福的？"

这时王政委赶忙站起来为二人打圆场，他担心重提"纸包事件"会冲淡会场的喜气，令新人不快："你们不能把火力全对准他们两人，也得给其他两对新人发言权。"

夏芝兰也跟上道："对，我们不能冷落其他四位新人，尤其不能慢待远道嫁过来的新娘子王荣荣同志。"在她的诱导下，来宾的目标对准了同样漂亮的空姐王荣荣。

婚礼在《大海航行靠舵手》的歌声中结束。

晚上三对新人开始了"双飞双宿"的新婚生活，飞进了性爱的空城，不过飞的课目与方式各不相同。赵伟刚与王荣荣飞的是标准的起落航线，平平淡淡，规规矩矩，没有高潮，没有激情，没有刺激，新娘王荣荣感到不过瘾，很不满意。周富与曾小玉飞的是特技课目，时而翻筋斗，时而大坡度，娇小的小玉飞得香汗淋淋，气喘呼呼，直到弹尽油绝，他们才返航着陆。曾小玉对周富的飞行本领赞不绝口，没想到比较干瘦的他却有着惊人的冲刺力，飞起起落来竟然如此疯狂，她更爱他了。孙浩远与洪志玲飞的是大航线，虽没有什么惊险动作，但能尽情观赏地标地貌，慢慢领略飞行的情趣，细细品味一杆一舵的神奇，使整个航程充满浪漫与温馨。飞行结束时，面对满地桃花，孙浩远与洪志玲都笑了，他笑得癫狂，她笑得羞涩。

飞完起落之后，洪志玲十分疲惫，但她却没有半丝睡意，两只柔情似蜜的美目，痴痴地望着心满意足的新郎："浩远，你咬咬我的手指。"她将右手的食指伸进浩远的嘴里。

"你要干啥？"聪明的浩远一时也弄不清爱妻的意图。

"你咬嘛！"志玲娇声道。

浩远只好轻轻地咬了一下娇妻的手指。

"痛！不是梦，这一切都是真的。"洪志玲在婚床上之所以让浩远咬自己的指头，是因为新婚之夜来得太突然了，她总以为是梦境。

洪志玲和孙浩远原本打算和赵伟刚、周富他们一道春节结婚，后因志玲要去武汉学习，春节前才能归队，因此两人商定将婚期推迟到五月一日。洪志玲走后，赵伟刚、周富先后打了结婚报告，婚期不变。夏芝兰听说孙浩远没打报告，便将他找来质问："浩远，伟刚、周富都打结婚报告了，你这个'猴急'的主儿为啥还按兵不动？"

孙浩远便把推迟婚期的事告诉了她。她一听急了，连讽带逼道："真是卤水点豆腐，一物降一物，威风八面的孙大才子，还没拜堂就怕起堂客来了，她说推迟就推迟呀，赶紧打报告，春节结婚。"

孙浩远诉苦道："不是怕不怕的事，大姐。志玲元月二十八日才能回来，三十号就结婚，来不及准备呀。"

"有啥好准备的，你只管打结婚报告，找新房一类的事全交给我。"

"真的？"。

"我夏芝兰啥时假过。"

"您真是天底下最好的大姐，比亲姐还亲的好大姐。还是那句话，知我者，夏大姐也。"喜出望外的浩远，说完忙给夏芝兰敬礼作揖，就差下跪磕头了。

夏芝兰从不放空炮，说到做到。她到营房股替洪志玲找了新房，借了家具，安了火炉，还亲手缝制了窗帘，连避孕用具都准备好了。她了解志玲，结婚后，没有两三年，为了飞行事业，她不会要孩子。就这样洪志玲没花一分钱，没出一分力，没费一分心就当了新娘。正因为如此，她躺在婚床上才有梦幻般的感觉。此时此刻，此情此景，洪志玲不仅享受到了浩远带给她生理上的极度欢愉，同时还感受到了恩师带给她心灵上的无限温暖。洪志玲度过了一个充满双重幸福的新婚之夜。

第十一章　迫降

　　春天来了，大地披上了绿装，空中不时飞过南归的大雁。一对年轻人穿行在田间小道上，向着远山进发，他俩就是洪志玲与孙浩远，婚后他们仍像热恋中一样，节假日只要不飞行，不值班，都要结伴出游，机场附近没啥旅游景点，他们就去爬远离机场十多里的野山。这天风和日丽，他俩穿着单军装，一人背一个绿色军用小水壶和一个黄色小挎包，挎包上有毛主席手写体"为人民服务"五个用红色丝线绣成的大字，挎包里装的是从空勤灶要来的点心和水果。十点左右他俩到了山脚下。此时的山野，已是草长莺飞，满目春色。漫山遍野，全是荆棘野草和山花。

　　"今天比啥？"洪志玲问。原来他俩每次爬山都要爬出新花样，有时比赛捡石子，看谁捡的石子最漂亮，有时比赛投石子，孙浩远主张看谁投得远，洪志玲则主张看谁投得准。结果是两项都比。除此之外还因季节不同，比过挑野菜，摘野果，采野花，拾蘑菇等等。

　　"今天咱比爬山速度，看，就是正前方那个山头，看谁先到，先到者为君，后到者为臣。臣要为君叩首。男不欺女，公不欺婆，我让你五分钟，咋样，公平吧？"

　　"我一分钟都不要你让，现在就开始。"话没说完，人早跑开了。孙浩远站在原地没动，望着爱妻那迷人的背影傻笑。孙浩远言而有信，洪志玲离开五分钟后他才起动。在这五分钟里，他观察好了登山路线，他要"智取华山"。从山脚到山顶大约有三百多米，坡度不大，但没有路，不好走。孙浩远在洪志玲后面，她的一举一动看得清清楚楚，看起来他晚出发吃了亏，实际上她是在前面探路，她走的弯路，他不会重蹈，他占了大便宜，这就是他的"狡猾"之处。洪志玲只顾埋头爬山，顾不得观察孙浩远的行踪，等她登上山顶时，孙浩远面带狡黠的笑容，早在那里等她了。

"志玲公主，俯首称臣吧！"

"不算，不算，你耍赖。"

"明明是你先跑的，我咋耍赖啦？算了，饶你一次，快坐下休息。"边说边把她拉到身旁坐下，并将绿色军用小水壶递给她。

两人一面吃着点心，一面欣赏美景。放眼北望，孙浩远大声赞道："长城恰似一条巨龙，盘旋在连绵群山之中，它时而直下深谷，时而昂首云天，前不见首，后不见尾，时隐时现，真乃天下神龙也。万里长城是神州大地的脊梁，是中华民族的族魂，我为你自豪！"孙浩远望长城，赞长城，洪志玲为他鼓掌。

"浩远，古代没有直升机，那么重那么多的长城砖，是咋运上悬崖峭壁的？有些地方连猴子都爬不上去，人在那里怎么施工？而且建筑质量还出奇的好，数千年的风雨都摧不倒。"

"你的这些问题不仅我回答不了，连一些建筑学家至今也没有弄得很清楚。据说有个外国专家，经过长期考证之后，找到了答案。"

"他咋说？"

"他说万里长城根本就不是中国人修筑的，而是外星人建造的。"说完两人都大笑起来。

他俩正为长城工程的奇妙而惊叹时，又被眼皮底下的画面吸引了。这时一只山鹰正在山腰盘旋，突然它一个俯冲，从草丛中抓住一条小蛇，它获得猎物之后并没有飞走，而是在离山顶不远的空中悬停住了，仿佛是在向山顶的两位旁观者炫耀它的胜利。它慢慢吞食着爪中的小蛇，直到猎物全部进入它的腹中，才长鸣一声冲天而去。这是洪志玲和孙浩远有生以来第一次目睹老鹰吞小蛇的情景，两人发表了不同的观感。

"鹰只有低飞的时候，才能发现地上的猎物，捉住猎物。人也一样，只有眼睛向下，才能获得自己需要的各种'食粮'。"志玲如是说。

"小蛇只顾防备地上的敌人，看不见天上的敌人，结果被天敌所灭。人也是如此，往往忽视从天而降的横祸。"这是浩远的观后感，不曾想他的观感，几年后在自己身上应验了。

这时不远处的草丛中钻出两只白兔，一大一小，非常可爱，浩远想去抓，被志玲止住了："别破坏它们的家庭幸福，它们要不是母女俩就是母子俩。"

"小玲,你啥时才当母亲?小玉、荣荣可都怀上了,你可成了落后分子。"孙浩远触景生情,提出了讨论过多次的老问题。

"我不是给你解释过了吗,等我翅膀真正硬了的时候,一定给你生个大胖小子。你就耐心等着吧,最多三年。"

"依你,三年就三年。不过我倒喜欢小丫头,像你一样人见人爱,一大群后生娃儿争着让我当他们的岳老倌,多神气!"

吃饱了,喝足了,玩够了,该打道回府了。孙浩远忘了上山容易下山难的古训,还要比赛,看谁先下到山底,仍然给志玲五分钟的优惠,被她谢绝了,她学乖了,她也要利用他,让他也当一回开路先锋。

"下山不同上山,比的是软功夫,这是我的强项,我也不占你的便宜,也让你五分钟,今天的比赛就算扯平了。"

"你不后悔?"

"洪志玲的字典里没有'后悔'二字。甭客气啦,出发吧!"

孙浩远不信邪,拔腿就跑,刚跑两步就摔了一跤,摔了跤也没让他长记性,爬起来还跑,刚跑出十来步脚下一滑又摔了。这一跤摔得不轻,滚出去十多米才停下。

洪志玲怕他使诈,佯装不理他,独自往山下走。浩远见志玲不搭理他,便高声嚷道:"你要谋害亲夫,把我扔在荒山野岭里喂狼呀!"

洪志玲收住脚步,仔细端详了一会儿,他嘴里虽还是油腔滑调,但脸上却没有了坏笑,缩紧的面庞上全是痛苦。这一下她急了,紧忙走到他身旁蹲下:"真摔了?摔到哪里了?"

"右脚脖崴了,揪心地痛。"志玲撸开浩远的裤袜,发现他的脚脖已经淤血,并已红肿。"我先背你下山,到山下再想办法。"

"不行,不行,只有猪八戒背媳妇的,哪有媳妇背猪八戒的。"说着他挣扎着站起来,想扶着她自己走,脚一挨地就痛得"噢"地叫了一声。

"甭试了,上来吧!"洪志玲摘掉军帽,脱掉军上衣,将它们往他手里一塞,而后背起浩远往山下挪。没走多远便累得她气喘吁吁,汗流浃背。浩远让放下他休息,她不听,硬是坚持着把一百七十多斤的浩远背下了山。她放下浩远后,一面从他手里拿过军帽扇着风,一面寻思道:"费了九牛二虎之力才将你背下山,吃奶的劲都用尽了，再背你回机场，我可没这个能力。咋整呢？"她举目四顾，发现远处有一小村庄，情急生智，她有了主意。"浩远，你在这里等我，我去村里借辆自行车来，我带你回去。"洪志玲穿好军衣，戴上军帽，向村庄快步走去。

望着娇妻婀娜多姿的背影，浩远忘了脚痛，肚子里像灌满了蜜，甜滋滋的，暖呼呼的。自语道："不知祖上积了什么德，给我送来一位又漂亮又贤惠，又聪明又能干的全优媳妇。"他沉醉在幸福的汪洋之中。他还没醒来，洪志玲骑着一辆加重28自行车回来了。

"小玲，过去我百分之百的爱你，那是因为你脸蛋美；今天我是百分之二百爱你，是因为你心眼好！"

"甭穷酸了，上车吧！"

浩远坐在后支架上，双手紧紧地抱着志玲的腰，头低低地贴着她的背，他不是怕摔，是要尽情享受志玲给他的爱。志玲的爱是灵丹妙药，浩远的伤处似乎不痛了。

一路上浩远的嘴就没停过，全都是夸志玲的。"我不是王婆卖瓜，自卖自夸，我的智商不低，自认为属于智者行列，但和你一比那真是武大郎和武二郎比个头，差了一大截。你是大智慧，我是小聪明，天大的困难到你手里，都能迎刃而解。我就没想到向社员借自行车。高，真是高！喂，老乡都不认识你，怎么会借车给你？你借车顺不顺？"

"顺，特顺。我原想老乡如不肯借，就把军官身份证做抵押，再给他们一些押金，没想到竟是一路绿灯。我找的民兵连长，我一说你受了伤，他们就要用小拖拉机送你。我说不用麻烦他们，借辆自行车就行，在场的人二话没说，一下子给我推出五六辆。我寻思你这头笨牛重量不轻，就挑了这辆28加重车。"

"中国的老百姓太可爱了，我们得好好报答这些衣食父母。"浩远感慨道。

两人说说笑笑，很快回到了家。他俩的家在家属区十号楼三单元二〇二号。到了家门口，洪志玲要背浩远上楼，浩远不干，他自己扶着楼梯扶手，用左腿一个台阶一个台阶的蹦上二楼。进屋之后，志玲从药箱里找出伤湿止痛膏给浩远的伤处贴上。

"小玲，你找一下伟刚，让他陪你去还自行车，去时你们一人骑一辆，回来时让他带你，省得你走路。过去他不是总想带你兜风没捞到机会吗，今天我开恩，圆

第十一章 迫降

他的风流梦。"

"好好的一个主意,可惜从你嘴里吐出来就成垃圾了。告诉你吧,你的小聪明又成了十五的门神晚了,我在借车的时候就想好了还车的办法,连陪我还车的人我都想好了,不过不是赵中队长而是周富,免得你多心。"说完下楼找周富去了,孙浩远没想到马屁又没拍上。正当他懊恼时,洪志玲又折回来了。

"怎么又回来了,没找到周富?"

"我忘了带礼物。"她从书架上取下一架精致的飞机模型,用毛巾擦拭干净后装入纸盒。

"对,对,应该送件礼物表示谢意,送飞机模型有纪念意义。"

"马后炮!"洪志玲冲他耸了耸肩后急匆匆下了楼。

"我怎么总跟不上她的思路,老是慢半拍。"孙浩远望着爱妻的背影寻思开了。

一九六九年初,运输机再次扩编,新接收了天苑机场,新成立了一个飞行团,编号为二〇六团。二〇五团调走了一批干部,政治处胡主任任二〇六团副政委,陈子平大队长任副团长。俞素梅提为二〇五团副团长,政治处孟副主任转正为主任,夏芝兰任二〇五团副参谋长,赵伟刚提为二〇五团一大队大队长,洪志玲提为中队长,孙浩远提为三大队副大队长。

珍宝岛事件后,随着战备形势的紧张,飞行训练时间大幅增加,汤山机场几乎天天都有飞行训练。夏初的一天上午,二〇五团一大队本场训练,课目为仪表着陆又叫"盲降"。飞机起飞后,即用厚厚的黑布帘将座舱风挡玻璃全部罩住,飞行员看不到机外的一切,全凭座舱里各种仪表数据飞行。飞机进入五边下滑时,座舱玻璃的布罩仍罩着,直到过近距导航台,飞机高度只有五十米时才拉开布罩,飞行员才能看到前下方的跑道。这种训练方法,主要是提高飞行员复杂气象条件下穿云着陆的能力。这天的飞行计划是每个飞行员飞四个起落,洪志玲前三个起落都飞得很顺利,各项成绩都是优秀。但飞最后一个起落时出现了意外。当天飞的飞机仍是4016号,机组成员除右座飞行员外还是原班人马,副驾驶员是去年从航校分配来的新飞行员,叫刘水流。洪志玲操纵飞机进入五边,对准跑道方向下滑,飞机过远距导航台后她下令:"放起落架!"邢机械师当即放下起落架手柄,可是起落架放好的指示灯没有亮,而且飞机的阻力也没增大,洪志玲瞬间意识到起落架没放下,当及下令:"加油门,复飞!"她毫不犹豫地将飞机拉起,她一面做动作一面向塔台报告:"长城,16号报告,飞机起落架放不下来,请求复飞。"

"16号可以复飞,拉开布罩,进入航线后重放起落架。"

"16号明白!"

飞机改平后,邢机械师再次放起落架,但仍然放不下来,这时宋主任开始着急:"老邢,怎么搞的?起落架放不下去可怎么办?"新飞行员小刘,机械员小罗脸上也有了惊慌的神色,只有小周仍和平时一样,没有慌乱,他一贯相信洪中队长。

"长城,16号起落架仍放不下来,请求紧急处置。"

"16号,八百米通场,通场时做紧急处置,听我指挥!"

"16号明白!"

这时其他飞机都已安全降落,全滑回停机坪,飞行训练提前结束。

在塔台指挥的是刘团长,4016号飞机飞临机场上空。

"16号做急速上升动作,争取将起落架甩出来,注意高度和速度。"

"16号明白!"洪志玲猛然拉杆,飞机像蹦高一样,急速蹿升。但是飞机的惯性没能将起落架甩出来。

这时的机场如临大敌,消防车、救护车、拖车等都开到了塔台旁,没飞行的人都往机场跑,已经停飞的老飞们都站在停机坪上,仰视着空中的4016号飞机。孙浩远与曾小玉则往塔台跑,他俩急于了解4016号飞机的第一动态。王政委、俞副团长、夏副参谋长等领导都拥进了指挥所。

洪志玲三次通场,三次甩起落架,一次比一次仰角大速度快,达到了极限,如再加大动作量飞机就要失速。飞机上除洪志玲外,其他机组成员的黄色布飞行服都已被汗水浸透。

"长城,16号请求做左右急转弯动作,争取分别甩出左右主轮。"

"16号,可以,先甩右轮。"

"16号明白!"洪志玲向左压杆蹬左舵,飞机大坡度向左急转,这一招也不灵,在惯性的作用下,右主轮并没有靠离心力甩出来。洪志玲再次进入航线,通场时她做了一个与上次相反的动作,也没将左主轮甩出来,在场人的心被揪得更紧了。在刘团长的指挥下,洪志玲又做了三次甩轮的动作都失败了。

"长城,16号请求在副跑道上迫降。"

刘团长寻思片刻后回答道:"16号,先在空中将油料基本耗光,听我指挥紧急迫降。"当从指挥所的扬声器里听到"迫降"二字时,曾小玉差点晕倒,孙浩远忙扶住了她。

"16号明白!"洪志玲的声音仍是那么清晰镇定。这时地面忙活开了,刘团长命令场务连彻底清理副跑道上的一切外来物,一粒石子都不能有,同时命令夏副参谋长,请求地方消防队支援,在草地跑道上喷满灭火泡沫。最后,他让汽车连派两名技术好的卡车司机,放下卡车两侧车帮,车厢上铺上厚厚的泡沫塑料。当飞机减速后,让司机将卡车开到飞机机翼下,与飞机同步前进,托住飞机机翼,减轻机腹接地的重量,防止机翼触地。他清楚,飞机没有起落架在草地跑道上迫降,轻则擦坏飞机机腹,导致飞机起火,重则飞机触地坠毁。纵观中外航空史,这种类型的飞机,在放不下起落架的情况下迫降,成功的先例有,但极少。

这时驾驶舱里的气氛一点不比地面轻松。洪志玲利用飞机在空中耗油的时间,召开紧急机组会。她打开自动驾驶仪后,将机组成员叫到一起:"同志们,起落架放不下来,我们只能迫降,在这种情况下,我们要冷静沉着,不要惊慌,要争取好的结果,但也要做最坏的准备,因为迫降,导致机毁人亡的概率极大。"说到这里她的视线重重地、慢慢地从每一个成员的脸上扫过。宋主任脸上仿佛涂上了一层白灰,两颗眼球不仅没有了光泽,而且失去了动感,宛如两粒蒙上了尘土的灰珠子。飞行员小刘和机械员小罗的脸色蜡黄蜡黄,上面有了细细的汗粒。周富与邢机械师的脸色虽没啥明显变化,但也是满脸愁云。

洪志玲扫视过大伙儿的表情后接着道:"你们有啥未了之事,赶紧写出来,最后一次通场时投下去。你们不要紧张,这是为防万一。抓紧时间,回到座位上去写吧!"

这等于是让大伙儿写遗书,宋主任如同一尊泥塑,一动不动。周富一瞧知道他是吓破胆了,便挤兑道:"生死关头,你这个党小组长应带个好头。"

就在机组成员书写后事时,地面观望的人群中,有两个人的心快蹦出来了,他俩是孙浩远、曾小玉。

世上有几种人的家属最难当,过去是渔民、水手的家属最难当,为了保佑亲人平安归来,安抚惶惶不可终日之心,才请出了海上保护神妈祖。现在是矿工和飞行人员的家属最不好当，成天为他们提心吊胆。每当机场出现险情时，空勤人员的家属，都要往机场跑，下刀子也拦不住。那种生死未卜的揪心感受，是旁人难以体会的。此时的孙浩远比飞机上的洪志玲还要紧张百倍，洪志玲的主要精力在飞行上，在生死之交，没有更多的时间回顾她与浩远的感情生活。孙浩远却不同，他的心全在洪志玲身上。他一方面相信爱妻的飞行本事，她有能力处置一切险情，迫降成功的可能性很大。然而这又是一次危险性极大的降落，机毁人亡的概率也不小。飞机成功迫降与飞机触地坠毁两种画面交替在他脑屏幕上闪现。如果万一飞机失事……孙浩远不敢也不愿再往下想。他的脑子由于极度紧张，已经麻木，成了一片空白。

机组成员除洪志玲之外都写好了"遗言"，周富用一个小帆布工具袋将它们装好。他发现中队长没写便催道："中队长，就差你的留言了。"

洪志玲在周富催促下，随即在飞行日记本上写下了"我爱你"三个字，写好后撕下来给了他。

洪志玲让其他人写留言，自己却只写了三个字，其实，在这面临死亡的时刻，她要写的情和爱太多太多，就是将飞机上现有的纸张全用光了也写不完她的千言万语。然而在生死考验的关口，她无暇顾及自己的身后之事，她要集中全部精力，细化迫降时的一杆一舵，力争挽救飞机，战胜死神。因此她只写了最想说又从未说过的"我爱你"三个字。

洪志玲驾驶飞机超低空通过跑道，机械员小罗打开舱门，将"留言袋"投了下去。洪志玲此时按下发射按钮，呼叫道："长城，16号已将装有机组成员留言的工具袋投在跑道上，如果我们幸免于难，请原封不动地交还机组，任何人不得打开。"

"16号，你们一定能再次见到那只工具袋。"

在空中盘旋了近一个小时的4016号飞机，航油基本耗尽，在洪志玲的操纵下进入四边。这时她让小刘保持飞机状态，自己站起身来，离开座椅，她首先紧紧握住宋主任微微颤抖而冰冷的双手，满含深情地轻声道："宋主任，感谢您多年来对我的支持，无论生死，我永远感激您！"她又先后与邢机械师、小罗握手话别。最后她给了周富一个紧紧的拥抱，周富含泪笑道："汤山机场不是易水河，别搞得这么悲壮，我相信你一定能将我们带出鬼门关。"

她之所以搞得这么"悲壮"，是因为这是她一生中最没有把握的一次降落。

洪志玲坐回左座前，轻轻拍了拍正在操纵飞机的小刘的肩膀。她坐好后，按下了发射按钮："长城，16号准备降落。"

"16号，地面一切准备就绪，放松心情，可以降落。"

"16号明白！"

进入五边后，洪志玲让宋主任、周富、小罗都到客舱去，坐在前面的座椅上，系上安全带。周富拉着满脸是汗的宋主任与小罗一道离开了驾驶舱。

最后一次进入五边，生死攸关的时刻到了："长城，16号对准草地跑道准备降落。"

"16号，注意高度，速度，接地前关掉发动机。"

"16号明白！"

飞机过远距导航台后，洪志玲命令道："放襟翼！"

"襟翼放好！"邢机械师答道。

五十米，三十米，二十米，十米。自飞机进入视野后，孙浩远与曾小玉的眼皮就没眨过，心脏也仿佛停止了跳动，冷汗直往外冒。与他俩同样紧张的还有俞素梅和夏芝兰。

"关掉发动机！"洪志玲下了最后一道指令，声音依旧清晰沉稳。

"明白！"生死关头邢机械师仍没忘回答。

"方向好！速度好！高度好！带小迎角落地。减速后压住杆，将机翼靠在卡车上。"

刘团长话音刚落，4016号飞机已经接地。洪志玲蹬住舵，先是保持住方向，不使飞机偏出副跑道，同时轻轻带杆，使后机腹先触地，在飞机减速的过程中慢慢放下机头，当飞机速度快要消失的时候才将飞机重心缓慢下移，使机翼稳稳地落在卡车车厢上。飞机从落地到停下来，像一只巨大的白天鹅，在白色泡沫的长河里，整整滑行了一千五百多米，费时不到一分钟，在这一千五百多米距离与近一分钟的时间内，洪志玲创造了航空史上的奇迹，她的一杆一舵竟是那么神奇，那么完美，使在场的人忘记了危险，仿佛在欣赏一次惊险的飞行表演。洪志玲不仅安全降落，还保住了必损的飞机，除后机腹轻微擦伤外，其他部分完好无损。

4016号飞机在跑道头上稳稳停下来后，孙浩远与曾小玉上气不接下气地跑到了飞机前，比前来给飞机降温的消防车还先到。当小罗打开舱门，刚放下梯子，两人就争先爬上飞机。他俩跑进驾驶舱,分别抱住自己的爱人哭泣起来。劫后余生的周富仍调侃道:"有志玲姐在,我就知道死神不会给我们发报到通知,你们大可不必自己吓唬自己。"

洪志玲迫降成功后,刘团长长长地嘘了口气,用大手抹了一把脸上的汗珠,同时冒出了一句:"真是个'空中魔女',连死神都怕她。"从此洪志玲拥有了"空中魔女"的雅号。

洪志玲迫降成功除自身熟稔的驾驶技术与超常的心理素质外,与刘团长的正确处置和指挥密不可分,让飞机在草跑道上迫降,喷洒灭火泡沫,耗光所有航油,接地瞬间关车,带小迎角接地,让卡车接住机翼等,是飞机没有坠毁着火和螺旋桨没有打坏的重要原因。

洪志玲机组成员生还之后,那只装有机组留言的工具袋成了人们关注的焦点,特别是曾小玉,异常急切地想看到周富写给她的"遗书"。刘团长严格按洪志玲的请求办事,他让训练参谋从跑道上拾回工具袋,不许任何人动,由王政委亲自保管。王政委又亲手将"留言袋"交给了洪志玲。

晚饭后,曾小玉便找洪志玲磨叨:"志玲姐,你行行好,把周富的留言给我吧!"

"甭费口舌,没门!等开完机组会,你找周富要吧!"

小玉把好话说尽,洪志玲就是不点头,最后她拿出工具袋给她看:"小玉,你自己看吧,工具袋是铅封好的,我无权私自打开。"小玉接过袋子一看,袋口的确是用细保险丝铅封得紧紧的,不能随便打开,她这才死了心。

当天晚上一上班,洪志玲便在飞行教室召开机组讲评会,会上她对大伙儿的表现进行了表扬,重点表扬了邢机械师和周富。最后当众打开工具袋,让各自取回自己的"遗言"。刚一散会,周富便被小玉拉进了她与志玲的宿舍,一进门便伸手向周富要"遗言"。周富的遗言本来就是写给小玉看的,按说周富该痛痛快快地给她,然而他却不愿给。遗言中的有些话,如果他真的光荣了,可以让她看,可是如今好好的活着,那些遗言就不便让她看了。小玉要看,周富不给,两人便当着洪志玲的面撕扯起来。

"志玲,别袖手旁观,你得帮我。"

小玉向洪志玲求援,她却笑着不参战。两人折腾了一会儿后,小玉生气道:

"谁稀罕看,滚吧!"一见爱人要哭鼻子,周富心软了,把他的"遗言"递给了小玉。小玉破涕笑道:"你敢不给!"

周富的"遗言"是写在收发电报的稿纸上的,整整三页:

"小玉,志玲姐非要我写留言,我本不想写,因为我的命大着呢,死不了。如果我真的光荣了,你不要把噩耗告诉我的父母,千万不要让他们来部队。另外有件事我一直瞒着你,在我宿舍办公桌中间抽屉里,有三百五十元钱,那是我的私房钱,是准备给你买礼物用的,明年春节是咱俩结婚两周年纪念,到时想给你一个惊喜。我走后,唯一让我放心不下的就是孩子,他还小,你一人抚养他难处很多,你应尽快给他找个好后爸,这样的人不难找,仰慕你的单身男人不少。你甭担心我吃醋,死人是不会吃醋的。不过你放心,要是我真的捐躯了,做鬼也会保佑你们母子平安。时间关系,不能多写。至死也爱你的富,绝笔。"

难怪周富不让小玉看,这还真是一份死后能看生前不便看的遗嘱。小玉原以为是一封情意缠绵的情书,没曾想却是一篇无情的"休书"。当然小玉不傻,她明白这看似无情的遗言却更是有情。但她仍佯嗔道:"好呀,周富,你竟然给我做起媒来了,那好,今天咱们就离婚,明天我就嫁一个仰慕者,看你吃醋不吃醋。"

"姑奶奶,白纸黑字,我写得明明白白,死人不会吃醋,我现在可是个大活人,活人是要吃醋的。"

洪志玲看着小两口的甜蜜斗嘴,十分羡慕,便夸道:"你们真是一对阎王爷都拆不散的铁夫妻,令人赞叹!"

小玉一听志玲夸她俩,立刻想起了她的"遗书":"志玲,我与周富再铁,也铁不过你与浩远。'我爱你'三个字,可比周富这三张纸值钱,那是一字千金,不,是千金难买。浩远有了你'临死'前写的这三个字,够他乐一辈子的了。"

正说浩远时浩远到了,见他进门,小玉和周富知趣地走了,留下"死别"重逢的小两口。直到吹响了熄灯号,志玲才将浩远放走。

第十二章 伤翅

洪志玲迫降成功之后，部队给她再次记了二等功，还被树为活学活用毛主席著作标兵，出席了空军召开的学毛著积极分子代表大会，各大报纸刊登了她的英雄事迹和她站在飞机机舱门口的照片，她的这张照片比她的事迹还吸引人。她上身穿着咖啡色单皮夹克，下身穿着笔挺的深蓝色军裤，脚蹬锃亮的高腰黑色皮鞋，左手夹着航行皮囊，戴着白手套的右手高高举起，向着欢迎的人群挥手致意。圆圆的脸蛋上绽放着胜利的微笑，炯炯有神的大眼里放射着坚毅的目光，一对深深的酒窝里往外流淌着蜜，乌黑的短发被微风轻轻吹起，露出圆润白皙的脖颈。高挑的身材在机舱门的衬托下，显得更加颀长窈窕。正是这张由摄影记者经心包装的艳照，使她成了不少异性的梦中情人，给她带来了不少烦恼。孙浩远当年对吴部长说的那段话在洪志玲身上应验了。从此她没过一天安稳日子，社会活动排满了全部日程。上门请她做讲用报告的人络绎不绝，团值班室的值班员每天都应接不暇，不得不增派专门接待员。有些单位请她做报告，不是奔着她的事迹来的，而是奔着她的照片来的，不是为听她的讲用，而是为欣赏她的美艳。

洪志玲对讲用报告历来反感，尤其是对政治部门强加在讲稿中的那些高调，她极为厌恶。他们将机组"遗言"的内容全改了，她的"我爱你"三个字被改成了"毛主席万岁"。可笑，可悲，但还得违心地念，上级说这是政治纪律，必须无条件服从。

正当她厌烦讲用报告的时候，二〇六团卞干事的一个提问，使她的讲用报告有了新的内容，也改变了她对讲用报告的态度。星期六的下午，部队都安排党日活动。二〇六团利用这个时间请洪志玲做讲用报告，政治处卞干事来接她，卞干事原来是二〇五团的干事，二〇六团成立时被调到该团，他与洪志玲比较熟。路上他问洪志玲："洪中队长，刘团长怎么叫你'空中魔女'，多难听，魔在中国

是贬义词,例如,恶魔、妖魔、病魔、魔鬼、魔王、魔怪等等。还有,著名的日本间谍川岛芳子外号就叫'东方魔女'。我看不能叫你'空中魔女',应叫你'空中仙女'。"

洪志玲认为卞干事对魔的理解不准确,对"空中魔女"的来历不了解。魔不完全是贬义词,也有褒义的意思,如"道高一尺,魔高一丈",又如魔术师等,"空中魔女"这个称谓是大有来头的。但她没当面纠正,只是谦虚地指出他的提法不妥:"'空中魔女'和'空中仙女'我都不配,我就是个普通民女。"洪志玲是个善于思考的女人,她认为卞干事的问题带有普遍性,人们对"空中魔女"的来历并不清楚,存在误解,这正好给自己提供了借题发挥的机会。一篇新的讲用报告稿,在她腹中诞生了。

下午二点半,天苑机场大礼堂里座无虚席,两边过道里站满了人,本是党日活动,是全体党员过组织生活的时候,可是这一次不少非党员群众自愿参加,政治处的组织者也不反对,只要不发生踩踏事件就行。两点二十分,洪志玲在团长、胡副政委陪同下步入会场,全场指战员自动起立鼓掌。卞干事带头高呼口号:"向洪志玲同志学习!向洪志玲同志致敬!"口号声震耳欲聋,有冲破房顶之势。洪志玲在主席台上就座,胡副政委致欢迎词,他的欢迎词空洞无物,全是套话,没人认真听,会场里交头接耳的人不少。胡讲完话后,洪志玲起身朝发言席走去,就这短短的几步路,把听众的目光全吸引住了,会场也随之安静下来。

洪志玲没按发言稿念,她先简单介绍了一下飞机迫降的经过,重点夸赞了刘团长指挥的果敢、英明。随之话锋一转道:"同志们都听说过,刘团长说我是'空中魔女',有的同志说团长用词不当,魔女多难听。其实我不配'空中魔女'这个称谓,'空中魔女'这四个字是苏联女飞行员用鲜血与生命,用赫赫战功赢得的,是对女飞行员的最高褒奖。卫国战争时期,苏联空军有三个女飞行员团,第五八六女子歼击机航空兵团、第五八七女子轰炸机航空兵团、第五八八女子夜间轰炸机航空兵团,约一千余人。她们不怕牺牲,英勇善战,杀得德国飞行员闻风丧胆,称她们是空中魔女。她们中间涌现出了不少苏联英雄,仅莉莉一人就击落敌机十多架。她们才是战无不胜的英雄,我的那点事与苏联的空中魔女比起来微不足道,有很大的差距……"这时,胡达副政委递给她一张小纸条,上面写着:"不要跑题,按审查过的发言稿讲。"洪志玲何等聪明,一看就明白了胡副政委的意思。她紧急刹车,草草结束了讲用报告，回到座位上。

胡副政委小结："同志们，由于谦虚，洪志玲同志介绍了当年苏联女飞行员的情况，希望大家要正确理解，中国共产党培养出来的新中国女飞行员，是世界上最优秀的女飞行员，中国空军是世界上最强大的空军，苏修空军跟美帝国主义的空军一样是纸老虎。散会。"说完扬长而去，没再陪洪志玲。但礼堂里仍是掌声雷动，似乎比她进场时的掌声更热烈，不过没人再高呼口号。

五天过后，王政委来到一大队，在大队方政委办公室找洪志玲谈话："洪中队长，你在二〇六团的讲用报告，被胡副政委整理成文字材料报到师里了，还附了一封揭发信。说你在备战时期，长敌人的志气，灭自己的威风，散布恐苏情绪，扰乱军心，他们还进行了肃清流毒的教育。师政治部门对你脱稿发言也很生气，决定让你停飞检查。"

"什么？让我停飞？他这是……"她原想说他这是借机报复，但话到嘴边觉得不妥，便改口道："他这是歪曲！"

"我们知道你讲的是历史，但你的确有不当之处，一是违反了政治纪律，你的发言稿是宣传科起草的，是经空军机关审定的，而且已经见报。你脱稿讲话的确不妥。二是你的讲话不合时宜，现在不是中苏友好时期，那时苏联是老大哥，不能说个不字，谁说了苏联一句坏话，很可能打成右派。现在是中苏反目时期，不能再给苏联唱赞歌，眼下又正是中苏准备打仗的非常时期，珍宝岛事件后，部队少数人确有恐苏情绪。你在这个时候发表那样的言论，容易落下把柄。"

"那我啥时能复飞？"洪志玲是个天不怕地不怕的女强人，在天上，大侧风她没怕过，起落架放不下来她没怕过；在地上，浩远停飞她没怕过，陈大队长对她非礼她没怕过。但她怕停飞，飞行飞行，不飞不行，飞行事业是她的生命，停飞等于要了她的命。从不着急的她，今天急了。

"你先甭着急，刚才我和方政委研究了一下，你先写份检讨，然后我到师里去给你做工作，争取让你早日复飞！"

"怎样写检讨，你让孙副大队长帮帮忙，他有经验。"方政委建议道。

"谢谢王政委，方政委！"洪志玲给二位政委敬过礼后悻悻离去。

当时，部队执行星期六制度，除星期六外，其他时间已婚干部不准在家过夜，当晚不是星期六，孙浩远不会回家，但洪志玲急着写检查，争取早日复飞，因此破

第十二章 伤翅

101

例把浩远叫了回来。浩远一进门便发现她情绪不对。"咋啦？跟霜打了似的，这可不像魔女的样子。"

"别贫啦，我倒邪霉了！胡达告了我的黑状。"接着把王、方二位政委的谈话以及在二〇六团做报告的情况详述了一遍。

"没想到你真成了冬天的农夫，我早看出他是条毒蛇。没关系，他咬不死你。你甭急，写检查的事包在我身上。"

洪志玲之所以说二〇六团的胡副政委是挟嫌报复，那是因为胡达在二〇五团当政治处主任的时候，曾向洪志玲动过邪念，而且还动过手。

那是延安历险不久，胡达在王政委那里看到了陈大队长的检讨书，便将洪志玲叫到办公室："洪志玲同志，今天请你来，主要了解一下陈大队长犯错误的事。"

"那件事我已向王政委说过了。"

"你是说过了，但还有一些细节不清楚，需要你进一步说明。"

洪志玲瞅了胡达一眼，不知他是啥意思："还有什么细节您不清楚？"

"比如你一个女同志深更半夜为何要留在陈大队长房间里？又比如你为何要脱掉外衣？"

"您还有没有比如？"

"比如在受到侵犯后你不但不生气，反而要包庇对方等。"

听了胡主任的三个比如，洪志玲明白了，他是以谈话为名，妄图行不轨之事，是冲自己来的。了解了胡达的意图后，洪志玲很快想好了对策。"胡主任，您问的三个问题我向王政委说过，如果您不怕浪费时间的话，我可重复一遍。我留下因为我是机长，照顾机组成员是我的责任。我脱掉外衣是为了干活方便。我不是包庇陈大队长，是为了维护领导的威信。我这样回答，不知您满意不满意。不过我可以向毛主席保证，我说的是真话。"

胡达站起身来，从洪志玲的左侧转到她的右侧，又从右侧转到左侧，边走边歪着脑袋，两只斗鸡眼死死地盯着洪志玲那张圆圆的、红红的脸蛋，嘴里的涎水欲脱口而出。

"俗话说苍蝇不叮无缝的鸡蛋，如果你不向他释放好感，他哪来的那么大的色胆；你要是对他没有那个意思，也决不会维护他的所谓威信，如果是我，你会原谅我、维护我的威信吗？我可比陈大队长更欣赏你。"

一听这话，洪志玲腾地一下站了起来，她刚刚站起，胡达用双手将她按下，顺势摸了一下洪志玲的脸颊，并欲亲吻她。这一下惹怒了洪志玲，别看她平时温柔贤淑，很少见她生气，更没见她动怒。她猛然再次站起。拽着胡达的手往外拖："走，王政委就在办公室，咱们找他评理去。流氓！"

洪志玲满脸怒火，两眼冒着刀子般的凶光，一贯温文尔雅的她，变成了一只发威的母老虎。胡达一见她这凶巴巴的样子吓坏了，噗通一声跪下了，脑袋频频撞击着地板，嘴里苦苦哀求道："洪志玲同志，我该死，我糊涂，我对不起你，你千万千万别告诉王政委，那样我一辈子就完了，我的家庭也完了。"

胡达的最后一句话，彻底浇灭了洪志玲心中的怒火。胡达有一个美满的家庭，妻子是幼儿园的老师，是典型的贤妻良母，一儿一女都乖巧可爱。想到他们，洪志玲善良的本性使她心软，善良软弱是她的软肋，胡达捅到了她的软肋。洪志玲没再说什么，转身离开了胡达的办公室。

当洪志玲把胡主任对她无礼的事告诉浩远后，浩远怒火中烧，非要找胡达算账不可，被志玲劝住了："看在他妻子儿女的份上，这次就饶了他，如果他再敢无礼，那就新账老账一起算。"

"算我倒霉，找你这么一位漂亮老婆，防不胜防，不知哪天给我戴绿帽子。"

"你后悔啦，我还后悔呢，爹妈干吗给我一张美人坯子，给我带来这么多烦恼。"

"志玲，你姑息养奸，定有后患。常言说得好，害人之心不可有，防人之心不可无，你今天应该让胡达给你立个字据，揪住他的小辫子，防止他日后报复。"

还真让浩远言中了，胡达借洪志玲做讲用报告之机咬了她一口，这一口咬得不轻，咬伤了洪志玲的翅膀。

洪志玲的检讨和团里的复飞请示早就报给了师政治部，王政委也去师里找过师政委和政治部主任，他们都答应慎重考虑洪志玲的复飞问题，但迟迟不见批复，不批复的原因，是师领导和机关的意见不一致。洪志玲复飞的问题久拖不决之际，一次紧急疏散救了她的"命"。

国庆节前夕，二〇五团接到师里的战备疏散命令，一、二大队连夜将所有飞机转场去南方安水机场，三大队疏散到附近的山沟里。刘团长接到命令后，紧急召集军事会议，机关和各大队领导干部参加。他传达了师里的命令，布置了具体落实方

第十二章 伤翅

案。会上一大队方政委提出,他们大队缺一位机长,建议让洪志玲恢复飞行。但有人反对,缺一名机长可让夏副参谋长顶替。夏芝兰立马站起来表态道:"我近来身体不适,不能飞。"王政委最后发言:"团党委早就同意洪志玲同志恢复飞行,因此我们不用再讨论她的复飞问题,请刘团长直接找师长,由师长定。"。会后刘团长直接给师长打电话,说一大队缺一名机长,是否让洪志玲恢复飞行,师长当即拍板同意。

洪志玲正高高兴兴准备转场去南方时,一项极为特殊而又艰巨的任务落到了她的头上。军委有一紧急文件要连夜送往东北前线,为防窃听,不能用无线电传送,必须用飞机。师、团两级领导在确定机组名单时,不约而同地想到了洪志玲,这次任务非她莫属。当作战科王科长将机组名单报给分管空中防线的王副政委时,他不批,说:"她的问题还未查清,执行此次任务不合适。"

王科长只好找师长,师长一听火了,拿着名单进了王副政委办公室,他将机组名单往桌上一摔,质问道:"老王,洪志玲执行这次任务有什么不合适?"

见师长铁清着脸,他赶忙站了起来,低声道:"她有明显的亲苏情绪,让她去前线不太合适吧。"

"她介绍了一下二战时期苏联女飞行员的情况就是亲苏?那我还是苏联人带飞出来的,岂不成'通苏'了。"二十世纪五十年代末期,师长在苏联改飞伊尔-十八型飞机时,教官是苏联飞行员。

"这……这……"副政委语塞。

"你们怎么就那么相信胡达的鬼话,他除了整人之外还能干什么?这份机组名单你签不签字,你不签,我和政委签,出了问题我俩负责。"

王副政委没再吭声,乖乖地签了名。师长拿着名单出门时还冲他嚷了一句:"你们干点正事好不好,尽乱弹琴。"

晚十点半,师长和作战科王科长亲自来到汤山机场,给洪志玲机组下达任务:

"同志们,根据敌情通报,今晚苏军可能发动突然袭击,你们的行动要高度保密,沿途严禁开灯,也不能与地面联系,整个飞行过程必须静默飞行,东北境内的导航台也暂时关闭,只能靠地方广播电台定向,进入黑龙江之后,为避开苏军雷达,你们要降低高度至六百米,离机场三十公里时,再降至一百米,超低空进入机场着陆。你们要去的机场代号为096机场,是刚启用的战备机场,条件非常简陋,这次特殊任务，对你们的飞行技术和综合处置能力是一次严峻考验。同时，这也是一次极具危险性的飞行，如果苏军采取军事行动，有出动歼击机拦截的可能，特别是临近中苏边境时，苏军有可能发射地对空导弹，飞机有被击落的危险。因此要求你们发扬不怕牺牲的革命精神，排除万难，去争取胜利。当然军委为确保你们的安全，也采取了一些保护措施，下面由王科长布置具体任务和航线。"

王科长布置完任务后，王政委进行了简单的补充动员，主要是从政治思想上对机组人员进行激励。最后他问洪志玲机组："完成任务有没有信心？"

"有！"机组齐声回答，其中洪志玲与周富的声音最响亮，宋主任的声音最低沉。

"请首长放心，我们决不辜负军委首长的信任，誓死完成任务。"洪志玲代表机组表决心。说完，她从上衣口袋里掏出了所有的钱："政委，如果我们回不来，这就是我的最后一次党费。"她用双手将钱交到王政委手里。机组其他成员也纷纷效仿，都交了党费。

晚十一点左右，洪志玲驾驶4016号飞机迎着夜幕向东北方向飞去。机上所有的电台与照明灯全部关闭，驾驶舱里暗暗的，静静的，暗得只能靠荧光认读仪表指示与操纵开关，静得连时钟走秒的哒哒声都能听见。这晚是农历十九，微缺的月儿高挂在深蓝的天空，播撒着朗朗月光。星星点缀其间，月光与星光交织在一起，给关东大地铺上了一层朦胧的轻纱，使它多了几分神秘的色彩。4016号飞机在夜空中默默地航行着，失去了与地面的联系，显得异常孤独，失去了导航台与雷达的引导，多了几分盲从。一路上风平浪静，苏联空军并没有拦截，也没遭到导弹袭击，眼看就要到达目的地了。洪志玲按计划将飞行高度降至一百米，根据计算十分钟就可到达机场，可是飞了八分钟，仍没看到机场，十分钟过去了还是没找到机场。洪志玲当机立断，左转弯往回飞，她不能再往前飞了，再飞就将进入苏联境内。她一面往回飞，一面核对飞行数据，看是不是计算有误偏了航。她让右座保持飞机状态，自己与宋主任反复计算各种数据，没发现有错。

"我负责操纵飞机，你们负责寻找机场。"飞机再一次按计算数据飞向预定目标，结果还是一样。没发现跑道灯和引导灯。怎么办？又不能与地面联络，又找不到跑道。

"中队长，打开着陆灯吧！"宋主任建议道。

"不行,师长下达任务时特别强调,严禁开灯。降低高度再次进入,这里是前线,很可能是灯火管制。"洪志玲说完,果敢推动驾驶盘,将飞机高度降至五十米,按计算中的跑道位置作环形飞行,好在这一带是大平原,又有月光萄。

"睁大眼睛,注意搜寻跑道。"洪志玲第三次进入计算中的目标。

"找到了,找到了,看,前面那道灰蒙蒙的长带就是跑道。"小周像发现新大陆一般兴奋。

"不会是条河吧?"宋主任表示怀疑。

"不是河流,那就是跑道,河流在月光下会发出粼粼波光,而且是绵绵不断,也不会那么笔直。前面的灰色宽带正在我们计算的方位上,又没有河流的特征,肯定是跑道。做好着陆准备。"洪志玲命令道。

跑道是找到了,可怎么着陆?这时是凌晨三点多钟,正是"黎明前的黑暗",虽天公作美,有星月,但不开着陆灯,又没有跑道灯和地面指挥,在这样的情况下着陆,是件不可思议的事。在航空史上有无先例无法考证,但在这个师绝无此记录。这意外的情况还真把从不知难的洪志玲难住了。飞行准备时设想了许多困难,就是没想到机场没有引导灯和跑道灯。面对无灯的机场,洪志玲她想出了分两次着陆的办法,第一次不放起落架和襟翼,对准灰色长带做假着陆,计算好进入跑道头与脱离跑道的时间。

洪志玲做了一个小航线,进入五边后,缓缓向模糊不清的跑道降落,飞机进入跑道后,她保持五米的高度通过跑道,到跑道头后将飞机拉升。通过近距离观察,确定下面是跑道无疑,洪志玲果敢地根据这次模拟着陆时获得的数据再次建立航线,她要实行真着陆。洪志玲大胆地向着影影绰绰的跑道飞去。

"放起落架!"

"起落架放好!"邢机械师回答。

"放襟翼!"

"襟翼放好!"

邢机械师话音刚落,飞机平稳地降落在跑道上。洪志玲没将飞机滑出跑道,而是停在跑道头上,没有滑行引道灯找不到脱离跑道的出口。

飞机停稳不久,从夜幕中开来了一辆吉普车,一辆解放牌大卡车。汽车没有开灯,也是摸黑行驶。后来才知道,两个钟头前,他们接到了灯火管制的紧急通知,关闭了所有灯光,说是防止敌机轰炸和机降。接到通知后他们也很着急,没想到飞行员能找到跑道,更没想到他们在黑灯瞎火的情况下能成功着陆,真是天神!前来接机的指战员,个个激动不已,大伙儿一哄而上,分别将机组成员紧紧抱住,一个冒失鬼也没细看,加上夜色笼罩,他猛然从背后将洪志玲抱了起来,正要抱着她旋转时,看到了她军帽下的短发,他便松开拥抱,举着双手嚷道:"同志们,快来看呀!女飞行员!女飞行员!"听他一嚷,其他人全围到了洪志玲身旁,都睁着大眼想尽量看清女神的面貌,一睹女飞行员的风采。这时,一个负责干部挤开人群走到洪志玲面前,给她敬了一个军礼:"同志,你们谁是机长?"

"我是!您是?"一听说她是机长,围观者中发出了一阵啧啧的赞美声。

"我是前指参谋长,请将文件交给我。"洪志玲即让机要员将紧急文件递给了他。他接过文件后又对洪志玲道:"我代表前指全体指战员向你们表示感谢,为了表示心意,给你们准备了一份小小的礼物,这是珍宝岛战士击毁苏军坦克时所用炮弹的弹壳,送给你们作为来前线的纪念。"他将文件交到身后一个干部手里,并从他手里接过用红绸包好的炮弹壳递给洪志玲。

洪志玲先给参谋长敬礼:"谢谢首长,感谢首长赠送的珍贵礼物。"她接过礼物后交给了身旁的周富。"首长,不好意思,我们要准备飞机了。"她给参谋长再次敬过礼后,便在飞机前召开机组会,布置飞行后检查、加油等再次起飞的准备工作,他们要连夜飞往南方安水机场。

第十三章　噩耗

　　青岛海滨游泳场的沙滩上，躺着两位身穿蓝色连体泳装的姑娘，一位是洪志玲，另一位是曾小玉，她俩是昨天刚来疗养院疗养的，今天是第一次下海游泳。她俩的出现，使海滨游泳场多了一道靓丽的风景。两人戴着橙色宽边太阳镜，仰卧在金黄色的、柔软的沙滩上，沐浴着灿烂的阳光，领略着湿润的海风，眺望着无垠的大海，显得十分惬意。她俩不但喜欢蓝天，也深爱大海，尤其是洪志玲，她对大海更是情有独钟。因为大海给了她爱情与幸福。她的思绪随着大海的波涛，涌向遥远的大连海滨。五年前她就是在那里与丈夫孙浩远，激荡出了爱情的浪花。大连空军疗养院：洪志玲与孙浩远恋爱的种种画面，在她脑海里浮现。

　　当洪志玲正沉醉在甜蜜回忆之中时，疗养院的女护士急匆匆地来到了面前。一见护士洪志玲和曾小玉忙坐了起来。

　　"洪中队长，你们部队来电话，让你与曾小玉同志赶紧归队。"

　　"刚来就让回去，有啥子急事？"曾小玉问。

　　"没说。管理员已给你们买好了今晚的火车票，赶紧回去准备吧！"

　　洪志玲和曾小玉赶忙起身，草草抹了抹身上的细沙就往更衣室跑，留下了海水、沙滩和众多贪婪的目光。

　　"小玉，急着叫咱们回去，你猜会是啥事？"

　　"八成是有紧急机群任务。"

　　"我看不像，有机群任务，为啥不叫其他的人回去，光叫咱俩。"

　　"八成又有只有你能胜任的特殊任务，谁让你那么能的。"

　　"那为啥让你也回去？"

　　"也许是让我们改装新型飞机。"

　　"更不可能，部队没来新飞机，改啥装！"

"嘿，费那脑子干啥，反正是有事，很可能是好事。"

"但愿如此！"不知为什么？洪志玲有一种不祥的预感。

终点站快到了，不少旅客都已起床，有的已整好了行李。可洪志玲与曾小玉仍躺着，显然她俩不想和其他旅客争着下车。

洪志玲自接到紧急回部队的通知后，心就一直沉甸甸的，眼皮老跳，总感到此次回来不是好事，总觉得有什么不幸要降临到头上，而且与浩远有关。曾小玉自结婚后与爱人周富的感情越来越深厚，到了一日不见如隔三秋的份儿上，还有一个让她日夜牵挂的小宝宝，很快就要见到他们爷儿俩了，心里美滋滋的，洪志玲却没有半点回家的喜悦，她出站的脚步异常沉重迟缓。

洪志玲与曾小玉拎着供飞行人员出差专用的帆布包，尾随在旅客的后面最后一批走出出站口，老远就看到了前来接站的已是副团长的俞素梅和大队长赵伟刚。一见他俩洪志玲的心"咯噔"了一下："他俩怎么来了？"她的问号还没拉直，大队长已从她手中接过了旅行包，也不说话径直往东面的停车场走。俞素梅倒是与往常一样异常热情，拉着洪志玲的手道："对不起，刚到疗养院便把你们叫回来。"

"到底有啥子事？这么急。"曾小玉问道。

"让你们回来，是师里定的，我不大清楚。"俞素梅敷衍道。

洪志玲几次张口想问大队长，但见他没精打采的样子，话到嘴边又咽下去了。她是个智商极高的女人，他又是个很不会演戏的男人，一见面她便从他的双眼里读到了她害怕读到的信息："浩远出事了，而且是大事，难道他……"她不敢再想下去。

从火车站到机场，吉普车跑了一个多小时。赵大队长坐在前面右座上，俞素梅与洪志玲、小玉坐在后座上，洪志玲在中间。一路上大队长仍很少开口，志玲是闭目凝思，小玉见他俩不言语，也很知趣地保持沉默，俞素梅本想说几句，调节气氛，可找不到合适的话题，刚上车时说了几句后也不再开口了。车内除了发动机的隆隆响声外，再无其他声音。

小车一进营门，志玲就开始凭窗观察，机场很静，显然没有飞机活动，路上没有来往的车辆，连个行人都难见到。机场如死去一般，没有一丝生气。大队长先把小玉送回家，然后再将洪志玲送到家属区。她下车后，大队长便闷着头走了，与她招呼都没打。俞素梅没走，她与志玲一道进了屋。

"大姐,是不是浩远出事了?"洪志玲用布满疑云的大眼盯着副团长问。

俞素梅没马上回答她的问题,而是帮洪志玲整理行李,被志玲止住了。

"大姐,您甭忙,先告诉我叫我回来的真正原因,您一定知道。"

她慢慢放下手中的衣物,抬起头扫了她一眼后轻声说道:"小玲,你要有足够的思想准备,不过我相信你一定能经受住。"

"肯定是浩远出事了,伤啦,还是……"话没说完泪先从眼眶里涌了出来。不用大姐告诉她,她已明白了一个大概。

"昨天上午九点多钟,浩远驾驶的8713号直升机在中蒙边境附近坠毁,机上七人全部遇难……"她的话音未落,洪志玲"啊"了一声后便失去了知觉,俞素梅忙将因悲戚过度而晕厥的洪志玲扶到沙发上躺下。房间里顿时静了下来,洪志玲脸色煞白,满面泪水,双眼呆滞地瞪着墙壁,她欲哭无泪。正在这时,夏芝兰、小玉同时撞了进来,二话没说,她俩便抱住志玲痛哭,她俩的哭声唤醒了志玲,她拥着二人放声恸哭起来。

就在俞素梅正要劝说她们时,刘团长、王政委等团首长与其他大队的领导进来了。小玉当即扶起志玲,并用手绢替她擦拭眼泪。王政委走到洪志玲面前安慰道:"小玲,浩远牺牲了,你要继承他的遗志,注意节哀,一定要控制住自己的情绪,不要伤了自己的身体。你还年轻,今后的路还很长。你是一位非常优秀的共产党员,一定要经得起考验,过好亲情关。"

接着其他领导也都说了一番类似开导的话。当领导说完后,洪志玲提出要见浩远一面。刘团长忙解释道:"天气太热,边陲小镇没有降温设备,浩远与其他遇难同志的遗体已经在当地火化。"刘团长的解释虽然不无道理,但那不是主要原因,急于火化的根本原因是浩远等人的遗体已被焚烧得惨不忍睹,无法辨认,不能让遇难者家属看到,以免加重他们的痛苦。

机场大礼堂,部队在这里为孙浩远、熊友才、孙明、周勇四名遇难同志举行隆重的追悼会。礼堂舞台的天幕上,悬挂着烈士的遗像,两旁摆满了花圈,舞台的中间是烈士的骨灰盒,上面覆盖着鲜红的党旗,周围是鲜花与松枝。烈士的家属站在烈士的遗像前,孙浩远的父母和洪志玲的父母也在其中。四位老人并不算太老,都不到六十岁。洪志玲站在婆婆和母亲中间,用手搀扶着她俩。在低沉悲凉的哀乐声中,一队队领导、战友等怀着沉痛的心情向烈士骨灰盒鞠躬告别,向烈士的亲属慰问致哀。当夏芝兰来到洪志玲面前时，师徒二人都无法控制心中的悲痛，又紧紧地抱在一起恸哭起来。她俩的悲声引起了连锁反应，整个礼堂哭声震天，盖过了哀乐声。洪志玲的父亲洪茂盛，毕竟是位从硝烟中走出来的战斗英雄，他拄着拐杖走到女儿身边小声劝慰道："小玲，你要学会坚强，听爸的，擦干眼泪，挺起胸膛，用浩远的精神与浩远告别。"父亲的话音虽轻，份量却很重，最听父亲话的志玲很快平静下来，夏芝兰在俞素梅劝说下也放开了志玲，追悼会才得以正常进行。

浩远的突然离去，使洪志玲陷入痛苦的深渊，在众人面前她强作平静，但回到家里却往往是以泪洗面。家里没有了浩远朗朗的笑声与悦耳的歌声，再也听不到他讲的幽默笑话，再也看不到他那顽童般的怪样，再也收不到让她开心的情书，家随着浩远的离去而死寂，她无法面对失去浩远后的家。送走自己的父母后，无论是周六晚上还是星期天，洪志玲都与其他时间一样住在大队的集体宿舍，除了照看公婆外，很少回家。洪志玲能逃避自己的家，却仍躲不过浩远的身影，白天想的是他，晚上梦见的还是他。他俩的爱，他俩的情，他俩共同度过的那些最幸福、最浪漫的镜头总在脑海里闪现。特别是那几本"两地书"，浩远走后，几乎就没有离开过她的手，她就靠"两地书"度日。

志玲与浩远结婚后，虽有了自己的家，然而只有周六晚和星期天才能在一起，一周的七个二十四小时，只有一个二十四小时是属于小两口的，其他的六个二十四小时都生活在各自的飞行大队，如有一方或双方执行飞行任务，半个多月见不上面的时候很多，这就是当时"双飞"夫妻特殊的家庭生活。针对这种咫尺天涯、聚少散多的日子，为了表达相互的思念之情，他俩效仿鲁迅和许广平，也写了"两地书"。不同的是这些信不是写在信纸上，也不用通过邮局邮寄，而是写在笔记本上，每人一本，星期六晚上团聚时交换笔记本，相互就可读到对方的信了。他俩给这种交流感情的方式叫作同一屋檐下的"两地书"，"两地书"三个字是浩远用红笔精心绘制的美术字，美观醒目，"两地书"一直坚持到浩远牺牲。遗憾的是浩远最后一本书信很可能被焚毁了。

同一屋檐下的"两地书"，是特殊年代、特殊职业、特殊男女表达爱情的特殊方式，堪称千古绝唱。

他俩写信时都称对方的小名，浩远给志玲起的小名叫莲，他解释道："我不喜欢什么'魔女'、'神女'、'王牌'一类的绰号，太俗。在我眼里，你的美

丽如莲花；你的清香如莲叶；你的品格如莲藕；你的甜美如莲蓬；你的身段如莲枝，亭亭玉立，摇曳多姿；你的爱情更似蕴藏在莲藕、莲枝、莲叶、莲蓬中的莲丝，千丝万缕，绵延细密，洁净无瑕，因而我称你为莲。怎么样？有点意思吧？喜欢吗？"。

"虽然言过其实，但我喜欢，我也爱莲。"

"那夫人送给鄙人啥雅号？"

志玲歪着脑袋端详了浩远一会后笑道："有了，牛，老牛。你技术牛，性格牛，才智牛，情感牛，体质牛，干活牛，更主要的一点是喜欢在我面前吹牛。"说完笑着鼓起掌来，为自己的得意之作喝彩。

在婚后两年多的时间里，他俩相互留下了两百多封不用寄的信。浩远给志玲的信中有这样两封：

"亲爱的小莲，今天是你的生日，是一个值得纪念的日子，有了这一天你才有了生命，而我才能拥有一位世界上最美丽、最温柔、最善良、最贤惠、最聪明、最勇敢、最坚强、最胆大、最耐劳、最大度的'十最'妻子。遗憾的是，这么金贵的日子，我俩却不能共同度过，不能请你吃生日蛋糕，不能给你献花，不能为你唱歌，更不能亲吻你，拥抱你。为了弥补缺憾，我在信上写了九十九个祝福，留下了九十九个热吻，献上了九十九朵玫瑰。"他在笔记本上真的写了九十九个"祝你生日快乐！"留下了九十九个吻痕，用红色铅笔画了九十九朵玫瑰。

"亲爱的小莲，小牛吻你。中国有句俗语叫'一日不见如三秋'。这句话用在我身上得改两个字，第一个是'日'字，应改为'刻'字。第二个是'三'字，应改为'九'字，我是'一刻不见如九秋'。小莲，我现在是两头为难，往回看，难，今天才星期二，我俩才分开一天多，可总觉得有老长时间没见面了；往前看，更难，离星期六晚上团聚的日子还有四天多。我的老天爷，这一百多个小时你让我咋熬？难熬也得熬，谁让咱俩是飞行员呢！干上这一行，就得有牺牲。不过也不能总苦熬着，我发明了一副治相思病的良药，这药方不能传给你，你要是不想我了，我多亏。逗你玩，这世上哪有治相思病的药！哎！我还得熬着。"

下面也选两封志玲给浩远的信。

"我的老牛，你好！我是世界上最幸福的女人，因为你是那么爱我。我为有你这样的丈夫骄傲，你有刚毅的性格，惊人的魄力，诙谐的语言，睿智的头脑，更有一颗善良透亮的心。和你在一起，我就像小妹妹靠着大哥哥一样，温馨安全，我愿今生今世永久地偎依在你的怀抱里，沉醉在甜蜜的爱河之中。只要有你的爱，我不怕暴风骤雨，不惧云海骇浪。我俩的爱情长久可比日月，忠贞赛过'梁祝'。

"老牛，我现在正站在大连海滨，眺望海中你救吴部长的那座小小的平台，平台依旧在，然而失去了当年的活力，它是那么死寂，那么孤独。连我身后的山，身前的海，也都发生了变化，山不再那么高，不再那么青；海不再那么宽，不再那么蓝。老牛，你知道这是为啥吗？就因为我身旁没有你，是你改变了我眼前的一切。"

结婚两年来，志玲与浩远只有过一次没有写"两地书"的日子。一年夏天，洪志玲与孙浩远夫妻双双去杭州疗养院疗养，这是他俩婚后的第一次共同疗养，也是相聚时间最长的一段幸福时光。

疗养院坐落在西湖之滨，依山傍水，环境优美。疗养院离西湖苏堤、岳墓等景点很近。每天夫妻俩都要相携漫步苏堤、白堤，尽情欣赏断桥、三潭印月等西湖风光。洪志玲特别喜欢打着油纸伞，踏着湿漉漉的石板路，偎依着爱人的肩膀，倾诉着绵绵情语，在蒙蒙细雨中漫步。这时的志玲是一位典型的充满浪漫色彩的柔情少妇，从她身上找不出丁点儿"天之骄女"的飒爽英姿。

有一天夫妻二人游览岳庙与岳坟。来到岳飞墓时，浩远指着铁栏里的秦桧、王氏、张俊、万俟卨四个铁像对志玲道："你看他们永远跪在这里，遭游人唾骂，不知他们有没有后人，如果有后人，他们见了祖宗的这副德性不知何感想？"

"要你是他们的后人，你咋想？"

"还想啥，跳西湖呀！"

"你呀，看问题总是那么偏激，"

"反正我决不会干让子孙后代脸红的事，不过我也不会学岳飞。"此语一出，引来了几名游人的怒视。

"小声点，你这不是找挨骂吗？"

"我没有亵渎岳王的意思，他那种'驾长车，踏破贺兰山缺。壮志饥餐胡虏肉，笑谈渴饮匈奴血'的英雄气概，永远值得弘扬。但他的愚忠思想并不可取，什么是'精忠报国'？忠于劳苦大众的根本利益才是'精忠'；捍卫祖国的领土完整才是'报国'。我要死也不屈死在风波亭，要死就战死在沙场上。"这次他接受了

教训,最后几句话是小声贴着志玲耳朵说的。

"别张口闭口死不死的,多不吉利。"

"没想到连死神都害怕的'空中魔女',还这么迷信。"

"这不是迷信不迷信的事,这是最普通的心理反应,懂吗?笨牛!"

万万没有想到,一年后浩远真的以身报国了,真的战死在沙场上了。

8713直升机失事后,师里负责机务工作的副师长曾带领训练、作战、领航、工程等部门的干部到现场勘察,调查了解飞机失事的原因。但由于飞机毁坏严重,找不出有力的证据,当时的飞机上也没装黑匣子,因此没有明确的结论,还引发了各部门的争论。有的分析说是机械故障,有的说天气复杂,有的说是飞行员操纵失误,也有人认为是综合因素。争论来争论去,有几种因素排除了,那天晴空万里,能见度极佳,飞机不可能因天气不好失事;出事地点是在内蒙古格林镇附近,那里是一望无际的沙漠、草原,飞机无山可撞。

8713号直升机到底是怎么摔的?成了一个费解的谜。难得糊涂,飞机失事的真正原因在查无实据的情况下,糊里糊涂地不了了之。由于没有找到飞机失事的确凿原因,师里给孙浩远机组立二等功、授予牺牲人员烈士称号的申请,上级也没批,的确是不好批,如果是机械故障,孙浩远等人是因公牺牲,自然应该立功并授予烈士称号;如果是操纵失误,那是一等飞行事故,不可能给事故责任人立功,更不会授予烈士称号。

上级虽然对8713号直升机失事的原因没有定论,但"老飞"们都认为"肇事者"是机械故障。甭说是飞行技术高超的孙副大队长,就是任何一名飞行员在平飞阶段也不可能出现操纵失误。因此他们认定是飞机机械部分出了问题,从而部分飞行员对飞牛直升机的安全性能产生了怀疑,引发了厌飞情绪。有个领航员竟得了恐飞症,一上飞机双腿直打颤。一时间直升大队是人心浮动,思想涣散。有的想停飞转业,有的想改做地面工作。

正当师、团、大队三级领导为稳定军心发愁时,洪志玲爆出了冷门,她主动申请改飞直升机。洪志玲原先飞的是苏式依型运输机,是部队的主力机种,她是该机型四种气象的机长,执行过许多重要任务,多次创造奇迹,是该机型的王牌飞行员。

这支部队的官兵都清楚,飞苏式依型飞机是每个飞行员梦寐以求的美差,能接触上级首长，能出国，能住高级宾馆，总之能享受到许多直升机飞行员享受不到的待遇。而飞直升机的飞行员，是这支部队的苦行僧，他们去的地方大多数是荒郊野外，执行的任务也多是运送伤员和抢险救灾一类苦活、脏活、险活。飞直升机的飞行人员中，有些人是被迫服从分配，内心深处并不愿飞直升机，像洪志玲这样主动申请改飞这种机型的，自部队组建以来她是第一人。

第一美女飞行员要飞直升机的消息一经传出，整个军营炸了锅，顿时成了官兵们谈论的热门话题。孙浩远遇难的谜还没解开，他的未亡人又增添了一道新的谜，人们又开始寻找新谜的谜底。

第一个知道洪志玲要改飞直升机的自然是曾小玉。曾小玉与洪志玲在航校就同在一个学员小组，由同一个教员带飞。毕业后又被分到同一个部队，还在同一个飞行中队，住在同一间宿舍，这种特殊的际遇造就了两人的特殊感情，两人成了无话不谈，形影不离的好姐妹，

周富常拿她俩开玩笑，说她们是"玲玉不分"的同性恋者。

"小玉，我准备申请改飞直升机。"

"啥子？你要改飞直升机？你疯了，是不是孙副大队长的牺牲，对你刺激太大，你的脑壳进了水，说胡话。"

"不是胡话，我现在清醒得很，比浩远出事前还清醒。"

"说说你的理由。"

"8713号直升机摔了之后，真正的事故原因一直没有找出来。有人怀疑是飞机的质量有问题，有人怀疑是浩远的技术有问题，我看二者都不是。"

"那依你看是啥子问题？"

"现在我还不知道，但我一定要找到，这是我改飞直升机的主要原因。不过这是我的秘密。我改飞的公开理由是王政委说的，继承浩远的事业，完成他的遗愿，我最了解浩远，他是一个真正热爱直升机的飞行员。"

"你想没想过，女同志飞直升机会有很多男同胞遇不到的困难，正因为这些原因，我国至今还没有飞直升机的女飞行员，"

"这正好是我改飞直升机的另一条理由，我不仅是继承浩远的遗愿也要用实际行动证明，女飞行员同样能驾驶直升机完成各种艰巨任务，我要为中国女飞行员开辟一片新天地。"

"这就是你要'吃螃蟹'的原因?"

"难道这些理由还不够吗?"

小玉本想说:"你说的这些理由虽是真的,但还有一条非常重要的理由你没说,你是想远离赵大队长。"可话到嘴边没说出来,她怕捅到志玲的痛处,怕她尴尬,因此转移了话题:"你下定决心了?"

洪志玲重重地点了点头。

"你不想当中队长了?"

"不当啦,和你一样当个普通飞行员。"

"那你肚子里的孩子怎么办?"

听完小玉的问话,洪志玲用右手摸了摸自己的肚子,她已怀上浩远的孩子,但为了更好的飞行,她原本是想利用疗养的机会,将孩子拿掉。浩远牺牲后,她改变了主意,决定将孩子留下,这是浩远的血脉,是爱情的结晶,一定要保留下来。"孩子我准备留下。"

"你又要改飞直升机,又要留下孩子,你顾得过来吗?"

"你放心,我会处理好二者的关系,做到改装飞行和生孩子两不误。你生孩子时不也没影响飞行吗!"曾小玉与洪志玲不同,结婚当年就生一个胖小子,小名大宝,现在都快三岁了。

"那你可要受苦了!"

洪志玲微微一笑道:"你了解我,我是个怕苦的人吗!"

"那好,我也申请改装,给你做伴。"

"真的!你不会是一时的感情冲动吧?"

"要说不是一时冲动是假,在这之前,我压根儿没想过要改飞直升机。但我不会后悔,我深信跟着你志玲姐走,决不会有错。再说了'玲玉'不分,玲是玉之声,没玉哪来玲,你洪志玲和我曾小玉是不可分割的,我俩的姐妹之情是牢不可破的。特别是你遭难的时候,我更不能离开你。"

"小玉,你真是我的好妹妹,亲妹妹。这个世上除了浩远,就只有你、俞大姐和夏大姐最了解我。"洪志玲忘情地拥住了小玉,圆圆清涩的脸蛋上又有了久违的光泽与笑容。

"小玉,改飞直升机的事,你先不忙定下来。"

"为啥子？"

"你最好征求一下小周的意见，免得两口子为我闹矛盾。"

"不用，他的事我都能做主，我的事我更能做主了。我看你倒是应该征求征求俞副团长、夏副参谋长和赵大队长的意见，"

"小玉，我不想瞒你，我改飞直升机的原因之一也是想离开一大队，俗话说寡妇门前是非多，浩远走后，赵大队长如果还像过去那样呵护关照我，难免引来非议，这对我，对他，甚至对他的家庭都不好。两人成天在一起，万一把持不住自己，干出傻事来，那局面多寒碜。我想他是个明白人，他会同意我改飞直升机的。我就担心夏副参谋长反对，说不定会挨骂。"

"她为啥子反对你改装。"

"你不知道，她太器重我了，她希望我成为她与俞大姐的接班人，那年去武汉进修就是她推荐的。"

星期六晚上，赵伟刚没回家，独自一人抽着烟，在办公室徘徊，往事并不如烟，一组组镜头在脑屏上播放：当初之所以听从洪志玲劝告，和王荣荣建立了家庭，一是为了填补失去志玲的感情真空，二是为了解除志玲对自己的牵挂，让她全心全意爱浩远，三是堵众人的嘴，防止出现桃色新闻，全大队的人都看得出来，他与志玲的关系非同一般。出于这三点考虑他才与荣荣结婚的，婚后他慢慢发现娶荣荣是他一生中最大的错误，才真正体会到了没有爱情的婚姻滋味，那滋味如同嚼蜡。他才真正明白，"春风十里扬州路，卷上珠帘总不如"，真爱是难以忘怀的，成全所爱之人的爱，是要以终生痛苦为代价的。他原以为他与志玲都结了婚，各自有了自己的家庭，就会逐渐淡化以往的爱，其实相反，不是逐渐淡化，而是逐渐深化。人们都说失去的才是最好的，这话一点也不假。赵伟刚与王荣荣结婚后，组织上征求王荣荣的意见，是继续留在新都机场服务队，还是愿意调到汤山机场去。王荣荣为了与赵伟刚在一起，毅然放弃空姐的工作，调到汤山机场卫生队当了一名护士。空姐与护士，不仅工作性质和工作环境发生了变化，生活待遇变化也很大，由吃空勤灶改吃一般的干部灶。按说这是王荣荣为家庭做出的牺牲，赵伟刚应该感激高兴才是，可是他一点高兴劲儿都没有，更谈不到感激了。相反倒增加了他的烦恼。不知为什么？他总是喜欢把荣荣与志玲放到一块儿比，越比他的心离荣荣越远，离志玲越近。

没有爱情的婚姻是受苦,维持受苦的婚姻是受罪。赵伟刚的婚姻没有爱情,但还得维持,日子还得一天一天的凑合着过,在人前,特别是在志玲面前还得装出一副美满幸福的样子。别人都盼着过星期六和星期天,赵伟刚最怕过星期六和星期天,经常以值班为由逃避。家,对他来说是囚室,是刑房;是冰窖,是火坑。除了儿子之外,这个家对他没有任何吸引力。哎!自己酿的苦酒何时才能饮完,也许要一直喝到八宝山。

孙浩远出事之后,赵伟刚的心情开始纠结,处在双重痛苦之中。部队发生了机毁人亡的一等事故,谁的心情也好不了,更何况浩远是自己的同学、战友,也是老朋友。因此自得知浩远遇难的消息后,他一直沉浸在悲痛之中,同时也替志玲难过,红颜薄命,志玲往后的日子可怎么过?然而,他自己也弄不明白,这次飞机的不幸失事,似乎又给他带来了一线希望,他寻思:如今浩远走了,能不能填补他的位置?浩远的离去,是不是老天爷赐给自己脱离苦海的良机?不可能,首先是自己舍不得孩子,没有勇气走出围城,苦日子还得过下去;再者他了解志玲,她决不会接受自己的爱,浩远在时不能,浩远走了也不能,她心里永远只有浩远,浩远永远活在她心里。因此当志玲告诉他要改飞直升机时,他并不感到意外,他早有预感,她会走这步棋,这对他也是一种解脱,他支持她的选择。尽管他内心深处是十二万个不乐意,但也只能如此了。

正如志玲所料,伟刚没挽留她,支持她的选择。出乎意料的是,夏芝兰副参谋长不但没骂她,反而表示支持她:"小玲,你改飞直升机的事,我没意见,老俞不让我有意见,我没法有意见,我只能举双手赞成,因为老俞她也要改飞直升机。团常委已同意她的请求,她改飞直升机的理由很充分,我没理由反对。我也想改,她不让。"

"啊……"洪志玲的嘴惊讶得半天没合上。

第十四章　枪声

二〇五团会议室，正在召开常委会，到会成员有王政委、刘团长、钟副团长、俞素梅副团长、政治处孟主任、司令部齐参谋长、机务处梁主任七人，组织股长列席记录。王政委主持会议：

"今天的常委会，专门讨论洪志玲和曾小玉改飞直升机的事。她俩的申请大家都看了，谈谈你们……"

"政委，先等等，我这里还有一份申请，请一并讨论。"

"谁的？"

"我的。"

在众人惊诧的目光中，俞素梅将她改飞直升机的申请递给了王政委。政委看过后说："由于时间关系大家就不一一过目了，你简要说说改飞直升机的理由吧。"

俞素梅站着道："首先，浩远牺牲后，直升机大队军心不稳，需要领导干部用实际行动作表率；其次直升机虽不是我团的主要机种，但却是我团的重要组成部分，团里应有懂该机种的飞行领导干部，便于领导；再次，我支持、赞同洪志玲和曾小玉改飞直升机，让她们用实践证明男飞行员能飞的机种女飞行员同样能飞，我是女飞行员干部，我要带着她俩开创中国女飞行员的历史。最后，正因为女飞行员飞直升机在中国还没有先例，困难会很多，为确保改飞成功，需要加强领导。鉴于以上原因，恳请党组织批准我的请求。"

会议室静了下来，王政委与刘团长交换着眼色，其他人都看着他俩。还没等常委表态，俞素梅又站了起来："我再补充一点，我和志玲、小玉一道改装，可以降低训练成本。因为两只羊是放，三只羊也是放。"大伙都笑了。

"不用再举手表决了吧，大伙的笑声已投了赞成票。下面由刘建忠同志宣布结果。"

刘团长宣布:"团常委会一致通过俞素梅、洪志玲、曾小玉改飞'飞牛'型直升机的申请,报师里批准后即组织实施。"一个改变中国没有直升机女飞行员历史的决议,在汤山机场的会议室里产生了。

师领导很快批准了俞素梅、洪志玲和曾小玉改飞直升机的请求。洪曾二人改装已是满城风雨了,俞素梅的加入更是刮起了十二级台风,汤山机场沸腾了,议论最多的是:俞素梅、洪志玲是自毁前程,断了升官的路,因为在这个师,飞直升机的领导干部不可能当一把手。

洪志玲离开一大队前,大队准备给她和曾小玉开欢送会,被洪志玲谢绝了,她说她现在心情不好,不适宜参加这样的活动。大队领导和同志们都理解她的心情,也没勉强。欢送会可以免,但是作为大队长的赵伟刚和作为中队长的洪志玲,临走前的话别,无论于公于私都是免不了的。两人是既期盼这次谈话,又都发怵这次谈话,特别是赵伟刚,要说的心里话很多,但又不知从何说起,不知该说些啥好。洪志玲要和曾小玉一块儿找大队长谈:"小玉,明天就要走了,咱俩一起去给大队领导告别吧!"

"你我身份不同,你是中队长,我是兵,不好一起去,还是分别谈吧!"曾小玉心明眼亮,她不会给他们当电灯泡。无奈洪志玲只好只身前往。

"咚咚咚!"洪志玲轻轻敲响了大队长赵伟刚办公室的门。按常规洪志玲应喊声"报告",大队长应该叫一声:"请进!"可这一次心灵感应告诉他敲门的一定是洪志玲,于是他没说话而是上前打开了门,果然门口站着穿着单军装的洪志玲,这时他才说了一声:"进来吧!请坐!"边说边给她倒水。

洪志玲接过水杯微微笑道:"今天为啥这么客气,我还没走呢,就把我当客人啦!"

赵伟刚望着清瘦了许多的洪志玲:"怎么样,东西都清理好了?中队的事都交接完了?"

洪志玲"嗯嗯"地点头应着。"大队长,明天我就要搬到三大队去了,临走前特地来向你道别。你是我的教员、领导,也是我的朋友,这些年来,你在飞行事业上,政治思想上,个人生活上都给了我很多帮助,我会永远记住你对我的好处,永远感激你。尤其是在我与浩远相爱后,你不但不忌恨我,相反更加关心我呵护我,这是一般男人做不到的,我发自内心地敬重你,你是个胸怀坦荡的男子汉。大队长，请你放心，浩远人走了，但他给我的爱还在，我会永远珍惜这份真爱，我也会用这份真爱激励自己，更好地工作，更好地生活。失去浩远后，我才反省到在他活着的时候，没能更好地去关心他，去体贴他，没能给他更多的爱，我欠浩远很多，我很内疚，很后悔。大队长，希望你接受我的教训，给荣荣更多的温暖，更多的幸福，工作重要，家庭也重要啊！浩远走后，我的处境发生了巨大的变化，我将面临难以想象的困难，在我前进的道路上，肯定有坎坷，有荆棘，甚至有陷阱。但我做好了充分的思想准备，我会牢记我爸的话，没有了浩远，我会更坚强，更自信，更勇敢。"

洪志玲这番话，赵伟刚听后感叹道："你的这番话在我意料之中，一点也不奇怪。要是一般的女人死了丈夫，跟天塌了一样，成天以泪洗面，好像是世界的末日到了，没有一年半载，不可能从悲境中走出来。可你洪志玲与众不同，你是个既平凡又不平凡的女人。浩远牺牲后，你也曾放声恸哭，也曾悲痛欲绝，也曾有过无眠之夜。然而，你虽有'夫死战场子在腹'的遭遇与悲伤，却没有'妾身虽存如昼烛'的厌世与悲观。你很快从悲戚中站了起来，你不是用眼泪而是用行动寄托对亲人的绵绵哀思。我更加敬重你。"

面对新寡的心中偶像，伟刚本想说更多安慰她的话，但他知道此时此刻，她需要的不是安慰，她需要的是承诺，她刚才的大段谈话中，这种要求再明显不过了。于是他表态道："小玲，今后我俩在一起聊天的机会不会很多了。今天也像那晚在重庆一样，说说我的心里话。说真话，我舍不得你走，这不光是因为你是我的红颜知己，更重要的你是我工作上最得力的助手，虽说我是大队长，但无论是飞行技术，还是组织能力我都远不如你，你是我们大队的顶梁柱，名副其实的王牌飞行员，谁也代替不了你。我之所以同意你走，完全是为了满足你的心愿，你刚才说你今后的路很难走，我也不愿成为你前进路上的一块绊脚石，浩远牺牲后，如果我俩还在一个单位，还像以往那样亲密相处，势必引起他人的误解，损坏你的声誉，给你带来烦恼。你的抉择是对的，对谁都有好处。你也放心，我赵伟刚不是拿不起放不下的人，你也不必为我与荣荣的事操心，我会尽到一个做丈夫的责任。我决不会因我与她的不和，给你带来流言蜚语。我知道你很坚强，做好了迎接困难的准备，但现实生活中，一个像你这样漂亮的、有点名气的单身女人，生活中的困难很可能超出你的想象。不是我自己表扬自己，这世上像我这样正派的男人并不多。"

"谢谢你的理解,也谢谢你的忠告。注意影响是必要的,但没有必要伪装自己,过于做假,反而弄巧成拙,正常交往没啥见不得人的,俗话说身正不怕影子斜,脚正不怕鞋歪。只要我们行得正,立得直,何惧闲言碎语。一个单身女人,失去了丈夫,还要失去朋友,社会对她也太不公了。我今天也敞开心扉说说心里话,我要求改飞直升机,离开一大队,离开你,不仅仅是为了避嫌,我是担心我自己没有那么坚强,一失足便成千古恨,我也是女人,我不得不考虑到这一点,请你谅解。不好意思,我得走了。"分别时,洪志玲和伟刚草草地握了握手后,便急匆匆地离开了大队长办公室。关于自己已有身孕的事只字未提。

第二天上午,洪志玲并没有到三大队报到,她请了半天假,她要送公公婆婆回湖南老家。早上五点洪志玲就起床给二老做饭,替他俩整理行李。孙浩远的父母是常德市郊区的农民,没有多少文化,两人都五十刚出头,身子骨都很硬朗。饭后,洪志玲将一个厚厚的信封递给浩远的父亲:"爹,这信封里有三千元钱,是组织上给浩远的抚恤金和我俩过去的存款,您拿回去用。以后我还像浩远生前一样,每月给您二老寄生活费,请二老放心,我永远是你们的儿媳妇。"说到这里婆媳二人抱在一起哭了起来。这时曾小玉拎着一网兜水果、点心进来了,这都是空勤灶近几天发给她与周富的,两口子舍不得吃,也没给孩子吃,全给拿来了,她要陪志玲去北京站送两位老人。

他们一行四人六点半乘团里派的吉普车,从机场出发,七点五十才赶到火车站,离开车时间只有半个小时了,旅客已在候车室排队检票。曾小玉赶忙跑到购票处,买了两张站台票。志玲给两位老人买的是硬卧车票,两个下铺。将两位老人安顿好后,志玲含泪对他们道:"爹、娘,二老要保重身体。"当车厢的喇叭里传出:"列车很快就要开了,请送旅客的客人赶快下车"的声音时,洪志玲才依依不舍地离开车厢。关于她怀孩子的事,没向二老吐露,以免他们牵挂。

南去的列车渐行渐远,直到从视野里消失,志玲才在小玉陪同下走出站台。

下午,洪志玲与曾小玉一同到三大队报到,她俩仍在一个中队——二中队,也是孙浩远曾呆过的中队,中队长姓万,叫万树生,是孙浩远带出来的飞行员,他与孙副大队长感情甚笃。论资排辈,洪志玲是他的师娘,过去对她也很崇拜。现在成了他手下的兵,还是她的带飞教员,这种身份关系的大颠倒他一时很难适应。他仍把她当领导看待,对她毕恭毕敬,总是以一种请示的口吻与她谈话:"洪中队长,我制定了一个改装飞行的训练计划,你看行不行?"

"中队长,千万不要叫我中队长,我现在是一个新学员,是你手下的兵,你不要有顾虑,对我与小玉更要严格要求,大胆管理,争取早日把我俩带出来。"

万树生过去对师娘洪志玲的诸多飞行奇事都是耳闻,通过近两月的改装训练,使他亲眼目睹了她的奇特,她飞行悟性极高,教员只要讲清要领,做一两次示范,她便能掌握。洪志玲轻轻松松、顺顺当当地飞完了本场改装训练课目,成绩项项优秀。俞素梅也很优秀,她与洪志玲难分上下,曾小玉虽能跟上进度,但比较吃力。

十月中旬的一天上午,洪志玲被王政委叫到他的办公室。办公室里除王政委外,还有两名穿陆军服装的干部,一男一女,经政委介绍,他俩是总政保卫部的干部,年纪稍微大一点的男性干部是陈处长,另一位是干事,叫刘珍。见洪志玲进来,陈处长、刘干事都上前与她热情握手问好。寒暄过后,陈处长开门见山地对志玲道:"洪志玲同志,今天请你来,是想了解8713号直升机失事的有关情况,你爱人牺牲前有没有给你写过信?"

洪志玲一听总政保卫部调查8713号直升机失事的原因,猛然想到了自己的猜疑,也许自己的判断是正确的:"信?有呀!"

"在哪里?"陈处长和刘干事同时兴奋地问道。但洪志玲的回答却让他俩很失望。

"我和浩远只要分开,几乎每天都会给对方写信,我们叫'两地书'。浩远最后的几封信恐怕是他带走了。"她简要地给二位介绍了"两地书"的来历和内容。介绍完后她反问道:"浩远的牺牲是不是另有原因?"

陈处长向洪志玲介绍了有关情况:"浩远同志执行任务的乘客中有一名郑处长,名叫郑涛,他是北方军区作战处处长。最近我们破获了一个反革命武装集团,名叫中共左派联盟,据该集团的头目交待,郑涛是左派联盟的骨干分子,联盟曾交给他一项秘密使命,让他趁视察中蒙边界之机劫机外逃,为篡党夺权寻找外部支持。后因直升机失事,阴谋未能得逞。我们怀疑直升机失事的真正原因与郑涛有关。有可能是机组同志在郑涛劫机时与他展开了搏斗,导致飞机失事。我们准备与你们师组成联合调查组再次去现场调查。"

洪志玲听后激动得热泪盈眶,她强烈要求参加调查小组,陈处长与王政委商量后批准了她的请求。

十一月上旬，联合调查小组乘坐万树生与俞素梅驾驶的直升机，前往孙浩远遇难的现场。经过两个多小时的飞行，飞机降落在离格林小镇不远的草地上。这里的地形很奇特，四周是浩瀚的沙海，而这里却是方圆近五十里的湿地草原，虽已近冬天，地面上到处是干枯的衰草，但远处仍有几处牧民的蒙古包。由于出事后师里曾来人调查过，他们中有几位这次也是调查组成员，在他们引导下很快找到了8713号直升机失事的地点。三个多月过去了，这里仍残留着明显的飞机坠毁的痕迹：硕大的深坑，烧焦的黑土。

洪志玲一到这里，脸上就挂满了泪珠，虽悲痛欲绝，但她强忍着不让自己倒下去。她展开大比例尺地图，在地图上找到了现场的准确坐标位置，她反复对照当天孙浩远飞行计划中的航线，发现失事地点偏离了预定飞行航线，而且相差一百多公里，是偏向内地一侧。调查组分成若干小组，挨个访问附近的牧民。

洪志玲与俞素梅一个组，自浩远牺牲后，俞素梅更加关照洪志玲。她担心志玲过度悲伤，一直陪伴着她。她俩访问了几户牧民，一无所获，正当她俩失望而归之际，在最后访问的蒙古包里，洪志玲在牧民家的小篮子里发现了用地图纸剪的鞋样，拿起来仔细一瞧，竟是军用航空地图。这一意外的发现，令志玲既兴奋又伤感，直觉告诉她这就是从浩远用过的航行地图上剪下来的，她忙问女主人："大婶，您这鞋样是不是从一张大地图上剪下来的？"

大婶随即向两位女军人介绍了鞋样的来历。"有一天我男人在草原上拣到了一个皮包，打开一看只有几张地图和一个红塑料皮笔记本……"

一听说笔记本，洪志玲蹭地一下站了起来，拉着大婶的手催问道："笔记本？笔记本在哪里？"

"那个笔记本我们一看写满了字，没啥用，就撕下来生火了。"

洪志玲一听长长地叹息了一声，跌回座椅，接着两股泪水从失去光泽的大眼中涌流出来。大婶烧的不是笔记本，她烧的是浩远对她的爱与情，她烧的是拨开浩远牺牲迷雾的宝贵线索。见状，俞素梅赶忙安慰她。大婶见她俩这么在乎那个红本本，也感到了红本本的重要性，她忙补充道："那红本本还没烧完，还有……"

洪志玲仿佛被注射了强心针一般，猛地再次站起身来急问道："那剩下的笔记本在哪里？您快找出来！"

大婶忙从一堆杂物中找出了笔记本的残余部分，洪志玲急忙夺过一瞧，谢天谢

地,浩远牺牲前给志玲的几封信还在。最后一封信的内容竟是:

小莲心肝,你好!久久地亲你。

  我时时刻刻想你,念你,(飞行时除外)有空我就看你的照片,睡在床上一闭眼就能看到你。我们相爱的每一个细节都会展现在我的眼前,我不仅回忆过去,我还憧憬着未来。当得知你怀上了我俩的小宝贝时,我高兴得一宿没合眼。我知道你并不想要这个孩子,你想毫无拖累的飞几年,如果你真要那么做,我尊重你的意见,我们还很年轻,我又健壮如牛,播种的成活率是很高的,你想啥时候要,咱就啥时候种。

  小莲,这里生活环境虽然艰苦,但对我们这些经常在野外混的直升机飞行员来说,也算不了什么。唯一让我不顺心的是那位作战处姓郑的处长,阴阳怪气的,总纠缠我问一些有关苏联与蒙古境内的航行资料,我看他用心不良,不是啥好鸟,我得防着他点。不过你放心,我是个好猎手,再狡猾的狐狸也逃不过我的手心。
盼着早日回部队与你见面。

一九七一年八月二十三日于内蒙古苏兰市。

  这封写在笔记本上的信,让两位寻访者喜出望外。对志玲来说,这是一封绝版情书,也是浩远英勇献身的佐证。对俞素梅来说这是踏破铁鞋无觅处的破案线索。往回走的路上,志玲颇有感慨地问素梅:"大姐,你说为啥这么巧,让我俩找到了浩远的笔记本。这一定是浩远的英灵在为我们引路,他给我的信,一定要让它落到我的手里,否则他不会瞑目。"

  "小玲,浩远的航行包为啥会落到大草原上?其中必有原因。一定是浩远牺牲前从飞机上扔下来的,目的就是让你能收到他的信。"俞素梅分析道。

  除她俩之外,其他寻访组也有重大收获,他们找到了一位目击者。他描述了那天之所见。那天上午九点多钟,他正在草原上牧羊,见一架直升机从中蒙边境方向飞来,高度不是很高,飞到附近停住了,时间也不长,突然飞机上传出了两声闷响,好像是枪声,飞机晃了两下后就一头栽了下来,接着就是一声巨响,响声刚过,直升机被烈焰笼罩,冒出的黑烟遮住了半边天。

  调查组还走访了格林镇的居民,他们中的多数人听到了轰隆的巨响,见到了翻

滚的浓烟,有的还到过直升机失事的地点。有个小孩还捡走了一把烧变形了的手枪,至今还当玩具保存着。调查组经过走访调查,基本上弄清了直升机失事的真相,于当天下午五点多钟满载而归。

临走前,洪志玲跪在焦土上,面对深坑,深深地三鞠躬,以祭奠浩远的在天之灵。并用事先准备好了的、她亲手缝制的黑色小布袋,装了满满一袋黑土,她要将它带回去,做永久的纪念。然后她将一块不锈钢的小金属牌埋入土中,上面用红漆写着:亡夫浩远献身之地。妻:志玲。

直升机就要起飞了,万树生已启动发动机,旋翼已开始转动,除洪志玲与陪她的俞素梅外,其他人都上了飞机,洪志玲仍长跪不起,她要与浩远作最后的告别:"浩远,我带着你未出生的孩子看你来了,你安心地走吧,等孩子长大后,只要没有特殊情况,我都会带着他来这里看你。"

这时刮起了六七级大风,狂风发出呜呜哀鸣,带来阵阵寒意,吹起缕缕黄沙,卷走丛丛败草,使浩瀚的深冬大漠显得更加神秘,更加苍凉。经俞素梅再三催促,洪志玲才在她的搀扶下,跟跟跄跄地上了飞机。

根据调查组掌握的情况和逻辑推理,8713号直升机失事的真相是:

那天,孙浩远驾驶飞牛型直升机从通辽军用机场起飞,当天的航线是沿着中蒙边界中方一侧,由东向西飞行,视察沿途的地形,飞行高度为六百至一千二百米,速度每小时一百八十公里。机组成员除机长孙浩远外,还有飞行员熊友才,领航员孙明,机械师周勇。直升机驾驶舱比较小,只能坐三人。驾驶舱与客舱之间有一层厚厚的金属隔板,互不相通。按规定,飞行时,驾驶舱里只准坐正副驾驶员和领航员,严禁非机组成员乘坐。这天郑处长将领航员撵进了客舱,自己要坐到领航员位置上,遭到孙浩远的阻止:"飞行条令明确规定,飞行时,外人不得进驾驶舱,你不是机组成员,怎么可以进来。而且航行中,领航员必须及时给飞行员提供航行诸元,他不上怎么飞?"

"你知道飞行条令是谁制定的吗?就是我们司令部门制定的。我不是什么外人,我是你的领导,军人以服从命令为天职,一切行动听指挥,我怎么不能上。这一带地形我非常熟悉,我可以给你领航。"说完,他强行爬进了驾驶舱,坐到了正副驾驶员背后的领航员座位上。

飞行一个多小时后,郑涛突然关掉了超短波电台:"这里离边境很近,要静默飞行，为了更清楚地观察边界地形，降低高度，改变航线，向边界线靠拢。"

"不能改变航向，那样很容易偏出国界，引起涉外事件。"孙浩远仍按原计划飞行。

"孙浩远，你胆敢违抗命令！"

"我没违抗命令，我正在执行航行部门的命令。"孙浩远的脑瓜何等聪明，他影影绰绰感到了郑某的危险，预感到今天将面临生死的考验，也许自己的一百多斤要扔到沙漠里了。

郑涛见孙浩远不听指挥，陡然掏出手枪，枪口紧紧地抵在孙浩远的后背上："你再不改变航线老子一枪崩了你。"

"别开枪，别开枪，我这人胆小怕死，我听您的，您指向哪里我飞向哪里，我这就降低高度，改变航向。"说完他向小熊使了个眼色，并用嘴指了指磁罗盘。可惜极度紧张的熊友才并没领会他的意图，傻愣愣地望着机长不知所措。郑涛怕他搞鬼，用枪捅了他几下："老实坐着，听机长的。"就在郑涛与小熊说话的当儿，孙浩远偷偷将磁罗盘预定航向指针拨转了一百八十度。

孙浩远操纵直升机做了几个大坡度转弯，使飞机在机动飞行时改变了航向，但不是向国外飞，相反是朝国内飞。大约过了十多分钟，郑涛有些不放心，他便问道："你是向边境飞吗？"

"是呀！你瞧罗盘指示的度数，十度，正是朝中蒙边境飞，大约再有十分钟，咱们就要飞出国界了，怎么办，还往前飞吗？"

"继续往前飞！现在可以给你交底了，我们就是要飞出国去，为我们的革命事业寻求外援。"

"兔崽子，想从我孙浩远手里劫走飞机，门儿都没有。"孙浩远心里暗暗骂了一句。

郑涛不是酒囊饭袋，不是随随便便就能糊弄得了的。他拿出军用地图，仔细观察机下的地形地貌，他事先做过充分的准备，对出国航线的地标进行过认真的地图作业，已熟记在心，这天晴空万里，飞机又飞得不是很高，只有一千来米，机下的一切清晰可见。当他发现沙漠中的大片绿洲后，知道上当了："他妈的，你敢骗老子，赶快掉转机头，否则一枪毙了你。"他一面说着一面用枪筒使劲击打孙浩远的后背。孙浩远不顾郑涛疯狂的击打，强忍剧痛，仍镇静地驾驶直升机往前飞。

"停下来,停下来,咱们好好商量商量。只要你听我们的,出国后给你一百万,不,二百万美金,你可以到任何一个国家定居,房子、车子、漂亮女人等应有尽有,你可以尽情享受人生,过神仙一般的日子。"郑涛改变策略,硬的不行,他来软的。

"二百万美金?你打发叫花子呀!"

"那你报个数,要多少?"

"十个亿,你给得起吗?"

"你他妈狮子大开口,要我。"

"郑处长,老实告诉你吧,我有一位世界上最美丽、最温柔、最聪明、最爱我的媳妇,我舍不得她。你要我出去也行,你得让我先把她接出来。"

"那好办,等我们出去后,再想办法把她接走。"

孙浩远嘻嘻一笑道:"郑处长,你这话,恐怕连三岁的小孩也不信。对不起了,我要回北京接老婆去喽!"他嘴上虽在说笑,但心里却很沉重,他明白,郑涛决不会放过他,光荣的时刻很可能就要到了。小玲,永别了,我走后你一定要改变主意,肚子里的孩子千万别打掉,我还要让他接我的班哩!今世不能白头到老,那就等来世吧!

孙浩远做好了牺牲的准备,首先他打开左边的舷窗,将飞行图囊扔了出去,那里面装有他给志玲最后的信。扔下航行图囊后他长长舒了一口气,继而加大油门向首都飞去。就在此时,绝望的歹徒扣动了扳机,残忍地杀害了孙浩远和熊友才,烈士的鲜血顿时洒满了整个驾驶舱,无人操纵的飞机从空中急骤坠落,当场起火焚毁。

孙浩远在嬉笑声中献出了宝贵的生命,年仅三十岁。

联合调查组回到部队后,给空军写了报告,很快空军就授予孙浩远"长空卫士"的光荣称号,并给他追记一等功,给熊友才、孙明、周勇记二等功。空军在师部大礼堂为他们举行了隆重的命名和授奖大会。

第十五章 智斗

一九七二年四月底,预产期到了,洪志玲住进空军医院妇产科,可是五天过去了,她却没有要生的迹象。医生着急,她更着急。跟着她着急的还有一群人,其中以她的母亲和婆婆更甚。住院前,志玲的母亲和婆婆都来到了机场。母亲是她主动接来的,是让她来照顾自己和未出生的孩子,婆婆则是自己要来的,也是为了照顾孤儿寡母,为了孙家的后代。

洪志玲肚里的孩子仿佛知道自己已失去父亲,是个遗腹子,羞于来到这个世界,因此迟迟不肯降生,直到预产期过后的第六天,他才姗姗来到人间,重九斤,是个名副其实的胖小子。

洪志玲生儿子的消息很快传到了机场,下午团里与一、三大队的领导都派代表前往医院看望,团首长的代表是刘团长、俞副团长,一大队自然是赵大队长,三大队是钟大队长,清一色的飞行干部。曾小玉一直陪着志玲,她在医院门口迎接领导,他们给洪志玲带的礼物是一个花篮和一些营养品。洪志玲见他们进来便靠着被子枕头坐了起来,俞素梅一进门便坐到了洪志玲旁边,拉着她的手不放。刘团长代表团里的领导向她表示祝贺,并让她在医院里多住几天,不要急于出院。钟大队长则让她安心休养,不要过多考虑飞行的事。等休完产假后,会优先安排她的训练。

赵伟刚没像前面两位领导说那么多祝福与安慰的话,他只握着洪志玲的手说了六个字:"保重,安心休养。"不知为啥,就是这六个字震撼了她那颗孤寂的心,她顿时产生了一种幻觉,站在她床前,握着她双手的仿佛不是伟刚而是浩远。当伟刚松开双手时,她才清醒过来。

几位领导走了,小玉送他们到医院门口,产房里只剩下她一人,她强忍的泪水瞬间全涌了出来。她自己也说不清楚,为啥会产生那样的幻觉,那只是偶然的感触?还是长期的一种情感积淀的释放?难道伟刚与浩远的形象在自己的脑海里开始

混淆？不可否认的是，一个产妇躺在产床上最最需要的是丈夫在床前守候，哪怕一句话也不说，只要人在身旁，就是最大的安慰。然而初为人母，产床旁却不见丈夫的身影，享受不到一般产妇所能享受的幸福。因此当一个真心爱着自己的男人出现在床前，说出"保重，安心休养"六个字时，她那颗凄楚的心得到了温暖，得到了满足，也才会产生那种虚幻的画面。她还在胡思乱想时，护士抱着襁褓中的婴儿进来了。

护士笑盈盈地将孩子递到洪志玲手中，她望着儿子黑黝黝的头发，红扑扑的脸蛋，眯细细的小眼，油然生出一股强烈的做母亲的幸福感，母爱填补了她心中的缺失，使她忘却了产前的阵痛与刚刚萌发过的哀愁。

小玉回来了，她一见孩子便偎依在志玲身旁，欣赏刚出生的小宝贝，"难怪你迟迟不愿离开娘胎，原来你在偷偷长肉。你是个罕见的胖娃娃，九斤，多重呀，比你那小哥哥整整重了两斤。志玲，给儿子想好名字了吗？"

"在草原我就想好了名字，继原，孙继原，你看这名字咋样？"

"嗯，不错，有点意思，继承父亲的遗志，不忘他爹献身的草原，是这个含义吧？"

志玲微微一笑道："我看你快成我肚子里的蛔虫了，我所有的心思你全知道。"

"不对，不对，刚才三位领导来看你的时候，我见你脸上的气象蛮复杂的，风向不定，我就琢磨不透你的心思。是不是见了东风想西风？还是东风西风来回刮？"

志玲扫了一眼帮她整理房间的护士，对小玉佯嗔道："你说的都是啥玩意儿，啥东风西风的，乱七八糟。"

小玉也瞄了一眼护士，明白了志玲是在警告她，当着外人，不可涉及她们姐妹间的秘密。

三天后，洪志玲准备出院，赵伟刚本想去接她，被王荣荣阻止了。洪志玲生孩子后，荣荣就想去医院看她，可是机场在远郊区，离医院很远，坐公共汽车没有半天时间到不了。当得知志玲出院的消息后，她要跟接志玲的车去医院。赵伟刚没同意："接志玲的人比较多，车里坐不下，你就别凑热闹，在她家等她好了。"

"都哪些人接她？"

"她妈、她婆婆、钟大队长，还有我。"

"你不是去医院看过她了吗？你别去了，让我去。"

"那不好，我是浩远的好朋友，又是志玲的老领导，浩远刚走，我们应给志玲更多的关心和帮助，不要让她有孤独感，失落感。"

王荣荣之所以放弃优越的空姐工作，调来汤山机场卫生队当护士，一个很重要的原因，就是担心自己不经常在伟刚身边，怕他与志玲走得太近。她虽然感谢志玲成全了她与伟刚的婚姻，但并没有消除对她的戒心。自结婚以来，她已感觉到了伟刚对自己的感情在逐渐冷漠，夫妻生活已很不和谐，相反他对志玲的关心是与日俱增。浩远牺牲后，这种关心已大大超出了一般朋友的范围。她担心他产生非分之想，威胁他们的家庭。因此当她听到他要再次去医院接洪志玲时，积压多日的醋劲终于爆发了。

"赵伟刚，看在我和洪志玲是好姐妹的份上，我忍了很长时间了。你别以为我是聋子、瞎子、傻子，什么关心？说得多好听，我生孩子的时候，你怎么不亲自接我，为什么让洪志玲代表你，她是你什么人？我警告你，你不但不能去医院接她，以后也要离她远点。我把丑话说在前头，你胆敢打她的歪主意，我要让你身败名裂，信不信由你。"

赵伟刚并不是"气管炎"，他并不怕老婆，但他不跟她一般见识，不爱搭理她。"好了，好了！别扯那些没影的事，我不去就是了。"赵伟刚接志玲的事让王荣荣搅黄了。

洪志玲回家后，各级领导、蓝天姐妹、飞行大队的战友等，都到她家看望她。但没见她最想见的夏姐，一打听她执行专机任务去了。王荣荣也带着一大包营养品去了志玲家，荣荣给志玲介绍了不少育儿知识以及坐月子的注意事项，还把继原夸到天上去了："多胖的小子，我从未见过九斤重的孩子，这孩子好带，将来一定有出息。"看她与孩子那么亲，洪志玲丝毫没有感觉到来自对方的醋意，更没想到这位前空姐对她产生了忌恨。

在两位老人和小玉的精心照料下，洪志玲的身体恢复得很快，孩子长得也很好。洪志玲急于飞行，坐完月子就要上班，被钟大队长和小玉劝住了。五十六天产假一休完，洪志玲便回到了大队。钟大队长没有食言，她上班不久即恢复飞行，飞了两个本场起落后，仍由万树生中队长带洪志玲和曾小玉进入外场课目训练，主要

有山头、山谷、野外起降、水上悬停等。在洪志玲怀孕和休产假期间，俞素梅已飞完所有改飞课目。曾小玉由于陪洪志玲也落下了一些课目。

七月上旬的某一天，万中队长带两位女将到燕山山脉的松林山，飞山头起降课目。松林山主峰高八百多米，西坡和缓，北坡为悬崖陡壁，是飞山头起降的理想场所。起飞前，万中队长给她俩详细讲解了直升机在山头起降的注意事项。

洪志玲第一个飞："中队长，你可别太放手，我毕竟是个新兵。"洪志玲驾驶尾号为8719的直升机，朝西北方向的松林山峰飞去，机组成员除四名飞行员外，还有一名领航员，他是中队的领航长，名叫邹子良，三十五岁，是机组中的老大哥，外号大胡子。机械师祝国贤，三十刚出头。机械员和伊型机组的机械员同姓，也姓罗，看来她与罗姓有缘，他叫罗方成，二十三岁，超期服役的老兵，机组中唯一的一根男光棍。

飞行一个多小时后，直升机飞临松林山上空下降高度，通场察看降落地后，根据风向建立航线。洪志玲操纵直升机缓缓向山头上的一块草坪垂直降落，旋翼产生的气流卷起一根根干草，周围的树枝也被吹得东倒西歪。洪志玲在伊型飞机上是高手，但在飞牛型直升机上她还是新手，直升机在她手中还不十分驯服，着陆时不是很稳。落地后万中队长给她指出症结所在。中队长的点拨，使她明白了山头起降的真谛，也懂得了飞山头起降的重要性。

整天在野外起落，洪志玲和曾小玉遇到了同一难题，内急没有厕所，只能躲进树林里"唱歌"，还得有男同胞在远处给她俩站岗放哨，这一特殊任务往往由机械员小罗承担，结果引出了一段奇缘。最后一天的下午，洪志玲飞完后进树林小解，不幸被蛇咬伤，被咬后她大声呼救，替她站岗的小罗赶紧跑了过去。伤口在洪志玲的右手背部。紧迫之时小罗忘了"男女有别"，抓住她的手，用嘴猛吸伤口。幸好是条无毒蛇，虚惊一场。

他们连续在松林山上飞了三个飞行日，洪志玲完全掌握了山头降落技术，考核成绩项项优秀，曾小玉的成绩多数为良。三天的山头起降，洪志玲受益匪浅，为她驾驶直升机驰骋蓝天，夯实了基础。

洪志玲与曾小玉飞完山头、山谷、野外等课目后，即进入大半径转场训练。出发前夕，洪志玲特别把同批的另一名好朋友张云请到家里："小云，我这次出去时间较长，家里老老小小这一摊全交给你了。"

"你就安心在外飞吧，我保证照顾好继原和两位老奶奶。"

虽然母亲和婆婆来了，志玲怕她俩劳累，想请保姆，但被她母亲劝住了："小玲，妈还不老，带继原没啥难处，还有亲家母做帮手，用不着请人。"老人的意思很明显，是不愿花销太大，浩远走后，全靠志玲每月的六十四元钱养活四口人，经济已很不宽裕，再雇个保姆日子就更紧巴了。

由于大半径转场要飞遍大半个中国，直升机在外活动的时间较长，大约要半个多月，因此为防止飞机特种设备在外发生故障影响飞行，大队给机组增派了一名特设师。此人名叫贾仁冬，广西桂林人，三十一岁，已婚，爱人是当地小学的一名教员，但他是地勤人员，又只是个副连级干部，家属不够随军条件，夫妻俩过着牛郎织女的生活，每年只有在一个月的探亲假期间才能团聚。他对洪志玲是仰慕已久，当得知让他与她一道进行大半径转场训练时，乐得一宿没合眼，睁着大眼做美梦。梦中他倒没有什么非分之举，只是紧紧地跟在她的身边，瞅着她迷人的脸蛋，闻着她醉人的体香，听着她动人的娇声，看着她勾人的英姿。就这梦，也让他流连忘醒。

八月上旬，洪志玲驾驶 8719 直升机向东北方向飞去，第一天的航线是汤山－阜新－白城－嫩江。前半程由洪志玲飞，后半程由曾小玉飞。那时候不少部队在东北办有农场，有的叫"五七干校"。运输机师也在嫩江办了一个农场，大半径转场的第一站目的地就是农场，因此有师后勤部的五人搭便机，还带了一些药品、文体器材、学习资料等。下午四点左右，8719 号直升机降落在农场的晒粮场上。农场坐落在大椅山下，占地一千二百多亩。这里远离城镇，非常偏僻，直升机缓缓降落时，农场里的干部战士，职工家属都往晒粮场上跑，一时间农场充满了节日的气氛。当洪志玲与曾小玉走下飞机时，人群中爆发出了经久不息的掌声与欢呼声，弄得机组人员面面相觑，茫然不解。经场长解释才知道，他们以为是师里派专机来慰问他们来的，特别是两位美女飞行员的亮相，更加激起了他们的情绪，他们是用欢呼与掌声欢迎来自首都的亲人。这是长久闭塞人群的一次欢快的宣泄。

机组人员坐一辆敞篷解放牌大卡车，在场长的陪同下来到了给他们腾出来的房间，洪志玲与曾小玉住一小间，没有床，是土坑，坑上铺着苇席，上面放着两套干净的白褥子、白被子、白枕头和两张挂在墙上的粗布蚊帐。四周的墙壁很难看到白色，显得很破旧。据场长说，这是全场最好的房间。晚饭很丰盛，全是本场特产，

大馒头、大杂烩,里面有木耳、黄花、土豆、宽粉条、鲜蘑、大猪肉片等。虽然做工有些糙,但毕竟是土特产,吃起来也蛮有味道。场长说这桌饭菜是专门招待机组的,本场的人只有过年过节才能吃到。

农场后面是小椅山,山顶是一圆形的火山口,晚饭后洪志玲与曾小玉正准备登山观景,贾特设师在场部文书的陪同下,跑来找她俩:"洪中队长,赶紧回去,有紧急任务。"一听有紧急任务,洪志玲与曾小玉只好跑步返回。

原来万中队长接到上级指示,命令他们机组执行紧急抢救任务。靠近中苏边境的红口边防站,两名战士在围堵三名越境逃犯时光荣负伤,其中一人伤势严重,急需送齐齐哈尔大医院抢救。原本想从沈阳调直升机,后得知8719号直升机就在嫩江农场,因此命令他们就近前往抢救。这时已是晚八点二十分,天黑了下来,由于洪志玲夜航经验丰富,三年前曾在离此不远的战备机场创造过无灯着陆的纪录,因此中队长决定洪志玲坐在左座机长位置上,自己任副驾驶。洪志玲在飞行上从不谦让,她只说了一声:"不好意思。"就从机头左侧爬进了驾驶舱,坐到了正驾驶座位上。万中队长坐在副驾驶的位置上,领航主任邹子良坐在领航员座位上,其他成员都进了客舱。

晚八点三十分,洪志玲驾驶直升机,向红口边防站飞去。晒粮场站满了人,除场部的几名领导干部外,其他人都是来围观的,处在封闭的山沟里,来了一架直升机本身就不平常,何况还有两名美女飞行员,那就更稀奇了,再加上连夜紧急起飞,不仅是稀奇,还带有几分神秘色彩,这么稀奇神秘的事,自然是值得一瞧的了,这比看文艺演出还过瘾。

直升机的旋翼撕裂着重重夜幕,向红口边防站疾驶。这天是阴天,没有月色和星光,直升机的航行灯和翼尖灯是夜空中的唯一亮点。边防站附近没有机场,没有导航台可借用,飞机上也没有自动导航设施,邹领航长只有靠磁罗盘的指示度数与无线电罗盘所指齐市广播电台的方位,计算出红口边防站的大概位置。红口边防站与苏军边防站只有一江之隔,稍有差池就有越界的危险。当直升机离红口边防站不足十公里时,飞机的右前方出现了隐约可见的三堆火光,这是着陆点的标志,洪志玲他们都松了一口气,正准备对准篝火方向飞去时,他们又见到了三堆篝火,也出现在飞机的右前方,而且相距不远。怎么会有两处篝火?洪志玲他们全迷惑了。

"不好,苏修在诱惑我们,我们不能贸然前进了。"洪志玲首先发现其中有堆篝火有诈，她使飞机停了下来，保持悬停态势。哪堆篝火是假的？黑龙江在红口边防站前都是北南走向，而流经此处时却变成了西东走向，直升机是由西向东飞，从漆黑的空中看去，两处篝火处于同一个方位，很难区分真伪。怎么办？直升机往哪里落？这比上次无灯着陆还难。万一落错了，后果不堪设想，直升机和机组成员就成了苏修的战利品，而且是送上门去的战利品。可是也不能老在空中悬着，时间就是生命，重伤的战友等待急救，再者飞机的油料也不多了，因此必须当机立断。还是洪志玲有主意，她对中队长建议道："中队长，路在嘴上，咱们下去问路。"她指着机下的一处灯光点继续道："那个灯光点肯定是个村庄，老百姓对这一带的地形很熟，一定能判断真假。"征得中队长同意后，洪志玲操纵直升机向灯光点缓缓下降。离地面高度不足一百米时她打开了着陆灯，在强烈灯光照耀下，她很快发现了一块可供降落的场地。直升机接地后，洪志玲没关车，只将油门变炬杆慢慢放到最低位置，将旋翼转速降到最小。奇怪的是，地面没发现一个老乡，按说二十一点多钟也不算很晚，直升机在场院降落不可能不引起老乡注意，为什么空无一人呢？除狗吠的声音外，显得很静。

　　洪志玲打开舱门走下飞机，她要进村找社员问路，她走出不到一百米，突然从黑暗中传出一声令喝："站住，你们是什么人？"

　　洪志玲对着问话的方向镇定自若地答道："我们是中国人民解放军，空军飞行员。"

　　这时一名年轻男子打着手电提着步枪从暗处走了出来。他用手电直射洪志玲的脸，当光柱照到她脸上时，光柱猛然抖动了一下，显然洪志玲那张秀丽坚毅的脸引起了他内心的惊愕。他当然想不到，机降场院的飞行员竟是个女的，而且是个美女。"请把你的证件拿出来。"

　　洪志玲从布飞行服上衣口袋里取出军官身份证递给他，他用手电反复照看她的面庞和身份证上的照片，又照看了远处直升机上的"八一"军徽，这时他才冲后面的人群喊道："你们出来吧，是我们空军飞行员，而且是女飞行员！"话音刚落，呼啦一下围过来一群荷枪实弹的男女民兵。洪志玲无暇客套，给当地民兵连长说明夜降村庄的来意。民兵连长听后自告奋勇地登上直升机为机组带路。在他的指引下，直升机很快在红口边防站点燃的篝火旁降落。为争取时间，洪志玲没有关车，边防站的官兵也顾不得感谢，顶着旋翼卷起的巨大旋风，将两名伤员抬上直升机。

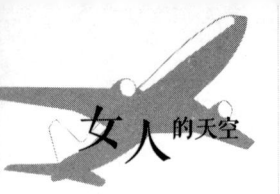

洪志玲见伤员上了飞机便嘱咐边防站站长,请他们派车将民兵连长送回家。她没再与其他人寒暄,径直登机起飞。

直升机进入航线后洪志玲迅速提高桨距,加速向齐市飞去。洪志玲驾机飞临齐市上空,很快找到了中心广场。她对正着陆点,减油门下滑,操纵直升机平稳降落。直升机停稳后她关掉了发动机,避免旋翼带来的气流影响医务人员登机。旋翼还没完全停止转动,等待在地面的医护人员就冲上飞机,很快将伤员抬上救护车,在警车的开道下,鸣着汽笛向市医院快速驶去。

伤员接走后,洪志玲将直升机飞到齐市附近的军用机场停放过夜。给直升机加完油,做完飞行后检查,到军人招待所时,已是深夜一点多钟了。可是洪志玲与曾小玉并无睡意,两人还躺在床上聊天。

"志玲,今晚你又唱了一出好戏,我这个观众,为你热烈鼓掌喝彩,你真行,一眼便看穿了敌人的诈术。你这个东北俊妞还真与白山黑水有缘,上次你在这里留下了静默飞行,无灯着陆的佳话,今晚又在这里谱写了直升机落地问路,智破敌计的新篇。了不起,了不得,我自叹不如啊!我真不该和你一起改飞直升机,总是给你当陪衬。"

"是不是没让你飞,你有意见,发牢骚!"

"哪敢,中队长都自动让贤,哪还有我飞的份?不过还真有点眼馋。"

"的确,今晚飞得真过瘾,没想到在直升机上头一次执行任务,就赶上这么多事,真是意外的收获。以前,浩远老给我吹胡直升机机动灵活,优点多多,我还将信将疑,今晚算是真正领略了直升机的种种优越性。也才真正认识到了做一名直升机飞行员的特殊价值。改飞直升机,值!"

洪志玲谈到了浩远,曾小玉怕再聊下去,触到志玲的痛处,便假借困了,结束了谈话。

第十六章　护林

劳累了一天半夜，洪志玲与曾小玉睡得很死，万中队长敲了好一阵子门才把二人敲醒，中队长在门外叫道："快起床，又有紧急任务。"

曾小玉一面穿衣一面嘟囔道："在北京啥事没有，一到东北怎么有这么多紧急任务，觉都睡不安逸。"

"任务多还不好呀，任务越多我们回报人民群众的机会才越多，活得才越有意思。"

她俩刚出招待所大门，接机组的卡车来了。上车后洪志玲看了看表：四点三十六分，东方有了晨曦。车上万中队长传达了上级指示："大兴安岭柚山林区，发生雷电火灾，灭火过程中有十二名护林工人下落不明，他们没带干粮和饮水，生命垂危。我们的任务就是寻找失踪的护林工人。"

中队长下达完任务，汽车也开到了8719号直升机旁。下车后洪志玲将中队长拉到一边轻声道："中队长，昨夜是我飞的，有点累，今天让小玉飞吧！"

万中队笑着点了点头道："好吧，如果我们完不成任务，再由你上阵。"说完将曾小玉叫到身边："小玉，今天由你飞左座，我飞右座，洪中队长休息。"

曾小玉望了一眼正要进客舱的洪志玲，正巧她也在回首望她，洪志玲举起紧握拳头的右手，向小玉使劲地挥了挥，给她鼓劲加油。不久空勤灶管理员给机组送来了点心、水果和饮料，这是机组的早餐，等小罗将这些食品装上飞机，曾小玉便起动发动机，与塔台沟通联络后驾机起飞。这时一轮红红的太阳已从东方冉冉升起，8719号直升机迎着朝阳向大兴安岭林区飞去。

曾小玉是第一次在直升机上执行任务，虽有中队长在旁边保驾，心里仍然有些紧张。她对志玲从不嫉妒，也不与她攀比，她有自知之明，洪志玲是月亮，她只是月亮旁边的一颗小星星。尽管如此，女性好强的天性还是让她萌发出一股不甘落后

的劲头。昨晚洪志玲的精彩表演一方面让她折服,另一方面也给她施加了压力。她心里清楚,志玲今天作壁上观,并非要看她的笑话,是诚心诚意给自己一次难得的实践机会。小玉想到这些,就十分担心自己找不到失踪的护林工人,完不成任务,辜负了志玲的好意。

离林区还有几十公里,曾小玉等机组成员便看到了翻滚的烟雾。飞临林区上空时,只见莽莽林海无边无际,从烟雾弥漫的天空鸟瞰,见不到明显的地标。这时天不作美,厚厚的云层低低地压在林海之上,能见度不足两公里。为了尽快找到失踪的护林工人,征得中队长同意后,曾小玉推动驾驶杆开始下降高度,由五百公尺下降到一百公尺,当她还要继续下降时,洪志玲从客舱爬到了驾驶舱,高声喊道:"小玉,不能再降低高度了,不能钻到烟雾里去。"

"为啥?"小玉不解地问。

"火场上空氧气稀薄,飞行高度太低,离火场太近,发动机会因缺氧而熄火。"

小玉和中队长听后,嘴上都没说什么,但心里都叹服志玲理论功底的扎实和航行经验的丰富。

"能见度这么差,不降高度咋能找到护林工人?"面对两难小玉不知如何是好。

"中队长,小玉,我有个建议,你们俩主要负责保持飞机的方向和姿态,沿烟雾边沿飞,我与其他人员负责观察地面,寻找护林工人,你们看行不行?"

"行,就按你说的办,不过你们一定要注意安全。"万中队长批准了洪志玲的搜寻方案。洪志玲回到客舱后,给祝机械师、贾特设师和罗机械员分配任务,她与小罗负责搜找目标,祝机械师给小罗保险,贾特设师给自己保险。

"洪中队长,你和贾特设师换一下,他是男同志,又比你年轻,让他探身搜找目标,你给他保险。"罗方成提出了修改意见。

"不行,不行,我,我有恐高症。"贾仁冬胆小,怕冒风险,不愿换。

"不用争了,就按我说的做。"

她与小罗将保险绳在腰间系好,并将保险绳的两头一头挂在舱壁的钢索上,另一头让邢机械师与贾特设师拽着,这是双保险。然后小罗与志玲分别打开左右舱门,趴了下来,将头探出机舱外,顿时强烈的气流带着烟雾冲刷着二人的头部,洪志玲的头发迎风飘起。为了更清楚地看清地面,扩大视野,她顶着强气流,让上身越来越多的向外探出,胸脯以上部分都悬在舱外。贾仁冬紧紧拽着保险绳,双眼紧闭,双手发抖,这惊险的场面他不敢正视。

罗方成在探头巡视地面的间隙,偶尔也回头瞅一眼洪志玲和贾仁冬。他见洪志玲大半个身子探出舱外,忙喊道:"洪中队长,快缩回身子,那样太危险。"他又警告贾仁冬:"贾特设师,拽紧保险绳,要是洪中队长有个好歹,我剥你的皮。"

"少废话,注意观察。"洪志玲提醒他。

曾小玉驾驶直升机沿火场转了两圈,都没发现目标,第三圈时,洪志玲终于在一个山沟里,发现了失踪者,她兴奋地站起身来,关上舱门,解开保险绳,再次爬进驾驶舱:"找到了!找到了,他们就在左下方的山沟里。"说完她给小玉指明了具体位置,小玉即推杆向目标地缓缓下降。

直升机在一块较为平整的山脚下降落,飞机刚一接地,小罗便打开机舱门,放好梯子,洪志玲、曾小玉与万中队长下了飞机,向护林工人走去。见到机组成员,特别是两名女飞行员,护林工人激动得热泪盈眶,但都坐在地上没起身,他们连站起来的力气都没有了。护林工人全被大火燎烤得面目全非,身上的衣服千疮百孔,有的人头上还缠着绷带。万中队长面对十二名奄奄一息的护林工人,当即让机组成员从飞机上搬来食品与饮料,分发给他们。洪志玲与曾小玉忙给身体最弱的工人喂水喂食,她俩都忘了自己还没用早餐。经过进食和休息,护林工人的体力有所恢复,有的站了起来拉着机组成员的手说着感激的话。有位年纪稍大的工人对志玲道:"你真是救苦救难的观世音菩萨,你们再晚来半天,我们就要喂熊瞎子了。"万中队长见工人都缓过气来了,便让机组人员搀扶着或背着他们上飞机,要尽快将他们送往医院医治。

来时是曾小玉飞的,返回时按常规该洪志玲飞了,因此,曾小玉要让洪志玲飞,被她拒绝了:"飞得好好的,干吗换人?你就好好过把瘾吧,今天我也给你当回陪衬,免得你心里不平衡,眼馋。"说完笑着将她推向机头,自己进了客舱。

曾小玉并没上飞机,她望着中队长,等他表态。这次大半径转场,机组的最高领导者自然是万树声,他既是中队长又是教员,然而他却视洪志玲为领导,仍把她当师娘对待,处处尊重她,凡事与她商量,他打内心里敬佩她,她改飞直升机虽然时间不长,但驾驶技术已不在自己之下,而她的航行经验与组织指挥能力都远远超

过自己。她不仅技术好,人品也好,今天主动提出让小玉多飞,是她无私的具体表现。没有一个飞行员不愿多飞的,更没有一个飞行员主动放弃执行任务的机会。只有洪志玲是个例外,她处理问题总是从大局出发,替他人着想。因此当小玉望着他时,便道:"小玉,飞得不错,继续飞!"

"是!"曾小玉高高兴兴地进了驾驶舱,又坐到了正驾驶位置上。

8719号直升机穿林海,越峻岭,向拉尔市飞去,根据地面指挥,十二名护林工人将送往该市医院医治。经过一个多小时的飞行,小玉将护林工人安全送到目的地。

空军直升机火海救人的事迹感动了灭火指挥部的全体成员,也启发了他们的思路,在扑灭森林大火的战斗中,直升机的作用太大了,他们决定将它留下。经过多方请示沟通,8719号直升机组被留了下来,让他们参加灭火战斗,任务是视察火情、火场救人、喷洒灭火液、运送灭火人员以及给他们送给养等。经过六个昼夜的连续奋战,大火被彻底扑灭,机组受到了林业部和内蒙古自治区的通令表彰。

救灾指挥部在拉尔市为他们召开庆功会,庆功会上,林业局的金局长在给机组祝酒时对两位女将道:"我这是第二次有幸见到女飞行员,第一次是一九六九年国庆节前的晚上,那时我还在部队工作,有位女飞行员给我们前线指挥部送紧急文件,正赶上灯火管制,她硬是开着飞机摸黑着陆成功,后来大伙儿都称她为神女。可惜天太暗没看清她的容貌,不过从身段看和二位一样,也是位美人。"

听完他的赞美,小玉噗嗤一声笑了,嘴里的酒差点喷出来:"您说的那位美丽神女,远在天边,近在眼前。"小玉一指洪志玲:"喏,就是她,她就是'神女'洪志玲!"

"不对,不对,哪有那么巧,你别蒙我,飞机也不对,那个女飞行员飞的是有翅膀的大飞机,不是直升机。"

小玉自和周富结婚后,耳濡目染,嘴皮也利索多了。再加上这些天过足了飞行瘾,又多喝了几杯酒,特兴奋,话特别多:"她啥飞机都能飞,王牌!全能!"

"真的?"

"当然是真的!不信你问我们领导。"

金局长望着万树声,万中队长笑着点了点头。

小玉刚张口时,志玲就用眼神堵她的嘴,小玉不但不理,反而说得更欢。

人们得知洪志玲就是金局长经常提起的"神女"时,纷纷给她敬酒,好在她酒量过人，没被灌醉。从此"神女"的故事在林海雪原广为流传。

出色地完成灭火任务后，洪志玲与曾小玉仍按计划在万中队长带领下，继续进行大半径转场训练。

机组的五名男同胞对洪志玲都有好感，但每人好感的程度和含意却各不相同。万树生中队长始终把她当师娘看，对她是充满崇敬，没有任何杂念。领航主任邹子良，总以老大哥自居，他是将她当作小妹加以呵护。祝国贤机械师有自知之明，他对她有爱慕之意，却无非分之想。机械员罗方成则把她当大姐姐看待，对她是既敬佩又依恋。特设师贾仁冬与前四位不同，他是被她的美色迷住了，得了相思病，白天总想见到她，亲近她；晚上总想梦见她，亲拥她。但此人胆小，有贼心没有贼胆。因此，十多天过去了，太平无事，洪志玲没受到任何骚扰。

这天，8719号直升机已进入青海省境内，当天的航线是西宁－乌兰－松如－冷湖。直升机到达松如后接到冷湖指挥所的通知，航道上有沙尘暴，命令他们就地降落待命。万树生中队长选择在一处湖泊旁的草地上着陆。

湖泊很大，面积与北京的密云水库差不多，岸边长着丛丛芦苇，绿油油的芦苇有一人多高，一根根苇花宛如一条条狗尾随风摇曳。此地非常空旷，数公里内没有人家，虽近湖泊，也有阵阵湖风吹过，但并不凉爽，这里已是柴达木大沙漠的边缘，受沙漠白天高温的波及，正午时分的气温高达四十来度。飞牛式直升机是草绿色的，特别吸热，机舱里跟蒸笼似的，能烤熟鸡蛋。机组成员没法在里面呆。但驾驶舱里不能不留人，要随时与指挥所保持联系。这种苦差事万中队长决不让女同志承担。他让其他人到湖边的一处小树林里纳凉，自己守在如火炉一般的驾驶舱里。洪志玲要与他争，但众人都支持中队长，特别是小罗："洪中队长，你别和万中队长争，他可以穿裤头背心，甚至打赤膊，您行吗？"

洪志玲当然不行，她只好与其他人一同去湖边的小树林。路上，大伙儿拿小罗开涮，邹主任打趣道："小罗，你一个屁孩儿，也懂得怜香惜玉。"说得小罗不好意思，头前进了小树林。

小树林虽不像飞机上炙热烤人，但仍是燥热难捱。男同胞都脱掉了布飞行服，上身只穿一件背心。洪志玲与曾小玉再热都得捂着那件布飞行服，她俩人都没穿衬衫，飞行服里面只有一件胸罩。不一会儿，两人全身开始冒汗。贾特设师随时都在琢磨讨好洪志玲的主意，他见她香汗淋漓的样子，想出了热中送凉的高招。他跑到

第十六章 护林

湖边苇丛中,采摘了不少苇竿苇叶,又从树上扳断几根细树枝,很快编制出了一把苇叶扇:"洪中队长,这玩意儿虽不像俺们老家的蒲扇好使,但管用。"他边说边冲洪志玲扇了几下,风还不小。

洪志玲忙从他手里接过苇扇递给一旁的小罗:"小罗,你把这苇扇给中队长送去,就说是贾特设师编的。"说完对贾特设师嫣然一笑道:"谢谢贾特设师,你真聪明,想出了这就地取材的好办法。"。

洪志玲的这番话和她的一笑,宛如一台电风扇,吹得贾仁冬心里爽爽的,痒痒的,麻麻的,酥酥的,扇得他都分不清东南西北了。"洪中队长,你太客气了,区区小事何足挂齿。要说聪明,谁也比不上你,你是绝顶的才女。"说完赶忙给洪志玲编苇扇。

洪志玲自然不会坐享其成,她与小玉也采摘了不少苇叶与苇竿,自己动手编苇扇,她的手比贾特设师巧,编得比他的还好。她把先编的两柄苇扇分别送给了邹主任和祝机械师。

受宠若惊的贾仁冬,又想出了取悦洪志玲的高招,他顶着烈日,跑到直升机客舱里找出一个铁皮水桶,从洪志玲装洗漱用品的小提袋里取出她的洗脸毛巾。他是想用桶从水库提水,让洪志玲用毛巾沾水擦脸降温。洪志玲使用的毛巾是淡蓝色的,上面有股淡淡的清香。贾仁冬爱屋及乌,睹物思人,情不自禁地捧着毛巾亲吻起来,仿佛在亲吻洪志玲那张香艳无比的脸,吻着吻着他产生了幻觉,做起了桃色美梦……

由于在高温的客舱里呆的时间过长,加上高度亢奋,他竟晕厥了。他摔倒的响声惊动了驾驶舱里的中队长,他下到客舱一看贾仁冬晕倒,知道他中暑了。便赶忙走出客舱,招呼机组人员过来抢救。

洪志玲第一个跑到客舱,她一眼便看到贾仁冬手里的毛巾,那是她的毛巾,怎么会在他手里,她感到有些蹊跷,但她没声张而是将它偷偷拿了过来,拿毛巾时手上沾满了黏黏糊糊的液体,她一闻,一股特殊的腥味直刺鼻孔。她是过来人,知道那是男人的精液,她明白了贾仁冬中暑的原因。顿时一股怒火直冲脑门,恨不得扇贾仁冬耳光,但她立马想到了俞副团长给她的《手册》,上面有一条"受到骚扰时,要冷处理,切不可让事态扩大"。大姐的"锦囊"使她冷静下来,做了息事宁人的处理,没声张。小罗、老祝将贾仁冬抬到了小树林里。

小罗用桶去湖里提水,准备给贾仁冬降温。洪志玲也跟了过去,趁小罗不注意,将沾满污秽物的毛巾扔进了湖里。曾小玉从飞机上的急救箱里,取回降暑药给贾仁冬服下。很快,贾冬仁苏醒了过来,当他看到洪志玲时,做贼心虚,唰地一下,脸和脖子顿时涨成了猪肝色,他把刚刚睁开的双眼又紧紧地闭上了。

大伙儿见贾仁冬醒过来了,也松了一口气。小玉眼尖心细,她发现洪志玲手里的毛巾没有了,感到奇怪:"志玲,你的毛巾哪里去了?"

洪志玲瞪了她一眼,小声对她道:"别嚷嚷,我扔了。"

"扔了!为啥子?"

"晚上再告诉你。"

下午两点十分,万中队长接到指挥所指令,沙尘暴已经过去,他们可以起飞了。临走前,洪志玲借口要上厕所,跑到湖边,洗了洗自己的双手。

当晚他们住哈市空军机场。晚饭后,洪志玲将"毛巾事件"如实地告诉了小玉。她听后非常气愤:"志玲,你啥都好,就是斗争性不强,原则性太差,心太软。你老是这么忍让不是办法,那龟儿子会得寸进尺。不行,为了你我得当回恶人,臭骂他一顿,让他长记性。"

"没那么严重,他又没伤害到我。"

"你空中那么精明,地上怎么这么糊涂。还没伤害你?你以为只有对你动手动脚才叫伤害呀?他这是在蹂躏你的人格。"说完不顾志玲地劝阻,跑去找贾仁冬算账。

她把贾仁冬叫到招待所外的小花园里,劈头盖脸一顿猛撸:"贾仁冬,你真不是个东西,灵魂这么肮脏,做出这种缺德的事来,你还是共产党员吗?我看你猪狗不如。你给我竖起耳朵听好了,回去马上写悔过书,写好后交给我,你要想我们原谅你,就要深挖思想根源,痛改前非,否则没有你小子的好果子吃。我可不是洪志玲,没有她那么有涵养。听明白了吗?"

贾仁冬一见曾小玉铁着脸找他,就知道东窗事发,一直低着头不敢看她,听完她的训斥,羞愧得连连点头。曾小玉十分厌恶他那猥琐的样子,怒喝了一声:"滚!"

贾仁冬还真听话,当晚按小玉的要求写了一份一千多字的悔过书。曾小玉之所以逼贾仁冬写悔过书,是受了胡达侵犯志玲的教训,要牢牢抓住贾仁冬的小尾巴,

让他不敢再冒犯志玲。

自此之后,贾仁冬像换了一个人似的,整天蔫头耷脑很少说话,其他人都认为是中暑后遗症,只有洪志玲与曾小玉心里明白,他得的是淫梦后遗症。

洪志玲外出的第七天的深夜,继原突然发起了高烧,急得两位老人团团转。志玲的母亲比浩远母亲的见识要广一些,也比她冷静一点,危难时刻想到了张云,志玲临走时交待有事找她。志玲的母亲让亲家母在家照看孩子,自己打着手电去找张云,她轻轻敲了敲张云家的门,门里传出老太太的声音:"你是谁?找谁?"

"我是志玲她妈,找张云同志。"

"她们两口子都出差去了,不在家。"

志玲妈一听张云不在,心凉了半截,这可咋整?志玲的领导、同事,凡她认识的都在她脑子里过了一遍,最后认定了赵伟刚,她最熟悉的、最可信任的也只有他了。于是她又急急忙忙地敲开了赵伟刚家的门。赵伟刚一听说孩子病了,披上衬衣和志玲妈往志玲家赶。一进门直奔继原的卧室。继原烧得满脸通红,呼吸也比较粗重。

"量过体温没有?"

"刚量过,40.6度。"志玲妈答道。

"这样下去不行,得赶快送医院。你们准备好住院的东西,我去找救护车。"

二十分钟后,赵伟刚回来了,后面跟着一名护士,护士抱起孩子就往外走,两位老人都要跟去。赵伟刚把浩远的母亲劝住了,只搀扶着志玲的母亲上了救护车。一个多小时后,他们到了医院,将孩子送进了急诊室。医生诊断确定,继原得的急性肺炎,需住院治疗。

等给孩子办完住院手续,将继原送到儿科病房已是凌晨四点多了。伟刚临走时给陪床的志玲妈留下了五十元钱和二十斤北京粮票,让她在医院定餐。他还安慰她道:"伯母,您老别着急,大医院一定能治好继原的病。您老一定要吃好,休息好,我还会来看你们。"伟刚走后,志玲妈暗自伤神了好一会儿,她是为志玲的命苦而悲伤。

赵伟刚回到家时,已是六点多钟了,王荣荣和儿子都起床了。今天是星期天,她准备让伟刚陪她到附近的汤镇供销社给儿子买衣服。王荣荣见伟刚睡眼惺忪的样子,知道他一宿没合眼,便问道:"昨晚是谁把你叫走了,连个招呼也不打,是不是大队有紧急任务？"

"不是，是继原病了。"

"继原病了？啥病？"

"急性肺炎发高烧。我帮志玲她妈把孩子送到医院，继原已经住院了。"

"奇怪，继原病了，老太太不找洪志玲的领导，干吗深更半夜找你，你是她什么人？"王荣荣知道伟刚是为了洪志玲的孩子一夜没归，醋劲一下子窜上脑门，当着儿子的面数落伟刚。

凡两口子发生矛盾，伟刚都是靠一个"忍"字解决，今天也不例外，他没回嘴解释，而是准备回自己房间补觉。王荣荣今天的火气如同飞机发动机的喷管，凶猛异常，她跟进房间，关上房门，继续发泄心中的嫉恨："赵伟刚，我就弄不明白，对洪志玲的孩子你就那么上心，比亲儿子还亲。孙继原该不会是你的私生子吧！"

一向能忍的"好好先生"赵伟刚，猛然从床上站起来，"啪嗒"一下，狠狠地给了荣荣一耳光，打完后扬长而去，一句话也没说，赵伟刚的这一巴掌真重，打得王荣荣半天没缓过气来。

这突然而来的一击，倒把王荣荣给打醒了，她感到问题严重，说继原是他的私生子，这句气话的确太离谱，也太伤他的心。王荣荣能被选为空姐，自然非等闲之辈。她清楚如果这么闹下去，等于是将伟刚往洪志玲怀里推，她现在是自由之身，伟刚真要和自己离婚，最终吃亏的是自己。不行，不能再和伟刚闹，得想法拢住他，拢住他的人，更要拢住他的心。想到这里，她一改往日的强横态度，放下身架，到一大队去找他。走到半路她又回来了，她想他此时正在气头上，找他肯定碰壁，再者现在就去找他，也显得太掉价，太贱了。她这么一寻思，就没去一大队而是去了洪志玲家。家里只有浩远的母亲在，老人一见荣荣如同见到志玲一样亲。荣荣忙安慰老人："伯母，伟刚刚从医院回来，他让我过来告诉您，继原得的是急性肺炎，已经住院，志玲妈留在医院陪继原，您放心吧，继原很快就会好的，您不用担心。您一个人在家有事尽管找我。您还没吃饭吧！我给您做去。"王荣荣真的进了厨房，想给老人做早餐，可是在小厨房找了半天，没找到一样食品，没有馒头，没有米饭，连面条也没有。于是她决定去服务食堂买。"伯母，您想吃啥，我给您买去。"

还没等老人表态，伟刚端着一盘油条、鸡蛋和一小锅豆浆进来了。荣荣也不说

第十六章　护林

话,忙从伟刚手里接过早点,招呼老人吃饭。伟刚虽没理荣荣,但脸上的阴云散去了不少,他也没离开,而是坐在那里看老人用餐。不时瞟一眼荣荣的脸,她的左腮上还有五道指印。他打过荣荣之后也很后悔,他长这么大还从未动手打过人,自己也不明白,当时为啥那么冲动,那么鲁莽。他在大队呆了一会儿,头脑冷静了不少,决定回家给妻子赔不是。到家一看荣荣不在,他急了,以为她干傻事,忙四处找她,后来有人告诉他,说荣荣去了志玲家。一提起志玲家,他想到浩远他娘很可能没吃早饭,于是他从家里拿来餐具,到服务食堂买了早点。老人心情不好,只吃了半根油条,喝了一小碗豆浆。荣荣从厨房找出一个大碗和一个瓷盘,将剩下的早点给老人留下,拿着自家的餐具到厨房里涮洗。

伟刚见荣荣收拾完了便站起来告辞:"伯母,我们走啦!您老放心,过两天我们会去医院看继原,您多保重。"荣荣在一旁插话道:"我们也会常来看您。"一场家庭风波不但没愈演愈烈,反而很快就平息了。

洪志玲与曾小玉结束了大半径转场训练,八月底回到了机场。二十来天没见孩子了,洪志玲急于见到刚半岁的宝贝。汽车把机组送到营区后,洪志玲没去大队,而是拎着航行包和飞行人员出差用的帆布提兜回了家。进门一瞧,家里只有婆婆在,便问道:"娘,继原和我妈呢?"

"继原得肺炎住院了,你妈在医院陪他。"

一听儿子住院了,洪志玲没再多问,放下航行包和提兜,脱掉飞行服,换了件白色短袖衬衫就去了大队。在大队门口正好碰上小罗。"小罗,你给我整辆自行车。"

"好,你等会儿。"小罗问都没问,就给她推来了一辆永久牌28自行车,这时他一看洪志玲万分焦急的样子忙问:"洪中队长,您有么子急事?"

"继原住院了,我要去医院看他。"

"走,我送你去汽车站。"

洪志玲也没推让,因为机场离进城的公共汽车站将近十里地,她自己骑车去,上车后自行车扔在车站不放心,有小罗送她,就不用担心了。

空勤机械员罗方成,湖南长沙人,由于与孙浩远是老乡,因此经常到洪志玲家串门,和洪志玲很熟,把她当亲姐姐看待。听说继原病了他也很着急。出营门后,他带着洪志玲向车站飞驰。

路上洪志玲问他:"小罗,你已超期服役一年多了,有啥打算?"

"争取提干留在部队,和你在一起,给你维护飞机。"

这本是小罗一种天真无邪的想法,洪志玲听后却很感动,小罗那纯洁的亲情抚慰了她那颗孤寂的心。浩远才走一年多,她却饱尝了失去丈夫后的种种难言之苦。

洪志玲赶到医院时,已是下午七点多钟。走进病房,一见正躺在床上睡觉的继原,她再也抑制不住满腹心酸,顿时泪流满面。她妈忙劝慰道:"你别急,医生说,继原已经好利索了,明天就可以出院。"

洪志玲小声地询问儿子得病后的经过,老太太给她做了介绍。她听后长长地叹息了一声,知女莫如母,她懂得女儿长叹的全部含意,她苦啊!一想到孤儿寡母今后的日子,她也是老泪纵横。

当晚洪志玲没回机场,在儿子病房里凑合了一宿。第二天曾小玉乘团里派的吉普车,到医院接志玲祖孙三代。洪志玲给继原办完出院手续,正要离开病房时,俞副团长来了,她先看了看孩子,然后将志玲拉到一边小声道:"你让小玉陪你妈和继原先回家,你跟我去看老夏,她天天念叨你。"

"她咋啦?"

"你安排她们走吧,我慢慢告诉你。"

第十六章 护林

第十七章　立碑

小玉、继原走后，俞素梅给洪志玲讲述了夏芝兰的得病经过。

春夏之交，嘉兴机场进驻了一支新都机场来的飞行训练小分队，共十四人，领队兼指挥员的是王副师长，教员是二〇五团的夏芝兰。另外还有三名男飞行学员和一名女飞行学员，还有一名领航员，一名通信员，两名空勤机械师，三名地勤机务人员；飞机是4018号伊尔–十四型运输机。

这天飞行结束后，女学员姚玉兰和夏芝兰走进女浴室。夏芝兰洗上身时，在左乳房下部触摸到黄豆般大小的、边缘不清的肿块。这一偶然发现使她呆住了，"癌"这个可怕的字眼一下子闪进了她的脑海。她站在密密匝匝的水丝之中，呆若木鸡。

"夏副参谋长，您怎么啦？"姚玉兰关切地问道。

"啊！没什么！我在琢磨一个飞行动作。"夏芝兰冲学员勉强地笑了笑。

"您真是位难得的好教员，洗澡都想着飞行。"

夏芝兰没再吱声，草草洗了洗，就独自一人离开了澡堂。临走时姚玉兰问她为啥洗这么快，她说有事，这也是常有的现象，没引起姚玉兰的注意。

夏芝兰回到宿舍后，往床上一躺，心里直翻腾：怎么办？去不去医院检查，不去检查，万一真是癌耽误了咋办？去吧，如果真的是癌症让我回部队住院咋办？这批改装学员全都由我负责带飞，我一住院他们的改装训练肯定要中断，小分队很可能要提前返队。嗨！哪里有那么多的癌，不能谈癌色变，杞人忧天，自己吓唬自己，也许只是个脂肪瘤，就真的是癌也没什么可怕的，再说乳腺癌并非绝症。如今它一不影响我吃，二不影响我飞，只要再坚持一个多月，改装任务就完成了，我就不信，在这一个多月的时间里，它能把我吃了。想到这里，夏芝兰脸上的愁云逐渐消散，姚玉兰进屋时，她已恢复了常态。

八月中旬的一天，一架伊尔－十四型客机从嘉兴飞往汤山，小分队完成全部改装训练任务后胜利返回本部。

飞机很快穿出云层，顿时，明媚的阳光照进了机舱，在蓝天之下白云之上航行，好似身临仙境，使夏芝兰神情飘然。她怎能不快乐呢，改装学员都按时完成了改装训练科目，而且个个成绩优异。

"夏副参谋长，右下方就是泰安，可惜云上飞行看不见。"姚玉兰坐到夏芝兰身旁，靠在她的肩上往外张望。在姚玉兰的提示下，夏芝兰用手擦了擦舷窗玻璃，她想透过灰蒙蒙的如烟似雾的天际看到自己的家。她仿佛瞧见儿子正骑车在马路上飞奔，突然与一辆汽车相撞，惊吓使夏芝兰从幻觉中醒来，感到浑身发冷，她向玉兰身旁靠了靠，想从她身上得到一些温暖。无意中她的右手隔着布飞行服又触到了左乳房的肿块，这个不祥之物近来长得很快，已有蚕豆般大了。无情的现实像一股强劲的下降气流，把她从欢娱的顶峰向无底的深渊压去。随着夏芝兰心情的变坏，航线上的天气也开始恶化。

"王副师长，汤山机场天气很糟，正下大雨，能见度小于一公里，云底高一百五十米。"通信员小汪走进客舱，给领队报告目的地机场的天气，并将报告单递给了他。王副师长看过报告单后对坐在身后的夏芝兰道："你到前面去给他们壮壮胆把把关，如果他们落不下去就亲自上。"

一见夏副参谋长进来，左座的学员准备起身让座，被夏芝兰按了回去："我不飞，相信自己，你们能落下去。"她站在两个飞行学员的身后，专注着他俩的动作，偶尔提醒两句。飞机在夏芝兰的指挥下安全降落。

改装小分队回京后的第四天，全团在大礼堂召开授奖大会，表彰小分队在改装训练中所取得的优异成绩。师里的王副师长，团里的主要领导刘团长、王政委、俞副团长、孟主任、夏副参谋长等在主席台就座。

九点十分左右，夏芝兰正在讲台上介绍训练情况，航医小于急匆匆地来到礼堂，在后台碰到了作训股的张股长。

"张股长，请你给团首长报一下，刚才医院邹医生来电话，说夏副参谋长她……她……"他气喘吁吁，话不成句。

"慌什么嘛！"

"医院切片化验证明，夏副参谋长，她，她得了癌症，乳腺癌，而且是

晚期。"

"什么？夏副参谋长得了癌症？还是晚期？那你们是干什么吃的，年年体检，为什么没早发现？"张股长火冒三丈，狠狠地瞪着航医小于。

"还愣着干什么，你赶紧要救护车，我给团长报。"

"是！"航医跑步离开了礼堂。

张股长从主席台上把刘团长叫到后台，给他报告了夏副参谋长身患绝症的不幸消息。刘团长听后深深地吸了一口气，这口气老半天没吐出来，当他反过神来时救护车已经到了。

刘团长没再回到主席台上去，而是站在侧幕条旁望着已发完言的夏芝兰出神，他傻了，他不相信张股长说的是真的，健壮如牛的女汉子会得这种病，这真像是一场梦，一场噩梦。

车来了，刘团长不动声色地把夏芝兰叫到后台。她一看垂头丧气的张股长与航医站在团长身旁，不由自主地向窗外望去，看到了那辆不受欢迎的墨绿色救护车，她一切都明白了。没等团长开口她先笑了，笑得很坦然。她是想用灿烂的笑熄灭团长的怒火，用微笑安慰张股长与航医忧郁的心，缓和一下眼前的紧张气氛。

炽热的无名火烧得团长满脸通红，他满肚子的气，生航医的气，生自己的气，也生夏芝兰的气，她简直是拿自己的生命当儿戏，太不像话了。但此时此刻他能责怪她吗？不但不能有任何气恼的表示，还必须装出一副轻松的样子，还得哄着她："老夏，你的化验结果出来了，问题不大，但为了慎重起见，空军医院通知你马上住院，做进一步的检查。"

"团长，我求你一件事。"

团长点了点头。

"我得病住院的事，先不要告诉老张，他要是知道了肯定不放心，会急于来北京，会影响他飞行，万一要动手术，就请老俞代他签字。"

"你先别考虑这些事，安心治病。你先回宿舍拿住院要带的东西，然后去医院，我送你去。"

"您不用去了，有小于陪我去就行。"

不由夏芝兰争辩，刘团长向王副师长打了声招呼后，便和夏芝兰、小于一道上了救护车。

火车站出站口。

俞素梅和政治处任干事准备接从泰安赶来的张志敏。两人心情都很沉重，都默默地站在出站口，专注着每一位旅客。

"老张。"张志敏刚一出站就被俞素梅叫住了。

"老俞，怎么是你来接我，老夏呢？"

"先上车吧。"俞素梅应付道。

吉普车开动之后，俞素梅几次想把夏芝兰住院的事告诉张志敏，但话到嘴边又咽了回去，她实在不忍心乍一见面就给他当头一棒，于是岔开了话题，问了一些孩子和老人的事。

"老俞，别扯闲篇了，为啥急着叫我来？"

"老夏住院了。"俞素梅只好实话实说。

"什么？她住院了？啥病？"

"乳腺癌！"

"几期？"

"四期！"

"天呀！"张志敏猛地站了起来，头撞上了车顶。

"老张，你别急！"

她的话音未落，张志敏指着俞素梅的鼻子，恶狠狠地吼道："你们这些没人性的冷血动物，为什么不等她进了八宝山才叫我来。如果老夏有个好歹，我这一辈子跟你们没完。"说完猛拍司机的肩膀嚷道："掉头，去医院。"。

俞素梅忙劝道："老张，老张，你别急，咱们吃了午饭再去医院。"

"什么时候了，还吃什么屁饭。"

司机刹住车，望着俞副团长，"掉头去医院。"无奈，她只好让司机掉头。

"老张，到医院后你千万要冷静，可不能这个样子见老夏。"去医院的车上，俞素梅耐心地劝说着。

"……"

"你要有气有火就冲我发，不要憋在心里，她的病还没到绝望的程度，还有希望治好，你要相信医生。"

"……"

"要多安慰她,多鼓励她,千万不要埋怨她,她是为了不耽误学员的改装训练,才把病给……"

"你少叨叨两句行不行,烦透啦!"

沉默,只有汽车引擎发出的隆隆声震动着他俩的耳膜。

不巧得很,这天是星期二,不是探视时间,在住院楼门口吃了闭门羹。

"老同志,这位同志刚从山东来,要到空勤科看望他爱人,您行个方便,放我们进去吧!"俞素梅向看门的老太太央求道。

"不行,不行,不是探视时间,谁也不能进。"老太太眼皮都没抬一下,无动于衷地站在门口,俨然一个铁面门神。

张志敏厌恶地瞪了看门人一眼,顺手把她拽开,不管三七二十一地径直上了楼。老太婆的神圣权力被侵犯之后,大发雷霆,指着张志敏的背影大吵起来,俞素梅赶忙解释:"老同志,别生气,他爱人得了乳腺癌,而且是晚期,他是特地从山东赶来的,他爱人是夏芝兰,女飞行员。"

不知是哪句话触动了老婆婆的心,她慢慢平静下来后对俞素梅说:"那你们去吧,她在空勤科七号病房,是位了不起的女同志。"

"谢谢您!"

到了三层空勤科,张志敏又被护士挡了驾,俞素梅又赶紧上前说明:"护士同志,我们是来看夏芝兰的,这位是她爱人。"

小护士用怀疑的眼神瞅了瞅张志敏,在她的想象中,夏副参谋长的丈夫一定是位英俊魁梧的飞行干部,绝不会是这样一个貌不惊人的老兵。

大概是他们说话的声音惊动了病人,也许是心灵感应,夏芝兰从七号病房走了出来。

"老张?!"

这声音有些怪,既轻又重,轻得旁人几乎听不见,重得震撼了张志敏的心。张志敏大步向妻子走去。

"你,你怎么来了?"半天才挤出这么一句不合时宜的话,似乎他不该来。

夏芝兰说完后转向俞素梅埋怨道:"老俞,你不够意思,出卖我,要不是在医院,我非骂你一顿不可。"

"你骂老俞干啥,该骂的是你自己。"张志敏余气未消。

要是过去，如老张埋怨她，夏芝兰的牛脾气肯定上来，但自住院后，她的棱角被疾病磨掉了不少，两口子才没吵起来。

张志敏来京的第三天上午八点半，张志敏刚进空勤科就被夏芝兰的主治医生老邹叫到了值班室，他以一种异常沉重的口吻对张志敏说："张团长，你要有心理准备，昨天检查发现，你爱人身上的癌细胞已经大面积扩散，已转移到骨头上去了，当前的医疗水平，像她这种情况，治愈的可能性几乎等于零。我们反复研究，如给她再次手术和化疗或放疗，只能增加她的痛苦。我们想征求你的意见。"

"难道一点希望都没有了？"

莫医生摇了摇头。

"有没有进口药，花多少钱都成？"

莫医生又摇了摇头。

"邹医生，那你们有没有办法让她少遭罪？"

"你放心，我们会想尽一切办法尽量减轻她的痛苦，但这种病要想不受罪是不可能的，这方面你也要有心理准备。关于她的真实病情除了你和她的直接领导外，我们是不会透露的，你也要注意保密。"

听完邹医生的"判决"，张志敏如万箭穿心，拖着重重的无形脚镣，一步一步地向七号病房移去。

张志敏颓丧地来到夏芝兰病床前，收起悲戚的脸色，还像往常一样，乐呵呵地用温水给妻子洗脸擦身，好像不这样，就不能减轻病人的痛苦，就不能表达自己对她的体贴与疼爱。擦完身子后，他又打来一盆热水："来，今天我给你洗洗脚。"

夏芝兰惊异地望着他，似乎不明白他的话，还没等她表态，他已将她的双脚慢慢地抱起，而后又轻轻地放进温度适宜的热水盆里。这时病友南兰和前来探视她的男朋友的目光都集中到了夏芝兰的双脚上，他俩的目光里饱含着企慕与钦佩。

女汉子夏芝兰被瞧得不好意思起来，脸上露出了少见的害羞色。张志敏却全然不顾，只是低着头，搓揉着妻子那双干瘦的脚。他的两只大手，就如同带电的正负极板，释放着一股股微量的电流，电流顺着芝兰的双脚、双腿往上涌，瞬间传遍了全身，暖暖的，麻麻的，感觉分外舒坦。她忘了自己是坐在徘徊着死神的病床上，而是置身于新婚燕尔的婚床上。她极力克制着自己的情感，不让幸福的泪水涌出眼眶。她凝望着志敏，心潮跌宕起伏："多好的男人啊，而我给他的恩爱太少，争吵

第十七章 立碑

太多,以后我们不再分开该有多好啊!可是……"她不敢再往下想,从自己身体的感觉与医生的治疗中,她已经猜测到了病情的真相,属于自己的时间不多了,在生命的最后阶段,要尽量减轻亲人的悲痛,不给朋友领导添麻烦。

"老夏,等你的病再好一些后,我就接你回去。继飞还不知道你病了。"给妻子洗完脚后,张志敏故作高兴地说道。

夏芝兰莞尔一笑:"老张,以往我俩在一起是拌嘴多,亲嘴少,希望在我人生的最后一段的日子里,不再斗气,把损失的甜蜜补回来。"

"你……你……你怎么会这么悲观?"

"甭装了,我知道,医生和亲属对身患绝症的病人,都会用温热的谎言来安慰他。这对一些怕死的、不懂医学的病人来说,也许有安慰作用,而对那些对死已看开的人来说,这是多余的。老张,让我们一起面对现实,好好扶着我走完最后一段路程吧!我走后,一年内不要告诉继飞他已失去妈妈,不要影响他的学习。老张,死前见不到儿子一眼,是我这辈子最大的遗憾,但我无怨无悔。"

"老夏,你不要想得太多,你的病并不像你想的那么严重。"张志敏一时想不出什么能安慰妻子的话,只好继续"哄骗"着。

夏芝兰还想对张志敏说些什么的时候,俞素梅和洪志玲来了。洪志玲一进门便向夏大姐扑去,久未见面的师徒俩紧紧地拥在一起,良久过后才松开。

"小玲,孩子的病好了吗?"

"好了,已经出院了!"

"老俞,不像话,该骂。她生完孩子不久就安排她大半径转场,多累!小玲,听说你这趟飞得很过瘾,很'魔女'。不错,像我的徒弟。"

夏芝兰拉起志玲的手继续道:"小玲,作为失去丈夫的女人,又带着一个孩子,还要飞行,你是又累,又苦,还疼,往后的日子难啊!遗憾的是大姐再也帮……"

洪志玲忙含泪劝阻道:"大姐,您别说了,您会好起来的。"

这时刘团长、王政委、孟主任、赵伟刚等人进来了,曾小玉也来了。也许是回光返照,夏芝兰这天的精神出人意料的好,说了这么多话并不感到累,最后她表情严肃地对刘团长、王政委、俞副团长道:"您三位是我的老领导、老战友,老俞是我最亲的姐妹,我今天向三位提三点请求,也算是我的遗愿吧!"

听到"遗愿"二字，大伙七嘴八舌地劝开了。张志敏见状忙招呼大家，要大家安静下来，听她把话说完。

"第一，我走后不搞遗体告别一类仪式，别让大伙再聚在一起共同伤感一回，既浪费时间又浪费眼泪。也不要给我立碑，在墓前做个记号就行了。书上说每一个人都是赤条条来，赤条条去，就让我悄悄地来，也悄悄地去吧！第二，进火葬场前，请给我穿上飞行服，戴上军帽，这是我最喜爱的服装，走时我也要把它们带走，到了那边我还要飞行，那边的群众还等着坐我驾驶的飞机哩！最后，请将我的骨灰埋在永安公墓内，生前我看惯了飞机的起降，听惯了飞机的轰鸣，死后我还要看着飞机从我头上飞过，听着飞机在蓝天发出的奏鸣声，这样我在九泉之下也不会寂寞，不会孤独。"

"老夏，你现在考虑的应该是如何治好病，你要把你'女闯将'的那股闯劲用到与疾病作斗争上来。"刘团长握着她的手勉励着。

"谢谢老领导的鼓励，可是精神并不是万能的，闯劲抗不过生老病死的规律啊！"

时间已近中午，小护士进来，请所有探视的客人离开，七号病房里又恢复了宁静。夏芝兰完成了一生的重托，显得格外轻松。

一九七二年十月六日，夏芝兰在众多亲友的陪伴下，走完了四十年的人生里程，安详地闭上了双眼。她走后，张志敏按照妻子的遗愿，没有举行遗体告别，没开追悼会，墓前没立碑。

夏芝兰走后，洪志玲与曾小玉悲痛的心情久久不能平静。

"为什么好人不长寿，多好的一个人，为啥会摊上这种病？"小玉替夏副参谋长的命运鸣不平。

"夏副参谋得这病与她穿越蘑菇残云可能有关。"她给小玉讲了夏芝兰掉头发的事。

"啊？有这事？你怎么不早说？"

"她让保密。"

"这事你千万不要和外人说，更不能让俞副团长知道，她会埋怨死你的，说不定还要处分你。"

小玉这几句随意的劝说，却如万钧雷霆顷刻间将洪志玲击倒了。

"志玲,你怎么啦?发啥呆?"

"小玉,是我害了夏大姐,我是千古罪人!"说完她恸哭起来。

小玉忙宽慰道:"你别太自责,这是大姐自己的意思,她不会怪罪你。旁人……"没等小玉说完,洪志玲边擦眼泪边往外跑。她径直跑到俞副团长办公室,也没敲门,一见俞素梅扑通一声跪在了她的面前,俞素梅被洪志玲的突然下跪弄蒙了,不知发生了啥大事,赶紧弯腰拉她,但没拉动。俞素梅只好先把门关上,回过头问志玲:"到底发生了啥事,让你这么失态。"

洪志玲哭着又把对小玉说的话复述了一面。俞素梅是越听越气,听完后也不理她,一屁股坐到椅子上喘粗气。良久过后才冲她怒道:"洪志玲,你别跪在我这里,你到老夏坟前去跪。"说完一摔门走了,俞素梅也失态了。

大概过了一刻钟,王政委和俞素梅进来了,见洪志玲还跪着,政委上前劝道:"起来吧,再跪夏副参谋长也回不来了。"此时俞素梅的气消了不少,上前将洪志玲拉了起来。

"小玲,你应该认真反思,增强你的原则性。不过你反映的情况很重要,我们要对夏副参谋长的病重新认识。你不要太难过,我们也有责任,对她我们是使用多,关心少,对她的健康更是重视不够,被她'外强'的表象所迷惑,也没想到放射病有这么长的潜伏期。"

"我请求组织上给我处分,我不该听夏副参谋长的话,帮她隐瞒病情,她的病故我负有不可推卸的责任。"

"给不给你处分团党委研究后再定,你先回去吧!"洪志玲给二位领导敬过礼后,低着头离开了俞副团长办公室。

后来师党委根据洪志玲、姚玉兰等人的反映和医生的诊断,给空军党委写了追认夏芝兰为烈士的报告,空军党委破例授予夏芝兰烈士称号。

第二年清明节前一个月,俞素梅将二〇五团的十多名女飞行员召集在一起,她提议清明节给夏芝兰立碑,以表示对她的怀念与哀悼。洪志玲第一个举双手赞成,并自告奋勇承担立碑的全部费用和具体工作,其他人也都表示赞同。

清明节,永安公墓。一块高大的汉白玉墓碑矗立在了夏芝兰的墓前。墓碑正面的右面是夏芝兰的生死年月,即一九三二年九月——一九七二年十月。中间是"蓝天女闯将夏芝兰之墓"十个金色大字,左下方是"蓝天女儿共立"六字和立碑年月：一九七三年四月。

墓前红烛高照，鞭炮齐鸣，香烟袅袅，哀乐阵阵。刘团长、王政委、俞副团长、孟主任、赵伟刚、洪志玲、曾小玉、王荣荣、姚玉兰等在墓前默默致哀，久久不愿离去。

"小玲，你恩师这幅画，现在可以挂到航空博物馆的英烈墙上去了。"刘团长触景生情，忆起了夏芝兰执行核暴任务之前，他与洪志玲的对话。

此时有一架飞机从头顶飞过，洪志玲高声呼唤道："大姐，快看，你念念不忘的飞机看望你来了。"

飞机飞远了，人们的目光还紧紧地追随着它，仿佛要与大姐一道，带着博大的爱心在辽阔的蓝天里翱翔，让爱洒满蓝天。

第十八章 情仇

　　夏芝兰的离世，转移了赵伟刚一部分注意力，家庭矛盾有所缓和。但从公墓回来之后，心里又开始纠结。晚饭后他没回家，独自在办公室抽闷烟。自从打过荣荣后，赵伟刚心里一直很矛盾。一方面他心里放不下洪志玲，浩远走后，这种牵挂和思念与日俱增，他真想把这份真情向洪志玲尽情倾诉，他甚至动过离婚的念头。但另一方面，他又舍不得这个家，特别是儿子云飞，已经三岁多了，虎头虎脑的，简直就是自己的复制品，可爱极了。荣荣虽然有些低俗，脾气有些火爆，但她毕竟是真心爱自己的，为这个家她做出了不少牺牲。一日夫妻百日恩，在一起生活四年多来，也有了一定的感情。真要离开她们母子俩，他下不了这个决心。赵伟刚处在感情的十字路口。

　　一波刚平，一波又起。有一天下午，王荣荣在治疗室药房配药，二大队两名与洪志玲同批的女飞行员在治疗室输液，她俩坐在与配药房相邻的座椅上，两人一边输液一边小声聊天。配药房与治疗室之间的玻璃窗是开着的。她俩谈话的声音虽小，但有些话还是传到了王荣荣的耳朵里。这两个女飞行员荣荣认识，稍胖的那位叫吴素英，略瘦的那位叫郑晓兰。吴素英在同批姐妹中不擅长飞行，却擅长小广播，喜欢搬弄是非。

　　常言说得好，出头的椽子先烂，枪打出头鸟。一个人在群体中太优秀了，往往遭人嫉妒，遭人暗算。特别是女人成堆的地方，这种事就更多。洪志玲那张人见人爱的脸已经够出众的了，再加上带外军司令做特技赢得了奖章，飞重庆避免了飞机撞山，飞延安征服了大侧风，本场训练上演了无轮着陆，东北边境又是摸黑降落又是智破敌计等，这一系列的出色佳绩，使她成了出类拔萃的风云人物。漂亮的脸蛋再加上漂亮的业绩，自然就更遭人眼红。吴素英就最眼气洪志玲。早在航校时就传播过洪志玲的所谓桃色新闻，为此还受过批评，她与洪志玲之间有着较深的积怨。

孙浩远遇难后，吴素英偷偷乐了好一阵子。孙浩远的死还不能让她解恨，还要制造花边新闻四处传播，企图将洪志玲从"神女"的宝座上拉下来。

吴素英道："你听没听说，洪志玲的儿子其实是赵大队长的。"

"你听谁说的？这种事是万万不可乱讲的。"郑晓兰劝告道。

"其实不用别人说，你只要仔细瞧瞧云飞与继原两个孩子就明白了，他俩长得多像。"

"小声点，防止隔墙有耳。小孩子生下来都差不多，很难看出像谁。"

"他哥俩可不是一般的像，简直就是一个模子里刻出来的，像得不能再像了，比双胞胎还像。"

"你不能单凭两个孩子有些像，就说继原是赵大队长的孩子。"

"你知道吗，孙浩远与洪志玲结婚那么多年，为啥一直没要孩子？"

"为了飞行事业，志玲采取了避孕措施，她要晚生。"

"她避没避孕，你见到了？那是假象，真正原因是孙浩远有病，他没有生育能力。孙继原那孩子不是晚产，而是早产，是孙副大队长出差时赵伟刚偷偷种上的。"

"素英，这些无根无据，没边没沿的话更不能随便瞎说，这关系到赵大队长和志玲的名誉与前程。千万不可乱讲，你的老毛病得改改。"

她二人的闲话传到王荣荣耳朵里就变成了一把把锋利无比的刀子，切割着她的心。她无心再工作，当即给护士长请了假。气咻咻地回到家里，这里走走，那里转转，站也不得劲，坐也不舒服。儿子在幼儿园，要不然她会立刻拽着儿子去与洪志玲的儿子"对质"。好不容易熬到云飞放学，她不由分说拉着他就往洪志玲家走，一进门见志玲妈正在给继原喂牛奶，见荣荣领着孩子过来，非常高兴，招呼亲家母给云飞拿糖吃。荣荣失去了往日的亲热，两只大眼来回在两个孩子的脸上扫视，她是疑心生暗鬼，用"邻人偷斧"的心理观察两个小孩，越瞧越觉得两个孩子越像。

两位老人被她的举动弄糊涂了，不知她瞧啥。志玲妈笑呵呵地问道："瞅啥？孩子脸上有花？"

"伯母，您瞧瞧，这两个孩子是不是长得一模一样？"

经她这么一提醒，老人也在两张小脸蛋上来回瞅开了。"嗯，这两个小家伙还真有点像。"

"像就好。伯母，我们走了。"王荣荣气鼓鼓地拉着孩子走了，两位老人还不迭地说着挽留的话。

女人对男人的真爱有两种，一种是自私的真爱，把男人当作物，希望将他成天拴在自己的裤腰带上，哪怕他多看别的女人一眼，心里也冒酸水。另一种是无私的真爱，把男人当作人，以男人所爱为己爱，以男人的幸福为幸福。王荣荣真爱赵伟刚，她的真爱属于前一种。因此，当她听到吴素英的闲话后是越想越气，越气越恨，她已失去理智，一个失去理智的女人再聪明也会变得愚蠢，再纯真也会变得刁蛮，再温顺也会变得凶狠，再善良也会变得恶毒。她认定无风不起浪，两位女飞行员的私语绝不是空穴来风，孙继原肯定是赵伟刚的私生子，洪志玲百分之百是赵伟刚的老情人。此时，洪志玲在重庆对她说的那句"如果没有另一个男人，我会和你争中队长"又冒了出来。那个人死了，所以来和我争男人了。

思维错乱的王荣荣在家里气得骂娘，摔东西："我他妈是世上最蠢的女人，是个典型的瞎子、聋子、傻子，那么多明显的暧昧事，自己硬是看不见；丑闻都议论到家门口了，自己硬是听不见；破绽百出的花言巧语，自己硬是相信。这世上还有比自己更傻的女人吗？我要报复，我要让洪志玲付出代价。孙浩远摔死了，那是报应，是老天爷对她的惩罚。那还不够，我要揭开她所有的遮羞布，什么'空中魔女'、'东方神女'。呸！大破鞋、臭婊子一个。我要让她现出原形，让她失去尊严，让她把头夹到裤裆里去。"

王荣荣吃过晚饭后，将云飞交给邻居代看，自己来到三大队宿舍楼前，站在楼前冲楼上高声喊道："洪志玲，你这个骚货给我滚出来。"她这一声喊惊动了楼里楼外的人，楼外在球场上打球的全停了下来，都围到了王荣荣身边，有人开始劝她；楼里的人听见她的喊声后也涌了出来，加入了围观者的行列。罗方成挤出人群，站在王荣荣面前斥责道："王护士，你瞎嚷嚷啥，还不赶快走。"钟大队长、万中队长也劝王荣荣回去，别在这里闹。

"大队长，别让她走，她是冲我来的，让她当着众人的面把话说完。"

洪志玲与曾小玉出人意料地出现在王荣荣面前："荣荣，你说吧，我和大伙儿都听着哩！"

听到荣荣的叫骂声后，洪志玲和曾小玉都大吃一惊，洪志玲就要开门出去解释，被小玉拉住了："这时候你不能露面。"

俗话说寡妇门前是非多，年轻漂亮的寡妇门前是非更多。自浩远牺牲后，洪志玲就做好了应对各种是非的准备。她在天上不怕暴风骤雨，在地上更不怕闲言碎语。

"怕啥？清者自清，浊者自浊，靛缸只能染黑白布，却染不黑白玉。唾沫星子只能淹死做了亏心事又不会游泳的人。自己没做亏心事怕啥吐沫星。群众的眼睛是雪亮的，群众的心里有杆秤，我相信在场的领导、同事、家属都是了解自己的，不会轻信王荣荣的胡言乱语。"

洪志玲面对打上门来的王荣荣，没有羞涩，没有畏惧，脸不红，心不燥。一副大义凛然、神圣不可侵犯的样子。

王荣荣一见洪志玲这股气势，心里倒有了几分怯意。

"王荣荣，你的良心叫狗吃了，志玲对你那么好，千方百计地促成你与赵大队长的婚事。"

曾小玉一提婚事，王荣荣更是气不打一处来，那股醋劲又冒了上来。"她那是黄鼠狼给鸡拜年，没安好心。明里对我好，那是挡箭牌，暗地里尽干些偷鸡摸狗的勾当。"

"荣荣，我干了哪些偷鸡摸狗的勾当，今天你就当众抖落抖落，免得大伙儿蒙在鼓里犯糊涂。"

这时候赵伟刚闻讯赶来了，他要拉她走，被志玲止住了："赵大队长，你来得正好，现在不是上班时间，不影响工作，咱们就三头对六面，当面锣，对面鼓，让她把话说完，把气出完，这对你，对我，对她都有好处。"

"洪志玲你别演戏了，我没有证据会来找你算账吗？我问你，你的儿子为何晚五六天才出生，那是你制造的假象，你的儿子不是晚生五六天，而是早生了半个多月，你是在孙浩远出差时怀孕的，孙继原根本就不是孙浩远的孩子，他是野种，私生子。"

此言如同一枚重磅炸弹，在人群中炸开了锅。听了这猛料绯闻，有三个人要上前揍王荣荣，一个是她的丈夫赵伟刚，另两个是洪志玲的崇拜者曾小玉与罗方成。赵大队长被钟大队长拉住了，曾小玉被周富抱住了，罗机械员被祝机械师拦住了。

"王荣荣闭上你的臭嘴，志玲怀孩子的事，我一清二楚，每次去医院都是我陪着她，根本没有你说的那种丑事。"曾小玉怒斥道。

"谁不知道你俩穿一条裤子,你的话谁信。"

"我问你,你见过九斤重的早产儿吗?亏你还是护士,基本生育常识都不懂。你不是真不懂,你是有意造谣中伤。"曾小玉火气猛增,要上前与王荣荣拼命,这次是被志玲拉住了。

"你不值得跟她急,我有办法让她信。"洪志玲说完转身向楼里走,走时对围观者交待道:"大家先别走,我去去就来。"

洪志玲很快回来了,手里拿着浩远最后一本"两地书"。从草原回来后,她对那本破损的笔记本进行了粘贴和包装,将它当作最珍贵的纪念品保存着。

她翻到最后一页:"荣荣,这是浩远生前写给我的最后一封信,上面有日期,还有浩远的签名。本来这属于我个人的隐私,不愿拿出来公示,但为了证明浩远、我,还有你没指名的那人的清白,我只有惊动浩远的在天之灵了。你拿去好好看吧!"

洪志玲说完将笔记本塞到王荣荣手里。她哆嗦着接过笔记本,曾小玉走上前去,将"当得知你怀上了我俩的小宝贝时,我高兴得一宿没合眼"这一段指给她看:"看好了,记住了,别再满嘴喷粪。"曾小玉再次警告王荣荣。

看了这一段文字,王荣荣的脸顿时变成了关二爷的脸,红得发紫。但她仍不服气,强辩道:"谁能证明,这封信不是你洪志玲伪造的?"

"我能证明!"不知啥时候俞副团长来到了人群中。她从王荣荣手里夺过笔记本,举着它高声道:"这个笔记本,是我和志玲在牧民家亲自找到的,总政保卫部鉴定过,这封信是孙浩远同志的真迹,正是这封信,为专案组破案提供了关键线索。军报记者在报道孙浩远英雄事迹时,原本要公开这封信,因志玲反对才没有用。"

一旁的小罗听出了明堂,为了让王荣荣当众出丑,为了给洪志玲出气,他嚷道:"既然洪中队长这次不怕隐私曝光,就劳驾你王荣荣把曾机长指的那段念念。"他这一嚷,满场充满附和声。王荣荣再也呆不下去了,她扔下笔记本,推开人群跑了。赵伟刚赶紧跟了过去。曾小玉为了彻底澄清是非,她捡起笔记本,当众念了那段话。机场两枝花之间的一场"争奇斗艳",就这样落下了帷幕。

听了俞副团长的证言和小玉念的信,围观者都明白了真相,他们更加佩服洪志玲的为人,也为她刚才的表现叫好。人们还是第一次见她与人"吵架",没有想到她"吵架"也这么有风度,这么文明,这么艺术,这么高姿态,不像夏芝兰满嘴粗话。当然人上一百,形形色色,林子大了,啥鸟都有,也有少数人感到不过瘾,两个大美人,没掐个你死我活没啥劲。特别是吴素英,没能让洪志玲当众丢丑,没达到倒洪的目的,有些不甘心,不过她也很庆幸,王荣荣没把她咬出来。围观的人散去之后,她才悻悻离开。

王荣荣跑回家后,也不去邻居家接云飞,倒在床上痛哭。这时她完全清醒了,回想刚才的作为,深感自己太轻率,太唐突,太冒昧,太愚蠢。她开始后怕,她不是怕领导处分,也不怕群众指责,更不怕志玲怪罪,她是怕失去伟刚。果然赵伟刚近半个月没再回家。

王荣荣是个没心没肺的主,前不久还打上门去羞辱洪志玲,不到半个月,又找上门去求助洪志玲。那是"吵架"后的第二个星期天的上午,王荣荣提上给继原买的奶粉、葡萄糖等营养品,厚着脸皮走进了洪志玲的家。两位老人并不知道半个月前发生在三大队门前的事,对荣荣仍然十分亲热。

她的登门拜访倒是让志玲感到意外。荣荣给两位老人打过招呼后,便将志玲拉进了她的房间,关上房门。荣荣话未出口,泪先流了出来。志玲心软,见她那凄苦可怜的样子,把对她的不满全扔到脑后去了,动了怜悯之心,忙劝道:"荣荣,你别哭,有啥难事尽管说,我们还是好姐妹。"

"志玲,我不是人,我对不起你,我不该听信吴素英的谗言,不该找上门去当众骂你,羞辱你。我真心向你道歉,希望你原谅我"

"荣荣,吴素英的事不要对外人讲,如你把她供出来,她往后就很难做人了,过去的事就让它过去吧。你今天找我有啥事?是不是赵大队长不谅解你?"

王荣荣点了点头,"他有半个月没回家了,我想请你去劝劝他,我知道你们只是好朋友,没有那层关系,我现在完全相信你们之间是清白的。正因为我相信你,才来求你。"

洪志玲没马上表态,看得出,荣荣的请求是真诚的,但这个请求却让她十分为难。王荣荣见洪志玲不表态,忙进一步恳求道:"志玲,为了我们家,请你看在孩子的份上,救救我们吧!"

"荣荣,不是我不帮你,我的确有难处。经上次那么一闹,大家都知道我与赵大队长之间有一层亲密的关系,否则你也不会找我闹。更让我为难的是,我不便与

第十八章　情仇

伟刚单独相处，我不是怕人们看到后会说三道四，说东道西，我是怕反而影响你们的感情。"

还有一层意思她没明说，而是心语："我是怕如果伟刚借机向我表白真情，向我发起进攻时。我担心在那种场合，自己失去自制力，万一失态，会悔恨终生。如果有人说守贞节的年轻寡妇不想男人，那是绝对的假话，百分之百的谎言。我是个守贞操的女人，但我也想过正常的夫妻生活，也想男人。只有自己清楚，年轻守寡的黄连日子是多么难熬，我多次在梦中与浩远相会，我们相依相偎，相拥相亲，浩远是那么生猛，那么强悍，又那么温存，那么柔情。可是每当我从甜蜜的梦中醒来时，仍是孤身一人，躺在那张只有旧梦不见故人的双人床上。梦境与现实的反差，使我更感悲凉，更觉凄苦。在孤寂的漫漫长夜之中，不经意间会有我的追求者出现在脑屏幕上，其中伟刚的出镜率最高，这大概是因为，他给我的关爱与呵护最多最真最深的缘故吧！然而，我太爱浩远了，我那圣洁的领地，只有他一人可以在那里耕云播雨，可以在那里驰骋撒欢，其他任何人都不能越雷池一步。虽然浩远已经离去，长夜也难耐寂寞，但我仍不会让其他人进入我的心灵，包括伟刚。尽管他曾是我初恋的预选对象，但现在的伟刚只能是我的好领导、好朋友、好兄长。尤其是想到当年，是自己一手将他与荣荣撮合成一对的，不管荣荣怎么伤害过自己，她还是个本质不坏的直性女人。自己决不能做第三者，那种女人伤害女人的事决不能干。"

洪志玲凡有棘手的事，总是找夏俞二位大姐，夏大姐走后，她都找俞大姐。王荣荣求她后的当天中午，她找到俞大姐，将荣荣的话和自己的难处告诉了大姐："副团长，荣荣与赵大队长的事，您说我管还是不管？"

"当然要管，而且要管好。也只有你能管好。"

"咋管？"

"不要逃避，主动找伟刚谈，让他把他的想法说出来，你再谈你的想法，让他清醒，帮他回头，这是挽救他们家庭的唯一办法，对你也是一种解脱。"

原先志玲怕见伟刚，俞大姐的话使她想明白了，找伟刚谈谈也好，向他表明自己的心迹，打消伟刚的一切不实际的想法，指明今后各自应走的路。于是她同意去找伟刚。但她不便到一大队去找他，她让曾小玉将他请到她家去，他们俩在那里见面。

下午两点半，赵伟刚按时到了曾小玉家，小玉让周富带着孩子出去玩，自己留在家里招待客人。五分钟后洪志玲也来了。曾小玉让他们俩在客厅谈心，自己进里房看书去了。

洪志玲仔细端详了伟刚一番，他瘦了，胡子老长了也没刮，头发也早该理了。"大队长，荣荣上午找过我，给我道歉赔不是，我俩已经和好了，你们两口子也别再折腾了。荣荣之所以那么闹是听信了流言蜚语，给人家当枪使。她人不坏，她是真心爱你的，你这些天不回家，她没睡过一个安稳觉，她现在比你还憔悴。还有，你不回家云飞也成天闹着要爸爸，小家伙说，爸爸不回家，他就不上幼儿园了。"

赵伟刚起身给志玲倒了一杯凉开水。十分深情地对她道："你怎么还不接受教训，还这么心软，两句好话就把你的伤疤抹掉了。这次我是王八吃秤砣，铁了心，决不妥协。"

"那你打算咋整？"

"离婚！"

"离婚？！"

"对，离婚，这种没有爱情的婚姻我过够了，不想再冷战下去了。离婚后，我正式向你求婚，我要和你在一起，给你幸福。"

离婚、求婚四个字如同两道霹雳，差点将洪志玲震昏，她最不愿面对的局面终究出现了。

"大队长……"

"你能不能改改口，叫我一声伟刚。"

"好，我就叫你一声伟刚……"

一听到伟刚二字，他没让她说下去，起身去拥抱她。洪志玲是有备而来，做好了应对这种场面的准备，她推开他的双手，并将他按回座椅。

"伟刚，你别把我的意思弄拧巴了，这辈子我俩是不可能走到一个屋檐下的！"

"为啥？难道你对我没有感情？"

"我不否认，我对你有很深的感情，不过那不是爱情。我已把全部的爱给了浩远，他人虽走了，但爱还在。我不后悔我的选择，就是重新来过，不好意思，我仍会毫不迟疑地选择浩远。因为我们真诚地爱过，真爱是难忘的。我不可能将

第十八章　情仇

我的爱再给别的男人,我不敢说永远不给,至少在相当一段时间内,我不会爱上别的男人。"

"志玲,我可以等,十年、二十年,我都能等。"

志玲非常深情地望了伟刚一眼,接着微微笑道:"伟刚,不好意思,你不要介意,就是将来我真有再嫁人的那么一天,那个人也不可能是你。"

"为啥?我对你不好,还是我这个人不好,不值得你爱?难道你忘了你在重庆说过的话?"

"大队长,你是个非常优秀的男人,对我也很好。在重庆我是说过,如果没有浩远我也许会选择你。但是,此一时彼一时,现在你我的处境与当时的处境完全不同了,大环境发生了很大的变化。现在就算我也爱你,我们也不可能走进婚姻的殿堂,因为有多种因素阻碍着我们成为夫妻。我们不是生活在世外桃源,我们是生活在极其复杂的、充满多种矛盾的社会之中,我们要面对现实。"

"志玲,你的话让我糊涂,别忘了,我们是生活在社会主义的新中国,不是半封建半殖民地的旧中国,有啥复杂的?有啥矛盾?"

"社会主义新中国还不是大同世界,还存在着不少妨碍我们结合的坎。工作、家庭、环境、舆论,特别是政治等等,都是一道道无法逾越的坎。"

"志玲,你是一个敢作敢为的女人,为啥在个人婚姻问题上,变得这么畏首畏尾,这么世俗,这可不是你'魔女'的性格。"

"你说对一半,在空中我敢作敢为,因为那是面对大自然,决定命运的操纵杆掌握在我手里。飞完四种气象的训练课目后,我就是全天候的机长。而地面不同,在地面我要面对的是整个社会,决定我命运的操纵杆不完全掌握在我手里,我至死也成不了能完全掌控自己命运的女人。不仅是我,任何一个女人,在今天的大环境里,都很难完全决定自己的命运。"

"志玲,你本是一个豁达乐观的人,现在为啥变得这么悲观?这么消极?"

"不是我悲观、消极,说句不好听的话,是你太单纯、太天真。先说工作吧,你我都是空军飞行员,当一名军队飞行员,必须具备政治合格,技术过硬,作风正派,品质优良,身体健康,家庭和睦等条件。你离婚抛弃荣荣后还要和我结婚,你想想这意味着什么?你真要那么做了,你就成了陈世美、西门庆,我就成了风流寡妇,成了潘金莲,就说明你我早就有私情,就会被扣上作风不正派,道德品质败坏的帽子。有了这顶帽子，在当前形势下，党籍、军籍还保得住吗？丢了党票、军票你我还能飞吗？你会说，为了爱情，停飞就停飞，大不了脱军装走人。你能下这个决心吗？'生命诚可贵，爱情价更高。若为自由故，二者皆可抛。'我是'若为蓝天故，二者皆可抛'。坦白地说，让我为爱情牺牲飞行事业我做不到，我没那么痴情，那将给国家造成多大损失，别忘了我们是黄金等身的飞行员，是人民用成河的汗水将我们培养出来的。你还会说，我们可以给领导和同志们做解释，解释管用吗，能解释清楚吗？有人听你解释、相信你的解释吗？相反只会越描越黑，那个时候谎言就成了真理，真话倒成了谎言。"

"志玲，你是个从不畏惧人言的人，今天怎么害怕起流言蜚语来了。"

"怕与不怕都是相对的，要因事因时因地而论。今天咱们不讨论哲学问题，咱们还是就事论事。下面再说家庭，荣荣那么爱你，特别是云飞，他还不到四岁，你能忍心让他过单亲生活吗？至于环境与舆论就不用说了，现在就有人造谣说继原是你的私生子，如果我们真结婚了，那才真叫黄泥巴掉进裤裆里，不是屎也是屎。我可以不计较旁人怎么看，但孩子能做到吗，你设身处地为继原想一想，如果他在幼儿园，在学校，他的同学叫他野种、小杂种、小黑五类时，他幼小的心灵能承受得了吗？我们对得起浩远吗？其他的我就不多说了，就凭以上几点，我们俩能结合吗？"

听完洪志玲这段剖析之后，赵伟刚陷入沉思。

洪志玲见他不吱声，说明自己的话打动了他，于是接着道："我今天来找你不光是为荣荣，也是为了彻底打消你那些不切实际的幻想，好好地与荣荣生活下去。你不要拿我的长处与荣荣的短处比，人无完人，你应宽容她的短处，多看她的长处，她值得你爱，也是你唯一的选择。请你不要再牵挂我，我真心感谢你对我，对我们家所做的一切。回家吧，荣荣和云飞在等待着你。我走了，再见！"说完，洪志玲头也没回地离开了小玉家。

她走后曾小玉走出房间，来到伟刚身旁："大队长，认命吧，命运是无法抗拒的。听志玲的话，与荣荣再爱一次。志玲说得对，这是你唯一正确的选择。"

赵伟刚坐着没动，他在细细咀嚼志玲的每一句话，每一个字。通过今天的谈话，不仅洞悉了志玲的内心世界，也理解了她的良苦用心。

"志玲比自己现实、成熟、清醒、冷静、理智、无私。她说的对，纵使她也爱

我，我们的确成不了眷属。当今的年代，不是所有有情人都能成为眷属的年代，楼台、金山、沈园并未绝迹啊。今后只有按照她划出的道走下去，将男女的爱情蜕变为兄妹的亲情，同时必须提升家在自己心中的地位。为了飞行事业，为了云飞也应该爱荣荣，荣荣才是我唯一的爱，才是家的主妇，我应该放弃一切不着边际的幻想，将全部的爱给予荣荣与云飞，给予我们共有的家。"

想到这里赵伟刚慢慢站起身来，冲小玉说了声："谢谢，谢谢你们。"从小玉家出来后，他没再回大队，而是毅然决然地踏上了归家的路。

第十九章 舍身

继原半岁后,姥姥回了沈阳。一方面她还要回去继续上班,另一方面是因为洪志玲一个月的薪金难以养活一家四口,洪志玲一月才拿六十多元钱,她爸妈给的钱又坚决不要。姥姥走后,照看孩子的事几乎全落到了奶奶的身上。浩远的母亲虽然身子骨还硬朗,但毕竟是快六十岁的人了,带个不满一岁的孩子还是比较吃力,特别是继原学走路那阵子,为了防止小孙儿摔倒和碰着,老人是寸步不离,累得她腰都直不起来,更无力做其他家务活。洪志玲要忙于飞行,很少顾家,家里又没有男劳动力。因此罗方成成了洪志玲家的常客,有空就往她家跑,帮着买菜,换煤气,陪继原玩,没有父爱的小继原自然喜欢上了这个小罗叔叔。"叔叔"二字,是继原会说的第三个单词,除了妈妈、奶奶就是叔叔。浩远妈也喜欢小罗,老乡见老乡,两眼泪汪汪,失去儿子的老人,就把罗方成这个小老乡当亲儿子对待。

一九七三年底,三大队干部进行了调整,万树生提为副大队长,洪志玲又当上了中队长,罗方成提为空勤机械师,负责维护 8719 号直升机,机械师祝国贤提为机务中队副中队长。

一年一度的年终飞行技术大检查开始了,汤山机场异常忙碌,每天都有飞行活动。三大队的直升机飞行员、领航员都要接受团和大队领导干部的检查,大队以上干部要接受师首长的检查。飞行技术大检查,也叫年终技术考核,考核的集体成绩关系到单位的战斗力水平,关系各级领导干部的业绩与升迁。考核的个人成绩则关系到技术等级的评定和培养使用。总之,年终技术考核关系到每一个飞行人员的切身利益,因此,上上下下都非常重视。

三天过去了,三大队的飞行人员都考核过了,只剩几位中队长和大队干部了。第四天上午,刘团长检查洪志玲的野外降落技术,他心里清楚,洪志玲的飞行技术可以免检,航校时就免检过,可惜部队年终考核规定里没有这一条,任何人都不能

特殊，都必须接受检查，洪志玲也不能例外。

当天洪志玲驾驶的是8702号直升机，机组成员除了她与刘团长外，还有领航员孙平，机械师黄志达。洪志玲非常出色地完成了前四个点的野外起降，眼看就要回到机场了，发动机突然停车，失去升力与动力的直升机如秤砣般急剧坠落，洪志玲面对突发故障，毫不惊慌，她一面向塔台报告："长城，02号发动机停车。"一面按紧急处置方案操作，使直升机旋翼脱开发动机，产生自转，靠旋翼自转产生的浮力减缓飞机坠落的速度。她做完紧急处置的一系列动作后，俯视了一下着陆点的地形，不好！她暗暗叫了一声，原来下面是房屋密集的村庄，如垂直降落势必危及社员生命财产的安全，必须避开村庄，可是发动机已经停车，直升机仅靠旋翼自转产生的微弱升力，垂直降落能否安全着陆还是个未知数，在已往的航空史上有成功的经验，也有失败的教训，全靠飞行员的本事。在这种紧急情况下还要操纵直升机转向村外，几乎是不可能的，没有任何先例可寻。是顾及群众的生命财产，还是顾及自身安危。她毫不犹豫地选择了前者。她侧身喊道："团长，我要避开村庄。"

刘团长也毫不迟疑地喊出了一个字："好！"这个字的声音很响，宛如发动机恢复正常工作一样，给了洪志玲巨大的动力。

失去动力和升力的8702号直升机，在洪志玲驾驭下避开村庄，滑向村外，落在一块收割过的玉米地里，由于再也没有时间选择降落点，着陆地点地势不平，飞机接地时不仅很重，而且产生了倾斜，有两叶旋翼损坏。机组人员全部被震昏，刘团长头部轻度撞伤，洪志玲伤势较重，右大腿被撞裂，痛得她不能动弹，当赶来救援的社员扶她时，她关心的是刘团长、孙平与黄志达，当得知他们都无大碍，脸上露出了一丝欣慰的笑容。这时，耳机里传来了指挥员焦虑的声音："02号，02号，你现在状况如何？"

这是钟大队长的声音。洪志玲强忍剧痛，哆哆嗦嗦地戴上被震落的耳机与送话器："我是02号，迫降基本成功，无人员牺牲。我们的位置在兴城公社海庄村。"

这次惊险迫降说来话长，其实从发动机停车到飞机接地总共才两分来钟。

洪志玲再一次创造了奇迹，但这一次她付出了惨重的代价，医生给她拍片检查，她右腿胯骨骨折，裂纹有7公分长。她不仅不能下地，躺在床上连翻身都不能，右腿根本不能动弹，一动伤口处钻心痛。洪志玲住进了医院骨科22号单人病房。当天下午,团首长与大队的钟大队长、万副大队长、曾小玉、罗方成等也到医院看她。

洪志玲住院后最关心的是伤要多久才能治好,她问骨科李主任:"主任,我这种情况,要多久才能康复,影不影响飞行?"

李主任告诉她:"如果动手术,三个多月就可愈合,不会影响飞行;如果保守疗法,时间要长一些,少则半年,多则一年。"

洪志玲急切表态道:"那就请您尽快安排手术。"听医生说她的伤不影响飞行,她心中的第一块石头落地了。

医院有规定,病人动手术前必须有亲人签字,孙浩远牺牲了,她父母远在沈阳,只有婆婆在,可老人不识字,儿子还小,谁签,最后俞素梅以领导和亲姐的身份替她签了字。

医院对洪志玲的伤高度重视,由副院长亲自主刀,麻醉师也是全院最好的。手术进行得异常顺利,在裂纹处打了钢板,加固了螺钉,这些全是进口材料。手术后洪志玲身上又是导尿管,又是导血管,手上还扎着吊瓶子的针头,丝毫动弹不得。当天晚上,麻醉药的药劲消失之后,刀口疼痛难忍。洪志玲住院后,由曾小玉日夜陪护她,每日三餐从空勤灶给她打饭,给她端屎端尿,喂水喂药。为了分散洪志玲的注意力,减轻她的伤痛,曾小玉还找些洪志玲感兴趣的话题与她闲聊。手术的当天晚上,她见洪志玲痛得厉害,便调侃道:"你为啥不让你干弟弟小罗来照顾你,非拴着我不放?"

洪志玲一听想揍她,可是动弹不了,只有用眼使劲瞪她:"你胡咧咧啥,小罗已有对象了。小玉,我警告你,这个玩笑可开不得,万一传到旁人耳朵里,你让小罗咋在大队呆下去。"小玉笑着点头答应。

谈着谈着两人都有睡意,曾小玉躺在临时加的沙发床上睡着了。洪志玲迷糊一会儿后又被刀口痛醒,为了打发难熬的黑夜,她的思绪飞进了记忆的空域。空域里留有两条航迹,一条是孙浩远的,一条是赵伟刚的,两条航迹有时平行,有时交叉,有时相互纠缠,搅成一团乱麻。漫漫长夜终于过去了,曙光从窗户上透了进来,小玉还沉睡未醒。

手术后的第四天,是个星期天,医院骨科第 22 号病房,从上午九点多钟起,前来探视的人就没断过纤。首先到的是罗方成与继原。继原一进门便喊着妈妈扑向

第十九章 舍身

病床,洪志玲这时正在输液,右手背上插着针头,不好动弹,便用左手摸着儿子的头,假装生气地问道:"又不听话了吧?"

罗方成忙替他回答:"没有呀,继原可乖了。特听奶奶的话,也特别想妈妈。"

"你们是咋来的?"

"我骑自行车带着继原到汽车站,而后坐公共汽车过来的,中间倒了三次车。本来想坐团里派的小车,怕人多,我俩就先来了。"

"你俩几点起的床?这么早就赶到了。"曾小玉问,洪志玲住院后她一直陪着她。

"好睡懒觉的继原,听说要看妈妈,也不睡懒觉了,五点多钟就爬了起来。"

"小罗,给你个任务,给你姐好好揉揉腿,这几天我的手都揉累了。"曾小玉一边给小罗下达任务,一边给他做示范,用双手轻轻揉捏着洪志玲的腿,由小腿揉到大腿,再由大腿揉到小腿,反复揉捏。

"医生说了,如果不多揉捏,病人的腿老不活动,容易产生血栓。小罗,来吧,就照我的样子,好好给你姐揉揉。"

"小罗,甭听她的,坐了两个多小时的车,你休息休息吧!"

罗方成站在床前有些犹豫,虽然他对中队长没啥邪念,但毕竟是"男女授受不亲",让他接触她的肤体,还是有点抹不开脸面。

"还愣着干啥,快揉呀!"在小玉的"威逼"下,罗方成学着曾小玉的样子,开始给洪志玲揉腿。虽值冬天,室内有暖气,洪志玲只穿一条棉毛裤和一条宽大的白底蓝格病号裤。罗方成虽然心术正,但仍感到有些不大自然,也不敢正视洪志玲,因为这毕竟是他与洪志玲第一次零距离接触,她那柔嫩而又有弹性的肌肤,使他心动过速,双手微微颤抖,怕洪志玲感觉到他内心涌动的波澜,他咬牙控制自己的激情。洪志玲也一样,她心里跟明镜似的,明白小玉让小罗给她揉腿的用意,这是她这位"红娘"出的第一招,当着罗方成的面,她不好揭穿她的"阴谋",内心深处也不想揭穿。当罗方成一双有力的大手在她颀长的秀腿上游走时,他手上的热度瞬间变成了一股股强大的电流,电击着她的全身,连刀口都麻酥酥的,失去了疼痛,有一种飘飘欲仙的快感。这时周富拎着一网兜水果营养品和儿子大宝进来了,他一见罗方成在给洪志玲做按摩,便调笑开了:"哟,小罗当上按摩师了,啥时学会的这门手艺？对不对外营业？"

小玉一面用脚踢他，一面替小罗解围："你是看志玲来了，还是耍贫嘴来了？"

"他哪里是看我来的，他是来看你的，想你了呗。小周，你是不是恨我这个'王母娘娘'，为了我，让你们小两口过牛郎织女的日子，真的是不好意思。"

三人斗嘴时，小罗没有插话，仍专心埋头给玲姐揉腿，直到有其他客人进门，才在洪志玲的示意下停止按摩。不久，团领导、同期姐妹来了不少，有刘团长、王政委、俞副团长、钟大队长、方政委、万副大队长、张云、姚玉兰，还有赵伟刚、宋荣荣两口子等。客人将22号病房挤得满满的，多数人没有地方坐只好站着。

"小玲，先告诉你三个好消息。第一个好消息是飞机没有报废，已经修复，昨天飞回了机场。"说话的是刘团长。

"团长，发动机啥故障？"洪志玲问。

"没啥大毛病，油里有水结冰，堵死了油路。飞机损伤不大，除更换两片旋翼外，其他部件都完好无损。第二个好消息是师党委决定给你记二等功。"

"甭给我记功，二等功应归您，没有您的那声'好'，我还真下不了决心。真要把老乡给砸了，我怎么向海庄的社员交待。"

这时钟大长插话："一听发动机停车，我有些发蒙，头立马大了。团长的那一声'好'，如同一声霹雳，通过扬声器，在指挥所炸开了，也把我炸醒了。"钟大长的话让洪志玲明白了，刘团长的那声好，不仅是喊给她听的，也是喊给指挥员听的，他是按着发射按钮喊的。生死存亡的瞬间，刘团长比自己还要冷静沉着，姜还是老的辣，这话一点也不错。她由衷地赞叹道："团长，听钟大队长这么一说，我才听懂了您那一声好的含意，不光是为我鼓劲，也是给指挥员报信，万一着陆失败发生一等飞行事故，责任在您不在我，有您的一声好为证。您真是一位不怕牺牲勇于担当的好领导。二等功应该给您，您当之无愧。"

"有那么邪乎吗？当时我可没想到死，有你'空中魔女'在，死神岂能奈何得了我。你就甭谦虚了，二等功我想争也争不来。第三个好消息是海庄的社员代表要来给你送锦旗，说不定很快就到。"

说曹操曹操到，三名海庄的社员代表拿着一面锦旗，提着一个提包挤了进来。他们是两男一女。那位拿着锦旗的中年男社员举着锦旗对洪志玲高声道："中队长同

173

志,我代表海庄生产大队的全体社员来看望您,您为了保护我们的生命财产,光荣负伤,我们特别感动,为了表示我们的谢意,特制了这面锦旗献给部队,献给您。"

曾小玉代表洪志玲接过锦旗。锦旗上的抬头是:献给汤山机场和洪中队长;正文是:人民子弟兵,舍身为人民;落款是:兴城公社海庄大队全体社员赠。一九七五年元月十二日。"上面的字全用金色丝线绣成。他献完旗后,从那位女社员手中接过一个黑色布质手提包:"这点核桃、板栗是我们当地特产,送给你们,千里送鹅毛,礼轻仁义重,核桃、板栗虽不是啥稀罕东西,但它是我们社员的一片心意,请你们收下。"

这次小玉没主动伸手,大伙儿都盯着刘团长和王政委。还没轮到说话的王政委走上前去,接过提包,又将提包顺手交给了大队政委方敏,然后紧紧握着那位社员代表的手,含笑说道:"同志,您贵姓,怎么称呼?"

"免贵姓车,兴城公社海庄大队的支部书记。"

"车书记,我是团政委王怀仁,这位是……"

他正要介绍刘团长,被刘团长打断了:"我们认识,就是车书记组织民兵把我和小玲抬出驾驶舱的,当时我也震昏了,被抬下飞机后才醒过来。"

"我代表部队全体指战员向您表示感谢。咱们军民一家人不说两家话,你们的锦旗、礼物我们收下,今天就请你们三位到机场做客,参观参观机场和飞机,日后等洪中队长的伤好了,我们再去海庄登门致谢!"

他的话引来了满屋的掌声,掌声惊动了值班护士,她指着墙上"保持肃静"的警示牌小声道:"请首长和同志们支持我的工作,保持肃静。"王政委忙连连点头,表示歉意。

不久洪志玲出院了,接她的是王荣荣。为了使洪中队长尽早健复,团里决定出院后让她住卫生队休养所。休养所在机场营区的东南角,濒临东沙水库,这里树木众多,环境幽静,是一处休养的好去处。王荣荣为了照顾她,主动提出由治疗室调到休养所,成为洪志玲的主管护士,把曾小玉从她身边解放出来。刚进休养所,洪志玲仍下不了床,吃喝拉撒睡全在床上,荣荣由空姐改护士后,进过专业培训班,经过这么多年的实践,已是一名十分称职的护士,再加上有一份报恩之心,因此她护理洪志玲比万小玉更细心,更周到,也更专业。

一个月过去了,两个月过去了,在王荣荣的经心护理下,洪志玲终于下床了,荣荣给她找来助走椅，让她扶着助走椅一步一步往前挪。她给她订了康复计划，每天依照计划安排练习行走，行走的时间与距离逐渐加大，达不到指标不让洪志玲上床休息，一点情面也不讲。

罗方成提为空勤干部后，回老家找了个对象，叫王彩云，小学教员。人特漂亮，小罗非常满意。每晚熄灯后，还打着手电躲在被子里偷看姑娘的照片，边看边乐，常做美梦。可是好景不长，不到三个月彩云便提出分手。正在发烧的罗方成猛然间掉进了冰窖里。失恋后的罗方成成天没精打采，神情恍惚，跟只闷葫芦似的，很少说话.也很少去休养所看洪志玲，对继原和老人也失去了往日的热情。这些反常举动引起了洪志玲的注意，知道他肯定遇到了伤心事。一个星期天的上午，她把他叫到休养所，她要好好开导开导他。

"小罗，你最近像掉了魂似的，遇到了啥不顺心的事，给姐好好说说，不说也行，你就当着姐的面，痛痛快快地哭一场，不要把悲痛压在心里。"

经她这么一说，罗方成真的嚎啕大哭起来。洪志玲也不劝他，让他坐在沙发上尽情宣泄心中的积郁与悲伤，她只在一旁用手绢给他擦拭泪水。方成哭着哭着竟像孩子一样把头埋进了她的怀里，志玲也没推他，而是让他在自己怀里继续抽泣，并用左手轻抚他那宽阔的脊背。良久过后，方成安静下来，他止住悲声，从志玲怀里抬起头来，用她的手绢擦干了脸上的泪水。他经过一场大哭，流了大量的泪水，大量泪水带走了大量的伤痛。他在洪志玲怀里靠了不少时间，得到了不少温暖，吸取了不少力量。罗方成心里舒坦了很多，头脑也清醒了很多。

"志玲姐，我想通了，我与彩云相识是经人介绍的，两人在一起的时间很短，我们之间的感情还没到梁山伯与祝英台那份儿上。订婚只是农村的一种传统习俗，并没有法律效力，她提出分手也无可指责。

志玲姐，你放心，我不会再沉迷下去了，我要振作起来，接受这次的教训，以后找对象，要不就不找，要找就找一个像志玲姐这样知根知底相互了解的。"

说者无心，听者有意，罗方成的最后一句话只不过是一个比喻，但它却触动了志玲的心，她的脸陡然红了一下，但一闪即逝。

听完方成的大段表白，洪志玲放心了，她没再多说，只是简单地鼓励了几句："小罗，你能这么想，姐很高兴，我也相信你一定能说到做到。"两人谈完话后，罗方成没回大队，而是找继原玩去了，脸上又有了阳光与笑云。

第二十章 救援

凌晨三点左右,机场万籁俱寂,官兵都在睡梦之中,二〇五团值班室的电话铃急促地响了起来,师作战科让该团派一架直升机去渤海湾救人,有一艘外国货轮与一艘中国渔船相撞,渔船已经沉没,渔民已被救上还没沉没的外国货轮,但外国货轮也在缓慢下沉,船上的员工和渔民急待救援。这一紧急任务落到了已完全康复的洪志玲肩上。她被从睡梦中叫醒,刘团长简要地下达任务后,机组就乘车赶往机场,机组成员有飞行员左明,领航员仍是张领航长,机械师也是老人罗方成,机械员牛建立。

三点二十分,洪志玲驾驶8719号直升机冒着夜雾向渤海湾飞去,很快他们便飞越燕赵大地进入大海上空。海上白天飞行难度就很大,晚上飞行难度就更大。那晚又是阴天,厚厚的云层,遮住了月光星光,机外是一团漆黑,分不清哪是海哪是天,只有旋翼灯与航行灯在夜空中闪烁。按航行部门提供的经纬度数据,他们已到达预定海域,可是机下见不到任何灯光点,难道船上的发电机被撞坏了?

洪志玲决定下降高度至一百米,打开着陆灯,在预定海域展开搜寻,终于在右前方发现了已经倾斜的货轮。洪志玲慢慢地操纵直升机缓缓向货船靠近,在降至五十米高度时,洪志玲开始绕船飞行,她要仔细观察货船上的烟囱、旗杆、指挥台、集装箱等高出甲板的各种设施,防止旋翼和尾桨打上它们。另外她要找一个适合飞机停靠的着陆点。她不想用空中悬停的办法救人,因为当晚风大浪高,软梯很难攀登,二十多人都通过软梯爬上直升机,需要很长时间,而货船随时有沉没的危险。如果直升机在船上降落,一是倾斜的货船已没有这样的场地,二是直升机的重量会加速货船下沉。

货船上的船员和渔民发现直升机后,忘情地欢呼着,救星来了,他们有救了。可是眼看货船在一尺尺地往海里沉,而直升机却不往船上落,只围着货船转圈,急得他们频频地舞动手中的衣物，高声地呼喊着。其实洪志玲比他们还着急。她绕飞了两圈后，发现船体甲板倾斜坡度大，决定采用半悬停的办法，将机舱门一侧的主轮停靠在船舷上，另一侧的主轮则悬在空中，这样既便于船员与渔民直接经舱门进入客舱，又可大大减轻直升机加给货船的载重量。但这种一侧主轮接地，另一侧主轮悬空的半悬停的办法，在夜黑风大的情况下，需要高超的直升机驾驶技术，用杆用舵的量要相当精确，稍有差池直升机就有翻覆的危险。为了慎重起见，洪志玲决定，先用软梯将机械师罗方成放到货轮上，一方面让他协助船员快速拆掉一处护栏，一方面组织船员和渔民迅速登机。洪志玲艺高胆大，操作精确，在罗方成的指挥下，一次停靠成功，二十多名遇难者，手拉着手，顶着海风与旋翼卷起的气流，鱼贯进入客舱，不到五分钟便全部上了直升机，最后一个上的是罗方成。当洪志玲起飞增速，将直升机高度上升到两百米时，货船全部沉没，海面上出现了巨大的旋涡。

　　返航途中，客舱里的一名外国船员对罗方成叽里呱啦地说着外国话，双手直竖大拇指。小罗听不懂外语，不明白他说的是啥意思。幸好船员中有一年轻人会中国话，他给二人翻译道："他是船长，他说你了不起，机长更了不起，是上帝。他想见见机长，可以吗？"

　　"我没啥了不起，我们机长的确了不起。你可以见机长，但飞行中不行，等落地之后吧！"

　　8917直升机在塘沽一指定地点降落，地面有一辆大轿车和两辆救护车在等待。直升机停稳关车后，牛机械员打开机舱门，放好梯子请客人下飞机。无论是外国船员还是中国渔民，下飞机后都没离去，都要见见机长，当面致谢。罗方成在接机的一位领导的要求下，爬上驾驶舱，转达了那位领导的请求。洪志玲思索片刻后打开驾驶舱门，走下直升机。

　　三月中旬的北方，乍暖还寒，洪志玲上身穿着绛色单皮夹克，脖颈上围着一条白绸围巾，下身穿着深蓝色军裤，脚登高腰黑色皮鞋，齐耳的短发乌黑锃亮，圆圆的面庞在晨曦映照下更加红润光亮，身材更加高大英武。刚出机舱门，便引出一片啧啧惊叹声："哇，好漂亮的女飞行员，神女，东方神女！"

　　"真如观音降世，天女下凡。"

　　这时有位外国船员拿出照相机，拍下了洪志玲飒爽的英姿。接着死里逃生的幸

177

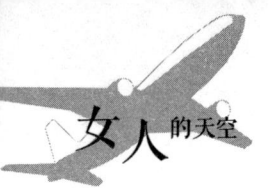

存者们,纷纷围在洪志玲身边要与她合影,她做了一个暂停的手势,当她把机组成员全叫来后,才与那些崇拜者合影。照相时,那位船长特意邀请洪志玲与罗方成站在自己身边。

接船员和渔民的大轿车离开后,洪志玲将机组成员召集在一起,郑重地叮嘱大家:"回到部队后,谁都不要提刚才在地面发生的事,更不许叫什么'东方神女'。"

飞行员左明不解地问道:"中队长,这是好事,为啥不说?"

罗方成忙替她回答道:"中队长不让说自有不让说的道理,你来部队不久,还不太了解中队长,她是个不喜欢张扬的人。"

洪志玲没再做解释,只是冲罗方成笑了笑后就驾驶直升机起飞了。

人们都信奉"好事不出门,坏事传千里"的谚语,岂不知好事也有传千里的时候。洪志玲所救外国船员全是澳大利亚人。那位给洪志玲照相的船员是位摄影爱好者,他将洪志玲那张风流倜傥的照片,登在当地一家有名的杂志封面上,还配上了一大段文字说明,照片的标题就叫"东方神女"。从此,中国的"东方神女"便在国外传开了。两个月后,摄影者不知通过什么渠道,把这本杂志辗转寄到了部队,"东方神女"在机场内也传扬开了,从此洪志玲又多了一个美称。

孙继原三岁时进了机场幼儿园,为了照顾飞行人员,那时部队幼儿园的孩子都是全托,家长每星期六晚六点接孩子回家,星期日晚六点再将孩子送回幼儿园。继原上幼儿园后,浩远的母亲要回常德老家。临走前的晚上,洪志玲亲自下厨,给婆婆做了顿丰盛的晚餐,全是婆婆喜欢吃的湘菜,有麻辣鸡、豆瓣鱼、梅干菜扣肉、笋片蘑菇等,还邀请罗方成作陪。婆婆喜欢喝两杯,志玲特地买了老人最爱喝的家乡酒,德山大曲。自继原会喊奶奶后,志玲也随儿子叫老人奶奶。"奶奶,您老人家把继原带这么大,很不容易,我敬您三杯,以表对您老的感谢。您回家后我会按月给您寄生活费,我永远是您的儿媳。"说完,她连饮了三杯。罗方成不能喝酒,但他还是敬了老人一杯酒。

三杯酒下肚,老人的话就多了起来:"小玲,有你这么贤惠孝顺的儿媳妇,娘很高兴,只是浩远命短,不能与你白头到老,留下你孤儿寡母受苦。娘也是女人,知道守寡的难处。娘不是守旧的老太太,浩远也走了这么些年了。你还年轻,今后的日子还很长,听娘一句劝,遇到有疼你们娘儿俩的男人就改嫁吧!新社会寡妇嫁人不是丑事,你又是当干部的,脑壳比娘活络,没必要守浩远一辈子,你就是再嫁人,也还是我的好儿媳。"

洪志玲没想到婆婆会说这番话,心里很感动,嘴上却说:"娘,您明天就要走了,咱们说点高兴的事。"

老人拉起志玲的手含着老泪道:"小玲,眼下要说高兴事,你能为继原找一个像小罗这样喜欢他的后爹,就是娘最高兴的事。"

不知是老人喝高了,说醉话,还是借酒劲说心里话,不管是醉话也好,心里话也罢,反正是让洪志玲的脸红了好一阵子。童言无忌,谁知继原火上浇油,他接着奶奶的话茬又加了一句:"妈,我只喜欢罗叔叔。"洪志玲这位应付过各种大场面的蓝天女杰,却被老人与小儿子的话难住了,老小二人说的是真话、实话,不能说不对,可是默认他祖孙二人的话,有可能引起小罗的误会。思来想去,她只好装糊涂,对婆婆和儿子的话都不表态,但他俩的话都深深地烙在了她的心上。

老人的话只是个比方,小孩天真,他的话只是一个不懂事孩子的直接感受,别无他意。因此,老人与小孩的话,小罗倒没往心里去,更没往别处想。

继原上幼儿园之前都是跟奶奶睡的,祖孙之间感情很深,明天就要离开了,浩远妈那份离舍之情难于言表,老人的双眼与房间里的电灯泡一样,电灯泡是一晚没灭,老人的双眼是一宿没合。她一直瞅着继原的小脸蛋,眼前的这张小脸将老人的思绪带到了三十多年前,也是这样的夜晚,也是这样的小家伙躺在自己的身旁,没曾想自己一手抚养大的浩远却走在了前面,成了白发人送黑发人,好在有继原这条根。可是这里毕竟不是自己的家,老家的老伴,大儿、儿媳,还有两个孙子盼她回去,她同样舍不得那一大家人。天亮了,洪志玲早早起床张罗,不久罗方成与曾小玉也来了。按计划先送继原上幼儿园,继原本就不愿去幼儿园,知道奶奶要走,死活不去幼儿园,闹着要跟奶奶走。他的哭闹更让老人揪心,一个人躲在房子里落泪。儿子的死别,孙子的生离,这人生的最大悲痛,老人都摊上了。老人在屋里哭,孩子在厅里闹,洪志玲不知顾哪头好,她心软,真想劝婆婆留下。曾小玉在处理类似事情上,比洪志玲果断,她把罗方成叫到一边,面授机宜,让他如此这般去做。方成听后便哄继原道:"继原别哭了,奶奶不走了。我送你去幼儿园好吗?"

"你骗人?"

"罗叔叔骗过你吗?"他嘴上这么说,心里直喊冤。

179

　　小家伙歪着小脑袋想了想，还真想不出罗叔叔骗他的事，他将信将疑："那我们拉钩。"拉完钩后，继原才不闹了，临走时还跑到奶奶跟前问道："奶奶，您真的不走？"老人只好强笑着点了点头，没说话。方成领着继原刚出门，老人就跑到窗户前，直到继原的身影在视线里完全消失，才跌坐在沙发里，老泪纵横。见老人悲伤，志玲、小玉忙上前劝解。正在这时，赵伟刚和王荣荣进来了，荣荣还提着网兜，里面全是食品，是送给志玲婆婆的。

　　那天与洪志玲在小玉家长谈之后，赵伟刚像变了个人似的，回到家便主动向荣荣认错检讨："荣荣，我刚才和志玲见面了。她让我清醒了，我对不起你，对不住孩子。我决定按志玲指的路走……"

　　相识、相恋和结婚以来，伟刚向荣荣认错，这是破天荒的头一次。王荣荣已经很久没听到这亲切的声音了，没等伟刚往下说，眼眶里早已蓄满了激动的泪水，她陡然站起来，拥住了伟刚，呜咽着道："伟刚，你别说了，过去都是我不好。是我伤害了你，伤害了志玲。志玲不仅原谅了我，还帮我找回了你，挽救了我们的婚姻，挽救了即将破碎的家。我感激她，敬重她，而且要全力帮助她。她支撑一个没有男人的家不易。你以后不要避什么嫌，要更加关心她，关心她一家。"洪志玲住休养所期间，她很好地实践了自己的诺言。

　　当得知志玲的婆婆要回老家的消息后，夫妻双双前来送行。

第二十一章　拒婚

一九七五年夏，二〇五团的干部变动很大，刘团长提升为副师长，王政委提升为师副政委，俞素梅任师副参谋长，三大队钟大队长提升为团长，一大队方政委提升为团政委，赵大队长任副团长，洪志玲当了三大队大队长，万树生成了她的副手，任该大队副大队长，曾小玉接洪志玲的班，当上了中队长。

八月是机场最热的时候，也是游泳池人多的时候，汤山机场有个长五十米，宽二十五米的标准露天游泳池，虽说是露天的，但环境条件很好，四周全是树，树荫很浓，树下是成行的长条凳。地面全是水磨石，游泳池的水质特佳，是地下的温泉水，含有丰富的矿物质。更衣室的条件也不错，在室内，安有太阳能热水器。

一个星期天的下午，洪志玲带着继原到游泳池游泳。继原还小，不会游，戴着游泳圈在浅水区玩，洪志玲也只好陪着他。正好罗方成也来游泳，他一见志玲母子在浅水区瞎扑腾，便来到他俩身边："继原，扔掉游泳圈，叔叔教你。大队长，你去游吧，我教继原。"

自从跟浩远学会游泳后，洪志玲就喜欢上了这项运动，每年夏天有空就往游泳池跑，一游就是一个来小时，中间从不休息，她也不愿休息，一到岸上穿着泳装的她就成了"众矢之的"。她见小罗过来，便将孩子交给他，自己到深水区游去了。

罗方成的家就在湘江边上，从小在江里戏水，他的水下工夫一点也不比孙浩远差。他也有绝活——踩水，他自立深水之中，靠踩水能将胸脯以上部位露出水面，如若他打水球，一定是个非常出色的守门员。他教继原学游泳也从蛙泳开始。他首先取掉了他身上的游泳圈，丢开游泳圈后，小家伙开始有些害怕，老抱着小罗不松手，小罗慢慢哄着他，开始用手托着他的肚子，让他学划水和蹬腿，十分耐心地纠正他的动作。到底是水鬼的儿子，继原学游泳的悟性极高，当洪志玲游完三千米回到他们身边时，小罗用一只手托着继原的下巴，他居然用蛙泳的动作游了十多米，

见儿子进步神速,便嫣然笑道:"小罗,你是咋教的,真是个天才的游泳教练,当年浩远教我学游泳,也没他这么快。"

小罗不大习惯别人夸他,又带着继原游开了,继原是不断地游,罗方成是不断地讲。站在一旁的志玲看着师徒二人专注的样子,她的思绪飞到了大连海滨,回忆起了与浩远一起游泳的幸福情景。

大连海滨。遥远甜蜜的回忆使她神情迷茫:洪志玲与孙浩远并排向远处的休息平台游去。离平台约一百米处时,孙浩远从水面消失了。志玲自然不担心他溺水,但不知他搞什么鬼,便在原处踩水四周观察。三分多钟后,浩远出现在救吴部长的平台上,举着双手冲她呼喊:"志玲,我在这里,加油!"志玲奋力向前游去,当她爬上平台时,拉他的不是孙浩远而是罗方成。志玲抖了抖头上的水,原来是幻觉,两个男人为啥交替在她脑海里出现。当一个顽皮的男孩误将水球砸到她身上时,她才真正清醒过来。这时,儿子正用下巴依托小罗的大手,慢慢向较深的泳区靠近。她陡然发觉,小罗已非昔日的小男孩,已是一个高大威猛的男子汉,他那粗壮的胳膊,宽厚的胸背,黑红的脸庞,浓密的胡茬,高突的鼻梁,处处显示着雄性健壮的美。看着看着,她的胸中竟然骚动起来,产生了一种要与那胴体相拥的强烈欲望。这种欲望是自浩远走后的第一次。洪志玲暗叫了一声:"不好,只怕是爱上罗方成了。"

自此之后,从不优柔寡断的她陷入矛盾之中,一方面不想再让罗方成教儿子学游泳,想避开他,以免再次产生那种欲望。她认为,她与他只能是姐弟之间的情爱,不可能有男女之间的性爱,自己必须克制;另一方面她又想继续让罗方成教儿子学游泳,自己在一旁尽情欣赏他那雄性的美,让那种爱的欲望在胸中自由澎湃激荡,她是个年轻的女人,需要享受激情。

洪志玲当大队长后,有了自己的办公室,办公室里安装了军用电话。一天上午,已是师副政委的王怀仁在汤山机场给洪志玲打电话,让她去他设在军人招待所的办公室,说有事找她。他是她的老领导,相互比较信任,他找她不会有歪的邪的,肯定是正事。决不会出现于副师长找她谈话的那一幕。她放心大胆地上了军人招待所的二楼,走到了挂有王副政委门牌的房前,门开着,于是她喊了声:"报告!"王副政委一见洪志玲忙微笑着迎上前去,与她亲切握手,继而请她在沙发上坐下,给她倒了一杯开水后,自己又坐回办公椅。

"小玲，我知道你当大队长后很忙，我就开门见山直说，我找你是受人之托，你还记得吴部长吗？"

"记得，他不是调到外地去了吗？"

"对，他现在是空军北方军区政委。他很欣赏你，一直惦记着你，知道你现在的情况后，他托我做媒，想与你共建家庭，一起度过后半生。"

洪志玲一听这话，才明白王副政委找她的目的。"吴政委不是有爱人吗？离婚了还是病逝了？"

"他爱人前年过世了，想找个伴。"

"吴政委怪可怜的，是得找个真心爱他的老伴。"

"小玲，吴政委可不老，他比你大不了几岁。怎么样，有何想法？"

洪志玲端起水杯喝了口水，其实她不渴，喝水只是为了掩饰尴尬。王副政委给她提出了一个令她非常尴尬的难题。洪志玲禀性善良，她非常同情吴政委，而且他对她有恩，因此她不想再让他受到伤害。但是她又不可能接受他的感情，倒不是嫌他年纪大，也不是怕群众说她攀高枝，而是两人根本就没有半点感情基础，与一个没有丝毫感情的人结合，那样的婚姻决不会有幸福。曾经沧海难为水，除去巫山不是云，经历过与孙浩远那段幸福缠绵的爱情生活之后，决不会接受吴政委的爱。可是这些话她又说不出口，所以她犯难，难以启齿。心地善良是洪志玲的一大优点，然而在处理与感情有关的事情时，她的这一优点反而成了她的短板。

王副政委见她低头不语，误以为是洪志玲因谈个人问题难为情。便开始劝她："小玲，浩远已经走了好多年了，你也该从他的影子里走出来了，我相信如果真有天堂，浩远也会在天堂里为你祝福，希望你重新成家。吴政委是我的老首长，对他我是知根知底，他是一个有能力、有魄力、有责任心、有担当的好领导。他作风正派，性格开朗，心地善良，生活朴素，是个口碑很好的干部。依我看你们是天造地设的一对，婚后一定美满幸福。"

王副政委的这一番话，洪志玲是一个字也没听进去，在他说话的当儿，她在琢磨对策。他讲完了，她的对策也想出来了："王副政委，不好意思，看来我与吴政委无缘，他的求爱信息来晚了，我心里已经有了人。"

"啊？有人啦！我从来没听你说过，也没见你写恋爱申请，他是谁？"王副政委万分惊疑地问道。

"不好意思,我们还处在相互考察阶段,还没最后定下来,不好说他的名字,请您谅解。"

"你……"他本想说,你不会是真恋着赵伟刚吧?但他作为领导,不能说这无凭无据的话,因此话到嘴边又咽了回去,而改为"你既然还没定下来,那就停下来,另做选择。"

"王副政委,如果真不成,再考虑吴政委咋样?"

"那好吧!"

洪志玲使的是缓兵之计,想用一个"拖"字,先应付过去,以后再慢慢想对策。

洪志玲回到大队后,心情久久平静不下来。拖得了一时拖不了一世,如果不给王副政委一个明确的答复,这道坎是迈不过去的。有不好解的思想疙瘩,她本想找俞素梅,但自她调到新都师部后,见面机会少了,这事在电话里又不好说,她只好找曾小玉。她将小玉叫到她办公室,把王副政委找她的事一五一十地给她讲了。小玉听后并没觉得这是道难题:"志玲,这有啥子好犯难的,直截了当地告诉他,不考虑。为这事值得愁成这个样子吗?你是不是当了大队长,怕起当官的来了,怕得罪他们。"

洪志玲苦笑道:"这与我当不当大队长靠不上谱,挨不上边,我是怕伤吴政委的心,他太不幸了。"

"既然这么同情他,怜悯他,那就痛痛快快嫁给他吧,去给他当老妈子,去舔他的伤疤,成天侍候他,做他的金丝鸟那也不错。"

曾小玉说的是气话,洪志玲当然听得出来,她不跟她计较,而是接着说她的难处:"我都急得火上房了,你还说风凉话,真不够姐们儿。我真正的难处是我说我心里又有人了,这只是搪塞他的权宜之计,如果王副政委当真追问起来,我咋自圆其说,他不会认为这人是赵副团长吧!要是他真这么认为,那事情就更麻烦了。"

经志玲这么一说,曾小玉也感到问题比她所想的要复杂。"我的洪大队长,你啥时能改改你这悲天悯人的菩萨心肠。本来很简单的问题,就因你同情吴政委,结果弄得这么复杂,还扯上了赵副团长。要是王副政委真那么想,还真有点麻烦。"

"可是我当时心里想的那个人并不是赵副团长。"

"志玲,难不成,你心里真的又有了人?"曾小玉发现洪志玲很可能爱上了某个男人。但是她俩成天混在一起，虽知道有人给她写情书，有人打骚扰电话，也有媒人提亲，但她都未动过心，没看出她爱上男人的蛛丝马迹，与她走得最近的只有一个罗方成，可她一直把他当小弟看待，小罗也是将她当亲姐姐。难道是罗方成？这绝不可能呀！两人无论年龄、级别、职务、地位等都相差很远，洪志玲无论如何不会将第二个绣球抛给他，罗方成也没有高攀她的胆量和意思。他俩亲密相处这么多年，从来没人说过闲话。可是除了罗方成之外，她又想不出第二个男人来。于是她又追问道："志玲，不是我不够姐们，是你当官后，与我隔着一层肚皮，不给我交心。今天你既然找我来谈心，那你就得交心，你得老实告诉我，现在你心里是不是真有了你看上的男人？他是谁？"

洪志玲当时说的那个男人还真是罗方成，只不过她对罗方成的那点好感，算不算爱上他，自己也说不清楚，因此不便让小玉知道她当时心里想的那个人就是罗方成。

"你我成天在一个锅里吃饭，一个房间里睡觉，我有没有男朋友，你能不清楚！"

"那你刚才说的'心里想的那个人'是咋回事？"

"我当时心里想的人，并没有具体的人，只是一个幻象。"

洪志玲的这个幻象，还真把曾小玉蒙住了，她没再追问，而是开始帮志玲想主意。"志玲，我想出了一个好办法。

"啥办法？"

"这个办法，对你这个万事难不倒的'魔女'来说，本应该想得出来，只不过当事者迷，犯迷糊。"

"甭卖关子了，快说，啥办法？"

"你从那些求爱信中，挑一封像回事的出来，下次王副政委问你时，你就把这封信拿给他看。你不就可以交差了吗。"

洪志玲听后不但不感兴趣，反而奚落了小玉一顿："我以为小玉诸葛一定有锦囊妙计，没想到会是这么一个不着调的馊主意。我留那些信干啥，都烧了。"

"你又怕得罪他，又不愿嫁他，那你说咋整，你有啥子两全其美的好法儿？"

"我有好办法还会找你商量。我现在是天上飞的飞机，没有辙。哎，要是夏大姐在就好了，她肯定能替我摆平这些尴尬事。"

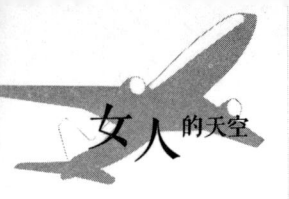

"耶,俞副参谋长给你的《手册》里,有没有这一条?"

正在两人冥思苦想对策时,桌上的电话铃响了。洪志玲拿起电话,听筒里传来了一个似曾相识的男中音:"喂,是小玲吗?"

"我是洪志玲,请问您是哪位?"

"真是贵人多忘事,几年不见,把我这个老朋友给忘了。"

洪志玲这时听出来了,他是当年的吴部长,如今的吴政委,一听是他,她的心一下提到嗓门眼儿。"老首长,您好!"

"小玲,没想到我会给你打电话吧!甭紧张,我今天打电话不是逼婚,而是道歉。你们王副政委把他与你谈话的内容原原本本地对我说了。你的意思我全明白,是我太唐突,让你为难,'不好意思'。你没当面拒婚,没把一个'不'字说出口,是给了我天大的面子,我真心感谢你。"

"政委,真是不好意思,你这么理解晚辈,体谅下级,真让我感动。"

"小玲,我已明白你的意思了,就不用再找托词了,什么晚辈,我们是同一辈的好同志,好朋友,好兄妹。"

"那我就冒昧地叫您一声吴大哥好了!"

"这才像老朋友。小玲,上次我没能喝上你的喜酒,下次你办喜事的时候千万别忘了我这个大哥。"

"政委,您现在在哪里?要是在北京的话,我一定去看您。"

"我现在在单位,我去北京的机会很多,到时候一定告诉你。再见!"

吴政委放下电话好一阵子了,洪志玲还拿着电话不放。旁听者曾小玉虽没听清对方的全部谈话,但了解了一个大概,她也被吴政委的大度、宽容、明智、虔诚所感动。"志玲,吴政委真是个大好人,是个好首长。这样的大官,是海底的明珠极为难寻,你不该拒绝他。"

"你说得对,他的确是位很不错的领导,但好领导不一定能做恋人。"洪志玲心头的愁云,被吴政委的电话吹得烟消云散。

第二十二章　传经

国庆节期间，三大队准备执行送外宾参观的机群任务。这次任务的时间比较长，代表团除了参观大寨外还参观红旗渠和沙石峪，计划日程是三天。共出动四架飞机，四名机长是钟团长、洪大队长、万副大队长和曾小玉中队长。罗方成维护的直升机这次没派上用场。

洪志玲领受任务后，就反复考虑如何安置继原的问题，她首先想到的是曾小玉家，她虽然也要执行任务，但周富在家，继原可托付给他，但继原才三岁多，他一个大男人带两个孩子，怕照顾不过来，所以很快打消了这个念头。第二个人选是好朋友张云，可是继原不愿在张阿姨家玩，更不用说过夜了，这个想法也被她否定。其实最理想的是赵伟刚家，继原与他一家人都很熟，与他们的儿子也是好玩伴，但自王荣荣在三大队门口大闹之后，她与赵副团长已经疏远了很多，他也"改邪归正"，将自己的感情全转到了妻子身上，倘若将继原请他照看，怕节外生枝引起新的纠葛，这个想法她也放弃了。思来想去，最终选定了罗方成，一是这次任务没有他，他有时间；二是他与继原最亲，小家伙就喜欢罗叔叔，将孩子交给他放心。三是让他当几天"保姆"，不会有人说长道短，大伙都晓得他们的姐弟关系。唯一让她迟疑的是，让一个大小伙子住到自己家里来，总觉得有些别扭，她反复权衡利弊，这个看似可行的方案也被否决了。最后她与幼儿园院长商量，请她们照看三天。院长考虑她的特殊情况，同意假日期间继原仍住在幼儿园，每天派一名老师值班，专门带他。洪志玲怕小家伙一人呆在幼儿园孤单，再加上是值班老师带他，担心继原认生闹腾，因此出差前，她给罗方成交待，放假期间请他多去幼儿园陪继原玩玩。并将房门钥匙给了他，以便随时去家里取继原需要换洗的衣服。

九月三十日下午六点多钟，幼儿园老师给大队值班室打来电话，说继原大闹幼儿园，哭着在地上打滚，嗓子都哭哑了，非要罗叔叔接他。值班员让罗方成去幼儿

园帮助老师哄哄孩子。罗方成还未进门,就听到继原在教室里哭闹,他快步走进教室,继原一见便抱住他的腿不放,非要回家,他怎么哄也哄不住,万般无奈,罗方成只好将继原接回家。他领着继原往大队走,是想让他住在大队他住的宿舍里,走了不远,小鬼头发现方向不对:"叔叔,我不去大队,我要回家。"

罗方成哄他:"先去叔叔那儿,叔叔那里有好吃的。"一听有好吃的,他便高高兴兴地来到了罗方成的宿舍。与他同住的机械员牛建立也在,两人拿出空勤灶发的糖果给他吃。可小家伙吃饱了,又闹着回家,小罗与小牛想方设法哄他玩,给他学狗叫,让他当马骑,开始他玩得很高兴,可玩腻了后又要闹着回家。楼里住着不少没成家的干部和战士,继原的哭闹搅得全楼不安。

"罗机械师,我看你还是带他回家吧,再闹下去,影响大伙的休息不说,继原的身体也受不了,万一闹出病来不好向大队长交待。"在小牛劝说下,罗方成只好将继原送回家。到家后,又陪小家伙玩积木,画图画,看电视,一切都很顺当,九点多钟继原困了,要睡觉,他非要睡在妈妈床上,他说奶奶走后他回家都是与妈妈睡在一起。而且要罗叔叔陪他睡。这可难住了罗方成,一个小伙子怎么可以睡到年轻女人的床上去,而且那是他崇敬的洪大队长的床。他给继原洗过脸洗过脚以后,将他放到了洪志玲床上,给他盖好被子,从客厅搬过双人沙发,准备睡在沙发上。刚要走被继原拉住了:"叔叔,你干啥去?"

"我去沙发上睡。"

"叔叔,我要你和我一起睡。"

罗方成哄道:"继原,叔叔睡觉不老实,怕压着你。"

"我不怕,我抱着你的手睡你压不着我。"孩子就是皇帝,他的话就是圣旨,罗方成只好答应。罗方成脱掉单军装和衬衣,关灯后上床睡觉。他躺下后,继原要他讲故事。

"叔叔,我妈会讲好多故事,你也给我讲个故事吧!"

"你妈都讲过哪些故事?"

"我妈给我讲过白雪公主、灰姑娘、小仙人、大拇指的故事。"

"那给你讲个青蛙王子的故事。从前,有个国王的小公主,特别漂亮。公主住的王宫附近有口井,井里有一只青蛙。有一天小公主的小金球掉到井里去了,青蛙给她捡了上来。后来青蛙变成了一个英俊的王子,他和小公主结成了永久的伴侣。"

小家伙两只小手抱着罗方成的大手，听着听着，就睡着了。见他睡了，罗方成便慢慢起床，用军衣盖着上身，在沙发上躺下了，躺下后却久久不能入睡。虽然他在床上躺的时间不长，但洪志玲留在被子和枕头上的余香，却挥之不去。这股香味虽不浓郁，但它却一缕缕地、源源不断地进入他的体内，浸蚀着他的五脏六腑，使他心猿意马，辗转难眠。往事中凡有洪志玲参与的画面，从他的脑屏幕上一一闪过，最后定格在欢送浩远妈的宴席上，"小玲，眼下要说高兴事，你能为继原找一个像小罗这样喜欢他的后爹，就是娘最高兴的事。"老太太这句话的音量突然放大了，反复在他耳边震荡。在这句话的启迪下，他骤然萌发了一股当继原继父的欲望，梦想着长久地躺在那张床上，盖上那床被子，与志玲姐同床共枕。

但是，他很快就否定了自己的痴心妄想，狠狠地给了自己一耳光："呸！想做继原的继父，想与志玲姐共眠，一点门儿都没有。洪大队长何许人也，自己又算老几。她是天鹅，自己是癞蛤蟆，不，是小蝌蚪。扳起指头算一算有哪一点配得上她，论职务，她是堂堂的飞行大队长，而自己才是一个小小的机械师，差了好几级；论长相，她是公认的群芳之首，而自己虽不是丑八怪，但相貌平平；论地位，差距更大，她是全国的知名女英豪，有'空中魔女'和'东方神女'之称，她的事迹上过报刊，她的照片上过国内外画报的封面，而自己只是个无名小卒，一棵无人问津的小草。想与志玲姐共眠的想法不仅天真幼稚，而且是厚颜无耻，是对志玲姐的亵渎。人贵有自知之明，从今往后决不可滋生这种邪念，洪志玲永远是姐不可能是妻。"罗方成想到这里，便安然入睡了。

十月四日下午四点多钟，洪志玲完成任务回到机场后，团长宣布，凡是执行任务的人员，补两天假。这天正好是星期六，是接孩子的日子，洪志玲看了看表，已是下午五点四十分左右，快到接孩子的时候了，于是她没回家，而是直接去了幼儿园。晚六点整，幼儿园的大门打开了，家长们纷纷到孩子所在班级的教室领孩子，孙继原在小一班，她第一个来到他们的教室，继原一见妈妈便高举双手，喊着"妈妈，妈妈"扑进她的怀里，母子俩都有一种久别重逢的喜悦，特别的亲，志玲吻了吻他那红扑扑的小脸蛋，这时其他家长也进了教室，她和继原给老师说过"再见"后，便手牵着手往家走，路上洪志玲不停地问一些她不在家的情况："继原，这几天你在幼儿园玩得好吗？"

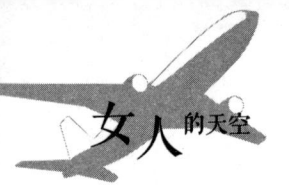

"妈妈,我没在幼儿园,罗叔叔把我接回家了。罗叔叔带我玩得可好啦,他也会讲好多故事。"

洪志玲一听罗方成把儿子接回家了,感到吃惊,难道这三天罗方成住在她家,这成何体统。初见儿子的喜悦消失了,只剩一肚子气:"是不是你不听话,闹着让罗叔叔接你?"

继原一看妈妈生气了,不敢吱声。"你说,是不是?"她这一声吼把儿子吓哭了,一边哭一边点头。儿子可怜巴巴的样子,使她的心软了下来,没再说他,为了缓和气氛,她问道:"罗叔叔给你讲的啥故事?"

"青蛙王子的故事。"

"他倒会选故事。"洪志玲自语道。

回到家里,她举目四顾,家里整理得井井有条,干干净净,特别是厨房,灶具上的油污全被清除。显然这几天,罗方成不仅照看继原,附带还干了不少家务活。家里的这一微小的变化,使她产生了一种奇妙的感觉,到底是啥感觉,洪志玲一时也说不清。

"继原,这些天你睡在哪里?"

"我睡在妈妈的床上,妈妈床上有股香味,好闻。"

"那罗叔叔呢,他睡在哪里?"

"他,他睡在沙发上。"这是罗方成反复给他交待的。洪志玲听后松了口气。

晚上她与儿子坐在沙发上看电视,婆婆在时,为减轻她老人家的思乡之情,志玲买了一台9英寸的黑白电视机,图像虽不是很清楚,频道也很少,但总比听收音机强。洪志玲靠在沙发上,想到罗方成睡在这沙发上的情景,心中油然生出一股感激之情。自打儿子游泳时,产生过那种女性的所特有的冲动之后,她尽量减少与罗方成的接触,没料到儿子大闹幼儿园,把他闹到家里来了,而且还住了三个晚上。她除了感激之外,还多了几分担心,担心自己的那种冲动会加剧,会频发。刚一进门时的那种感觉,当时没弄明白,现在清楚了,那是家里有男人的一种温馨的气息。此时,她恍若看到了罗方成躺在沙发上的健壮躯体,嗅到了年轻小伙子身上散发出的特殊体味。但是,她也和罗方成一样,很快将刚刚冒头的情思,赶紧按了回去:小罗只能是弟弟,不可能做恋人,两人之间存在着不可逾越的鸿沟。首先,我已三十挂零,已是半老徐娘,而他是风华正茂的小伙子,年龄上存在着差距。其次,我不是姑娘之身,还带着一个孩子,而他是货真价实的童男子,这种身价上的差距是无法弥补的。再次,至今也没找到他们相爱的切入点,爱浩远很明确,爱他不为名,不为利,只知为民为国的"老黄牛"精神;爱他乐观、豁达、率真的性格;爱他七十二行样样都行的才华。他俩有着共同的理想、事业、志向与情趣。而我爱小罗吗?爱他啥呢?难道也和王彩云一样,爱他的正直、诚实、淳朴、善良,当然小罗还有很多优点,他热情,为她们家做了许许多多事情。特别是他与继原之间有着很深的感情。这时,婆婆的那句话又在她耳边响起:"小玲,眼下要说高兴事,你能为继原找一个像小罗这样喜欢他的后爹,就是娘最高兴的事。"也许这就是一种缘分,也是一条相爱的理由吧!洪志玲的情感也在爱与不爱、敢爱与不敢爱之间游离。

俗话说距离产生美,离别增进爱。这两句话一般是针对恋人说的。其实亲朋好友之间也是如此。俞素梅调到师部后,与洪志玲相处的时间虽然少了,相隔的距离虽然远了,但两人之间的感情不仅没因此疏远淡薄,相反与日俱增。相互之间增加了许多牵挂与思念。浩远牺牲后,俞素梅除了关心志玲的飞行、工作之外,更关心她的生活。

有一天俞素梅到汤山机场飞行,晚上洪志玲到军人招待所看她。"小玲,听王副政委说,你心里已经有人了。跟老姐说他是谁,两人的关系发展到哪一步了?"处在爱情十字路口的洪志玲,正准备请素梅姐指点迷津,见她问及此事,便将她与罗方成的事和盘托出,重点讲了她的矛盾心情。

俞素梅其实从曾小玉等人口里已掌握了不少罗方成的情况,她已找到两人至今没能相爱的症结。于是她给志玲来了个现身说法,详细讲述了自己的恋爱史:

1957年初,我被借调到航校,负责培养空军第二批女飞行员,在那里我爱上了一位比我小六岁的少尉飞行教员姜柯,我当时是上尉副营职干部。到航校后我便成了男飞们追逐的对象。一些年纪偏大的光棍汉便开始搜集有关我的私人信息,很快他们就打听到了,我已二十八岁,未婚,而且还没谈对象,于是有人开始打我的主意。我虽已是大龄女青年,五年禁爱期也早就超过了,但我并不急于谈恋爱结婚,其原因与飞行事业有一定关系,但并非是唯一的原因,另一个重要原因是没遇上让我心动的男人。在部队时,追求我的人少说有一个班,其中有领导干部,有同行飞行员,还有社会上一些追星族,包括记者和一些文艺工作者,但他们都吃了

191

闭门羹,被我拒绝了。

古人云,千里姻缘一线牵,这传承了数千年的古语还真准,我从北京千里迢迢来到北国长春之后,月下老人给我牵上了红线,我一眼就相中了姜柯,可谓一见钟情。

有一个星期六的晚上,我坐班车进城,上车时见一小伙子旁有座位便坐了下去。小伙子见我坐在他身边,忙起身,想把靠车窗的位子让给我,被我止住了:"你别客气,坐哪里都一样。"

开车后,我感到小伙子很有礼貌便主动与他聊天:"你是几大队的,很少见到你。"

小伙子在我面前有些拘谨,一路上总是低着头,不敢正视我,更不敢主动与我攀谈,都是我问一句,他答一句,跟记者采访差不多。

"你贵姓?"

"免贵姓姜,姜子牙的姜。"

"叫啥名字?"

"单名柯,木可柯。"

一听这名字有点怪,于是转过头去对他又多看了几眼,这一仔细端详,我的心跳骤然加快,这小伙子不仅名字好,而且是一表人才,皮肤白净,眼不大但眼珠黑亮,炯炯有神。声音轻柔,带有磁性,有一种亲切感,忙问道:"你也是南方人?"

"淮安人。"

我一听更是心花怒放:"那我们算是半个老乡了!"

从此我开始收集他的信息。掌握了他的家庭出身,本人成分,文化程度,现实表现,人品性格,飞行技术等情况,每条信息都令我满意,唯独一条出生年月把我难住了,他比我小六岁。这可不是小小的差距。我犹豫了,真要和他好,肯定要引来各种非议,但自那次同车进城之后,我再也放不下他了。经过一段时间的激烈思想斗争之后,我决定抛弃世俗观念,追求自己的幸福。但我有自知之明,要想赢得他的爱难度很大,自己既不是美女,也不是二十来岁的年轻小姑娘。于是我精心制定了一套向他发动感情进攻的战略。我经常以探讨飞行技术为名,将他约到我的单人宿舍,将空勤灶发的水果和糖块都给他留着;星期六和星期日主动与他一起看电影、跳舞、逛商店购物等等。我最喜欢的电影就是新上映的《柳堡的故事》，我虽不擅长唱歌，却喜欢上了电影插曲《九九艳阳天》。总之我利用一切机会接近他，关心他，使他感到女性的温暖，逐渐拉近两人的距离。

　　我与姜柯恋爱之旅并非一帆风顺，首先是他自己反对，经过一段时间的交往后，他也爱上了我，但他有爱我的心，却没有爱我的胆。我们的差距太大了，年龄差六岁，级别差三级，职务更没法比，我是副大队长，而他只是一个普通教员。如果我们相爱，肯定遭人误解，以为他是慕虚荣，攀高枝，是以我当跳板，跳到北京去飞专机等。俗话说人言可畏，吐沫星子淹死人。再说了航校不少女医生、女护士、女工作人员都曾向他示爱，她们中间比我年轻的、漂亮的姑娘大有人在，自己何苦惹火上身？他曾一度想放弃，想渐渐疏远我。但真爱是很难放弃的，他在爱的十字路口徘徊了一些日子，最终他置世俗观念于不顾，毅然决然地选择了我。其次，我俩的爱情遭到了他母亲的强烈反对。"柯儿，你是找媳妇还是找老姐？你怎么这么没出息，挑来选去，给娘找这么一个老闺女。"他反复耐心地给老人介绍我的长处和优势，说我是女飞行员，还是飞行副大队长，人又忠厚正直，对他特别好等等。老人都听不进去，最后放出狠话："你说的这些娘都不稀罕，你要是和她成亲，往后别进这个家的门。"但他全然不顾。

　　当我们的恋情公开后，整个机场炸了锅，舆论一片哗然，有祝福的，有叫好的；有惊诧的，有劝阻的；有嘲讽的，有责怪的；甚至有谩骂的。骂他没出息，攀高枝吃软饭；骂我不要脸，恋小白脸，养小女婿。有个领导还专门找他谈话："姜柯同志，你找俞素梅副大队长不合适。你们之间的年龄差距太悬殊了。现在年轻这种差距还不会影响夫妻生活，可是随着年龄的增加，这种差距会越来越明显。当你五十来岁，精力正旺的时候，她已是快六十岁的老太婆了。那时你还爱她吗？不会嫌弃她吗？婚姻大事不能当儿戏，你既然要和她结婚，就要对她一辈子负责。千万不能因一时的心血来潮感情用事。你还是慎重地、冷静地考虑考虑吧！"

　　有人说，热恋中的姑娘最傻，都是傻美妞；热恋中的小伙子最浑，都是一根筋。热恋中的姜柯正是如此，根本不把领导的谈话当回事，因为领导说的理由，在真爱面前都是苍白的，丝毫动摇不了他对我的感情。就这样他打消了自己的顾虑，不顾母亲的强烈反对，不顾领导的善意劝阻，更不顾其他人的风言风语。1958年底，我俩在机场的一间飞行教室里举行了婚礼。

女学员毕业后我回到了新都机场,不久他也调了过来,从此我俩过上了比翼双飞的幸福生活,直到今天。

洪志玲一边听一面寻思:我现在的处境与大姐的处境何等相似。

"小玲,我费了这么多唾沫星子,你听明白了吗?"

"您的意思我明白,我会认真考虑。"

"终身大事,是该慎重,但也不能拖泥带水,贻误战机,这可不是'空中魔女'的性格。"。

第二十三章　泛舟

洪志玲当大队长后仍和曾小玉住一个房间，与俞大姐谈话的当晚，她便把与大姐谈话内容，一五一十地告诉了小玉。小玉听后高兴道：

"她这是明示你，让你像她那样娶个小女婿。下决心吧。小罗对你、对继原那是没说的，更可贵的是他之所以对你们母子俩亲，没有任何杂念。不像其他的男人，都是贪图你的美色、名气。仅此一点，他就值得你爱。起先我也认为你们俩不可能走到一起，浩远太优秀了，你们之间的感情也太深，你的心里只有他，不可能再爱上别的男人。但后来观察了老长一段时间，我发现你已经很难离开罗方成，你想离继原也离不了。志玲，啥叫缘分，这就是缘分，缘分到了，你想躲都躲不掉。"

曾小玉的一席话深深地触动了志玲的心："我的情况与大姐当年的情况不完全相同。老实说，我不是没考虑过与小罗的关系，但是我经过反复掂量，我们很难走到一起。"

洪志玲将她的顾虑向小玉和盘托出。小玉听完后没马上表态，而是沉思了一会儿后才劝道："你的这些顾虑也不是没有道理，但并非你说的是不可逾越的鸿沟。年龄不是问题，俞大姐能爱比她小六岁的姜大哥，你就不能爱比你只小三岁的罗小弟。至于你已不是姑娘之身，也不是你们相爱的障碍，就凭小罗对继原的感情就可看出，他不会计较二婚不二婚的事。你俩要真有那么一天，七嘴八舌的议论倒是少不了的，好在你不是一个惧怕风言风语的人。我担心的是，小罗跟姜大哥一样，不敢攀你的高枝。你要真想往一块儿走，你得向俞大姐学习，她不是给你传经了吗，主动出击。如果恋人之间的地位不对称，条件优越的一方必须主动，否则两人的感情不会修成正果。"

"小玉，事情没你说的那么简单，关键是我现在不像俞大姐，找不到那种一见

他就怦然心动的感觉,他与继原之间的感情代替不了我与他之间的感情。"

"那是因为你心里有浩远,你总拿浩远与小罗比,而且是拿浩远的强项与小罗比。比如浩远乐观幽默,小罗却显得寡言木讷,又比如浩远兴趣广泛,小罗的业余爱好不多。还可以举出不少小罗不如浩远的地方。但小罗也有他的长处,他好学上进,遇事善于动脑筋;他不仅精通本职业务,而且文笔出众,能写一手好文章;他年轻健壮,精力旺盛,这一点他肯定不比浩远差,这方面的优势,婚后就能充分凸现出来。还有最重要的一点,他为人诚实,这一点绝不逊于浩远。诚实是金,他绝对是一个让你放心的男人。你要客观地看待小罗,千万别拿豆包不当干粮,好好把握契机,千万别错过,争取早日重新过上幸福的生活。"

"你说得对,我是常拿他们两人比较,这也许就是再婚女人的通病吧!老实说我不是不想小罗,偶尔也会为他动情,因为我毕竟也是个年轻的女人,也需要爱,需要情。但我至今仍放不下浩远,总觉得他依然和我生活在一起,要我接受另一个男人的确很难。让我接受小罗,还需要时间。但有一点是明确的,除非我不再找男人,要找这个男人只能是罗方成。"

"那要等到猴年马月?你能等,他能等吗?就算他能等,他父母能等吗?别忘了假电报事件。"

"那也没有办法,只有顺其自然。小玉,我俩今天的唠嗑,千万不要透给小罗。"小玉笑着点头答应。

洪志玲躺在床上,却无睡意。一系列罗方成的画面飞进了她情感的空域:山林吸毒;海上救援;投怀痛哭;三天三夜;楼前护花;急奔车站;特别是婆婆临别前的"小玲,眼下要说高兴事,你能为继原找一个像小罗这样喜欢他的后爹,就是娘最高兴的事",这句话反复在耳边震荡。难道真如小玉所说,这就是缘分,无法摆脱的缘分。

经过很长一段时间的考察与思索,洪志玲终于找到了爱情的切入点,罗方成不仅人品好,对他们母子的感情真,感情深,而且他很内秀,智商不比浩远低,在业务方面发展的空间很大,技术革新成果就是证明。俗话说情人眼里出西施,洪志玲眼里出潘安,如今的方成在她眼里已是一个虎背熊腰、威武强壮的美男子。但洪志玲是个自尊心极强的女性,在感情问题上也是如此,她不像俞大姐,更不像夏大姐,不会主动向心爱的人示爱,对孙浩远如此,对罗方成也是如此。要让洪志玲当面向罗方成表示爱意,她还是放不下那份自尊与高傲。

有天晚上洪志玲与曾小玉又谈到了婚姻大事。

"我真服了你们了,谈个恋爱比登天还难。我看你与小罗之所以至今没走到一块儿,不是感情问题,而是你们两人都有致命的弱点,他是自卑,他比姜大哥还自卑,姜大哥好歹还是个飞行员,而小罗只是个机械师。你呢,你是自傲,手中的那个绣球,才久久没有抛出去。一个自卑,一个自傲,才造成现在这个局面。我还是那句话,你要向两位大姐学习,放下你的臭架子,在小罗面前你不是飞行大队长,只是一个普普通通的女人。你在空中比谁都精,可在地面处理自个儿的事比谁都笨。这就叫旁观者清,当局者迷。"

洪志玲噗嗤笑道:"嚯,长本事啦,也会教训人了。告诉你吧,我与小罗的事就不用你操心了,我下定决心了。"

"啥决心?"

"听俞大姐和你的,放下臭架子,主动出击。不好意思,还得请你帮忙配合。"

"啥子配合法?"

洪志玲如此这般给她交待了一番,小玉一面含笑点头,一面使劲鼓掌。

机场旁的东沙水库。

该水库位于机场的东南角,离机场有两里地。东沙水库是座小型水库,水面不宽,和昆明湖差不多。水库沿岸的大堤上,栽着白杨,如今已是参天大树,堤坡上长满小草和野花。大坝的下面,有沙滩、草坪、小树林。不泄洪时,这里是一处供游人休憩的好场所。

曾小玉一家三口和洪志玲母子,外加罗方成,星期天八点他们一行六人从东小营门出发。周富拎着大包小包,包里面全是吃的喝的,曾小玉牵着儿子大宝,罗方成背着继原,洪志玲脖子上挂着照相机跟在后面。他们来到水库后,大宝就吵着要划船。水库里有出租的小木船,可供四人乘坐。罗方成放下继原,主动去售票处租船。今天出游,最高兴的不是两个小朋友,而是他这位大朋友。当曾小玉告诉他出游的消息后,他心里一直在乐。从出营门开始,罗方成就表现得异常积极。他租了两条船,自然是一家一条。在码头上船时,大宝突然提出让继原也上他们那条船,继原也不管妈妈同不同意,就上了大宝哥哥的船。洪志玲明白,这全是小玉一手策

划的。洪志玲先上了船，罗方成还站在码头上没动。"你还傻愣着干啥，快上船呀！他们都划去老远了。"在志玲的催促下，罗方成才解开缆索上了船。

洪志玲今天的心情忒好，她上船后也不坐船头，也不坐船尾，而是坐在船中间的隔板上，而且手里拿起了一把桨。这架势很明显是要罗方成坐在她的旁边，两人并肩划船。罗方成不傻，也不再犹豫，一屁股坐到了志玲的左边，拿起了另一支桨。志玲今天穿的是一件红底白格短袖衬衫，比平时更显娇艳。罗方成不敢正视，只是用余光欣赏她的美，他心不在焉，忘了举桨。洪志玲侧头对他莞尔一笑，用手中的桨轻轻敲了一下他的桨："呆鹅，划呀。听我的口令，我喊开始就一起划。开始！"两支木桨同时落水，两人同时使劲，小船向库中划去，曾小玉的船已远去。

苍天也佑有情人，这天天公作美，漫天的白云挡住了骄阳，湖面的微风吹走了燥热，正是情侣荡舟游湖的好日子。罗方成为配合洪志玲，桨速和桨力尽量与她保持一致，小船在二人的驱动下平稳地行进着。

"小罗，听说彩云后悔了，想和你重新和好。"洪志玲明知故问。

"我又不是块擦飞机的抹布，想用就用，想扔就扔，哪有那么好的事。"

"小罗，彩云要貌有貌，要才有才，要德有德，这么好的姑娘打着灯笼都难找，你为啥要拒绝她？"洪志玲又装起了糊涂。

罗方成转过头来，盯了志玲一眼，这转瞬即逝的短暂一瞥，却让他从她那充满期盼的双眼中，看到了她的内心世界。他鼓起勇气回答道："因为我心里有了你！"

这七个字他说得很轻，也很快，然而它们却如同七道霹雳在志玲心头炸响，尽管她早就知道答案，但当真听到这几个字的时候她仍是惊喜不已。两人手中的桨都不约而同地停了下来，失去控制的小船在水中打转。此时此刻，志玲是心花怒放，方成却是十分紧张，他虽然预感到她会接受这几个字，但没听到她亲自表态之前，还是跟等待公榜的考生一样，心里忐忑不安。

"方成，你能不能表达得更大胆、更浪漫一些。"

"志玲姐，我只爱你，永远爱你。"志玲的暗许，使罗方成因喜而狂，因狂而勇，他完全忘了身在何处，也不管志玲同不同意，竟丢掉木桨，抱着她狂吻起来，全身激动得不停颤抖。由于动作太猛，小船大幅摇晃起来，有倾覆的危险。

志玲比他冷静，她推开他假嗔道："你不看这是啥地方，就这么鲁莽，小玉她们就在前面呢,让继原看到了多不好,以后你注意点场合。"二人又重新拿起双桨,向小玉乘坐的木船靠拢。

"方成,你和你妈说过你的想法吗?"

"谈过。"

"她老人家啥态度,不嫌弃我们孤儿寡母,不在乎我的年龄?"

"娘老子知道我喜欢你后,高兴坏了,她夸你是天上下凡的仙女,她就担心咱家庙小,装不下你这尊大菩萨。"这时的洪志玲在罗方成心中,不再是高不可攀、令他敬畏的大队长,而是一个温情脉脉的美少妇。他说话也开始自然起来。

"志玲姐,追你的人那么多,我深怕你瞧不上我这个小兵。"

"开始我的确考虑过这个问题,倒不是嫌你官小,只是我俩在一个单位工作不方便,后来仔细一琢磨也没有啥。古时有穆桂英与杨宗保,一个是元帅,一个是先锋,不也配合得很好嘛。还有咱们单位的俞大姐与姜大哥,俞大姐已是师副参谋长,姜大哥才是副大队长,他们照样生活得很幸福。可见职务与年龄都不是相不相爱的主要因素。"

"志玲姐,那我被你相中的主要因素是啥?"

"你还记得继原奶奶临走前说的那句话吗?"

罗方成为人老实,不会装假,他知道玲姐指的是那句话,便抢先答道:"记得,当然记得'你能为继原找一个像小罗这样的后爹,就是娘最高兴的事。'继原也说了:'妈,我只喜欢罗叔叔。'不瞒你说,我就是听了一老一小的这两句话后,才对你有了那种想法的。"

"都说你老实,我看你一点也不老实,就知道占便宜。既然你记得他们的话,那你就该明白我为啥相中你了吧!"

"原来你全是为了继原呀,那我得感谢继原了。"

"傻瓜,看来你还不明白继原奶奶的意思,老太太为啥说那话,是她相中了你,她老人家为啥相中你,自然是你人好呗。我当然信得过老太太的眼力,不过我最后下定决心与你好的原因还不只这些,你不仅忠厚善良,还很内秀,在工作上、生活中你都是说得少做得多,这一点很对我的脾气,我最讨厌那种只会耍嘴皮子的人。所以才让你捡了个大便宜,把咱娘儿俩全交给你了。"

罗方成长这么大,还是第一次听女人对他讲这么有份量、这么甜蜜的体己话,

第二十三章 泛舟

　　他的内心再一次骚动起来，他又停下手中的桨，扭头想再次亲她，玲玲用嘴指着前方："别动，他们划过来了。"罗方成抬头一望，才发现曾小玉的船离他们不远了，继而听到继原在喊："妈妈，叔叔！"

　　两船靠近后，周富调笑道："二位，船上谈心的滋味不错吧，只是地方太小了点，飞双机编队施展不开。"

　　罗方成心中有鬼，一脸羞涩低头不语。洪志玲比他大方，反唇相讥道："你小子是不是长了千里眼，尽偷看别人的隐私。"

　　洪志玲本是个精明的人，由于兴奋，一时说走了嘴，让曾小玉逮住了话把："志玲，这说明你们船上有隐私了。"说完哈哈大笑起来，洪志玲忙用桨往她身上浇水，二人打开了水仗。她们的对话，两个小朋友是听不懂的。

　　十点过后，水面上船只多了起来，洪志玲他们弃船登岸，等罗方成到租船处算过账后，大伙儿一道向大坝下的小树林走去，他们要在那里野餐。周富与罗方成在树林里的一块草地上，铺上报纸，摆上带来的各种罐头、点心、瓜果和饮料。大宝领着继原到小河滩上捡鹅卵石去了。曾小玉拉着洪志玲在树林里漫步，话题自然是志玲与小罗的恋情，洪志玲自然也是如实汇报。

　　"志玲，看不出小罗蛮勇敢的，当然这要归功于你的诱导。你不愧是我的师傅，谈情说爱有高招。那你下步咋办，啥时办喜事？"

　　"那有刚刚有么点意思就谈婚论嫁的，起码要等过年再说。"她俩正谈得来劲的时候，周富喊她们回去吃饭。

　　六人席地而坐，边吃边说笑，周富今天总拿罗方成开涮："小罗，你调到团机务处当助理，这步棋太对了，要不白天黑夜都有人管着，那可就惨了。"

　　罗方成心眼死，半天没品出周富话中的味道。洪志玲反应快，便反击道："这是你的经验之谈吧，体会很深刻嘛！"

　　罗方成仍不明白他俩说的啥意思，反正不是说自己的好话，便不接周富的话茬。曾小玉听出洪志玲的话是冲她来的，忙解释道："志玲，你甭听周富胡咧，我在家里从来没给他气受，这一点大宝可以作证。"

　　直到这时候罗方成才听懂了周富的话，他不但不反驳，相反表白开了："周主任，你不用替我担忧，我是盲人赛跑，得有人领着，没人领着找不到跑道，不但跑不快，还要摔跤。"

他的话让三个大人大吃一惊，曾小玉半真半假地对志玲道："小罗是个多听指挥的运动员，将来一定能出成绩。"她的话让洪志玲都笑了，今天是浩远走后她最开心的日子。

洪志玲与罗方成，一个是久旱逢甘雨，一个是新开垦的处女地，干柴烈火，二人热恋中的热度超出常人。他俩的恋情公开之后，汤山机场乃至该师的其他两个机场都引起了强烈地震。震级最少在八级以上，一时间说长道短之声四起，真是人上一百，形形色色，说啥话的人都有。多数领导、同事和部属，包括原先不看好罗方成的赵副团长，都理解和支持他俩，也不乏曾小玉、周富、张云、姚玉兰等铁杆捍卫者。刘副师长、王副政委等人也为洪志玲"低就"罗方成大唱赞歌，说她淡泊名利，不受世俗权欲的诱惑，是个忠诚爱情的奇女子。俞素梅就不用说了，她是半个媒人。但也有人认为，洪志玲这样一位出类拔萃的风云人物，与一个无名小卒谈恋爱，一个是天上的凤凰，一个是地下的蛤蟆，太不般配了。尤其是像于副师长、陈副团长一类对洪志玲垂涎已久的男人。

第二十四章　泪驾

洪志玲与罗方成相爱所引起的地震还没过去，一场真正的大地震爆发了。

一九七六年七月二十八日三点四十二分，河北唐山、丰南一带发生了我国历史上罕见的强烈地震，震感波及天津和北京，顷刻之间，地动山摇，房倒楼塌，无数正在酣睡的人们，被埋在瓦砾之中，数十万人丧生，更多的人受伤。交通、通信中断。

清晨，一阵剧烈的晃动，将三大队全体空地勤人员摇醒，指战员们还没完全清醒过来，就听值班员吹着哨子高声喊道："地震了，赶紧到楼外躲避。"这时整个大楼还在摇晃，走廊如同一根巨型面条，来回摆动，人们很难站稳。

洪志玲与曾小玉麻利地穿上衣服，跟跟跄跄跑出大楼。当全体人员都跑出大楼后，洪志玲将大家召集在一起，她大声宣布道："肯定有地方发生了大地震，大家要做好随时执行紧急任务的准备。现在地震已经停了，机械师赶紧进屋拿飞机接交本和飞机钥匙，飞行人员去取航行包和飞行服，动作要快，拿完东西就出来，余震可能随时发生，赶快行动吧！"说完她跑进值班室，让值班员把电话放到窗台上，人站在外面听电话，千万别走远。她最后一个跑进大楼宿舍，换上飞行服，提着航行包和出差用的小旅行袋再次跑出大楼。三大队宿舍楼的前面是一个篮球场，这时场上站满了人，大伙儿都在猜测这次地震的震中和震级。

洪志玲将中队长以上干部召集在一起，布置抢险救灾机组出动预案，要求大家做到一声令下立即出动。她命令机务人员现在就跑步去机场，做好飞行前准备，不出所料，半个小时后，值班室的电话铃响了，是钟团长打来的，让洪大队长接电话。洪志玲从值班员手里接过电话："我是洪志玲。"

听筒里传来钟团长急促的声音："紧急任务，中央让派两架直升机去唐山市一带视察灾情，震中可能在这一带。你亲自带一个机组，另一个机组由你们大队定。"

洪志玲接电话时,周围围满了人,听说有紧急任务,三个中队长纷纷请战:

"大队长,让我们机组去吧!"

"大队长,我们保证完成任务!"

"大队长,我们不怕余震,让我们去!"

"大家别争,按刚才布置的方案执行。我带一个机组,一中队长老兰带一个机组,万副大队长在家留守,做好大机群出动的准备。"洪志玲就在球场的篮球架下召开机组会,研究航线。机组会刚开完,接机组的大卡车来了。清晨五点多钟,洪志玲率领两个机组,迎着晨曦,向唐山市方向飞去。从领受任务到起飞,洪志玲他们只用了一刻钟时间。

洪志玲按预定航线在唐山市一带进行拉网式的搜索,飞行高度六百米。早上六点左右太阳已从东方升起,天已大亮,机下的地标地物清晰可见。洪志玲飞临唐山市时,机组人员全惊愕不已,整个唐山市已不复存在,全是一片废墟,到处是瓦砾与断壁残垣,浓烟随处可见。洪志玲含泪向指挥所报告了这一目不忍睹的惨状,并请求降落,展开救援。指挥所同意了她的请求,让他们将重伤员运往附近机场,再由各种运输机将伤员送往其他城市的医院治疗。要救的伤员成千上万,他们根本救不过来,只要一落地,就会有大量人群拥向直升机,经受大劫难的唐山市幸存者,表现出了高度的忘我精神,他们总是先将受重伤的儿童、老人和妇女送上飞机,没有发生一起争抢飞机座位的事件。从汤山机场起飞开始,洪志玲和机组成员就不间断地飞行,直到中午,他们没喝一口水,没吃一顿饭,没休息一分钟。

当天上午军用的、民用的;有翅膀的、没翅膀的;大的、小的各种类型的运输机载着救援物资和救援人员,从祖国的四面八方飞来唐山市附近的军用机场,又载着大批伤员飞往各大城市。

下午,一支救援队乘坐军用大型运输机抵达机场,他们带来了两台小型挖掘机,但由于桥梁与道路正在抢修之中,这两台抢救急需的机械装备,不能及时开往抢救现场,急得救援队的领导团团转,当看到载着伤员的直升机降落时,他灵机一动,跑到机场临时指挥组,请求用直升机将挖掘机吊往抢救现场。指挥员当即呼叫洪志玲:"16号,我是宝山,请到二号停机坪降落,有外挂任务。"

"16号明白。"洪志玲即按指挥员的命令,在二号停机坪徐徐降落,落地后

　　她关掉了发动机。当时,气温较高,她只穿一件布飞行服,没戴帽子。她刚下飞机,就被救援队的同志围住,都用惊奇的目光盯着她,队长上前紧握着她的手恳求道:"女飞行员同志,请你们尽快将这两台挖掘机吊往市区。"

　　这时飞行员左明给那位队长介绍道:"这是我们大队长。"

　　"啊,大队长,有困难吗?"

　　洪志玲抽出双手,大步走到挖掘机前:"它有多重?"她问队长。

　　"四吨。"

　　"没问题!准备吊挂!"她让机械员牛建立放下吊挂,并让他与救援队的同志安装吊挂钢缆,安装好后,她又亲自检查了一遍后才登机开车。她柔和地操纵驾驶杆,慢慢提升直升机,当挖掘机完全离开地面的瞬间机身抖动了一下,但没发生大的晃动。洪志玲驾驶直升机朝着队长提供的降落点飞去,十分钟后飞抵目的地。在她的精心操作下,挖掘机被快速安全的运到了一所学校的操场上。她没有关车,卸下挖掘机后又起飞了,另一台挖掘机还等着她吊运。

　　机场陆续到了多支救援队,都带有挖掘机,他们都请求直升机吊运。从下午两点左右开始,直到晚上十一点,洪志玲和兰中队长两个机组,都在不停地吊运抢救用的机械设备。当晚,两个机组都没回汤山机场,都留在唐山市,机组人员就在直升机上过夜。

　　七月下旬的夜晚,气温仍然很高,机舱温度接近四十度,机组成员无法在里面休息,男同胞脱掉上身的布飞行服往草地上一铺,倒地便睡,洪志玲只能坐在飞机的驾驶舱里,打开两旁的舱窗,让晚风穿窗而过,吹散舱里的高温,她很快便靠在座椅上睡着了。虽有余震发生,但连续飞行了近二十个小时的机组人员,实在是太累了,颤抖的大地也震不醒这些天之骄子。

　　第二天,洪志玲担负了送国务院领导视察灾区的飞行任务。国务院领导先乘坐三叉戟专机到唐山机场,再改乘洪志玲驾驶的直升机深入灾区了解灾情,慰问灾民,部署救灾工作。

　　下午一点多钟,国务院领导在河北省和北空领导人陪同下径直上了飞机,同他们一起上飞机的还有首长的卫士。国务院领导铁青着脸,双眉紧锁,望着窗外,一言不发,其他人也不吱声,机舱里只有发动机的轰鸣声。

　　首长的时间观念特强,临近灾区时,他不时看手表。十分钟过后,直升机已飞抵市区，但没降落，而是在空中盘旋。原来，为了让首长看清灾区全貌，洪志玲在空中多盘旋了一圈。没想到这一圈引燃了首长的怒火。他见十分钟过后飞机还在空中转，便对北空领导怒道："我是来看灾区群众的，你们老在空中转什么？"北空领导看首长发脾气，立马站了起来，脸上有了汗粒。他正当不知如何是好时，直升机开始降落了。直升机刚接地，首长就要下飞机，服务员忙劝道："首长，请等等，旋翼还在转动，地面有旋翼卷起的灰尘。"首长看都没看她一眼，便下了飞机，顶着旋翼卷起的风沙，向群众急步走去。当天首长一行巡视了工厂、学校、矿山、居民区、机关等受灾点。下午五点多钟才返回机场。

首长临走时紧握洪志玲的双手夸赞道："洪大队长，你辛苦了，你第一时间飞抵灾区，及时地为我们提供了大量地震的信息，昨天又抢运出了不少重伤员，其中不少是国际友人。你为抗震救灾立了大功，我代表党中央和国务院以及灾区人民向你表示感谢。目前中国女同志飞直升机的，除了你们部队外还没有。你飞得很好，巾帼不让须眉，难怪年纪轻轻的就当上了大队长，了不得，了不得！全中国的妇女应该向你学习。来时，我在飞机上对你们发火，希望你们理解我的心情，不要介意。"

"谢谢首长的鼓励，首长对我们的批评，我们一定接受教训，永远铭记。以首长为榜样，更好地为灾区人民服务，为抗震救灾多做贡献。"

"灾区人民有党中央的正确领导，有全国人民的大力支持，有你们解放军的奋力救援，一定能战胜天灾，重建家园。"在场的人都热烈鼓掌。最后，首长与机组全体成员在直升机前合影留念。

洪志玲与兰中队长两个机组在灾区连续飞行了七天，直到公路交通全面恢复，他们才返回部队。

洪志玲回到机场后，没再住宿舍，而是住在由场务连战士为她搭建的地震棚里，地震棚是一种比较简陋的半地下建筑，棚顶与棚壁全用油毡与木板钉成，地下部分安有木板床。继原仍在幼儿园，他们住的是比较舒适的大型军用帐篷。在唐山市的七天七夜里，别说是洗澡，有时连脸都洗不上，汗水雨水在身上是湿了干，干了湿，浑身全是酸臭味。晚上，洪志玲冒着发生余震的危险，回家简单冲了个澡。刚洗完，罗方成开门进来了。

"哎，你怎么来了？"她是又惊又喜。

"一日不见如三秋,太想你了。"

"你咋知道我回家啦?"

"我有准确情报。"

"准是小玉那死丫头告诉你的。你不怕地震把你压在这里。"

"生同衾,死同穴,与你长眠是我一生最好的归宿,你不怕,我怕啥!"

刚沐浴过的洪志玲真正成了一朵出水芙蓉,娇艳欲滴。脸上红扑扑的,身上香喷喷的。此时她披着一白色浴巾,光脚趿拉着一双白色拖鞋。浴巾下面的一双小腿浑圆光洁,拖鞋上面的一对天足纤巧晶莹。罗方成与洪志玲相识近十年,早就领略过她的美艳,谈恋爱后,也多次相拥相吻,但这近似半裸的香体还是首次所见,他被她出奇的美体所陶醉,二十多年所形成的性欲,在异性胴体诱惑下,如火山一般爆发了。他忘了随时可能发生的余震,好似饿狼一般扑向她,有一口将她吞下之势,十分粗野地抱她、揉她、啃她、挤她、压她。他心中的欲火恰似大海狂澜,一浪高过一浪,到了无法抑制的地步。在他百般"蹂躏"下,她无力反抗,也无心反抗,她从未经历过这样的刺激,也从未饱尝过这样的快感。小玉说得不错,罗方成要比孙浩远健壮强悍,洪志玲此刻领略到了方成的优势,她完全被他征服了。直到兵临城下的时刻,她才意识到危机,才奋起反抗。一方面是洪志玲极力抗拒,另一方面是罗方成是个"新兵",还没掌握破城之术,洪志玲才得以守住城堡。但尽管如此,这场冒险战斗给二人都带来了无穷的乐趣,是一个终生难忘的夜晚。

洪志玲唐山救灾之后,再一次成为新闻人物,各路媒体记者纷纷来到汤山机场,争相采访她。她想尽各种方法逃避,寻找种种借口推辞,但记者们比她精,总能"逮住"她。在采访过程中她发现一个问题,记者们对中国女飞行员的历史知之甚少,常闹笑话。如"只有新中国才能培养出女飞行员";"共和国第一批女飞行员,书写了中国有女飞行员的历史"等等。

有一天某报记者采访时道:"洪大队长,你是名副其实的中国第一美女飞行员。"洪志玲当即纠正道:

"我算啥第一美女飞行员,李霞卿才是中国第一美女飞行员。"

"李霞卿?第几批的?没听说过。"

"哪一批也不是,她是民国时期的。"

"什么!旧中国也有女飞行员?"

洪志玲见记者惊讶的样子，心里讥讽道："你连旧中国有没有女飞行员都不知道，还来采访我，你写的文章少不了笑话。"她心里这么想，脸上却带笑道：

"早在一九一五年，中国就有妇女驾机飞天，她叫卢佐治夫人……"

洪志玲简要介绍了民国时期女飞行员的情况，从卢佐治夫人讲到朱美娇。"她们中对祖国做过重大贡献的有张瑞芬、欧阳英、李月英、权基玉、李霞卿、颜雅清、郑汉英、朱慕飞、朱美娇等。"她重点介绍了李霞卿。

本来是记者采访洪志玲，结果变成了洪志玲给记者上课。

十一月中旬的某天上午，一位贵客光临汤山机场军人招待所，他就是吴政委。他在王副政委陪同下前来看望洪志玲，还给她带来了长白山产的木耳、猴头、黄花等干货。与他同来的还有一位中年妇女。王副政委将洪志玲叫到他在招待所的办公室。洪志玲一见吴政委喜不自胜，忙敬礼握手。

"小玲，有了喜事也不告诉老朋友一声，是不是把老大哥给忘了。"

"首长那么忙，您又远在关外，不便打扰。不好意思，还是惊动了您。"

"小玲，我今天来，一是来看你，当面给你道喜。二是告诉你两个好消息，第一个好消息是我调到总后工作，又回到了北京，往后见面的机会就多了。第二个好消息，就是给你找了个新嫂子，今天你们认识认识。"

这时那位中年女同志上前握着洪志玲的手笑道："我姓李，在医院工作。老吴常提起你，把你夸到天上去了，我原来不太信，今天一见，他说的一点也不差，难怪他曾打你的主意。"

"你给我留点面子好不好，别当着这么多人揭我的短。"他的话让全屋的人都笑了。

洪志玲与李医生握手时，感到她的手与众不同，白嫩柔软，手指纤细，一看便知，这是一双治病救人的手。真应了那句"徐娘半老风韵犹存"的老话，四十开外的李医生不仅手美，人也长得很标致，脸上的肤色光洁红润，比一般的年轻女人还娇艳。乌黑的发髻高高挽在脑后，使她显得端庄高雅，气质不凡。刚一见面的那几句话，志玲一听便知，她是一位性情开朗、温柔贤淑的女性。吴政委后半生有这样一位当医生的贤妻相伴，一定有一个幸福美满的晚年。老天爷是公平的，从他身上夺走的东西又给他补了回来，洪志玲打心眼儿里替吴政委高兴。

"吴政委，现在该咋称呼您？"洪志玲问。

"后勤部副部长。"王副政委替吴副部长回答。

"恭喜恭喜,恭喜吴副部长双喜临门。"

"同喜,同喜!我还真得感谢这次调动,要不也碰不上你嫂子。以后你们看病方面有啥难处可以找她。小玲,我已经是双飞双宿了,啥时喝你的喜酒?"洪志玲笑了笑没吱声。

"怀仁,你不能光知道让小玲飞,你得多关心关心她的个人问题,我还等着吃她的喜糖哩!"房里又充满了笑声。王副政委本来要留吴副部长两口子吃饭,他说中午有安排,推辞了。

第二十五章　初心

十二月初的一天上午，洪志玲正准备出席全国召开的"抗震救灾总结表彰大会"，突然接到上级指示，让她待命，有重要任务，一听说有重要任务洪志玲心里特别高兴，她并不十分看重英模的头衔，对参加会议的兴趣本来就不浓。

原来作战科接到上级的电话指示，要该师派一架直升机，去南方兴林市，该市新修了一座电视塔，塔顶天线需要用直升机吊装，他们听说空军二〇五团有位"东方神女"的飞行技术无人可比，想请她前去解决他们的难题。空军有关首长批准了他们的请求，让洪志玲前去执行吊装任务。

下午二〇五团的飞行教室里，刘副师长、王副政委、俞副参谋长给洪志玲机组下达飞行任务，参加下达任务的有二〇五团的钟团长、方政委。刘副师长下达飞行任务："经空军首长批准，洪志玲机组应南方兴林市领导的请求，执行该市新建电视塔顶部天线的吊装任务。这次任务既光荣又艰巨。说光荣是因为地方领导对我们部队特别信任，他们曾请过两个有直升机的单位，这两个单位派去的机组都无功而返，有个机组到现场看了看后就飞走了，试都没敢试一下。这是任务光荣的一方面，另一方面就是它的艰巨性，兄弟单位的直升机机组试都不敢试，说明难度非同小可。对这次任务，师长、政委非常重视，让俞副参谋长带队。因此我们要把困难想得多一些，希望大家做好充分的准备，争取顺利地完成吊装任务，为人民立新功，为部队争光。"

洪志玲代表机组表态："感谢空军、师、团首长对我们的信任。请各级领导和同志们放心，我们一定不辜负大家的期望，保证圆满完成任务。"

洪志玲驾驶的飞牛型直升机，最大时速为二百五十公里，经过四个多小时的长途飞行才抵达兴林市附近的军用机场，是时已是下午一点左右。吃过午饭后，俞副参谋长即率领机组乘车赶到电视塔现场，兴林市的有关领导、电视塔的设计师和施

工单位的负责人都在那里等候。见有俞副参谋长带队,分外高兴。他们早在人民画报上见过她的靓丽形象。洪志玲更是让他们惊讶,都知道她是"东方神女",是位身手不凡的女飞行大队长,人也漂亮,但没想到的是这么出奇的美丽,而且气质也异常高雅。蓝天双姝身上都有一股一般美人所没有的豪气,正是这股豪气,使等候的诸位更加信任她俩、钦佩她俩,他们对吊装塔顶天线有了百倍的信心。俞副参谋长一行在主人的陪同下,参观了即将完工的电视塔。

兴林是一座海滨城市,虽已是初冬季节,但这里仍是艳阳高照,温暖如春,海风吹拂在脸上没有一丝凉意。兴林新建的电视塔,在市近郊的一处濒临海岸不远的小山上。电视塔设计高度为一百六十二米,塔身已经建好,包括三级平台,一级平台为展示厅,二级平台为餐饮厅,三级平台为瞭望厅。升降电梯等其他设施全部安装完毕,只剩塔尖,也就是发射天线部分等待吊装。

俞副参谋长与机组成员仔细观看了塔尖的实物,还乘电梯登上电视塔的顶层,察看了塔尖与塔身的结合部。俞素梅与洪志玲站在一百四十多米高的露天瞭望平台上,放眼四顾,电视塔的南面是无垠的大海,海面上波涛汹涌,海浪拍岸,发出哗哗的巨响;东面是兴林市区,市区不大,一眼能望到边,市内无高层建筑,街道布局整齐,市面繁华,车水马龙,行人如织;北面是山,山不高,海拔高度大约为三百多公尺,名叫仙娘山。山顶有座仙娘庙,庙里供着仙娘神,仙娘神庇佑着兴林市的万物生灵,小山因此得名。山上树木葱郁,寺院的红墙碧瓦透过树隙隐约可见;西面是一海湾,海岸与海面之间有一宽阔的金色沙滩,细细的沙粒在阳光照射下,闪闪发光。俞素梅与洪志玲此时不是观光赏景,而是在观察明天吊装时的净空条件,以确保飞行安全,例如市区有无其他高层建筑,海风的风向风力,尤其是山上有无高压线,她俩都观察得十分仔细,边观察边议论。高压线是直升机的隐形杀手,国内外有不少直升机被它所毁。总之,天时地利人和都是明天吊装能否成功的重要因素。她俩都不怕冒险,但从不盲目冒险,从不打无把握之仗。参观完后俞副参谋长请总设计师与施工队长详细介绍设计方案、施工情况,着重了解前次吊装失败的原因。听完介绍后,洪志玲问总设计师:

"设计师同志,塔尖能不能分解成两截?"

"将塔尖拆成两截倒可以,但在高空没法组装。"设计师面现难色。

"俞副参谋长,塔尖的高度再加上直升机吊挂钢缆的长度,最少也在三十米以上，这么长的距离垂直吊装对接，很难完成。"

"你的顾虑不无道理，这正是前次吊装失败的根本原因。但设计师说得也不错，高空组装的确很难，几乎不可能。"

怎么办？难道也像前两个机组那样，夹着尾巴飞回去？俞素梅与洪志玲都眉头紧锁，在电视塔下面来回踱步，冥思苦想破解难题的对策。机械员牛建立见俞副参谋长与大队长这么犯难，他也琢磨开了，年轻人胆子大，他突然想出了新招：

"俞副参谋长，大队长，你们是考虑吊装距离长，吊装物易受风力影响，空中摆动幅度大，与下面的底座很难对接。同时飞行高度也很难掌握，高了下面的人够不着，低了吊装物与底座有相撞的危险。我有个主意，你们看行下行？"

"你有啥主意？快说！"俞素梅催促道。

"当飞机将塔尖吊至一百七十米高度时，大队长在副参谋长指挥下，操纵飞机缓慢下降，使天线尽量向塔身靠近，这时再放下软梯，我带着对讲机从软梯上爬下去，我一方面指挥大队长调整飞机方向和高度，因为我在上面，比地面的副参谋长看得更清楚。另一方面抓住天线，尽量减少天线的摆动，只要将天线送到安装工人的手中，就可大功告成。不知这个办法中不中？"

洪志玲高兴地猛拍了一下小牛的肩膀，连声笑道："中！中！中！只是你一定要注意安全。副参谋长您看呢？"

俞副参谋长也笑道："我看也中！"

就这样，一套吊装方案产生了，双方商定，明天上午九点整吊装塔尖。

第二天八点多钟，仙娘山上人山人海，兴林市内万人空巷，市民听说真仙娘降临本市，今天要为兴林市安装电视塔发射天线，都提前赶到仙娘山，争相目睹"仙娘显圣"。

九点整，洪志玲驾驶8706号军用直升机准时出现在仙娘山上空，她柔和地操纵驾驶杆，直升机缓缓向电视塔旁的一块空地垂直降落，没关车，飞机刚一接地，俞副参谋长便走下飞机。她迅速走出旋翼产生的气流区后，用对讲机直接指挥："16号，将飞机上升到十米高度时悬停！"

洪志玲随即将飞机提升到离地面十米处停住了。

"16号放下吊挂！"

洪志玲让牛建立从底舱放下吊挂，地面人员将吊挂上的钢缆系在天线上半

部的中间,系好之后俞副参谋长再次指挥道:"外挂系好,开始提升,高度一百七十米。"

"16号明白!"洪志玲将天线稳稳地吊升到一百七十米高度。

"16号向右移动十五米。"洪志玲使飞机缓慢地向电视塔顶端靠近。

"好!开始高空作业。"这时牛建立打开机舱门,系上安全带,放下软梯,他顺着软梯倒退着爬了下来。见牛建立爬出机舱,地面的人群中发出了无数声惊叹,这比高空走钢索还惊险、还刺激。牛建立下到离飞机七米高度时,他一手抓着软梯,一手抓住天线。这时他通过戴在喉头上的送话器接替俞副参谋长指挥:"高度再降一米,方向向左移动二米,好!"眼看下面的工人就要抓住天线了,突然一股强劲的海风袭来,直升机偏离塔顶。第一次吊装失败了,地面仰望的观众发出一片惋惜声。洪志玲并不气馁,她操纵飞机第二次进入,这次她有了经验,她将制服大侧风的办法搬了过来,从上风头一侧向塔顶靠拢。在牛建立的指挥帮助下,这次成功了,安装工人抓住了天线,他们很快将天线与底座顺利地对接上了。此时,仙娘山上的欢呼声如海啸一般惊天动地。二十多分钟后,安装工人已将发射天线牢牢地固定在底座上,一个工人举起红旗,这是告诉机组安装完毕的信号。见到红旗牛建立解开吊挂的钢缆,顺着软梯爬进机舱,收起吊挂与软梯,至此,吊装电视塔天线的任务圆满完成。

洪志玲接上俞副参谋长后,驾驶8706号直升机绕仙娘山飞了一周,向漫山遍野的崇拜者致意告别。中午,洪志玲机组吃过饭后,准备到机场调度室办理返京的飞行手续,招待所所长笑容满面地告诉俞副参谋长,兴林市领导已经上报有关部门,将他们机组留下了,晚上要在市委招待所举行隆重的答谢会。请他们先回房休息,下午四点左右来接机组。洪志玲最怕这种所谓的答谢会,更何况他们一点思想准备都没有,既没带军装也没带便装,机组人员穿的全是单皮夹克,好在是初冬,穿这种服装虽然热点,还能勉强凑合。四点整,一辆红旗牌黑色小轿车和一辆中型轿车开到了机场招待所门口,市委办公室主任亲自来接。俞素梅与洪志玲被安排坐红旗轿车,其他人坐中型轿车。

办公室主任将俞副参谋长与机组领进了市委招待所贵宾室,兴林市的主要领导都在这里迎接机组。办公室主任介绍完双方成员后,市委书记将俞素梅与洪志玲请到自己身旁坐下。市委书记先与俞素梅聊上了,趁他们俩寒暄的当儿,洪志玲打量了一下贵宾室，贵宾室不是很大，大概有三十平方米，正面墙上挂着马克思、恩格斯、列宁、斯大林、毛泽东的彩色标准像，两侧墙上挂的是毛主席语录，另一面墙上挂的是毛主席手写体《长征》诗。这是当时最时髦的布置方式。正面与两侧墙根下，是清一色的红木沙发，沙发前的茶几上摆着南方水果和茶杯，杯中泡的是上好的龙井。贵宾室的另一面墙壁下，摆着一台二十九寸彩色电视机，电视里正播放上午洪志玲机组吊装发射天线和群众仰视直升机的画面。洪志玲和机组成员都没见过这么大尺寸的彩色电视机，也不知道他们将吊装过程拍成了电视纪录片，纪录片的标题竟是："仙娘降兴林，造福兴林人"。机组见后都很意外，也很惊奇，特别是牛建立，看着自己在高空中的一系列惊险动作，竟不相信那是自己。市委书记见机组对录像片很感兴趣，忙对俞副参谋长笑道："俞参谋长，今天上午的吊装过程已制成电视录像片，今晚在本市电视台黄金时段播出，并准备送省电视台。我们还复制了一盘录像带，作为礼物送给你们，也算是一件纪念品吧！"他话音刚落，办公室主任就将一合录像带递到书记手里，书记又用双手将它交给俞素梅，俞素梅又顺手将录像带交给了洪志玲。贵宾室里再次响起掌声。

　　洪志玲接过录像带后对书记恳请道："谢谢你们的礼物，但我有两点请求，一是标题要改，二是不要扩散，在贵市电视台播一次就行了，千万千万别往省电视台送，这点小事没必要张扬。"

　　书记听完后，又夸开了洪志玲，说她不仅飞行技术过硬，思想品质也过硬，最后他征求俞素梅的意见："参谋长，您看呢？"

　　"我看就照小玲说的办，她就是这么一个人，天不怕地不怕，就怕别人夸。"

　　"那好吧！就按你俩的意见办。赵主任，告诉电视台，吊装天线的录像片别往省台送了。"

　　晚上，市委招待所的小礼堂里热闹非凡，小舞台上一支民族乐队演奏着欢快的革命歌曲与中国民族乐曲，如《毛主席的光辉》《北京的金山上》以及《翻身的日子》《喜洋洋》《茉莉花》《步步高》等。大厅里摆有四张圆桌，上面均有名签。俞素梅与洪志玲在主桌，机组其他人员分散在其他各桌。俞素梅、洪志玲与机组成员迈入大厅时，乐队奏起了《大海航行靠舵手》，在场人员全都起立鼓掌。

　　当客人都落座后，市委书记致欢迎词，内容全是对俞素梅、洪志玲与机组的感

激和赞美,他讲话后,主持人邀请部队代表讲话,俞素梅将这一任务交给了洪志玲。她没推诿,大大方方地走到麦克风前,端端正正地给大家敬了一个标准的军礼。白天她在空中驾驶直升机时,下面的仰视者,见不到她的庐山真面貌,这时她虽然仍穿着咖啡色单皮夹克,没穿时装,面部也没做任何修饰,但她往麦克风前一站,她那女飞行员所特有的气质与风采,就将在场的所有靓女娇娘给比下去了。本来嘈杂的大厅顿时变得鸦雀无声,乐队也停止了奏乐,大家的目光,全聚焦在她那张既秀丽又端庄的脸庞上,都竖起耳朵,倾听她的讲话。

"兴林市的各位领导,各位同志,晚上好!

"说心里话,如果知道你们用这么高的规格和这么隆重的场面欢迎我们,我们是不敢来的,我们受之有愧,承受不起。

"刚才书记在讲话中,给了我们很多鼓励,说了许多感谢的话。要说感谢,应该是我们向你们表示感谢才对。我们从一名普通的中学生,成长为一名飞行员,花的全是你们老百姓的血汗钱,是全国人民养育了我们,是党给我们插上了钢铁翅膀,党培养的飞行员就要实践党的宗旨,为人民服务。支援地方建设是人民军队的职责,今天给兴林人民吊装电视发射天线,只是我们对兴林市父老乡亲的一点小小的回报。

"最后我代表俞副参谋长和机组全体同志,对你们的热情款待表示最诚挚的谢意,并致以崇高的敬礼!"

洪志玲的讲话言简意赅,深深地打动了在场的每位听众。她的发言出乎人们的意料,她人长得漂亮,飞得也很漂亮,她的讲话更漂亮,雷鸣般的掌声经久不息,盖过了惊涛拍岸的巨响。

杯觥交错,美酒飘香;乐声悠扬,笑语欢畅。整个大厅沉浸在节日般的喜庆之中。

洪志玲借口上洗漱间,偷偷溜出喧闹的大厅,来到二楼露天阳台。她站在阳台上,凭栏眺望,头顶是明净深邃的夜空,圆月宛若一颗硕大的夜明珠,悬浮在深蓝色的天幕之下,显得那么近,那么圆,那么亮。明月使群星暗淡,银河朦胧。一片白云带着她的相思,从银河游过,游向遥远的北方,游向夜的尽头。前方是无垠的大海,海浪在圆月朗照下,开着银白的浪花,浪花一排一排地由大洋深处向岸边涌来。洁白的浪花曾在大连海滨怒放,那是为她的爱情祝福。她们也曾在青岛海滩绽放，那是为她的不幸致哀。今晚她们又从远方赶来，是为她报喜还是为她解愁？近处岸边是挺拔的椰子树、棕榈树、木棉树，夜色盖不住宽阔树叶上的那一抹绿色，她们恰似一群群亭亭玉立的舞娘，身着绿色的衣裙，踩着海风的韵律，在月光下为她婆娑起舞。南国海滨的冬夜是温暖的，美丽的，恬静的。

洪志玲回到大厅时，许多人正在四处找她，记者找她采访，其他人找她签名、合影，满桌的佳肴，她没空动筷。好容易熬到席散人空，办公室主任仍要用红旗轿车送俞素梅和洪志玲，被她俩谢绝了，她俩和机组成员一道，乘中型轿车回机场。一路上机组成员不断地夸洪志玲，夸她的发言到位，有深度；夸她的举止出众，比女明星还高雅，还耀眼；夸她给部队争了光，扬了名；夸她给机组带来好运，大伙儿沾她的光，今晚也风光了一把。"副参谋长，您说大伙儿说得对不对？"飞行员左明见俞素梅光笑不吱声便问道。

"你们说得都不错，但你们说的都是表面现象，没抓住问题的实质。"说完这句话后，她打住了，从眯缝笑眼里透出的目光落到了洪志玲的脸上。此时她正准备反驳机组成员的赞美之词，听俞素梅这么一点评，一时吃不透她话中的含义，是替我解脱，还是"火上加油"？便没开口，俞素梅的含笑注视，让她有些发毛，脸上更是火辣辣的。

望着志玲满脸的窘态，俞素梅收起笑云，一本正经地对机组道："小玲今晚的发言，让我想起了航校接她时她说过的话。"

"俞副参谋长今晚是不是喝高了，怎么一下扯到航校去了。"机组人员心里都这么想，包括洪志玲。

"你们不必用这种狐疑的眼光瞅着我，我没醉。小玲为什么成为'空中魔女'？能战胜一切艰难险阻，连死神都怕她。为什么？你们谁能回答这个问题？"

"俞副参谋长，您怎么还叫大队长为'空中魔女'，现在都叫'东方神女'，'东方神女'好听。"

"那是你们不懂'空中魔女'的真正含意。今天咱们不讨论她的雅号，你们还是先回答我的问题吧！"

"很简单，她读毛主席的书，听毛主席的话，是毛主席的好战士。"

"因为她聪明、好学、刻苦、勇敢、善于动脑。"

"她思想过硬，技术精湛，作风顽强！"

"因为她是一名优秀的共产党员,是一名坚强的革命军人。"

"大姐,您历来呵护我,今天咋发动群众'围攻'我,您喝多了吧?你们再起哄,我跳车啦!"面对机组的评功摆好,洪志玲坐不住了。

俞素梅没理会她的"抗议",对机组成员的回答做了点评:"你们的回答都正确,但还是没找到根和本,没有从小玲今晚的发言中去找答案。"接着俞素梅复述了下列对话:

"'洪志玲同志,听说你们到农村接受过贫下中农的再教育,你最大的收获是什么?'

'社员群众太苦了,一个社员一年辛辛苦苦挣的钱,还不够我们一个飞行日烧汽油的钱。我们的飞行技术,是用劳动人民的血汗换来的,我一定好好飞,多为他们服务,用优异的成绩报答他们。'"

"同志们,这就是小玲能成为'空中魔女'的根本原因。她没忘'本'。什么是'本'?养育我们的劳动人民就是'本'。"

车厢里顿时静了下来,都在品味俞素梅的点睛之语。知徒莫于师,只有她才能点到根本上。牢记党的宗旨,全心全意为人民服务这就是她的"根"和"本"。

第二十六章　双喜

一九七七年的元旦，给神州大地带来了春的信息，也给洪志玲带来了好运，她双喜临门。一喜是，全国抗震救灾总结表彰大会会务组，给她送来了奖章、奖品、纪念章、纪念册等。二喜是，师政治部批准了她与罗方成结婚的申请报告，她将结束单身生活，与罗方成喜结连理，婚期初步定在二月十八日，农历的正月初一。

面对双喜，洪志玲却没有欣喜若狂的感觉，反而增加了少许忧思。

第一喜，虽令她兴奋，但也让她伤感。会务组送来的奖章、奖品、纪念册等，尽管迟到了若干天，还是令洪志玲欣慰，她虽不十分看重那些奖章、奖品，但那毕竟是对她七天七夜辛勤付出的肯定、是给灾区人民交出的一份合格答卷。她翻开纪念册，赫然发现上面有她们机组与国务院首长的彩色合影。照片使洪志玲回忆起首长乘坐她驾驶的直升机，飞遍灾区每一个角落的难忘情景：

在第一个降落点降落后，正赶上救援队员从楼板底下，救出两名受重伤的小学生，首长探视伤情后，即让抢救人员将受伤学生抬上直升机，洪志玲明白首长的意图，二话没说即开车起飞，直接将两名小学生送到设在机场的急救中心抢救。首长每到一地几乎都有类似的事情发生，他说："人是最宝贵的，救人是当前的首要任务，哪怕只有百分之一的希望也决不放弃，也要做百分之百的努力！。"虽然全力抢救，但还是有无数人丧失了生命。想到大地震给灾区人民带来的灾难，想到灾区人民的处境，她也高兴不起来。

第二喜是终身大事，自然是大喜，但大喜中也含有悲。面对即将来临的婚期，洪志玲是悲喜参半。又要当新娘了，而且是嫁给一个深爱她也值得她爱的男人，当然是大喜事。可是越是临近婚期，孙浩远的身影越是频繁的在脑幕上、在梦境中出现。就要改嫁当另一个男人的新娘，总觉得愧对浩远，这种悲喜交加的心境令她失眠。最后她决定去一趟浩远的老家，在浩远坟前祭拜亡灵，以安抚自己的愧疚之

心。浩远牺牲后,他的骨灰由于他父母的坚持被二老带回了老家,浩远被授予"蓝天卫士"称号并给他追记一等功后,当地政府为他修了墓,立了碑。

一个星期六的晚上,罗方成来到洪志玲家。自确定恋爱关系后,只要不值班,每逢周六晚与星期天,罗方成都会往志玲家跑。有继原夹在中间,两个热恋中的恋人只能以目传情,不能有过热的言行。虽然不能尽情享受恋爱的乐趣,但只要两人在一起,心里也是甜滋滋、喜洋洋的。

"方成,我们抽空到公社把证给领了,把婚事给办了,不必等到二月十八日。"

"好呀,我是巴不得,越早越好。早办婚事我早解放。"与志玲相处久后,罗方成在她面前不再畏首畏尾,言谈中也多了几分油滑与放肆。

"关于我俩结婚的事我不想惊动大家,不搞任何仪式,到公社领完结婚证就算结婚了。你的意见呢?"

"我举双手赞成,我最怕过婚礼关了。我一不会唱,二不会演,让我出节目岂不是让我出洋相,给你丢人。"

"方成,之所以提前办婚事,我是想春节前带着继原回一趟湖南,丑媳妇总要见公婆,先到你家,拜望老爸老妈,然后再去浩远家,看望他的双亲,在浩远墓前祭奠他一下,以表我们母子的一番心意,了却我的一桩心事,也是与浩远的最后告别。你不会介意吧?"

"太好了,干脆,我们就在老家过年,老家过年可热闹啦!志玲,你放心,你与继原去孙副大队长家,是应该的,说明你是一个有情有义的女人,我除了更加敬重你外,不会有任何其他想法,决不会介意,我爸我妈也不会反对。要不要我陪你们去,你自己决定,我去有我去的好处,可以在路上照顾你们母子俩。但我去也有不方便的地方,浩远的母亲肯定会欢迎我,但他们家的左邻右舍,亲朋好友可能会说闲话。"

罗方成的话引起了志玲的深思,良久过后她说道:"你去不去浩远家的事,先不定,等到你家后,再听听你父母的意见。"

春节前,夫妻双双把家还的事,就这样定了下来。

提前结婚的事,志玲第一个告诉的人是小玉,她听后自然高兴,不过她有些不解:"你不是不急于嫁人吗,为啥子要提前当新娘?熬不住了?"

"瞎说啥?我是出于以下考虑。"她把为啥提前结婚的理由给小玉复述了一遍。

一九七七年二月八日,星期二。上午八点半,洪志玲先到团政治处开结婚介绍信。开好介绍信之后她到机务处找方成,梁主任正好在他的办公室,见洪志玲进来,便与她开玩笑:"你已是我们机务处的媳妇了,以后要多到婆家走动走动,空勤灶发的水果、糖果多往这里送点,我们也沾沾光。"

"请梁主任放心,以后有好吃的一定先送给您,贿赂贿赂您,免得您给方成小鞋穿。正好,早上发的糖还没动,全给您。"说完,从棉军装的口袋里取出一大把各色糖果递给梁主任。人逢喜事精神爽,洪志玲今天的心情格外爽,话也就比平时多了许多。

洪志玲会骑自行车,大队也有公用自行车,但她不骑,偏要方成带她,女飞行员大队长也有撒娇的时候。北京的二月中旬正是天寒地冻的三九天,那天虽然天公作美,无云无风,但气温仍在零度以下。洪志玲坐在后座上,双手伸进方成的棉衣里,紧紧搂着他的腰,既暖和又安全。罗方成带着新媳妇洪志玲,丝毫没感到沉,后座上坐的仿佛不是一个一百多斤的大活人,而是一台一百多马力的发动机,驱使他在乡间小路上疾驰。

"方成,你骑慢点行不!"

"一万年太久,只争朝夕,办喜事要分秒必争。"

洪志玲与罗方成从百善公社领完结婚证后,两人都没回单位,而是直接回了志玲家,中午两人也没去食堂就餐,他俩在家自己动手做了一桌喜宴,都是他俩喜欢吃的四喜丸子、红烧肉、麻辣鸡、豆瓣鲤鱼、家常豆腐等,洪志玲还特地准备了一瓶红葡萄酒。今天对他俩来说都是极不平常的日子,他俩要在无任何干扰的情况下,度过一生中最难忘怀的新婚时刻。志玲给二人斟满了酒,两人高举酒杯,手臂相挽,喝干了交杯酒。喝完杯中酒后,她将头紧靠在罗方成的肩头,一泓秋水似的大眼斜视着方成,深情细语道;"方成,从今天起,你不再是我的小弟,而是我依靠的肩膀,是我的停机坪,是我的生命线,是咱们家的顶梁柱。在你面前,我不是啥飞行大队长,只是一个爱你的妻子,一个平平常常的女人。"

罗方成与洪志玲相识、相处、相爱以来,第一次见她这样柔情似水,小鸟依人。她的缱绻依恋,比酒还能醉人。从未偷吃禁果的他,再也无法压抑满腔欲火,他的嘴喘着粗气,一句话也说不出来,他抱起志玲进了一点布置都没有的新房,他

笨拙地替志玲宽衣解带,这次她不仅没有抗拒,相反嫌他毛手毛脚,竟自己脱开了衣服,当只剩一件乳罩时,她停住了,非让方成给她解背后的挂钩。他此时不仅双手发颤,全身都在抖动,一个极简单的动作,费了九牛二虎之力才解开。此时此刻,双方都无暇欣赏对方的裸体,都迫不急待地直奔正题。罗方成毕竟是个"新兵",第一次"飞起落",没掌握要领,总偏航。好在洪志玲是老手,在她的带飞引导下,他很快便领悟了飞行诀窍,一经入门,便大展雄风。此时她惊喜地发现,方成不仅年轻力壮,而且武器性能精良。直飞得她头昏目眩,香汗淋漓,他才退出航线落地。望着一头大汗、憨憨笑着的方成,志玲情不自禁地夸了一句:"你真棒!"这三个字好似加油站,很快给方成的油箱加满了油,他再次起飞,第二次进入航道。"空中魔女"彻底被小女婿征服了。

洪志玲与罗方成的结婚之日,没有仪式,没有宾客,没有新房,没有花烛,连一个红双喜字都没有。然而就是这没有任何新婚氛围的结婚形式,却更加温馨,更加浪漫,更加甜蜜,更加刻骨铭心。

下午三点多钟,曾小玉敲开了洪志玲家的门,进门一看洪志玲与罗方成既亢奋又疲惫的神情,知道二人中午逛了一趟伊甸园,罗方成已偷吃禁果。便冲志玲调笑道:"中午没见你去空勤灶吃饭,就知道你在家吃小灶。咋样,小罗的手艺不错吧!"

洪志玲尽管是过来人,面对小玉的调侃,脸上也顿显娇羞之色,罗方成则站在一旁望着两人嘻嘻傻笑。"我这会儿来,没打扰二位新人吧?我来一是给二位道喜,二是通知你俩,下班后,到机关大楼门前上车,赵副团长在汤镇订了一桌喜宴,给你们贺喜。"

洪志玲一听忙摇头道:"不行,不行,我不是跟你说了吗,我们结婚不搞任何形式。让赵副团长破费,多不好意思。"后经小玉反复劝说,洪志玲才勉强同意。

赵副团长要的是一辆后开门的大屁股吉普车,车厢里能坐六个人。由于是星期二,不用接孩子。赵副团长坐在司机旁的右座上,王荣荣、曾小玉、周富和洪志玲、罗方成坐在车厢里。

路上周富自然不会放过新娘新郎:"民间风俗,新婚三天无大小,从现在开始,车上没有啥子团长、大队长,全是哥们、姐们。玲姐、罗小弟,你们俩也太抠门了吧,喜糖不见一块,喜烟不见一根,喜酒不见一滴,真不够意思。"

罗方成望着志玲，她是一家之主，以她马首是瞻，自然不会回答周富的"指责"，只等志玲回驳。

"小周，你别急，喜糖不会少你一块，喜烟不会少你一根，至于喜酒你去家里随便拿，茅台、五粮液全有。我们不是抠，是想从湖南回来后再请你们。今天只是登记领证，因此没惊动各位。"

汤镇离机场不是很远，半个多小时就到了。他们在一家"春来早"饭店包了一桌酒席，服务员将客人领到二楼的一个包间里。赵伟刚做东，他先举杯祝酒："志玲、方成，今天是你俩大喜的日子，这第一杯酒祝你们恩恩爱爱，携手百年。来，大家举杯，共饮这第一杯喜酒，干！"大家碰杯后，都饮干了杯中酒。

王荣荣是空姐出身，做服务工作很熟练。她又要给所有的空杯斟酒，被周富止住了："荣荣姐，你又不是新娘子，你忙活啥，让新娘子劳动劳动。"

王荣荣赶紧将酒瓶交给志玲，志玲给每人斟满酒后，赵伟刚又举杯道："我不得不佩服小玲的眼力，用湖南话讲，方成是个好后生，小玲没有选错人。方成，过去对你不很了解，有怠慢的地方请你谅解。今后你就是我们的好老弟，有你与小玲为伴，我们都放心了。这第二杯酒我祝小玲永远漂亮，祝方成永远年轻。干，大家一起干！"六人又喝完了第二杯酒。洪志玲又斟满了酒杯，赵伟刚第三次举杯祝福道："小玲，方成，祝你们早日为继原生一个小弟弟或小妹妹。干！"碰杯声响过后，第三杯酒又落入六人的肠胃。洪志玲酒量过人，三杯酒下肚，脸上一点反应都没有，小罗却不胜酒力，满脸通红有了醉意。

"伟刚兄已敬了三杯酒，下面该新娘新郎喝交杯酒了。"周富起哄。

"小罗不能再喝了，我替他喝咋样？你们喝一杯我喝双杯。"

小玉一看小罗实在不行了，便替志玲解围："就让新娘替新郎喝，要是新郎真醉了入不了洞房，我们可担待不起。"

王荣荣首先表态同意，但罗方成反对。此时他脸上虽然燥热发烫，但心里还清醒，他对志玲的酒量没底，担心她替他喝会喝醉，忙站起来争辩道："志玲，不用你替我喝，不就是像中午那样喝交杯酒吗，我没有醉，还能喝！"

"哈哈，原来你们早就偷偷地喝过交杯酒啦！喝喜酒也不叫咱们，太不够朋友了，罚，你们至少再喝三满杯。"周富再次发难。

洪志玲没想到罗方成那么实诚，弄得她下不了台，没法只好在大伙儿的哄笑声

中与方成喝了三次交杯酒。六杯酒下肚罗方成真的醉了,但他靠在椅背上硬撑着,不让自己趴下,不过酒桌上后来发生的事,他全不知晓,等他清醒过来时,已是深夜,已躺在那张梦寐以求的床上,身旁就是日夜思念的志玲,他以为是在梦中,便用右手使劲地掐左胳膊,痛,这时他才相信不是梦。志玲用玉手支撑着头,含情脉脉地望着他,方成刚才的动作全看在眼里,见他完全清醒了,便假装生气道:"没有本事,干吗逞能,醉得跟死猪似的抬都抬不动。"

罗方成迷迷怔怔地瞅着她傻笑,"别傻乐了,睡觉吧!"说着关掉了床头的台灯。酒醒后的方成,自然不会老实,他借助酒劲的余威,长驱直入,直捣黄龙,战斗比白天更为激烈。直到人仰马翻,才偃旗息鼓,鸣金收兵。疯狂的新婚之夜,揭开了洪志玲人生新的一页。

星期六,下午四点半,洪志玲与罗方成双双出现在幼儿园门口,这是他们第一次一起接继原。老师和家长见他俩成双成对接孩子,脸上都现惊愕之色,没听说他俩举办婚礼,怎么就公开牵手了?继原还小,思想没那么复杂,见妈妈和罗叔一起来接自己,高兴地扑向他们俩,一只小手牵着妈妈,另一只小手拉着叔叔。三人手牵着手,笑着唱着,慢慢地走在回家的大路上。

路边的白杨树上,几只归巢的喜鹊,叽叽喳喳地叫个不停,仿佛在为这新组成的家庭唱着温馨的歌,祝福的歌。感受眼前的一切,志玲心里暖暖的,甜甜的。是啊,这才是她想要的日子,简单的、平凡的幸福。洪志玲迎来了她生命中的第二个春天,中华大地也将迎来第二个春天。

第二十七章 祭夫

洪志玲与罗方成带着孙继原，乘坐一大队的转场训练飞机前往湖南探亲，也算是度蜜月吧！机长就是赵副团长，通信员是周富。飞机平飞后，洪志玲领着继原进了驾驶舱，赵、周二位叔叔忙给继原介绍各种仪表设备。快五岁的继原是第一次坐飞机，开始有一些害怕，但很快被驾驶舱内的大小仪表和各种电门吸引住了。

"继原，你看赵伯伯开飞机多神奇，长大了你也开飞机吧，接你姥爷、你爸和你妈的班！"周富逗他。这一逗不打紧，惹出了大麻烦。

"赵伯伯，你现在就教我开飞机吧，我要开飞机。"小家伙好奇，说着就往赵伟刚身上爬，双手向驾驶盘抓去，洪志玲怕影响赵副团长飞行，赶紧抱着儿子回到了客舱，顺手将驾驶舱门带上了。

继原没达到目的便一面挣扎，一面哭喊着"我要开飞机，我要开飞机！"洪志玲将他刚一放下，他又往驾驶舱跑，她只好抱着他。罗方成忙哄劝继原。可是无论夫妻二人怎么哄劝，都不能让继原安静下来，他一直在志玲怀里乱抓乱踢，哭声越来越大。洪志玲急了，狠狠地在儿子屁股上扇了几巴掌，这是她第一次打孩子，也是第一次打人。罗方成赶紧从洪志玲怀里抱过继原。

"孩子小，不懂事，干吗打他。"

"都是你惯的，都快上学了，还这么不听话。"

继原一看妈妈生气了，止住了哭闹，偎依在方成身上，不再动弹。罗方成见继原不再闹腾，也就没再说啥。他心里清楚，志玲今天之所以动手打孩子，不仅仅是孩子不听话，而是心中本来就窝着一团火。回湖南探亲是志玲主动提出来的，本是件高兴的事，不曾想方成妈节外生枝，差点搅黄了此事。

为了让爸妈接待好第一次回家的新媳妇，方成给二老写了封信，告知了小两口的行程安排。他俩计划带着继原回家过春节，初三再去孙浩远家，看望继原的爷爷

奶奶。谁知这一安排遭到了方成母亲的强烈反对，回信说："幺儿，你们务必先回常德，将继原放在奶奶家，你们再回来。"

罗方成头脑简单，接信后很高兴；"还是娘老子想得周到，是该先去浩远家，以表示对浩远父母的尊重，让继原留在常德，可以让孩子和爷爷奶奶多亲近些日子。"洪志玲相反，看信后脸色骤变。方成看她不但不高兴反而生气，不解地问道："玲姐，你为啥不高兴？"

"不回去了，哪里也不去，就在部队过年。"

"为什么？"

"你妈不欢迎。"

"没有呀！"罗方成茫然。

"你呀，真是个孩子。很明显，你妈是不让我们带着别人的孩子进罗家的门，不想让街坊邻里、亲朋好友知道你罗方成娶的是我这个寡妇，而且是个带着'拖油瓶'的寡妇。我长这么大，从没被人嫌弃过，小瞧过，从没受过这样的窝囊气。浩远的牺牲对我的打击是巨大的，我曾痛不欲生，但那种痛是失去亲人的悲痛。而这次，婆婆不让我带继原探家，对我的打击同样是沉重的，痛苦的，而这种痛是失去尊严的刺痛。"

洪志玲也不是完人，自尊心太强，在丈夫面前也使小性子。罗方成怎么苦苦哀求，她就是不同意回去。不知为啥这事传到了俞素梅耳朵里，她专程到汤山机场做洪志玲的工作："小玲，你是个遇事总为他人考虑的人，在这件事上为啥发横。你也得设身处地为方成的父母着想，他们都是农民，旧的思想观念很强，你带着五岁多的孩子回婆家，他们脸面没处放，你要理解他们的处境和心情。还有，你坚持不去婆家，让小罗咋办？是听你的，还是听他妈的？他自然是听你的。如果真这样，他以后如何面对他的父母。你也不会愿他与家人决裂吧。"

经俞大姐的开导，洪志玲才勉强同意回湖南探亲，但心里的委屈并没完全消失，因此当继原大哭大闹时，为了发泄怨气，才一反常态地打了宝贝儿子，儿子成了她的出气筒。打在继原身上，痛在罗方成心上，他不仅是为孩子心痛，更主要的是为志玲心痛。她本是个溺爱孩子的母亲，继原长这么大从未动过他一指头；她也不是个爱冲动的人，而今天却发这么大的脾气，还拿儿子出气，足见她心中的怨气之大了。这都是母亲造成的，罗家愧对志玲。罗方成暗自叹息道："哎！这趟探家只怕要歪泥，顺当不了，不知娘老子还会搞啥名堂，婆媳见面后会是个啥局面？"带着娇妻荣归故里的乐趣，消失殆尽，随之而来的是忐忑与担忧。

洪志玲冷静下来后，很后悔，又从方成手上接过孩子，继原看妈妈不生气了，也主动地拥住了妈妈，还乖巧地哄妈妈："妈妈，您别生气了，我听话，不开飞机了，长大后再开飞机。"

见儿子宽慰自己，孩子不哭了，她却流泪了。她抚摸着儿子的小屁股问道："还痛吗？"继原摇了摇头。

"妈妈不好，妈妈不该打你！"大人小孩紧紧抱在一起都不住地流泪。

这天天公作美，航线上风平浪静，飞机异常平稳，小继原很快在妈妈怀里睡着了。经过四个多小时的长途飞行，下午一点十分，飞机在长沙大托铺机场平稳降落。飞机在停机坪停稳后，周富走进客舱，他帮助洪志玲一家拿行李，初次回两个婆家，洪志玲给两家的老人和亲戚带了不少礼物，装了两个大编织袋和两个大旅行包。

当赵伟刚机组与洪志玲全家走下飞机时，受到了机场何副师长等领导的欢迎。原来何副师长与赵伟刚、孙浩远是航校的同班同学，他曾到过二人的家，洪志玲见过他。老同学见面，一顿酒饭是少不了的，反正机组也得吃饭，飞机也得加油。饭后，何副师长专门安排一辆车况很好的吉普车送洪志玲全家回常德。洪志玲开始不同意，但架不住何副师长的反复劝说："洪大队长，其实我应叫你嫂子，你不必有顾虑，你是国家的宝贝疙瘩，用司令员的话说，你们比中央委员还金贵。你来到湖南地面，照顾好你是我们的责任，也是我们的一份荣耀。再说，这车也不是专为你派的，司机小姚，桃源九溪人，正好年前要回家探视，你们算是搭顺风车。"赵伟刚、周富等也在一旁敲边鼓，劝她不要辜负何副师长的一番美意。

他们连说带推，将洪志玲一家三口请上了汽车。除司机外，何副师长还派了一位参谋护送志玲。洪志玲这一下真急了，她下了车："何副师长，您这么客气，我们真的消受不起，我们还是坐公共汽车吧！"何副师长见她这么认真，只得让参谋留下。

临走时，何副师长将司机小姚拉到一边，二人嘀咕了好一阵子，小姚才回到车上。

小姚驾驶吉普车向着常德疾驶，天黑前他们顺利地到达了孙浩远家。浩远的家

第二十七章　祭夫

在河洑山下的山弯里,独门独户。屋前是宽敞的禾场,禾场前面有一口大堰塘;屋后山上是青松,屋的西头是桔子园,东边是菜园子。站在屋后的山坡上,能见到宽阔的沅江。浩远的家离常慈公路不远,小车能开到屋前的禾场上。

农村首先知道来客的是狗,浩远家养了一条大黄狗,它吠叫着追着吉普车。正在做晚饭的浩远妈与正在喂牛的浩远爸,还有浩远哥哥的两个十多岁的儿子,听到狗叫都走到禾场上,好奇地望着缓缓开来的吉普车,不知是哪位大干部走错了路?车停下后,第一个下车的是继原,他挥着一双小手喊着"奶奶,奶奶!"老人还没回过神来,小孙儿已扑进她的怀里。继而志玲、方成也下了车,喊着来到老人面前。两位老人被不速之客喜呆了,以为是梦,但明明又不是梦。南方的冬天湿冷异常,浩远妈抱着孙子领着客人进了屋。房屋的大门上贴着一副新对联,上联为:骄子勋业耀日月;下联是:烈士精神富春秋;横批是:光荣之家。这是市民政局给烈士家属送的春联。堂屋里有火炕,里面燃着劈柴,客人被请到火炕旁的小靠背木椅上坐下。浩远爸又添了几块劈柴,将火拨得更旺。司机小姚没有烤火,他忙着往屋里搬洪志玲一家人的行李和礼品,罗方成也起身帮忙。这时洪志玲发现礼品中,除了她自己带的之外,还有不少酒、烟、点心盒子与水果。洪志玲忙提醒司机:"小姚,你拿错了,这些不是我们的。"

小姚忙笑道:"没错,这是何副师长送给伯父、伯母的年礼!"

正在这时,浩远哥嫂从生产队劳动回来了,浩远妈给他们相互介绍。小姚卸完车后便要走,浩远妈等都要留他吃晚饭,小姚说天黑,路不好走,开着车离开了,临走时说好后天上午来接洪志玲一家。

饭后,志玲与方成打开编织袋与提包,给大伙儿分发礼物,除了北方特产,如茯苓饼、果脯、大虾酥糖以及国光苹果等吃的外,洪志玲给浩远一家人还分别带了礼品,给浩远父亲的是两瓶茅台酒和一件毛衣,给浩远母亲的是一件小皮背心和一双皮护膝,老人有膝关节炎。给大哥带的是两条前门牌香烟和一顶毡绒帽。给大嫂的礼物是一条花毛披肩,一件粗毛线上衣。给两个孩子的礼物是一样的,每人一支金星钢笔,一个红塑料皮大笔记本,外加二十元压岁钱。面对丰厚礼物,浩远一家自然是皆大欢喜,特别是大哥的两个儿子,更是喜到天上去了,他俩没想到,被大人视为仙女的婶婶,竟然这么随和,一点架子也没有。

"小玲,浩远不在了,你能带着继原大老远来看我们,这是我们前世修来的福分,还带这么多年礼,还想得这么细,像你这样孝顺的儿媳,现如今普天之下,恐怕是打着灯笼火把也找不到几个。多谢的话,我老婆子就不多说了,往后,每晚在菩萨面前我替你们全家多烧几炷香,多点几支蜡,请菩萨保佑你们长命百岁,万事如意。"

从小由奶奶一手带大的继原,晚上非要和奶奶睡,祖孙两年不见,小家伙特想奶奶,和奶奶特亲。志玲与方成原先还担心将继原单独留下,他会闹,现在见继原与奶奶这么亲热,也就放心了,志玲的心情也好了不少。

回湖南探亲,洪志玲最怵头的是应酬,她是个不喜欢显摆的人,更怕亲戚们借她的特殊身份大肆张扬。与她共同生活了三年多的婆婆,了解她的为人,因此她回来后没有声张,既没安排她走亲访友,也没带着她见各级干部,只根据志玲自己的要求,第二天上午给浩远上坟。按习俗上坟时要放鞭炮,浩远妈担心鸣放鞭炮响动大,招人。她只让浩远的大哥,买了香蜡与纸钱。吃过早饭后,志玲就急着去看浩远,被婆婆劝住了:"现在山上露水大,不好走,等太阳把露水晒干后再去。"

由于浩远家是独门独院,再加上志玲他们到家时已是傍晚,因而他们的到来并没惊动外人,志玲心中的石头落地了,她打心眼里感激婆婆对她的理解,一个农村老太太有这样的胸襟真是难得,方成妈要像她就好了,她期盼着。

上午十点多钟,由浩远大哥领着,志玲拎着一把小锄头,背着一个背包,牵着继原还有大哥的两个孩子,来到了后山腰的浩远墓前。罗方成本想跟去,被老太太留下了。浩远的父母将浩远的骨灰带回老家后,就安葬在屋后的半山上,后来市革委会要将浩远墓迁到烈士陵园,浩远妈没同意,她要让浩远永远和家人在一起。洪志玲一见浩远的墓,泪水刷地冒了出来,她强忍悲痛跪在墓前,从背包里取出纸钱、香蜡、水果和一瓶"德山大曲"及两个酒杯。水果和酒,是来时在常德市买的。她摆好祭品后先给浩远上香烧纸。继原也帮着妈妈烧纸,妈妈与罗叔叔都给他讲过爸爸的事,但从没见过爸爸的面,小家伙虽见过爸爸的照片,但他小脑袋瓜里并没有爸爸的具体形象,对父亲没有啥感情,只不过见妈妈哭了,他也跟着流泪。

"大哥,你带着孩子们先走吧,让我一个人多呆会儿。"

开始继原不想走,大伯哄他道:"继原,两个哥哥带你去捡板栗,树林里有好多干板栗。"听说有板栗捡,继原随着两个小哥哥走了,走前洪志玲让继原给父亲磕了三个头。孩子和大哥走后,墓前只剩洪志玲一人。她从背包里取出一块用白手

绢包好的、鸭蛋一般大小的、心形血色和田玉与一小布口袋黑土。红玉上面刻着她的头像,还有"阴阳两相隔,红玉伴君穴。玉石永不烂,真情永不灭"二十个小字。黑土是从浩远牺牲地挖来的,她一直保存着。她用锄头在墓碑的背面,刨了个两尺多深的土坑,将红玉与黑土埋了进去,然后用枯草树枝盖好。苏轼在《江城子》一词中写道:"十年生死两茫茫,不思量,自难忘。千里孤坟,无处话凄凉。"洪志玲与苏轼的处境虽然不同,但悼亡之情是一样的。

洪志玲忙完后,坐在墓前落有松叶的地上,拿起酒瓶给酒杯斟满酒,而后面对镌刻着"蓝天卫士孙浩远之墓"的墓碑道:"浩远,这是你最爱喝的家乡酒,今天我陪你喝个够,干!"她将一杯酒洒在墓碑前,将另一杯一饮而尽。她就这样一连干了三杯。几杯酒下肚她产生了幻觉,浩远身穿皮飞行服从碑中走了出来,与她并肩而坐,仍是吊儿郎当没正形:"小莲,我的心肝宝贝,我正准备投胎转世,有了你给我的这块红玉,日夜听着红玉发出的铃铃之声,我再也不是孤魂野鬼了,哪里也不去了,就守着这块风水宝地和一把黑土,直到海枯石烂,天荒地老。"浩远做鬼也是个风流鬼,正当二人激情相拥时,一阵山风抚过,洪志玲打了一个寒噤,浩远随着冷风带着一片片纸灰飘走了,只剩一蓬衰草,一抔黄土,一块墓碑。

正午了,洪志玲还静坐在坟前的地上,与浩远倾诉着心声,直到大哥来请她回家吃饭,洪志玲这才依依不舍地离开了墓地。

农历腊月二十八日八点左右,洪志玲与罗方成留下继原离开浩远家。十一点十分,小姚开着吉普车驶到了滨江公社革委会门口,罗方成让洪志玲在车上等候,自个儿到革委会找父亲,这是母亲事先交待好了的。方成进了父亲的办公室,他父亲见他进来异常兴奋,啥话没说便给生产大队队部打电话,让大队派人通知他家里,新媳妇到了。公社书记打完电话后与儿子一道走出大门,洪志玲虽没见过公公本人,但见过照片,见父子二人走来,忙下车迎接。还没等方成介绍,她便先给公公敬了一个军礼,而后亲热地叫了一声"爹"。公社办公室的人都知道书记的儿媳妇到了,也都晓得新娘子是个开飞机的大美人,还是个大队长,在他们心目中洪志玲比神女还神,不用人招呼,吉普车周围很快挤满了围观者。洪志玲最怕这种场面,罗方成也知道她的脾气,于是他催促父亲赶紧上车。吉普车不停地揿着喇叭,才艰难地"突出重围"。洪志玲一肚子的不高兴,但脸上还得露着笑容,还得应答公爹的问话。

罗方成的家在罗家大湾，大湾里住着十多户罗姓人家，是个大屋场。从滨江镇到罗家大湾有条简易公路，小汽车一直可开到罗方成家门口。这次首先迎接洪志玲的不是狗，而是震耳欲聋的鞭炮、锣鼓、唢呐、火铳声。吉普车离方成家还有一里多路的时候，罗方成家门口就开始鸣放鞭子与冲天炮，两班锣鼓手使劲敲打，八名吹鼓手卖力吹奏，十二杆火铳轮番鸣放，这是当时当地农村迎亲的最高规格。汽车停下后，方成妈满脸堆笑地给洪志玲开车门，下车后洪志玲叫了一声"妈"，声音有些干涩，也许是让硝烟呛的。洪志玲下车后没让马上进屋，在婆婆带领下，给每桌的客人敬酒，原来禾场上摆满了八仙桌，有十多张，每桌都坐满了客人。婆婆拉着天仙般的儿媳妇，每到一桌她先介绍："这就是我刚过门的幺儿媳妇，在北京，女飞行员，开大飞机，大队长。"然后又给洪志玲介绍在座的五大伯六大叔，七大姑八大姨。走过三桌后，洪志玲实在忍不住了，对婆婆道："妈，司机小姚急着回机场，我得先把他送走。"

"他再急也得吃中饭，你别担心，我已派人招待他了。"无奈，洪志玲只有硬着头皮，给每桌客人敬完了酒。每位客人自然都说了不少赞美夸奖洪志玲的话，类似"七仙女下凡"、"穆桂英转世"等等，乐得方成妈的嘴角都快咧到耳朵根了。

经过这一番折腾后，洪志玲找到罗方成，让他问他妈，在回部队的日子里，他妈还有哪些安排？罗方成知道，不让志玲带继原回家本来就憋着满肚子气，这么闹腾，她肯定是气上加气，要不是她能忍早就爆发了。但如果再往她火头上浇油，志玲涵养再好，难免也有爆发的时候，万一把她气走了，场面如何收拾？他最怕见到的就是这种局面。于是他将娘老子拉到一边小声道："妈，让志玲歇歇吧，她不喜欢这种场合。"

"傻幺儿，这么有出息的乖媳妇，哪能藏着掖着，得让她好好风光风光，她风光也就是我们全家的风光，连祖上也风光。"

"那你还有哪些安排？"

"你得领着她到亲戚朋友、老师同学、左邻右舍家去拜年；到公社、县里的一些头头脑脑家去送礼；到所有的祖坟上去送亮；到观音寺去敬菩萨，让观音菩萨保佑你们早生贵子，我和你爹就指望你俩给罗家续后了；还有……"

没等娘老子说完，罗方成烦了："妈，您别说了，志玲是回来探亲的，不是来给你撑门面的。"

第二十七章 祭天

"憨幺儿,我们为么子娶她一个寡妇,不就是因为她是大伙儿崇拜的女飞行大队长吗?再说了,入乡随俗,七仙女下凡也得讲礼数。"

罗方成不想争吵,气咻咻地离开娘老子,拽着正被一群大姑娘、小媳妇围观的志玲进了给他俩安排的新房。

"志玲,咱们提前回部队吧!再呆下去,你会发疯的。"

"你妈还给安排了啥节目?"

罗方成将娘老子的计划给志玲重复了一遍。志玲听后倒吸了一口凉气,但没发火,见方成那蔫头耷脑的可怜相,志玲心疼了,便柔声细语地用俞大姐劝她的话来劝自己的小女婿:

"方成,你妈这么安排也可以理解,她一个农村妇女,辛辛苦苦一辈子,盼的就是儿女出人头地,望的就是儿女光宗耀祖。你我虽不是啥大官,但都在部队工作,都是军官,我还是飞行大队长,人长得也还算标致。在没见过什么世面的农民伯伯眼里,也算得上是号人物了,也足以让老人自豪的了。趁我们探家的机会,张扬一番、炫耀一番也是常情。我现在完全明白了,你父母之所以同意咱俩的婚事,看中的不是我这个人,而是女飞行员的头衔和我的脸蛋。我虽然反感这一套,但也不能让两位老人下不来台。真要闹翻了,你就成了风箱里的老鼠了,往后咋相处。既已是一家人,还是和为贵吧!我都不生气了,你还气啥。你不要替我为难,我有对策。"

小姚吃过午饭,卸完车后,准备回机场,临走时,洪志玲将他拉到一旁,交给他一张纸条,并如此这般叮嘱了一番。

中午是请客,当地人叫整酒,吃的是流水席,每桌都是十二大碗,有扣肉、合笋、鸡块、羊肉、草鱼、粉条、豆泡、白菜、芋头、萝卜等。酒是本地产的"白沙液"。晚上是家宴,小钵大碗里全是腊货,有腊鱼、腊鸡、腊肉、腊肠、腊猪肝、腊口条、腊猪蹄、腊豆腐等。洪志玲虽是北方人,但也爱吃南方的腊味。晚上喝的酒是洪志玲带来的茅台。她给方成家的每人也带了一份丰厚的礼物,给公爹带的是茅台酒与中华烟。桌上最高兴的人自然是方成妈,虽忙活了一天,但不觉得累。饭后,一家人围着炭盆烤火讲白话。正聊得热闹时,大队文书气喘吁吁地跑了进来:

"罗书记,请洪大队长接长途电话。"

"么子事,这么急?"书记问。

"说是有急事，一定要找到洪大队长，请她接电话。"

洪志玲忙起身对二老道："爹，妈，不好意思，我去接电话。"两位老人点了点头。

"方成，你陪志玲去。大儿，你给弟妹找个手电。"老太太吩咐道。

洪志玲拿着手电与方成一道来到了生产大队队部。队部就在罗家湾，离罗方成家也就半里多地。

"喂，我是洪志玲。"

"洪大队长，我是赵副团长，你务必于明天赶回部队，后天有重要机群任务。"

"明白，请放心，我一定按时归队。"

洪志玲还没进家门，全家人都在门口等她。"志玲，么子事，这么急？"婆婆公公同时问。

"有重要任务，命令我明天一定赶回去。对不起了，我得马上动身。到车上再补票，反正长沙的过路车很多。方成你留下，陪爸爸妈妈过年。"

"好吧，那我用自行车送你。"

公公婆婆尽管不想让屁股都没坐热的儿媳妇走，但军令如山，就是十二万分不愿意也不能强留。方成爸爸让志玲在家准备行李，他去大队找手扶拖拉机，这种车虽不如小轿车，但总比自行车要快，也舒服一些。不久，罗书记坐着"嘟嘟嘟"的手扶拖拉机回来了，拖拉机后面有一个小拖斗，可以坐人。

晚上九点多钟，洪志玲在罗方成陪同下，离开了喧闹了一天的罗家大湾，顺利地坐上了由昆明开往北方的列车。开车不久，洪志玲便找列车长补票，列车长一看她的军官身份证，知道她是女飞行员，只专注地打量了她一眼，二话没说，便给她补了一张硬卧车票，还是下铺，此时洪志玲的心才松弛下来。

躺在卧铺上，她偷偷乐了。原来，根本就没有啥紧急任务，这是她导演的一出"越狱记"。她实在不愿让公公婆婆当花瓶使，那些烦琐的礼数，她一听头就大了："作为一名军人，一名共产党员，去庙里敬菩萨，成何体统？还要去公社和县里，去给那些头头脑脑送礼，这不是把我放在火炉上烤吗？"为了不失身份，不受煎熬，又不得罪方成一家，她只有巧妙出逃。她之所以能成功"越狱"，得感谢四个人，首先得感谢司机小姚，是他按洪志玲的吩咐，及时将她给他的纸条交给了何

副师长。纸条上写道:"何副师长,请马上电告赵副团长,让他设法尽快给方成老家来电话,急调我回去。务必!务必!"其次是何副师长,接到纸条后就给老同学赵伟刚打了电话,务必!务必!四个字他也加了"惊叹号",声音特别大。第三个感谢的是关键人物赵伟刚。洪志玲虽然未写急于回去的原因,赵伟刚也能猜到,两人共事多年,已达到"心有灵犀一点通"的程度,才编出了机群任务的"谎言"。她最后要感谢的是丈夫罗方成,没有他的"掩护",她不可能顺利出走。在回忆中洪志玲笑着进入了梦乡。

第二十八章　出征

正月十五刚过，罗方成带着继原回到了部队。继原是满载而归，得了不少压岁钱。一家人团圆后，过着其乐无穷的小日子，特别是洪志玲竟贪恋起小家庭生活来了，和婚前比，在家里呆的时间多了，在大队呆的时间少了，这种显著的变化引来了一些非议，说女飞大队长结婚后变得"小资"了。

这些议论也传到了师、团两级首长的耳朵里，但他们都了解洪志玲，并不相信这些流言蜚语。对洪志玲知根知底的俞副参谋长在二〇五团检查工作时，在全团干部大会上公开批驳了那些流言。她说："现在有些人的思想跟不上形势，总是用过去那一套极左的框框，套现实生活。两口子在一起的时间多了一点，就说人家是贪恋小家庭生活，是小资产阶级情调，请问说这些话的同志，一个工作之余不愿回家的人，一个不贪恋自己爱人的人，是什么情调，难道这就是无产阶级情调？同志们，生活和工作有时会有矛盾，但不是主流，不要把它们绝对对立起来。幸福的生活，和睦的家庭是搞好工作必不可少的条件。挑明了说吧，在座的干部中间，有少数人对洪大队长有些看法。我不忙评价对错，我相信实践会做出正确的判断，但我坚信，她永远是'空中魔女'。你们要是不信，那就骑毛驴看唱本，走着瞧，让时间来证明。"

俞素梅的讲话还在人们的耳边回荡，一次极为特殊的任务落到了二〇五团三大队的肩上。这次任务证实了俞素梅的话，洪志玲不仅不是一个贪恋小家庭生活的人，相反，在飞行任务面前，她是一个不顾家的女人。

东南亚 G 国遭遇了百年不遇的水灾，全国五分之二的地方被淹，G 国总统向我国求援，希望派大批直升机前去帮助他们救灾，他已向多国发出邀请，据说有五个国家同意派直升机前往，我国政府也同意了他的请求，决定由二〇五团三大队派五架直升机前去支援他们。

得知这一任务后,洪志玲异常兴奋,心想这可是千载难逢的、在实战中提高部队战斗力的好机会。于是她忙活开了,任务还没下达,她便与大队干部商量编配机组,挑选飞机,确定机务人员等事宜,预先做好出国执行任务的准备。她的意见是由她挂帅出征,万副大队长在家留守。

万树声一听急了,对大队长一向言听计从的他,居然唱起了反调:"我不同意留守,我要出国执行任务。"

"说说你的理由。"

"这次任务钟团长肯定要亲自带队,不缺主帅,您一个女同志出国执行任务有许多不方便的地方。"

"万副大队长,咱们先不要争,我们研究的只是一个初步方案,仅供师、团首长参考,最终方案得由他们定。"

万树声仍不服气,顶了一句:"他们还不是听你的。"

洪志玲之所以说由上级定,是认为让她出国执行任务那是铁板上钉钉子的事,十拿九稳。万万没有想到,正在兴头上的时候,刘副师长的个别谈话,将她推进了冰窟窿:"小玲,这次任务你们大队由万副大队长带队……"

"不行,不行!我是大队长,我们大队执行机群任务,为啥不让我去?"洪志玲急了,毫不客气地打断了刘副师长的话。

她急刘副师长不急,他知道不让她去她肯定会蹦高,正因为如此在正式宣布出国人员名单之前,先找她个别谈话:"你甭急,不让你出国是师常委反复研究后确定的,原因很多。他们国家很穷,生活环境很艰苦,你一个女同志去后,会给他们增加不必要的负担,最起码要给你安排一个单人房间吧!还有那里气温都在30度以上,男同志经常只穿一条短裤,你去了对他们的生活也多有不便。还有,方成这次是机务保障组的副组长,你们两人都去了,继原谁管?"

洪志玲越听越沉不住气,也越来越不冷静:"您还有没有不让我去的理由?"

"当然还有,你也得培养接班人,让万树声好好锻炼锻炼,你不能老当大队长吧!"

刘副师长这话再明确不过了,组织上要重用她,提拔她。然而,洪志玲并不知趣,她要去的理由更多:"我去决不会增加他们的负担,我就住在飞机上,要不让小玉也去,也让她历练历练,她也不能总当中队长吧;您别拿男同胞说事,别说三十度，四十度我和他们都一起呆过，我的兵我了解，他们中没有一人嫌我碍事的，唐山的七天七夜就是证明；团里机务干部多的是，罗方成可以不去；万副大队长留在家里，独当一面对他也是锻炼。组织上如果真想重用我，更应放我出去经风雨见世面。这次机群出国执行任务，是我们部队前所未有的事，未知的困难少不了，还有那么多国家的飞行员在G国同时执行任务，无形中有一个你高我低的比较。您不是叫我'空中魔女'吗？我出去后，一定为中国飞行员争第一，我自信能做到这一点。"

洪志玲的前几条理由，并没让刘副师长动心，但"为中国飞行员争第一"这句话却深深地打动了他。可是，出国人员名单是师常委集体研究确定的，他个人无权变更，他心里虽已被她说服，但当面不好表态，只好说个活话："小玲，你的意见我可以向师长和政委反映，在未最后确定之前，你仍要协助钟团长做好机群出国的准备工作。"

"请您放心，我知道该咋做。不好意思，我刚才态度不好，您千万别见怪。"

刘副师长笑道："你要态度好，就不是'空中魔女'了。"

"叮叮叮！"洪志玲办公桌上的电话铃响了，她赶忙拿起电话，听筒里传来方成欢快的声音："玲姐，告诉你一个特大喜讯，梁主任刚才通知我……"

"让你出国执行任务？"志玲急切地问道。

"对！"

"不行，不行，你绝对不能去！"

"看把你急的，放心吧，师里把我的副组长给撤了，让你去！"

"啊！真的？"

"这事我还能骗你。不过你得感谢我，是我找的刘副师长，我愿留下照看继原，让你去，你的作用比我大得多，他同意了。"

"方成，你太可爱了，晚上回家，我好好亲亲你。"

"还有一个好消息，为了支持你，俞大姐、小玉也去，钟团长留下了。"

"哈哈，太好了！"志玲放下电话后，半天没挪窝，独自傻笑。她是为遂了出国执行任务的心愿而高兴；为俞大姐事事支持、关爱自己而高兴；也是为自己找到一个善解人意、体贴入微的小丈夫而庆幸。

五架直升机出国执行救灾任务，别说是该师，空军乃至中国历史上都没有过。

空军首长和机关都非常重视。七月上旬的某一天,在机场礼堂举行了隆重的誓师大会。空军副司令员率司、政、工、后四大部首长参加了大会,他在会上做了重要指示:"同志们,据我们掌握的信息,一共有六个国家的三十多架直升机同驻G国的波湾机场,共同执行救灾任务。你们的一言一行,一举一动,G国的政府和人民都看在眼里,记在心上。他们心中有杆秤,会把你们和其他国家的飞行员放在秤上称一称。因此,空军党委要求你们,发扬国际主义精神,像对待祖国亲人一样对待G国的灾民。再苦,再累,再难,再险,你们也要出色地完成任务。在支援G国的救灾斗争中,还要发扬'永争第一'的精神,一定要走在各国飞行员的前列,为中国人争光,为伟大的祖国争光!洪大队长,你这位'空中魔女',一定要大显神威,让其他国家的飞行员好好领略领略你的魔力。

同志们,同时也请你们放心,我们会尽最大的努力做好后勤保障工作,照顾好你们的家人,做你们的坚强后盾。祖国和人民期盼你们的捷报,等待你们胜利归来!"

任何事情都是说起来容易做起来难,还没出国门,洪志玲他们就遇到了一大堆难题。首先是语言关,到G国后全用英语联络通话,而五个机组成员中除洪志玲之外,会英语的很少。其次,飞牛型直升机载油量有限,续航能力差,不能直飞G国,需中途加油,而过境国不能提供此项服务。不会英语,可以突击学一些常用语,可是直升机"腿"不够长的问题咋整?洪志玲作为大队长,没高兴多久便开始发愁,冥思苦想时,突然灵光一闪想到了方成,他不是专门研究过飞牛型的供油系统吗,让他想办法。

晚上罗方成一进门,洪志玲真的给了他一个热吻:"方成,送佛送到西天,好人做到底。我们遇到了一道难题,你得想办法解决。"洪志玲把飞机不能直飞的事详细给他做了介绍。

"你们计算过没有,如果从边境思茅机场加满油后起飞,直飞波湾机场,还差多少油料?"

"最少还需要一千立升。"

在思考问题时有人喜欢抽烟,有人喜欢品茶;有人喜欢踱步,有人喜欢静坐,罗方成思考问题时则喜欢双手插在裤兜里,在房间里转圈。转了五圈之后,他一拍大腿高声道:"有了,有了,客舱里的座椅全部拆掉,临时安一个能装一千立升航油的融油箱，油箱安装线路，我今晚连夜画出来，明天一上班就报师工程部。"说完就去办公室加班。

罗方成前脚刚走，洪志玲后脚也跟着出了门，她不是回大队，而是去了空勤灶，向管理员要了一包点心和水果，这是给罗方成准备的夜餐，她知道，加装副油箱不是一项简单的工程，设计方案不是一时半会儿能整出来的，于私于公都应该心疼方成，犒劳犒劳他。她走进方成办公室时他正在埋头绘图，当洪志玲将点心水果放到桌子上，他才发现她："你怎么来了？"

"陪你加班！"说着拿出纸扇给他扇风。

受宠若惊的他很感动，忙笑道："让你大队长给我摇扇，我可担当不起。你赶紧走吧，你在这里不但帮不上忙，反而碍事，分散我的精力。你放心，我豁出一宿不睡，也要把加装油箱的方案设计出来，决不会拖你的后腿。"一面说一面将她往门外推，把她推出办公室后，顺手关上了门。洪志玲在门外站了一会儿，没再进去，径直回了大队，大队还有一大摊子事等着她处理。

师工程部很快批准了罗方成的方案，并命令修理厂加班安装。经一天一夜的奋战，五架飞机的副油箱全部安装完毕，经试飞检验，架架合格好使。同时在驾驶舱与客舱的隔壁上开了一道小门，以便空投时，前后舱联系方便。万事俱备，只欠东风，只要空军作战部一声令下，二〇五团的五架直升机就可以展翅远航。五架飞机的机长是：俞副参谋长、洪大队长和三个中队长，都是飞行高手，挂帅的是指挥经验极其丰富的刘副师长。

七月某日，机场锣鼓喧天，红旗招展，直升机停机坪上热闹非凡，一派节日景象。空军机关代表、师、团主要领导全来为出国健儿送行。送行人群中自然少不了赵伟刚、王荣荣、周富和罗方成四人。王荣荣所送对象非常专一，她是专送洪志玲，起飞前的一段时间，她很不知趣，一直把志玲拽着，仿佛有说不完的贴心话："志玲，你尽管放心，继原和方成我会替你照看好，我会让他们爷儿俩经常给你写信。G国特热，蚊子多，容易得疟疾，我特地给你准备了一些治疟疾与保胎的药，我让方成放到你的旅行包里了，你要保管好。志玲，你是有喜的人……"

一听荣荣说到她怀孕的事，忙用手捂住了她的嘴，洪志玲很了解她，她没心没肺，如果她怀孕的事她捅了出去，她还能出国呀。于是她小声恳求道："你帮忙帮到底，这事你谁都不能说，包括伟刚、方成和周富。如果你泄漏了我的秘密，把我

从国外叫了回来,我会恨你一辈子。"

"你放心,我答应替你保密自然会做到,但你答应的事,也一定要做到,你一定要注意自己的身子,千万千万别大意。如果有个三长两短,方成和伟刚也会恨我一辈子。"

在她俩人话别时,不时有人与洪志玲打招呼,她又不好意思撇开荣荣,只好一面听荣荣絮叨,一面点头应付那些与她告别的领导和战友。荣荣见她有些心不在焉,便提高嗓门警告她:"志玲,我说的话你听到没有,你可别把我的话当耳旁风。"

赵伟刚见荣荣老缠着洪志玲不放,把罗方成晾在一边插不上嘴,便把王荣荣拽开了。罗方成才有机会与志玲说上话,可是还没说上三句,一颗绿色信号弹升到了空中,洪志玲她们要起飞了。

上午七点整,一架安型运输机和五架飞牛型直升机依次从机场起飞,以一字型编队向西南方飞去。运输机装载的是我国支援 G 国的救灾物资。经过八个多小的长途飞行,洪志玲他们进入 G 国领空,不久,地面航管部门传来了指令:运输机落 G 国首都的波湾机场,直升机则到离首都五十公里外的南郊一所陆军练兵场降落。俞素梅作为长机机长,按照航管部门提供的资料,率领机队向目的地飞去。下午五点十六分,五架直升机在地面指挥员的指挥下安全着陆。陆军练兵场有六个足球场那么大,被划分为六个停机区,中国直升机的停机坪为第一区。当时其他停机坪全空着,显然中国直升机是第一批到达的救援飞机。

中国飞行分队被安置在一栋二层小楼里,飞行人员住二层,机务维护人员和一名航医、两名翻译住一层。除刘、俞两位师领导住单间外,其他人两人住一间,房里有两张棕索床,床上铺着竹凉席,挂着白色蚊帐;一张没有抽屉的小木桌,两把没有油漆的木椅;两个脸盆和一台电扇。设施虽然简陋,但比出国前所想象的要好得多。曾小玉和洪志玲都十分满意。她俩放下随身所带的行李与航行用具,换上白的确良短袖衬衫和蓝色布短裙。这时跋涉了一天的曾小玉突然内急,房间里没有卫生间,她便出门找厕所。每层楼只有一间公用厕所和一间洗漱房,此时正让男同胞占领着,她实在憋不住了,忙跑回房间,关上房门,用自己的脸盆应急。洪志玲见她那狼狈相便揶揄道:"真是饥不择食,慌不择路,尿憋急了,你小玉也不择茅厕哦。"

解除内急之后，小玉顿感全身舒坦，但一见脸盆里的尿，脸上又挂满了苦相："出国后的难处设想了许多，没想到这第一难，就差点让尿憋死。志玲这可啥子办？"

洪志玲收起笑容，认真思考起来：把二楼的厕所和洗漱间改成女厕所和女洗漱间，将男飞们都赶到一楼去？不行，那么多男同胞用一个厕所容易误事，特别是早上，很可能影响飞行。而且就俞大姐、我与小玉三个人霸占一个厕所也不合适。厕所问题成了出国后遇到的第一道难题。

洪志玲不愧是才女，她很快便想出了破解难题的办法。她让机务维护组的同志，用木板做了两块三十公分长，十五公分宽的牌子，正反面分别用红漆写上男、女两个醒目的大字，分挂在厕所和洗漱间门旁。她和俞大姐、小玉上厕所或冲澡时，先问有没有人，如里面没人吱声，她们则将木牌写有女字的一面朝外，表示此时是女同志用，男性不得入内，办完事后，再将木牌翻到写有男字的一面，表明此时是男厕所或男洗漱间，可供男同胞使用。上厕所或冲澡的程序虽然繁琐了一点，但解决了男女两性共用一个厕所和洗漱间的矛盾。实践证明，这种翻牌的办法管用，俞素梅、洪志玲和曾小玉占用的时间很少，没有给男同胞带来太多的不便。

军营的西南角有一栋三层大楼，一层的东头是一个能供二百多人就餐的餐厅，餐厅一分为二，一号餐厅为飞行人员餐厅，二号餐厅为其他人员餐厅。西头是超市。二层是办公区，空中救灾中心就设在这里，有空中调度指挥室、气象室、任务下达厅、会议室。三层是娱乐区，有夜总会，美发厅、歌舞厅、酒吧、洗浴按摩中心等。G国虽然比较贫穷，因英国人在这里经营多年，受西方文化影响较深，开放程度远远超过"文化大革命"刚刚结束的中国。这一点大大出乎中国飞行分队人员的想象。处在"水深火热"之中的贫穷之国，竟然还有这灯红酒绿的花花世界。晚饭前，救灾中心的工作人员来到中国飞行分队的住地，给他们发就餐卡和生活费。标准是：飞行人员每人每月两千盾珠，凭卡到一号餐厅就餐；地勤人员每人每月一千五百盾珠，凭卡到二号餐厅用餐。一千盾珠约合人民币两百元。工作人员还给小分队详细介绍了军营的设施以及飞行和生活安排。

餐厅二十四小时开放，自助餐形式，用餐划卡。餐厅服务员是清一色的漂亮姑娘，都经过专门培训，能说几句汉语。这种就餐方式和就餐环境又让洪志玲他们大开眼界，深感意外。同样，俞素梅、洪志玲与曾小玉刚一现身飞行人员餐厅，所有

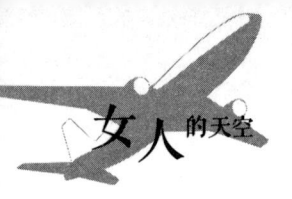

工作人员的目光都落到了她们身上，目光中全是惊奇与疑惑，三位漂亮女士是不是进错了门？一位领班忙上前询问：

"三位女士，这里是飞行员餐厅，请问你们是飞行员吗？"

三人赶忙出示就餐卡。领班察看过就餐卡后，忙微笑着做了一个十分优雅的姿势："三位请！"这时所有服务员目光中透出的不再是惊疑而是惊愕。她们万万没有想到，中国飞行员中竟有女飞行员，而且姿色出众，气度非凡。

晚饭后，俞素梅、洪志玲与曾小玉逛了一趟超市，这种经营方式她们也是第一次见到，颇有新奇感。"志玲，这种商店太方便了，买东西可随便挑选。咱们国内的商店应该好好学学。"超市就是一个小百货公司，其中有不少中国货，她们看了看标价，比国内还便宜，也不要任何票证。茅台酒、中华烟随便买，茅台酒折合人民币才十三块钱。

往回走的路上，小玉发开了感慨："这哪是吃苦来了，是过安逸日子来了。"

"小玉，你可别瞧花了眼，苦日子还在后头。"

晚上，刘副师长召集全体人员开会。"我与俞副参谋长刚从指挥中心领受了明天的飞行任务，等会儿俞副参谋长给你们具体布置。我先讲两件事，一是G国对外国救援人员很关照，为让我们住好、吃好、玩好，他们尽了最大的努力，这一点大家已经亲身感受到了，这里的工作和生活环境，超出了我们的想象。但同时要提醒同志们注意，指挥楼三层的娱乐中心，我看和旧上海的南京路差不多，那是供西方国家飞行员享乐的，我们不要涉足。"

"美发室能去吧！我们得理发呀！"飞行员小肖的提问引起一阵笑声。

"你们中间不是有业余剃头匠吗，发扬我军光荣传统，内部解决。"

这时地勤机械师高远站了起来，毛遂自荐道："大家的'头'我全包了，而且是免费服务。"

"俞副参谋长、洪大队长和曾中队长的'头'你也能包？"

"她仨除外。"

"我和俞副参谋长、大队长的'头'我们自己解决，不用你们费心。"又是一阵笑声。

刘副师长接着道："还有超市里卖的从我国进口的商品，我们决不能买，不能往回带。这是纪律，必须严格遵守。你们都是组织上特别信任的共产党员，千万别干有失国格和党性的事。二是救灾任务异常艰巨，他们提供的大比例尺地图，是临时赶制出来的，很粗糙，一些地标地物标得不明确，也很可能不准确。大家在飞行准备时，一定要仔细，要多设计几套飞行方案。下面由俞副参长布置明天各机组的飞行任务。"

俞副参谋长首先将G国各行政区县的大比例尺地图，分发给机组的领航员，然后布置了各机组执行的具体任务，宣布了五名机长在G国执行任务时的飞行代号：俞副参谋长为101号，洪大队长为102号，一中队长为103号，二中队长为104号，三中队长曾小玉为105号。下达完飞行任务后，俞副参谋长对洪志玲道："洪大队长，你讲几句吧！"

"刚才刘副师长和俞副参谋长讲得很清楚了，我只强调一点，明天第一炮一定要打响，来个开门红。就是遇到天大的困难，也要把救灾物资送到灾民手里，决不能因找不到空投点而把东西再拉回来。明天五架飞机之间要保持联系，如有情况及时呼叫俞副参谋长和我。"

刘副师长紧接着道："洪大队长讲的这一点非常重要，以后空中行动由俞副参谋长与洪大队长指挥。同志们还有没有不明确的？"他见大家没有啥意见了，便宣布散会。

第二十九章 扬威

翌日,中国的五架墨绿色直升机,飞舞着长剑般的旋翼,向各自的空降点飞去。刚离首都不久,机下便是一片汪洋。这里的洪灾与国内的不同,没有惊涛骇浪的激流,也没有排山倒海的洪峰。多数灾区都是因恒河等河流决堤,将星罗棋布的数十万个池塘,连成了一片片微澜死海。低处的乡镇全部被淹,灾民都聚集在高处的居民点里,形成一座座孤岛,G国本就以"水泽之国"著称,现时真正成了千岛之国。直升机的任务就是往这些孤岛运送食品、医药、燃料与生活用品,并将孤岛上的重病号和重伤员接出来送往首都大医院救治。洪志玲驾驶8719号直升机直奔一处名叫雅南的小乡村。雅南乡坐落在洪宗山的南麓,山不高,海拔高度三百多米。按地图上标明的坐标位置和无线电罗盘所指度数,洪宗山应该就在飞机的下方,可俯首望去,下面仍是滔滔洪水,见不到山,更看不到雅南乡。

要是晴天,可以提升高度,扩大目视范围,当天是阴雨天,云底高只有八百公尺,直升机只能在云层下飞行,目视距离不足五公里。因此,洪志玲机组见不到其他地标。面对困境,她与领航主任老邹商量,决定扩大搜索范围。这时耳机里相继传来了其他四名机长的呼叫声:"102号,103号到达目标上空准备降落。"101号和104号也都发现目标。

"102号,105号没发现目标。"

"105号,核准航行数据,扩大搜索范围,务必找到目标。"

"105号明白。"

洪志玲在指挥其他飞机的同时,驾驶直升机以预定目标为中心,逐渐扩大搜索圈。直到离中心点四十公里的时候,才找到了雅南乡。8719号直升机在乡村上空盘旋一圈后,向一块较为空旷的篮球场徐徐降落。当地灾民一见到直升机,好似奔腾的洪水,从四面八方涌向降落场,球场上顿时挤满了灾民。一看这种场面,洪志玲当即在离地面二十米的高度悬停住了，她让已是空勤机械师的牛建立放下软梯，先行下到地面，疏散灾民，防止尾桨伤人。直升机的旋翼是横向水平旋转，离地面较高，不易伤人，而尾桨则是纵向垂直旋转，桨叶叶尖离地面较低，极易伤人，有过不少血的教训。

牛建立下到地面后用手势让灾民散开，让飞机落地。由于语言不通，他比划了半天，灾民也不解其意，这时一位年近七旬的老人从人群中走了出来，他拉着小牛的手，话没出口，热泪先涌了出来："你们是中国人？"

他居然会讲汉语。小牛一面连连点头，一面说道："老大爷，请你告诉大家离开球场，飞机要落地，防止伤着老乡。"

老人忙松开小牛的手，找到一位四十出头的中年汉子，给他转述了小牛的要求。那人立即冲人群大声嚷了几句，灾民乖乖地迅即撤离了球场。

8719号飞机在牛建立指挥下顺利降落。洪志玲关掉发动机后走下飞机，一看飞机的旋翼和尾桨都不转了，灾民又呼啦一下将飞机围住了。那位老人挺着胸脯拉着中年汉子走到洪志玲面前："这是乡长迪拉，你是？"

"她是我们的飞行大队长。"小牛替他俩介绍。老人忙给乡长翻译，声音洪亮，带着骄傲。乡长愣愣地瞅着老人，似乎他翻译有误，他惊呆了。人群中不知谁带头，围观的灾民无论老少都纷纷跪下了。

面对这意外的场面，机组人员全傻了。洪志玲急得跺脚，忙不迭地对乡长和老人道："快让老乡们起来，快组织人卸运救灾物资。"

乡长回身做了个请大家起来的手势，让一些年轻人从飞机上搬运各种物资。他们搬运物资的方式很特别，不是肩扛背背，而是用头顶。他们的穿着也很奇特，男人也穿裙子。在其他人搬运救灾物资的时候，老人却握着洪志玲的手不放："我叫范朋，是当地的华侨。做梦也没想到，有生之年能见到从祖国飞来的神鹰，能见到你这位女菩萨。"

"老爷爷，您老家在哪里？来这里多少年啦？"

"我是广西人，日本鬼子侵略中国时，随父母逃难来到这里。"他乡遇故知，两人拉起了家常。

当洪志玲准备驾机返航时，老人突然振臂高呼："中国万岁！"在场的人也和他一道高呼着，洪志玲他们虽听不懂他们的话，但能听懂他们的意思，和老人一

第二十九章 扬威

样,他们也在高呼"中国万岁!"

飞机起飞后,洪志玲问左明:"其他机组的情况如何?"

"他们都找到了目标,俞副参谋长和二中队长已经返航。"

"邹主任,回去后,你将领航员召集在一起,根据今天飞行的实际情况,把地图上的错误都纠正过来,少走弯路。"

"好的。"

当洪志玲返回军营时,各国救援直升机全到了,停机坪已停满各种型号的直升机,有黑豹、灰熊、风帆、大力士、小蜜蜂等。晚餐时,飞行人员餐厅坐满了各种肤色、不同服饰的飞行员。让中国飞行人员大感意外的是,其中也有三名女飞行员,两名白人一名黑人。她们先进餐厅,俞素梅、洪志玲与曾小玉进门时,她们正在用餐,当见到中国女飞行员后,分外惊喜,三人放下餐具,大步走到俞、洪、曾三人面前,用英语打着招呼,热情地拥抱她们,并邀请她仨同桌用餐。

六名女飞行员围在一桌,边吃边小声聊开了。"我叫亚莎,她叫罗露。"她又指着那位黑人女飞行员说:"她叫琼丝,黑珍珠。"她们三人中亚莎最漂亮,身材超过志玲,金色的卷发,直挺的鼻梁。蓝眼睛亮而有神,嘴唇红艳艳的,脖颈长而晶莹,坠有黛绿钻石的金项链光彩熠熠,铮亮耀眼。当天气温高达三十五摄氏度,餐厅没有空调,只有六台吊在天花板上的大吊扇,尽管开在最大转速,仍难驱高温,三名外国女飞行员穿得都很暴露,半对丰乳裸露在外,十分性感。大概是司空见惯,男性老外们并没人专注她们,对俞素梅、洪志玲与曾小玉也没表现出特别的兴趣,他们仍悠然自得地用餐,倒是中国的男飞们的眼光不时偷偷地往女飞桌上飞。

"怎么外国也有飞直升机的女飞行员?"牛建立小声问同一机组的飞行员左明。

"你真是个土老帽,少见多怪,不少国家都有女飞行员,有飞歼击机的,有飞轰炸机的,有飞大型喷气运输机的,飞啥机种的都有。苏联和美国还有女宇航员。不过没想到在这里见到她们。小牛,你觉得她们仨与洪大队长比谁漂亮?"

"她们虽打扮艳丽,衣着时髦,但还是盖不过咱们大队长,洪大队长是天生丽质,清纯淡雅,原色美。"

"你小子的审美水平不低呀!不知她们仨的飞行技术如何?"

"我相信她们谁也超不过咱们大队长。"

"外在的美摆在脸上、身上，好比较，飞行技术和航行经验平时看不见摸不着，不好比较，除非来一场飞行技术大比武。"盆子里的饭菜吃光了，他俩才打住话头，走出餐厅。出门时扫了一眼黄白黑三种颜色的"六朵鲜花"，她们还在争奇斗艳。

成天飞行，时间过得很快，转眼一个星期过去了，在这一周里一切顺利，没有啥特别的故事。六个异国姐妹相互更加熟悉，感情更加亲密。六女中，亚莎、罗露还是单身，黑珍珠有两个女儿。她们仨同在 D 国空军服役。有天晚餐时，六姐妹又聚在一起，都是执行任务回来，穿着布飞行服。自进餐厅后，黑珍珠耷拉着脸一声不吭，饭菜也要得很少，只要了两块牛排，两片面包，一杯可乐，一盆沙拉。志玲与她打招呼，也只是点点头，不说话。志玲问亚莎："亚莎，琼丝为何不高兴？"

"她今天下午没找到降落点，挨罚了。"

"挨什么罚？"

亚莎双手一摊头一歪道："十二美元的飞行小时费，六十美元的全周安全奖金，全没了，飞了。"

曾小玉英语水平很低，听不懂她们的对话，全靠志玲给她翻译。

"刚才比划的啥？"小玉小声问。

志玲将亚莎的话用汉语重复了一遍，小玉听后，心里直咋舌："乖乖，她们一天的飞行小时费，比我们一月的薪金还多。"

洪志玲怕亚莎问自己小时费和奖金的事，忙转移话题："琼丝没找到降落点，恐怕是地图有错。"

琼丝一听，不再沉默，立马开口道："是，是，肯定是地图有错，不是我的计算有错误！"

"这种情况我们遇到过好几次，我第一天飞的降落点，实际目标与地图上所标目标相差四十多公里。"

"那你是怎样处理的？"琼丝急切问道。

洪志玲对三位同行，毫无保留地介绍了她的处置办法。

"密斯洪，你要是早说，我的七十二美元也不会飞了，还挨上司的训。"

"洪现在说也不晚，以后我们都不会再挨罚了。"

"亚莎，你也挨过罚？"志玲问。

"挨过一次，男飞们挨罚的更多。"

饭后，三个外国女飞还不愿与俞、洪、曾三人分开，非拉她仨去夜总会玩，洪志玲借口有事推脱了。往回走的路上，志玲想吐，忍住了，忙加快脚步往住地走，刚进洗漱间便哇哇地吐了起来。

俞素梅、小玉不放心，一直紧跟着她，见她进洗漱室也没翻小木牌，俞素梅忙将写有"女"字的一面朝外。"小玲，你也没喝酒咋吐成这个样子？"俞素梅十分关切地问道。

小玉要上前扶她，被志玲推开了："没啥，今天下午送牛羊肉，机舱里温度高达五十多度，烤得满飞机都是腥膻味，熏得我头昏脑涨，一想到那股膻味就想吐。"洪志玲解释道。

"不对，不对，你说的这种情况我也遇到过，当时是难受想吐，不过一下飞机闻不到膻味儿后就好了，没有像你这样吃完饭后还吐的。莫不是你又有了，你得让航医给你查查。"

"你可别胡乱联想，没影的事，真的是腥膻味熏后的心理反应。"看她说得很恳挚，俞素梅、曾小玉没再追问。

洪志玲嘴上虽否认怀孕，但心里明白，呕吐就是妊娠反应，没想到这次这么强烈，是不是与高强度的飞行有关。"你一定要注意自己的身子，千万千万别大意。如果有个三长两短，方成和伟刚也会恨我一辈子。"王荣荣临别时的忠告又在她耳边响起。志玲回到宿舍后，偷偷服了荣荣给她的保胎药，她不敢马虎，孩子流产事小，流了还可以要；完不成任务事大，关系到成千上万灾民的生命。

不知通过啥渠道，三个外国女飞知道了洪志玲"空中魔女"和"东方神女"的绰号。她们三人知道了，也就等于所有外国飞行员都知道了，她们传递这类信息的速度快得惊人。"空中魔女"和"东方神女"传开之后，引起了不同反应，多数人给她竖大拇指，喊OK，但也有少数人不服气，正因为有人不服气，才有了一场轰轰烈烈的大比武。开始是有些男飞怂恿亚莎向洪志玲挑战，让美女姐妹俩相互"厮杀"，但亚莎不接招，通过近一个月的接触，她了解洪志玲的底细，自认不是她的对手，甘拜下风。好事的外国男飞们并不死心，决定由一名外号叫"秃鹫"的老飞给洪志玲下战表。洪志玲谦虚，不愿当众卖弄自己的飞行技巧，便婉言拒绝了。她的谦虚被对方视为软弱胆怯，一些不了解真相的老外飞行员，便开始背地里叫洪志玲胆小鬼。这些嘲笑讥讽自然传到了亚莎她们耳朵里。她们为志玲不平，便鼓动她应战："洪，不要做缩头乌龟，大胆应战，杀杀他们的大男子主义，为军中的妇女争光。我们相信你，你是胜利者。"

在外国与人比武这可不是件小事，她无权私自应承，便再次谢绝了。"秃鹫"等人见洪志玲死活不应战，更为嚣张，便正式通过指挥中心向中国飞行分队提出挑战。刘副师长接到挑战书后，也没马上表态，他得向使馆报。武官传达了大使的指示，如有把握可以比。根据使馆的指示精神，刘副师长与俞副参谋长、洪大队长商量。他首先传达了使馆的意思，然后表明了自己的态度："洋鬼子欺人太甚，这场比武看来不可避免，你俩的意见如何？"

俞副参谋长望着洪志玲，她是主角，等她表态。

"他们说没说咋个比法？"志玲问，她从不打无把握之仗。

"他们说比定点降落，和定点跳伞比赛一样，谁离中心点最近谁赢，共飞三次，平均距离中心点最近者为胜者。为公平起见，不用你飞的飞牛型直升机，也不用他飞的灰熊直升机，而是用第三国你们都没有飞过的黑豹直升机，由第三国的飞行员带你们先飞三个起落，再由你们自己单飞三个起落，而后参加比赛。这种比赛方法对你是一次严峻的挑战，虽然在国内的定点降落比赛中，你多次夺冠，但那是用你熟悉的飞牛型直升机，而这次用的却是你从来都没摸过的黑豹直升机。这次不仅是比定点降落，首先比的是掌握新机种的接受能力。"

"看来'秃鹫'他们并不了解小玲，比接受能力，那是小玲的强项。小玲，大胆应战，大姐相信你！"俞素梅鼓励道。

"行，没问题。"洪志玲很自信。

"但我们不能轻敌。小玲，你让亚莎她们给你搞份黑豹直升机的资料先看看，了解它的结构原理，性能特点，做到心中有数。"俞素梅补充道。

"好的。这等于让我免费改装黑豹直升机。请二位领导放心，我有信心战胜狂傲的'秃鹫'，为中国空军争光，为祖国争光！"

"为女飞行员争光！"俞素梅替洪志玲说出了她想说而没说的话。

刘副师长很快便向指挥中心递交了应战书，一场罕见的飞行大比武终于定了下

来。比赛日期定在救灾任务结束后,各国飞行分队归国的前夕。

洪志玲应战的消息很快传遍了军营,得知这一消息后,亚莎三姐妹最为兴奋。当天晚饭后,她们仨就忙着给洪志玲出谋划策,并很快给她弄到了黑豹直升机的详细资料。在她们心里,洪志玲代表的不是中国飞行员,她代表的是全世界所有的女飞行员。

经过各国飞行人员的共同努力,救援活动胜利结束。中国救援飞行分队在一个月零六天的时间里,连续飞行了三十五个飞行日,每天工作在十二小时以上,无一次误飞,均一次落地成功,受到G国政府与人民的赞扬与欢迎,该国媒体大量报道了他们的救援事迹,给予了很高的评价。中国救援飞行分队在G国的一切活动都很圆满,就等洪志玲比武画最后的句号了。

救灾指挥中心对比武活动高度重视,他们是将比武大会当成欢送大会,总统和政府官员要亲自莅临,给表现突出的飞行分队颁发特别勋章,给比武的胜利者颁发奖章和一万美元奖金。比武现场设在练兵场的中间,设主席台和观众席,成立了由第三国飞行分队领导组成的裁判组。比赛场中用白粉画了一个直径为十米的圆圈,圆圈中间,根据黑豹直升机前轮与两个主轮之间的距离,画有三个白色小点。

比赛当日。

上午七点来钟工作人员便开始忙碌,布置比赛场地,摆放主席台、观众席,设临时停车场,安放路标,架设现场指挥电台、扩音设备,拉横幅、插彩旗等。八点左右观众开始入场,除六国救援飞行分队的人员外,G国首都的市民来了不少,大部分是听到消息后自己赶来的,这些人没有座位,有的站着,有的席地而坐,整个练兵场被人流所淹,变成了一片人海。八点十分,扬声器里开始播放音乐。八点半,G国总统偕夫人及政府要员准时在主席台就座,在主席台就座的还有援助国的大使和武官,刘副师长作为贵宾也上了主席台。主席台上的贵宾全部坐好后,一颗绿色信号弹蹿上天空,飞行比武正式开始。抽签决定,"秃鹫"先飞。

一架黑豹直升机从三号停机区腾空而起,在军营上空盘旋一圈后,向练兵场中心飞来,在离降落中心五十米的空中悬停住了。当听到指挥员的指令后,直升机垂直向十米直径的圆圈落去,"秃鹫"不愧是老油条,飞行高手,三个轮子都落在圆圈内,三个轮子离三个小白点都不远。现场响起了热烈的掌声和欢呼声,外国飞行员高兴得相互击掌庆贺。飞机停稳后,裁判人员拿着卷尺,进入圆圈,测量三个轮子与三个白点之间的距离。测量完记录好以后，退出圆圈，指挥员命令"秃鹫"再次起飞。"秃鹫"又两次降落，成绩一次比一次好，最后一次两个主轮正好压在两个白点上。现场掌声雷动，欢声震天。外国老飞们已认定"秃鹫"为胜利者，世界上不可能有人比他飞得更好。没想到天助"秃鹫"，他飞完后，机场风力突然加大，刮起了四五级西南风。亚莎、罗露、琼丝已感到形势对洪志玲不利，对她失去了信心，三人脸上全是灰暗的阴霾。而俞素梅和曾小玉则与她们相反，满脸都是艳阳。特别是俞素梅，她最了解洪志玲，她飞定点降落有诀窍，名叫"地尺法"，是她俩共同创建的。制服侧风那更是志玲的拿手好戏，别说是四五级风，就是七八级风对她来说只能是小意思。

"秃鹫"飞完三个起落后换洪志玲飞，换人时，洪志玲微笑着向"秃鹫"表示友好，"秃鹫"则回以轻慢的一瞥。洪志玲见后心中暗笑道："你得意得太早了，就你那两把刷子，也敢班门弄斧！"

昨天她在黑豹直升机上飞了六个起落，前三个起落是教员带她，由教员在左座飞，她在右座看。俗话说外行看热闹，内行看门道，看教员飞完三个起落后，她已看清了黑豹直升机的门道。后三个起落是她在左座飞，教员在右座看，她刚飞完第一个起落，教员就竖起大拇指夸道："你是我遇到的最有天才的学员，明天不用比，胜利者是你，洪志玲。"飞完六个起落后，洪志玲心中更有底了。

洪志玲属于比赛型选手，她登上飞机时笃定神闲，心跳平稳，面色平和，她一上飞机，就见昨天带飞她的教员坐在右座上冲她点头微笑，并鼓励道："加油，胜利属于你，洪志玲。"洪志玲报以嫣然一笑，然后按程序做起飞前的动作。准备就绪后她开始用英语呼叫："恒河，102号请求起飞。"

"102号可以起飞，按比赛规定飞行。"

"102号明白。"洪志玲驾驶黑豹直升机按照"秃鹫"所飞的航线飞行。当她即将着陆时，现场突然静了下来，一万多双眼睛全盯着悬在空中的直升机，亚莎三姐妹手心开始冒汗。指挥员一声令下，黑豹直升机仿佛长了眼睛一般，借助越刮越大的西南风，径直向圆圈的中心点落去，三个轮子分毫不差地全压在三个白点上。没有欢呼，也没有掌声，三个裁判员也没进圈测量距离，三人同时朝驾驶舱里的洪志玲竖着大拇指。太神了，观众都不相信自己的眼睛，这时只见"秃鹫"跑过去，围着飞机转了一圈，仔细端详三个轮子的着陆点，边看边摇头，嘴里不停地念叨：

第二十九章 扬威

249

"不可思议,不可思议!"。

洪志玲三次落地,三个轮子都落在同一个位置上,全是零误差。就如同射击时,三发子弹从十环中的同一弹孔中穿过。呆了,傻了,用目瞪口呆形容现场所有人的表情最恰当不过。就在这时,扬声器里传出了比赛结果:"经裁判组测定,中国飞行员洪志玲获胜。"这时人海沸腾了,掌声、欢呼声、口哨声惊天动地,排山倒海,经久不息。

洪志玲并没因胜利而冲昏头脑,她关掉发动机,与右座教员道谢后平静地走下飞机。她刚出驾驶舱突感不适,全身无力,肚子疼痛,她咬紧牙关坚持着。洪志玲刚一露面,人流似洪水一般朝她涌来,都想争睹她的芳容,欣赏她的风采。好在预先有准备,设了三道警戒线,三道警戒线如同三道坚实的堤坝将汹涌的人流挡住了,才没发生踩踏事故。第一个跑到洪志玲面前的不是小玉,也不是亚莎,而是"秃鹫",他也不管洪志玲能否接受西方礼仪,拉起她的右手亲吻,此时此刻,在中国女飞行员面前,张狂的他,心悦诚服地低下了高傲的头。他还没来得及赞美她,小玉、亚莎、罗露和琼丝四姐妹,将洪志玲拥住了,又蹦又跳,又哭又笑,记者们的"长枪短炮"拍下了这一动人场景。直到总统携夫人来到她们面前,在工作人员的干预下,她们才松开洪志玲。总统夫人亲切地拥抱了洪志玲,总统亲自给她佩戴上了总统勋章,并将面额为一万美元的支票交给她。然后用英语夸奖道:"听说你的绰号叫'空中魔女',刚才你的表演跟演魔术一样,神奇莫测。你为中国人争了光,你是中国人的骄傲。你们中国飞行分队,也是最受欢迎的飞行分队,我国人民会永远记住你们,谢谢!"

接见洪志玲后,总统又专门接见了中国飞行分队的全体成员,并给每人颁发了一枚G国特别勋章,上面用中文刻着:"G国人民永远记住你们的贡献!"陪同总统接见的还有中国驻G国大使与武官。洪志玲征得刘副师长同意后,将全部奖金交给了大使,请他将这笔钱,转赠给G国灾民。

把奖金交给大使后,洪志玲下身疼痛加剧,头上有了冷汗。她忙把小玉叫到身边,小声对她道:"你赶紧让航医把救护车开来,我坚持不住了。"说完她找了一把椅子坐下。一见她病了,刘副师长、俞素梅、大使以及三位外国女飞行员都围了过来,嘘寒问暖,洪志玲无力回答,闭着眼,咬着牙,双手紧紧按着肚子。很快救护车开来了。航医和护士将洪志玲用担架抬上了车。刘副师长等人都要跟去,被医生劝阻了。只有俞素梅、曾小玉两人跟车护送。救护车闪着车顶的蓝灯，鸣着急促的喇叭开走了。

第二天，G国各大报纸在头版头条报道的，不是飞行比武大会的盛况，而是曝出了一条震惊G国的消息：中国女飞行员洪志玲大队长，因救灾劳累过度流产。她将亲身血肉留在了G国的土地上，留在了所有灾民的心里。G国人民永远感激她，怀念她，敬仰她。同时刊登了她的大幅彩色照片。

这些文字和彩照洪志玲都无法看到，因为此时她正翱翔在万里长空。洪志玲在前往医院的路上就流产了，王荣荣的保胎药，终究没能保住胎。到医院做过治疗处理后，她拒绝住院，连夜返回住地。第二天仍要坚持按计划飞行。刘副师长、俞副参谋长都劝她休养几天："你刚流产，体质弱，需要休息。"

"回国后再说吧，不能因为我一个人延误小分队的归期。古代有的女将临阵产子，照样杀敌。我的身体硬实，飞回部队没问题。"

"空中魔女"洪志玲又创造了一项奇迹，流产第二天，便驾驶战鹰与战友一道踏上了归程。她好似北归的大雁，带着春天的歌，飞向祖国的天空。

第三十章 远航

小分队回到队部不久,洪志玲被调往师训练科任科长,并改飞最先进的银斧大型喷气客机,不到半年她就飞完了所有改装训练课目,成为一名四种气象条件的银斧型飞机的机长。至此,该师所有机型的飞机她都能飞了,成了名副其实的全能机长,特级飞行员。

改革开放后,我国旅游业迅速增长,国内外乘机旅客人数骤增,中国民航运力一时难以适应新的形势,供求矛盾十分突出。为缓解这一矛盾,从一九七九年开始,空军运输机师根据国务院和中央军委的指示,派出部分飞机和飞行员加入民航航班飞行。

军事运输飞行与民用航班飞行,虽有许多共同之处,但各有其特点。为了让军队飞行员尽快掌握民航飞行的规律和相关的条令法规,师首长特派洪志玲率机组前往广州民航局飞航班,了解民航航班飞行的特点。飞抵广州白云机场的第二天,洪志玲机组便开始执行航班任务,主要飞广州-桂林;广州-北京航线。有一次洪志玲机组执行广州-桂林-广州的航班任务。

桂林以她得天独厚的碧水青山,奇洞秀石吸引着中外游客,因此这条航线特别繁忙。这天下着细雨,沐浴在雨水之中的水光山色,显得苍翠欲滴,清新醒目,酷似一幅壮锦。洪志玲驾驶银斧型268号飞机在桂林机场平稳着陆。降落之后便抓紧吃饭和办理返回羊城的手续,半小时后,她们载着一百多名国外游客飞往广州。

她驾驶银斧客机很快便穿出云层,跃升到万米高空,顿时明媚的阳光照满了机舱。飞机平飞后,她打开了自动驾驶仪,忙里偷闲地放松一下自己。头顶是洁净蔚蓝的苍穹,翼下是茫茫无边的云海,航行在蓝天白云之间,是飞行员最享受、最轻松的时刻。但好景不长,地面发来的天气预报称,雷雨正向广州白云机场靠近。一看预报，洪志玲那颗刚刚舒展的心瞬间又紧缩了。

到达机场上空时，地面指挥员命令她尽快作小航线降落，说低云大雨即将到达机场。她在空中也看到东方正有大块云团向机场移动。飞机四转弯对正跑道准备着陆时，突然大片漆黑的云层覆盖了跑道，视野内全是浓浓的云雾，根本看不到跑道。本来已将油门减到下滑落地的小功率状态，面对骤然变化的天气，她果敢地把油门推到全功率位置，一面拉杆爬升，一面对机组成员高声喊道："复飞！"因白云机场东侧就是白云山，她们必须爬升到一定高度才能保证飞行安全。这时耳机里也传来了地面指挥员让她们再作大航线降落的命令。当她按仪表作大航线时，飞机又进入了乌黑的云层，云中紊乱的气团，如同大海的狂澜，时而把飞机轻轻托起，时而将飞机重重按下，金蛇般的电花不停地在舷窗上乱窜。面对强劲的气流，她紧握驾驶盘，全神贯注地操纵飞机，尽力使飞机保持平稳，减轻颠簸。当飞机穿出云层时，又遇到了瓢泼似的大雨。密密的雨帘严重影响洪志玲的视线，但她凭着多年练就的雨天着陆的本领，在机组的密切配合下，战胜了狂风暴雨，安全平稳地降落了。

飞机在指定位置停稳关车后，洪志玲长长地舒了口气，这时才感到内衣已经湿透。按要求，机组要等乘客全部离机后才下飞机，她们便都坐在座位上没动，等待乘客下飞机。不一会儿，乘务长来到了驾驶舱，见她进来洪志玲心里一紧，是不是因复飞颠簸引发乘客不满，有人生事？没等乘务长开口，洪志玲先问道："是不是有乘客不愿下飞机？"

"乘客都不愿下飞机，非要见您机长。"

洪志玲心想这下麻烦了，但再大的麻烦也得面对。她正要起身被副驾驶小李拦住了："这种场面哪能让你一个女同志去，我去给老外们解释。"

乘务长一看她们紧张兮兮的样子忍不住笑了："乘客要见机长不是闹事是好事，是要当面向机长道谢。"

听她这么一说，洪志玲悬着的心放下了。小李又坐了回去，并笑道："这事我可代替不了你，还是你自个儿去吧，也让那些老外见识见识咱中国女飞行员的风采。"

无奈，洪志玲只好在乘务长的引领下走进客舱。她一露面，乘客一个个都呆住了，都用惊异的目光盯着她，显然他们都不相信她是机长，因为当时民航还没有女

飞行员,哪来的女机长?

乘务长一见这情景忙用英语介绍道:"这位就是大家要见的机长,洪志玲女士,全天候飞行员,给中央首长开过专机。"她话音刚落,客舱里顿时爆发出雷鸣般的掌声。一位华裔老太太拉着她的手激动地说道:"漂亮的女机长,我代表全体乘客向您表示感谢,是您精湛的驾驶技术拯救了我们。更没想到您是女机长,中国女飞行员了不起!"

掌声和叫好声再次响起。那位老太太率先要求与洪志玲合影,这个头一开就刹不住车了,乘客们都争着和她照相。她想脱身但找不到借口,正当她为难之际,地面一名工作人员上了飞机,他见旅客迟迟不下飞机,不知发生了什么事,便登机了解情况。当他从空姐嘴中得知真相后,忙出面替洪志玲解围:"女士们,先生们,请尽快下飞机,机组和这架飞机一个小时后还要飞海口,我们不能耽误他们的准备时间。"

外宾的素质高,在工作人员和三位空姐的劝说疏导下,都依次顺着有顶篷的舷梯下了飞机,而后上了接他们的大巴车。下飞机时都没忘与洪志玲握手道谢。她站在机舱门口,激动的心难以平静。理解万岁,感谢乘客的理解,他们懂飞行,懂理,外宾给她上了一课。

"机长,我们也走吧,地面服务员要清理客舱了。"在空姐的催促下,洪志玲率机组离开了飞机,五十分钟后,她又驾驶这架飞机向海口飞去。

有一天,洪志玲机组驾驶载有两百余名旅客的飞机,由广州飞北京。飞机进入湖南上空时,驾驶舱内的扬声器里传出乘务长急促的声音:"报告机长,有歹徒劫机……"还没等她说完,洪志玲赶紧一面起身,一面对副驾驶小李道:"不要紧张,保持航向。我走后锁死驾驶舱门。"说完她急匆匆走进客舱,只见一中年男子,站在客舱中间的座椅前,背靠着舷窗,高举双手,紧握双拳,不停地喊道:"我身上有炸药,你们别靠近我。飞机上有坏人,他要抓我,飞机不能落地,不能在北京落地,飞到国外去。"他的异常举动,吓得附近的乘客都躲开了,有个小女孩被吓哭了,部分旅客开始骚动。

洪志玲先劝退了准备用暴力制服"歹徒"的安全员,然后冒着被"歹徒"袭击的危险,走到离歹徒两米多处站住了,微笑道:"师傅,我是机长,向您保证,飞机上没有人要抓您。您请坐,飞机不落地。"

歹徒四十多岁，上身穿着蓝色夹克衫，下穿一条很旧的牛仔裤。他瞧了瞧镇静端庄美丽的女机长，脸上掠过一丝惊异，但转瞬即逝。仍叫道："飞机上有人抓我，你把飞机开到国外去。"

洪志玲柔声道："您仔细看看，飞机上谁要抓您？"

那人真的认真扫视每位乘客。旅客都坐在座位上紧张地盯着他。他的视线最终在洪志玲身后的安全员脸上停住了，用右手指着他哆嗦道："是他，就是他要抓我。"同时身子往后缩，显得异常惶恐。

"您瞧准了？"

"没错是他，是他从火车站一直跟着我。"

"那好，我让人把他赶下飞机。"说完，她示意乘务长将安全员带走。安全员是位二十多岁的壮小伙，他担心机长受伤害，不愿离开。乘务长将他强行推进了前服务舱。

安全员消失后，闹事者坐了下来，洪志玲也坐到他身旁，她吩咐返回的乘务长："小刘，你给这位先生倒杯饮料来，加点糖。"

"明白。"很快乘务长端来了一杯清水。洪志玲接过来递给歹徒：

"师傅，您喝杯水润润嗓子。"

那人见"敌人"被赶走了，精神有所松弛，喊了半天也的确渴了，便毫不犹豫地接过水杯一饮而尽。见他喝干杯中水，洪志玲才长长舒了口气。原来水里掺有高效安眠药。很快闹事者睡着了。见他入睡，洪志玲叫来安全员和乘务员仔细搜寻歹徒的全身和行李。结果没发现凶器和易爆易燃物。这时洪志玲才最终放心了，才离开客舱，临走时她交待空姐找来毛毯给闹事者盖上。

洪志玲回到机长座位上后，及时向地面报告了突发事件的处理经过，并请求按原计划直飞北京，不用在武汉紧急降落。征得地面同意后，她让乘务长向旅客宣布这一消息。

"女士们，先生们，很抱歉，让大家受惊了。报告大家一个好消息，本次航班将按原计划，准时在首都机场降落。"此言一出，客航里响起了热烈的掌声和欢呼声，几名虚惊一场女孩，竟喊出了"机长伟大，机长英明，机长万岁"的口号。

后来经公安部门查明，那位举止失常乘客是从北京房山被贩毒集团骗到广州打

第三十章 远航

工的农民工。到广州后就被控制起来,为贩毒集团制造毒品。他知道这是犯罪行当,不愿意干,便想办法逃跑。第一次逃跑被抓了回去,被折磨了三天三夜,不仅拷打他,还不让睡觉,也不给饭吃。不久他又趁机逃了出来,跑到火车站时发现有人跟踪,便跑到机场,用身上全部的钱买了飞北京的机票。飞行途中他精神恍惚,脾气暴躁,神经失常,才在飞机上闹事。

洪志玲对突发事件的一系列冷静周密处置,受到了民航局的表彰和奖励。然而洪志玲却高兴不起来,她召集机组开了一次从未开过的、别开生面的机组会。他们机组一共六人,除飞行员小李外,还有领航员老郭,通信员小贺,机械师老刘,机械员小董。空姐和安全员受广州民航局管辖,有任务临时指派,不在固定机组之列,他们没参加机组会。

"同志们,我们对那次突发事件的处理,受到旅客的好评,局里收到不少乘客寄来和打来的表扬信与电话,局里也给了予通令嘉奖。举一反三我心里总不踏实,如果那人不是精神失常者,而是一个真正的劫机犯,他手中有手枪一类凶器,身上真绑有炸药,他要让飞机往境外飞,你们说该如何面对?"

"这还用问吗,与歹徒搏斗,决不能让他的阴谋得逞。"小李率先表态。

"与他斗智斗勇,用一些假象迷惑他,趁机将他制服。"

"向孙浩远副大队长学习,不被敌人的枪口吓倒。"

"对,发扬革命军人不怕牺牲的精神,粉碎敌人的图谋。"

"不惜一切代价,战胜劫机犯,决不当怂包。"

机组成员相继表态,意见高度一致,都很勇敢,都有股军人不畏艰险、不怕牺牲的劲头。他们都静了下来,准备聆听机长的豪言壮语。。

"今天之所以召开这个机组会,是为了未雨绸缪,防患未然,万一真的遇到上述情况,让大家有个统一的思想,思想统一了,行动才能统一。你们说的没错,但是如果遇到武装到牙齿的亡命之徒,大家一定要冷静不要冲动,能智擒最好,千万不要与敌人硬拼,必要时满足他的要求,飞往他指定的机场。"此言一出,机组哗然。你看看我,我瞅瞅你,都不相信自己的耳朵。连死神都害怕的"魔女",竟成了没有骨气,没有血性的胆小鬼。

"机长,你没喝酒吧?歹徒让飞台湾你也去?"领航员老郭质疑道,他是机组的党小组长。

洪志玲毫不迟疑地答道："如没绝对把握制服歹徒，那也得去。"

"啊……"众人同时张着大嘴，用惊愕的目光盯着陡然陌生的机长。

"那我们岂不成了叛徒？真要那么做，你'空中魔女'的一世英名可就要毁于一旦了。"飞行员小李反过神来后似问似劝道。

"同志们，不要用惊愕的目光望着我，我还是我。你们要明白一点，我们和浩远的任务性质和处境绝然不同，我们不是执行军事任务，飞机上涂的不是军徽。我们飞的是民航班机，客舱里坐的是两百多名旅客，他们是我们的客人，他们的生命高于一切，民航飞行安全是属国际法保护的，我们不能拿乘客的生命做赌注冒险。当然，如果我们真要飞台湾，在当前的形势下，肯定会遭到一些人的误解、嘲讽和非议，甚至有停飞复员的可能。但是为了保住两百多人的生命，那也值。不过你们放心，如果真有那么一天，全部责任由我一人承担，我是机长。"

接着洪志玲给大家解读了国际民航的有关法规，介绍了国内外民航机组处理劫机事件的经验教训，特别讲述了某机组因与歹徒搏斗，歹徒引爆炸药，导致飞机坠毁，机上两百多乘客全部遇难，其中有二十多名儿童。经过她的讲解，最终统一了机组的认识，制定了不同情况下反劫持的各种预案。此次特殊机组会，机组成员对飞民航航班有了新的认识，同时也让他们看到了"魔女"洪志玲人性化的一面，她在他们心中变得更高大了。

所幸的是，他们没遇上劫机犯，精心制定的反劫持预案没派上用场。

洪志玲在广州飞了半个多月的民航航班，完全掌握了民航客运飞行的特点，环境，准备离开广州回部队。

晚上广州民航局设宴为洪志玲机组饯行，饭后郑局长找她谈话。

"通过你们机组半个多月的飞行，我们全面了解了你们的情况，从你们身上学到了很多好的东西。不愧是部队的飞行员，飞行技术、航行经验、工作作风都非同一般。特别是那次白云机场的复飞和突发事件的处理，不仅保证了安全，还为中国民航争了光，在国际民航界反响很大。新加坡的一家华文日报，在头版位置详细报道了你这位中国女机长的光辉事迹。

改革开放以来，我们感到我国经济将步入快速发展的轨道，民航运输的春天也即将来临，为了迎接空运的大发展，我们急需要像你这样的机长，我们局党委研究决定，准备通过民航总局向军委写报告，想请你们部队支援一批像你这样的机长。

我们真诚希望你能来。如果你能来,给你一套三室两厅两卫的房子,一辆小汽车,年薪10万,你看如何?"

洪志玲听后微微一笑,没有表态。局长开出的条件对其他飞行员来说,是"天文数字",是"神话"。但在洪志玲眼里只能是"小意思"。外国有家航空公司曾用绿卡和高出十倍的年薪"挖"过她,她都一笑拒之。

"怎么?对我们提的条件不满意?那你开个价,我们再商量。"

"我是一名军人,一切服从组织安排。"

"如果我们点名要你呢?"

"那不好,领导上派我来是为了探索航班飞行规律,了解民航飞行特点,积累飞行经验,如果你们点名要人,岂不成了我为自己找出路来了。"

"洪科长,现在是改革开放的新时期,追求经济效益是市场规律。我们了解过,你在部队的薪金每月才90元钱,住房不到七十平方米,还是军队公房。而在我们这里,我再重复一遍,给你一套三室两厅两卫有产权的房子,一辆小汽车,年薪10万,还不包括奖金和各种补贴。"

"局长的好意我心领了,不好意思,恕我不能从命。"

"没有商量的余地?"

"不好意思,这不是能商量的事!"洪志玲回答得很干脆。

"为什么?"

"很简单,我的飞行技术是人民用金子堆出来的,我没权力用它来为自己谋私利。90元的月薪,七十平方米的住房,够了,知足了,比起普通百姓来,强多了。"

局长摇头叹息道:"真可惜,你不来是我们的一大遗憾。你不仅技术、作风过硬,思想也很过硬。少见,佩服!"

"您甭夸我,我没那么优秀,我只是个普通的人民飞行员。不过我倒有个建议,你们民航应培养女飞行员。通过这半个多月的飞行体会,女飞行员飞航班有三大优势,一是动作柔和,起飞着陆时,旅客会感到更舒适;二是心细,飞行中不易发生错忘漏,飞行安全有保证;三是耐力强,胜过男飞行员(她举了自己飞北京的例子)。弱点是爆发力和力量方面不如男飞。如果男女搭配,取长补短,将是最佳组合。"

"我们局党委以前也讨论过培养和引进女飞行员的事,但由于对女飞行员的优势认识不足，一直没形成共识，你来民航后的出色表现，给我们上了一课，局党委最近决定先从军队引进部分女飞行员，然后再招收一批女学员送民航飞行学院培养。不久的将来，一批民航女飞行员将翱翔蓝天。"

"郑局长，我感谢你们对我的鼓励和信任；感谢你们给了我那么多的飞行时间，这半个月是我飞得最多的半个月，也是飞得最过瘾的半个月，我喜欢多飞。"洪志玲告别时道。

第二天上午八点，洪志玲驾驶268号飞机满载旅客直飞北京，起飞前，郑局长等人亲自到机场为洪志玲机组送行。

飞机改平后，洪志玲打开自动驾驶仪，靠在座椅背上琢磨初次飞民航航班的体会："自从昨晚与局长谈话后，我才真正明白师领导的用心，派我来广州飞航班，不光是为了摸索民航航班飞行规律，还有一层更重要的原因，那就是为军队飞行员闯牌子，以赢得民航领导对空军运输机飞行员的信任，为他们将来大胆使用军航飞行员打基础。实践证明，我不虚此行，无论是探路子还是闯牌子，这两项任务我都完成了。"

洪志玲驾机起飞后，郑局长回到办公室给刘副师长打电话："老同学，洪科长我给你放回去了。"

"我没说错吧，你的'糖衣炮弹'和物质利诱对她不起作用。"

"我真羡慕你，手中有这么好的王牌。你能不能帮我再做做她的工作，你是她的'伯乐'，你的话她也许会听。"

"别求我，不是我有私心不放人，是她这块'墙脚'太硬了，她是钢铁长城上的一块砖，挖不动，砸不烂，你我'合谋'也白搭。否则她就不是'空中魔女'洪志玲了。"

"老同学，别把话说死，据我所知，民航总局向国务院和中央军委请求空军支援的报告已经批准了。将从你们部队调一批飞机和飞行员到民航来，希望你把洪志玲列入名单之中，军委的调令她会服从的，物质利益诱惑不了她，但飞行时间也许会让她动心，她说过她喜欢多飞。"郑局长不死心，仍紧追不舍。

此时，洪志玲正驾驶喷气客机，航行在无垠的天空，翼下是遍地锦绣，翼上是漫天云霞。

第三十章 远航

尾　声

　　航空博物馆的停机坪上，行进着一群年龄不同，衣着各异的女性。满头银发的俞素梅，年过花甲的洪志玲、曾小玉、张云、姚玉兰等离退休女飞行员走在中间。队伍中还有佩戴各级空军军衔、身着现代飞行服的现役女军人。有女将军、女航天员、女歼击机飞行员。另外还有身穿民航飞行制服的女机长。她们聚集在这里共同庆祝自己的节日：共和国女飞行员诞生六十五周年。

　　天空飞过她们驾驶的各型飞机。首批女飞行员和歼击机女飞行员驾机飞越天安门的场景最为壮观。

后　记

本书七易其稿，在两年多的写作过程中，得到了众多亲人朋友的帮助和鼓励。首先是老战友陈国栋，他是直升机的老飞行员，中国直升机首次出国救灾，他是参与者和组织者之一。本书一稿完成之后，曾请他审阅，他认真地阅读了初稿，提出了不少极有价值的意见，纠正了初稿中多处不实的描写，还提供了大量的创作素材。

其次要感谢侄女苗文琴，她用大量时间，对书稿进行了逐字逐句的校正修改，提高了文稿的质量，降低了错误率。

人民日报出版社此前出过苗晓红著的《共和国首批女飞行员》一书，这次又出版《女人的天空》，足见他们对宣扬中国女飞行员事迹的重视，在此向他们表示衷心的感谢，并代表女飞行员向他们致以崇高的军礼！

由于我们老两口在文学创作技巧上缺乏经验，加上年已八旬，传统观念较深，因此拙作不尽人意之处难免，敬请有关专家和读者指正。

二〇一六年十二月第六稿于北京